最果ての泥徒《ゴーレム》

高丘哲次

Golem
z
najdalszego
krańca

Tetsuji
Takaoka

Shinchosha

装画＊中島梨絵

最果ての泥徒《ゴーレム》

序

これから語るのは、マヤ・カロニムスという尖筆師《リサシュ》の生涯についてである。
尖筆師という職業は滅びて久しく、この言葉を初めて耳にする者もあるだろう。尖筆師とは、泥で創られた軀体《くたい》に霊息《ネシャーマ》を吹き込んで仮初《かりそ》めの生命を与え、主人の命令に背くことない従者を創り上げる者——つまりは、泥徒《ゴーレム》の創造を生業とする者たちを指す。

　この職業の歴史は古く、文献に残されている限りでも紀元一世紀にまで遡《さかのぼ》る。その長い歴史において、マヤは最も優れた尖筆師であった。

　異論があることは承知している。

　空気中の塵《ちり》から泥徒を創ってみせたサマリアのマグス。泥徒の製造方法の基礎を打ち立てたヴォルムスのエレアザル。それら名だたる者たちと比べれば、マヤの業績はあまりに少ない。

　マヤはその生涯において、たった一体の泥徒しか創らなかった。

　マヤが泥徒に命令を下したのはただの一度きりだった。

　あまりに特異なその経歴のため、彼女を偉大なる尖筆師の一人として数えることすら疑問を呈する者もあるという。しかし、尖筆師という呼称が泥徒を創る者を指す限り、頂きに置かれるべき名はひとつ。

　主《しゅ》による原初の創造に等しい完全なる泥徒を創り上げることができたのは、唯一マヤだけなのだから。

主要登場人物

マヤ・カロニムス……スタルィを創造した尖筆師《リサシュ》。イグナツ・カロニムスの長女。

スタルィ……マヤによって創られた泥徒《ゴーレム》。

イグナツ・カロニムス……カロニムス家の家長。レンカフ自由都市元老院《セナト》の元老。

トマシュ……カロニムス家の使用人を取り仕切る家令。

セルゲイ・ザハロフ……イグナツ・カロニムスの最初の徒弟。

有馬行長《アリマ・ユキナガ》……イグナツ・カロニムスの二番目の徒弟。

ギャリー・ロッサム……イグナツ・カロニムスの三番目の徒弟。

アベル・スタルスキ……泥徒製造会社ＫＳＦＧの社主。

タデウシュ・スタルスキ……アベル・スタルスキの長男。マヤ・カロニムスの幼なじみ。

ミリク……泥徒修理を専門とする尖筆師。

スタニラフ・リシツキ……露国《ロシア》から派遣された高等弁務官。

エミル・ハルトマン……独国《ドイツ》から派遣された高等弁務官。

フランチシェク・ローレンツ……墺洪国《オーストリア・ハンガリー》から派遣された高等弁務官。

レオ・スミット……蘭国《オランダ》王立保安隊の大佐。

ジョゼフ・ピューリツァー……ニューヨーク・ワールド社の社主。

フランツ・ヨーゼフ一世……墺洪国を統べる老皇帝。

第一部　一八九〇年――王冠《ケセル》の芽吹き

籠の中の街

　窓から柔らかく差し込む日の光が、板張りの床に格子状の影を淡く描いていた。

　床に敷かれた灰褐色のまだら模様に汚れたシーツの上には、人体を擬《なぞら》えるように泥の球体と円筒とが組み合わされていた。泥徒《ゴーレム》の軀体《くたい》である。胸に当たる場所には、正方形の深い穴が穿《うが》たれていた。

　軀体の傍らに座り込み、その穴を覗き込む一人の少女がいた。

　少女の名は、マヤ・カロニムス。

　何かを探るように穴の奥を見つめていたが、ふと気付いたように顔を上げる。部屋の隅に置かれたホールクロックの短針が十時を過ぎていることに気付くと、ぎょっと目を瞬《しばた》かせた。

　慌てて床に手を伸ばす。

　その手が向かう先に置かれていたのは、真円の石板。泥徒にとって頭脳となり心臓ともなる器官――礎版《ポドスタベク》である。外周から中心へと螺旋を描くように、微細な文字が刻まれていた。

　マヤは王冠を戴くように礎版を両手で支え、軀体の穴へと静かに下ろす。焦りが手を震わせたが過《あやま》つことはできない。泥徒の創造という行為は、術者の生命を奪いかねないほどの危険を孕《はら》んでいた。

　湿った泥で穴を完全に埋め終えたところで、マヤは深く息をついた。

　準備は整った。

編み針をさらに鋭利にした形状の、金属の棒を握りしめる。泥徒の創造に無くてはならない尖筆《リシク》という道具だ。泥徒創造者を指す尖筆師《リサシュ》という呼称は、この道具を由来としている。

その尖筆を泥徒の胸部に突き刺し、目を瞑《つむ》った。

それから一息で告げる。

「わたしが選んだ、わが下僕《しもべ》よ。わたしの掟をあなたは守りなさい」

途端、彼女の身体から一切の動きが消えた。

尖筆を介して軀体と霊的に結合されたのだ。その経路から霊息《ネシャーマ》を吹き入れてゆく。泥徒に仮《かり》初《そ》めの魂を宿すためには、自らの生命力そのものを分け与えねばならない。

額に一つ、二つと大粒の汗が浮かび始めたのと同時に、軀体から滾々《こんこん》と水が湧き出してくる。軀体の表面が水で満たされると、胸の中心で波紋が生じる。その微かな波は軀体の末端に進むにつれうねりを増す。顔の中央では大きな波濤《はとう》となって鼻梁《びりょう》を作り、足先では細かく砕けて関節を刻んだ。泥の軀体は次第に人の形を整えてゆく。

そこでマヤは目を開いた。

「わたしは、あなたをもってこの身を飾る。あなたが知り、わたしを信じ、わたしがその者であると悟るように」

床に横たえられていた泥の軀体は全身を震わせ、緩慢な動作で上体を持ち上げた。単なる軀体ではなく、泥徒と呼ぶべき存在に変わっていた。

「できた」

思わずマヤは声を漏らした。

泥徒の動きは、糸で操られているようにぎこちなかった。外見も、セルロイド人形を思わせるような粗雑さを纏《まと》っていた。しかし、彼女にとってはそれで十分だった。十二歳にして泥徒を創り得た者など、長い尖筆師の歴史においても他に見つけることはできないのだから。

マヤは喜びを押さえ、威厳ある声で呼びかける。

「あなたの名は老王《スタルィ》。わたし、マヤ・カロニムスの下僕《しもべ》である」

故国の英雄から取ったその名は、青年と少年のあわいを漂う泥徒の容貌には相応《ふさわ》しくなかったかもしれない。それでもマヤの表情は満ち足りていた。いずれ自らの下僕が、その名を冠するに相応しいものになると信じていた。

スタルィは、首をぎりぎりと巡らせる。彩度の低い瞳の中に、幼《いとけな》い少女の姿が映った。

それが、二人の長い旅路の始まりだった。


マヤには、喜びの余韻に浸っている余裕はなかった。

再びホールクロックに目を留めると、はっと息を飲んだ。ものの数分の出来事のように感じていたが二時間余りが過ぎていた。弾かれたように飛び上がり、その勢いのままに部屋から飛び出してゆく。

しばらくして部屋に戻ってきたマヤは、襟元が細かなフリルで飾られた白いドレスに着替えていた。そこで、スタルィが一糸まとわぬ姿であることに気付いたが、お仕着せを見繕《みつくろ》っている時間はない。

「今日のところは、これで我慢してちょうだい」

床に広げられていた泥だらけのシーツをしぶしぶと巻きつけ、

「とにかく付いて来て」

スタルィの手を急《せ》くように引いた。

部屋を出ると、しんとした薄暗い廊下が続いていた。建物の大きさに比して使用人が少ないカロニムス家の屋敷は、常に静けさと共にあった。たどたどしい足取りのスタルィを支えながら正面階段を下り、玄関を抜ける。

目の前に広がったのは、花と芝生とで作られた幾何学模様だった。多角形の花壇にそれぞれ色の異なった花が植え付けられ、隙間なく前庭を埋め尽くしていた。六角形に切り取られた芝生に置かれた一台のテーブルを目指して歩《ほ》を進めてゆく。

テーブルの周囲を行き交っているのは、ただの使用人ではなかった。胴体から伸びた四本の腕を器用に使い、料理が載せられたトレイと銀製のカトラリーとを同時に運んでいる。「歪な泥徒《ポギェンテ・ゴーレム》」と呼ばれる泥徒だ。それら人と異なった形象の泥徒を創り出せるのは、カロニムス家の家長だけだった。

歪な泥徒たちの間を抜けテーブルに近付いてゆくと、からかうような声が飛んできた。

「ずいぶん、おめかしに時間が掛かったようだね」

髭のないつるりとした顔に、僅かに癖のある黒髪を横に流した紳士が、ひらひらと手を振っている。彼の名は、イグナツ・カロニムス。マヤの父親であり、カロニムス家の家長だ。

テーブルには、イグナツの徒弟たちの姿もあった。

セルゲイ・ザハロフ。

有馬行長《アリマ・ユキナガ》。

ギャリー・ロッサム。

普段なら、師匠と徒弟が食事を共にすることはないが、今日この日——マヤの誕生日だけは特別だった。ボロ布を巻き付けた泥徒を連れてきたマヤに、彼らは三者三様の眼差しを向けていた。

ロッサムは、あからさまに不審げな表情を浮かべていた。彼は尖筆師となる以前、米国《アメリカ》で独り人工生命の研究に取り組んでいたという。霊的な事象に理解の低い彼《か》の地で批判を受け続けるうち、猜疑心が養われたようだった。

三人の中でもっとも年嵩《としかさ》である日本人の有馬は、穏やかな笑みを浮かべていた。彼だけは、前々からマヤの密かな試みを察しており、必要となる道具や文献を手渡してくれたことも、一度や二度ではない。

そしてただ一人、ザハロフからはなんら反応が見られなかった。真っ直ぐに切り揃えられた前髪から覗く薄灰色の瞳は、マヤたちをじっと観察しているようでもあり、背後に広がる風景に漠とした視線を送っているだけのようでもあった。

テーブルの傍らに着いたマヤは、固く手を握りしめた。

「遅くなって、申し訳ありません」

自分の誕生日だというのに、浮き立つ様子は微塵もなかった。

そこで彼女の椅子をゆっくりと引き、着席を促した者があった。白髪をたっぷりのオイルで後ろに撫でつけた壮年男性は、家令のトマシュだ。

「お待ちしておりました。新しいお召し物、たいへん良くお似合いです」

そう言うと、ぎこちなく片目をつぶってみせた。

マヤは僅かに表情を和らげ、腰を落とした。

「親愛なるマヤ」

イグナツがグラスを掲げる。

「きみの十二回目の誕生日を、こうして仲間たちと祝えることができるのは何よりの幸せだ。さあ、始めるとしよう」

「待ってください！」

咄嗟にマヤは大声を出した。

イグナツは困ったように肩をすくめる。

「まだ主賓の挨拶が済んでいなかったね。でも短めにしてくれ。お腹が空いてしまって仕方ないんだ」

「その前に、お父様にお見せしたいものがあります」

多忙を極めるイグナツと食事を共にするのは、数ヶ月に一度だけ。この機会を逃すわけにはいかなかった。

「泥徒を連れてきました」と傍らに立つスタルィに目を向け、

「わたしが、ひとりで創り上げた泥徒です」

「ひとりで泥徒を？」

イグナツはグラスを食卓に戻し、徒弟たちの顔を見回した。

「てっきり、余興の小道具か何かだと思っていたよ」

「差し出がましいようですが」

神妙な面持ちで有馬が口を挟む。

「マヤ様は工房に収められていた文献を自ら紐解き、独力で泥徒を創造されたのです。私たちが手を貸したということもありません」

「それは本当かい？」

イグナツは娘に向き直る。父としてではなく、尖筆師としての顔になっていた。

「わたしが目指しているのは、お父様のような尖筆師です。ギムナジウムへの進学は望んでいません」

それこそ、マヤがこの日に合わせて泥徒を創った理由だった。

レンカフ自由都市で暮らす女児は、六歳になると義務教育である初等学校に通い、その後の進路は家の懐事情によって分かれる。貧しい家は日曜日のみの補完教室、人並みの家庭は三年制の中等学校、富裕層は六年制の女子ギムナジウムに通う。

娘のためにイグナツが用意したのは、ワルシャワ第二高等女学校の席だった。だがマヤの望みは学問を修めるより、尖筆師としての技能を身に着けること。そのためには、カロニムス家から離れるわけにはいかなかった。ここには泥徒創造に関する古今の文献が揃っており、何より模範とすべき最高の尖筆師がいる。

彼女の年齢で曲がりなりにも泥徒を創り得たのは、尖筆師を目指すに相応しい成果のはずだったが――

「自分の行いがどれほど危険なことだったたか、理解しているね」

イグナツが寄越したのは刺すような視線だった。これほど険しい父の顔を、マヤは見たことがなかった。

「尖筆師という職業は常に困難がつきまとう。創造の手順を誤れば、自らの命を失うことにもなりかねない。レンカフ自由都市の外に出れば、謂《いわ》れのない偏見を向けられることもある。さらには、原初の創造をこの手で凌駕《りょうが》しようという無謀であり不遜とも誹《そし》られかねない目標を、生涯に亘って追い続けねばならないんだ」

「わたしが望むのは、そのような生き方です」

些《いささ》かの躊躇《ちゅうちょ》もなく、マヤは応えた。

イグナツは目を細める。しばらく娘の瞳の奥を覗き込んでから、ぽつりと呟く。

「ならば、計画を練り直さなくてはならないね」

続けて「諸君！」と声を張り上げた。

「乾杯をし直すことにしよう。今日は二重のお祝いだ。ひとつは、マヤの十二歳の誕生日に。そしてもうひとつは、マヤという新しい尖筆師を仲間に迎えた、ぼくたちのために」

強張《こわば》っていたマヤの表情が、春を迎えた若芽のように綻《ほころ》んだ。

「お父様の言葉は、わたしにとって何よりの贈り物です。きっとカロニムス家を継ぐに恥じない、素晴らしい尖筆師となってみせます」

するとグラスを掲げようとしていたイグナツは手を止めた。

「マヤなら、きっと素晴らしい尖筆師になれるよ」

それから悪びれもせず付け加える。

「でも、カロニムス家を継ぐのはきみじゃない。ぼくの全ては、ここにいるザハロフに渡すと決めているんだ」

息を飲む音が重なり合った。

イグナツが、血縁のないザハロフに家長の座を譲るつもりだったと知る者はなかった。いや、当のザハロフがそのことを聞いていたかは分からない。彼は事の成り行きにまるで興味がなさそうに、灰色の瞳を空のグラスに向け続けていた。

※

マヤが暮らすレンカフ自由都市は、「レンカフ市及びそれに付随する三二〇町村から成る完全に自由にして独立したレンカフ共和国」という国号を持つ、小さな都市国家である。だが実際のところ、そこに「自由」はなく、「独立」していたとさえ言い難かった。

この都市国家は、ウィーン会議の机上にて産声《うぶごえ》を上げた。

フランス革命によって荒廃したヨーロッパに正統的な秩序を取り戻すべく開催されたこの会議

において、かつて波蘭《ポーランド》と呼ばれていた地域の大半は、露国《ロシア》皇帝の統治下に置かれることになった。しかし、レンカフ市などいくつかの都市群の扱いについては周辺国の意見が割れ、六ヶ月以上にもわたり議論が続くこととなる。

踊り続ける会議に終焉を齎《もたら》したのは、ナポレオン・ボナパルトだった。彼がエルバ島から脱出したという報が届くと、各国から派遣された全権団はにわかにざわめきたった。そこで、レンカフ市に国境を接する三つの帝国、すなわち露国、墺国《オーストリア》、普国《プロイセン》がそそくさと要領をまとめ、妥協の産物として世に現れたのがレンカフ自由都市である。

被保護国であるレンカフ自由都市は、何事を決めるにも保護国となった三帝国の同意が必要とされた。この国の意思決定機関である国民議会は代表者会議《セイム》と元老院《セナト》の二院から成るが、全会一致制を取る後者に高等弁務官が送り込まれたのだ。

大陸の盟主たちが執着したのは、三十万人ほどの人口しか持たない都市国家そのものではなく、この都市特有の産業——つまり、泥徒製造業であることは言うまでもない。

その泥徒創造の技術を、レンカフ自由都市に齎したのがカロニムス家である。

カロニムス家は人類の歴史のなかで最も古い一族のひとつとされ、その祖であるメシュラムの名は、書記官エズラを補佐した者として『ネヘミヤ記』に残されている。十二世紀末、マインツにあったカロニムス家は十字軍による迫害の対象となり、その一部が波蘭《ポーランド》王の庇護を求めてレンカフ市に逃れてきた。

マヤは、その栄《は》えある一族の末裔だった。

尖筆師の道へと足を踏み入れたとはいえ、マヤはまだ義務教育期間中の身であり、初等学校に通わねばならなかった。

当時の欧州では、国によって児童の就学率に大きな開きがあった。独国《ドイツ》および墺洪国《オーストリア・ハンガリー》が八割を越えているのに対し、露国はいまだ二割に留まっている。レンカフは伝統的に墺国と教育制度が近く、就学率は高い。ただ、それは豊かさのためというより、学問によって身を立てなければならないという国情のためだった。

初等学校に通うため、マヤは毎日レンカフ市の旧市街へと向かう。

支配階級である士族《シュラフタ》層の多くは旧市街に暮らしているが、泥徒の試作のために広い敷地を必要とするカロニムス家は郊外に屋敷を構えていた。通学には箱馬車《クーペ》を使わねばならなかった。

マヤが玄関を出るのは七時ちょうど。横付けされた馬車の前に、姿見を手にトマシュが待ち構えている。服装の乱れを確かめてから、車内に身を滑らせる。

「あなたも乗りなさい」

奥の座席へと移動しながら、スタルィを呼んだ。

大貴族《マグナート》と呼ばれていた旧家の子女が従者を伴って通学する例はあったが、不出来な泥徒を連れてゆくのは彼女だけだった。

トマシュは馬車の扉を閉め、御者席に向かって声を掛ける。

「イグナツ・カロニムスの下僕よ、イグナツ・カロニムスの名代として命じます。旧市街の初等学校に、マヤ様たちを送り届けなさい。時限よりも安全を優先すること」

泥徒に行動を強いるためには、主人の名をもって命令を下さねばならなかった。

それに従い、馬車を牽き始めたのは歪な泥徒だ。

太い四本の脚を備える替わりに、両腕は失われている。内在する原質《マテリア》の配分を変えた結果だった。イグナツの技術を以ってしても、新しい特性を加えるためには、別の何かを削らねばならなかった。

車室の中には、車輪が敷石を踏む無機質な音だけが響いている。

マヤはむっすりとした表情で、窓の外に目を向け続けていた。父は尖筆師になることを認めてくれたが、後継者としては見てはいなかった。それに値するのは、一番弟子のザハロフということだ。家長になりたければ、彼を越えねばならない。

目の前を、二人乗り自転車が影を引くように走り抜けてゆく。後部座席に人間を乗せながら勢いよくペダルを漕いでいるのは、家庭向けの汎用泥徒だ。泥徒が低廉な価格で手に入るこの国では、御者と馬車を維持するより経済的な移動手段といえた。

マヤを乗せた箱馬車は郊外を抜け、新市街に差し掛かる。

通り沿いには高層の商用住宅が並んでいた。一階は店舗や工場として使われ、上階が住居となっている。実利的な新興貴族たちが好む、土地の限られたこの国ならではの建築様式だ。

さらに進むと、前方に煉瓦造りの高い壁が迫ってくる。

旧市街は、十五世紀末に建造された高い城壁によって護られていた。中に入るためには急勾配の陸橋を登り、壁の中腹に設けられた城門をくぐらなくてはならない。

視界が水平に戻ると、そこは旧市街だった。

狭い道の両脇には、隙間なく石造りの建物が肩を並べていた。増改築を繰り返された建物たちは互いに融合し、青で統一されたスレート屋根とも相まって、街全体がひとつの建築物のようにも見えた。

旧市街の中心に建てられた市庁舎の向こうに、ようやく初等学校の尖り屋根が覗いた。

初等学校の授業は算術や地理など多岐に及んだが、中でも多くの時間が割かれていたのが語学である。被保護国という位置付けにあるこの国では、保護国の公用語である独国語、露国語が必修とされていた。

露国の衛星国とされた波蘭《ポーランド》立憲王国では、自国語の使用が禁じられたという。それと比べれば、語学の授業が多くなる程度で済んだことを幸いに思うべきかもしれない。

とはいえ、生徒たちが相応の苦労を強いられているのは確かだった。皆絶望そのものの表情で、板書された露国語の格変化の型を見つめている。その傍ら、マヤは時おり襲ってくる睡魔と戦い続けていた。

尖筆師という職業は言語の素養が求められる。泥徒の礎版に刻まれる秘律文は、主《しゅ》が原人間《アントロポス》アダム・カドモンの創造に用いた原初の言葉を模倣したもの。多様な言語体系が入り混じったそれを習得するため、幼い頃から多言語を叩き込まれていた。

退屈な授業が続く一方、マヤが心待ちにしていたのは「泥徒教理《ゴーレム・ドクトリニ》」だ。欧州では近年とみに泥徒の需要が拡大し、常に尖筆師は人手不足の状態。それを解消するため、初等教育の段階から基礎的な理論や歴史が教え込まれるようになっていた。独学でその方法を身に着けたマヤにとって、体系的な知識を得られるのは有り難かった。

それゆえ、その授業でひと騒動を起こしてしまったのは、彼女の本意ではなかったことだろう。

「諸君らも、この図形を目にするのは初めてではないだろうが」

全身黒ずくめの教師イサーク・ブラウは、胸まで伸びた白い髭をしごきながら切り出した。

彼が指すのは黒板に貼られた「生命の木」と呼ばれる図形。十種類の数枝《セフィラ》によって構成されるそれは、一本の樹木の観を呈している。

人間を支配する世界の有機的構造を象徴するこの図形は、カバラーの聖典のひとつ『ゾーハル』の編纂以前から存在することは間違いなく、人類の歴史の中で最も古い教義のひとつとされていた。

とはいえ、近年では「生命の木」は通俗的な物語の小道具としても用いられ、神秘主義者ではなくともその存在を知らぬ者はない。にわかにさざめき立った教室に、教師は大きく咳払いをする。

「この図をただ見たことがあるというのと、理解することの間には、天と地ほどの開きがある。いかに優れた尖筆師といえど生命の木が象徴するものを完全に理解したと断言できる者はないのだからな」

苛立つようなその口調に、生徒たちは慌てて口を閉ざした。静まり返った教室をじろりと眺め回し、ブラウは続ける。

「この図形は観念的な象徴ではなく、泥徒を創るための設計図と見做《みな》すべきものだ。尖筆師という仕事は、秘律文を使って泥徒の礎版に生命の木を描くことと言い換えることもできる」

そこで教師は言葉を止め、「では、なぜ精神世界の構造を示すとされる生命の木が、泥徒の設計図となり得るのか。誰か説明できる者は？」

マヤはそれに答えるべきか惑うように、机の下でもじもじと手を動かす。

そうする間に、天井へと素早く腕を衝き上げた少年があった。

「精神世界である大宇宙と、人間内部の小宇宙は、共通する構造を持っているからです。生命の木を構成する十個の数枝は、人間の基幹を成す要素を示しています。人間の似姿である泥徒においても、それは同じものと言えます」

年齢に似合わない大人びた話し方をした少年の名は、タデウシュ・スタルスキ。

教師は満足そうに頷いた。

「良い答えだ、スタルスキ君。生命の木を構成する十の数枝は、泥の人形を泥徒へと変える霊的な臓器とも言うべき存在である。当然、泥徒の創造を志すなら、その数枝の働きについて覚えておかなくてはならない」

生徒たちに背を向け、手早く板書を始める。

一　ケセル　　　「王冠」
二　ホクマー　　「知識」記憶を司る数枝
三　ビーナー　　「知恵」解釈を司る数枝
四　ヘセド　　　「慈悲」反射を司る数枝
五　ゲブーラー　「権力」運動を司る数枝
六　ラハミーム　「美善」
七　ネーツァハ　「忍耐」活力を司る数枝
八　ホード　　　「威厳」代謝を司る数枝
九　イェソード　「基盤」
十　マルクト　　「王国」

ブラウは向き直り、白墨《チョーク》の先端を生徒たちに突きつけた。

「主からこれらの数枝を与えられたことにより、人間は他の動物より優れた存在となった。泥徒もまた同じ。多くの数枝を宿して人間と近い存在となれば、より優れた性能を持つことができるわけだ」

「質問してよろしいでしょうか？」

手を挙げたのは、先ほどのタデウシュだ。

「ケセル、ラハミーム、イェソード、マルクトの四種類は、具体的にどのような機能を司っている数枝なのでしょうか？」

それら数枝の下には二つ名が記されているだけで、司る機能は空白のままだった。

「分からぬ」とブラウは即答した。「この四種類は、どのような機能を司っているかすら解き明かされていない」

「そうなのですか……」

「残念がる必要はない。全ての数枝を著《あらわ》し、主による原人間の創造を再現しようとすることの方が傲慢なのだ」

ブラウは確信を持った様子で続ける。

「泥徒という言葉は『胎児』を語源としており、人間未満の存在であることを意味する。泥徒というのは、人に比べて欠けたところがあって当然であり、むしろそうでなければならない」

「よろしいですか？」

横から口を挟んだのはマヤだった。

許可を待つことなく、椅子を鳴らして立ち上がる。

「わたしは、それと正反対の教えを受けたことがあります。尖筆師とは、原初の創造をこの手で凌駕しようという無謀な目標を生涯追い続ける者のことだと。もしその定義が正しいのなら、先生は尖筆師ですらないということになりますね」

思わず挑発的な物言いとなってしまったのは、父の教えを否定されたように感じたからだろう。

「たしか、カロニムス君といったな」

ブラウは口元を歪めた。

「泥徒の創造は、昨日今日始まったわけではない。数多《あまた》の尖筆師が知恵を積み重ねてきた結果として、泥徒に宿すことができる数枝は六種類に留まっているわけだが」

「同じ場所を堂々巡りしているわけではありません。その歴史の中で、泥徒という存在は少しずつ拡張されてきました。いずれ原初の創造に辿り着くはずです」

すると、ブラウは髭の中に指を差し入れ、「では、質問を変えることにしよう」と教室の後ろに控えているスタルィに目を遣った。

「その泥徒には、いったい幾つの数枝が宿されている？」

マヤは言葉を詰まらせた。

「君の年齢で泥徒を創ったことは、確かに誇るべきことであろう。自慢げに連れ回したくなる気持ちも理解できないわけではない」

「自慢するつもりはありません」

それを取り合うことなく、ブラウは小さく首を振った。

「ただ、その出来栄えを見るなら、安価な汎用泥徒にも及ばないというのが実際のところだ。おそらく裡《うら》に宿されている数枝は、三種類、ないしは四種類であろう。原初の創造を再現する、などという夢物語を口にする前に、基礎的な秘律文の綴り方から学び直すべきではないかね？」

「確かに、先生の前で『原初の創造を凌駕する』などと言ったのは間違いでしたね」

マヤはにこりと微笑む。

「地を這うことで満足しているあなたには、仰ぎ見ることすら叶わない崇高な目標に映るのでしょうから」

そう言い捨てるなり、踵《きびす》を返した。

肩を怒らせて教室を去るマヤの背中を、他の生徒たちはあっけに取られたように見つめることしかできなかった。

「待ってくれ！」

靴音を響かせ石畳の上を歩くマヤを、ラッパを吹き鳴らしたような、よく通る声が呼び止めた。

振り向くと、タデウシュ・スタルスキが駆け寄ってくるところだった。

「どうしたんだ。まだ、終業時間には早すぎるだろう」

「本当に理由がわからないっていうの」

マヤの剣幕に、タデウシュは困ったように眉を寄せた。

「先生にだって体面というものがある。それを傷つけるような発言をしたのは、マヤのほうが先だろう」

「いえ。挑発をしてきたのは向こうが先よ」

「君らしくもない。なにをそんなに怒っているんだい？」

二人は幼馴染ともいえる関係だった。

タデウシュの父であるアベル・スタルスキはカロニムス・スタルスキ泥徒製造会社《Kalonymus Starski Firma Golem》――通称、ＫＳＦＧを営んでいる。その名が示すとおり、イグナツ・カロニムスも共同経営者だった。

「別に、いつもどおりだけど」

マヤはふてくされたような声を出した。

過剰に反応してしまったのは、先日の父の言葉が頭に残っていたせいだろう。それがタデウシュに見透かされていたようで、余計に苛立ちが募った。

そうとも知らず、タデウシュは火に油を注いでしまう。

「マヤは将来のカロニムス家の家長として、周囲の模範となるべき立場なんだ。先生の言葉ひとつに一喜一憂するべきじゃない」

マヤの頬に、さっと赤みが差した。

「確かに、こんなところで無駄話をしている人間が家長になれるわけがないわね。そんな暇があるなら、一語でも秘律文の綴りを覚えないと」

まくし立てるように返すと、再び踵《かかと》を鳴らし中央広場をつき進んでいった。

呆然と立ち尽くすタデウシュの背後から、遅々とした足取りでスタルィが近付いてくる。

タデウシュは、ばつの悪そうな笑みをスタルィに向けると、

「君の主人ならあそこだよ」

遠くなったマヤの背中を指差した。

※

馬車の迎えを待つことなく帰ってきたマヤを、トマシュは穏やかな笑みと共に迎えた。

「随分と早いお帰りですが、いかがされたのですか？」

その静かな問いかけの奥にいかなる感情が押し止められているか、マヤには良く分かった。真実を吐露する他なかった。

全てを聞いたトマシュは変わらぬ笑みを湛えながら、滔々《とうとう》と説き始める。

「いかなる理由があろうと、規則は規則です。勝手な判断で下校時刻を早めてはなりません。それに、徒歩で帰ろうとすることは厳《げん》に謹んでいただきたい。馬車を使うのは、マヤ様の安全を護るためでもあります——」

トマシュの役割は、単なる使用人の枠に留まらない。家内の使用人を取りまとめる責任者であり、カロニムス家の財産の管理も委ねられていた。そして何より、マヤにとっては家族同然の存在だった。

父イグナツは、レンカフ自由都市を代表する泥徒の創造者であり、ＫＳＦＧの共同経営者であり、元老院議員をも兼ねている。顔を合わせる機会すら稀であった。マヤの母であるイザベラは、娘を生んでから間もなくして不慮の死を遂げていた。

親代わりのトマシュの言葉には、マヤも異を立てることはない。肩を落として耳を傾けるばかりとなる。

「それより、今日はいつもよりたくさん運動をされたようですから、お腹が空いてしまっているのではないですか？」

そのしおらしい様子に、トマシュもつい舌鋒を緩ませてしまった。

「少し早めの夕食といたしましょう」

使用人の大半が泥徒に置き換えられているカロニムス家においても、料理番は人間の務めだった。泥徒にとって味覚は不要であり、それを備えたものは存在しないからだ。

マヤは、食堂の隅に置かれたホールクロックを見遣った。針は既に六時を指している。夕食を早く用意してもらったものの、父の帰りを待つうちいつもと変わらぬ時間になってしまった。

「いかがいたしましょう。先にお食事を始められては？」

トマシュの勧めに、マヤは小さく首を振る。これまでの彼女なら、諦めて先に食事を始めていただろう。だが、尖筆師となることを認められた今は、別の選択肢があった。

「工房まで、お父様を迎えに行ってきます」

「お気をつけていってらっしゃいませ」

トマシュはどこか弾んだ口調だった。

急くようにスタルィの手を引きながら玄関を飛び出す。レンカフの夕暮れは長く、辺りは薄紫の光に包まれていた。

　泥徒たちの影が、芝生のうえに細い線を引いている。園丁たちは薄い刃物と化した細長い指をカチカチと鳴らしながら、ゆっくりと敷地を巡回していた。日中、芝を切り揃えるために使われるそれは、夜になれば敷地内に侵入する不躾者《ぶしつけもの》を退けるための武器ともなる。

　イグナツの工房は、敷地の大半を占める広葉樹の森の奥に潜むようにしてあった。その姿は、巨大な球体が地中に埋まっているようにも見えた。地上に顔を出す半球には鋼製の扉だけが備わっている。扉を両手で押し開くと、地下に続く階段が覗いた。

　地下とは信じがたいほどイグナツの工房は広く、そして明るかった。室内をくまなく照らしているのは近年になって設置されたアーク灯だ。高い天井に取り付けられたガラスの火舎《ほや》から、羽虫を閉じ込めたような音が響いていた。

　左右の壁際には、仮初めの命を吹き込まれる前の泥の軀体が肩を並べていた。その奥の壁には両開きの扉が設けられていたが、長年使われていないのか引き手が鎖で封じられていた。

　イグナツと三人の徒弟たちは、室の中央に置かれた石造りの記術台――泥徒を創造するための腰高の作業台――を取り囲んでいた。彼らの視線は、そこに横たえられた軀体に注がれている。胸部が大きく左右に切り開かれ、礎版がむき出しになっていた。

　初めに気付いたのは、有馬だった。

「マヤ様がおいでです」

　記術台から視線を逸らそうともしないイグナツに、そっと声を掛けた。

　振り向いた父に、マヤはおずおずと申し出る。

「お父様、そろそろ夕食ですが」

「嘘だろう。もうそんな時間になったというのか！」

イグナッツは大げさに天を仰いだが、「困ったことに、まだ仕事が終わりそうもないんだよね」と記術台に視線を戻す。

有馬は思わず苦笑を浮かべた。

「ご心配なく。後の処理なら、我々だけでも十分です」

「そうかい？」

徒弟たちはそれぞれ頷き返した。イグナッツは手についた泥のかすを払いながら、娘に問いを向ける。

「そういえば、二人で食事を取ったのはいつのことだったかな？」

小さく首を傾《かし》げたマヤの姿に、申し訳なさげに眉を寄せる。

「ずいぶんと待たせてしまったようだね」

「遅くなってすまない。順番は問わないから、出来た端から料理を運んできてくれ。ただし、テーブルに収まる範囲で」

食堂に入るなり、イグナッツは自ら椅子を引いて席に着いた。

「仰せのとおりに」

何より効率性を重んじる主人に、トマシュは僅かに含みのある口調で返した。

しばらくして、大麦の入ったマッシュルームスープが運ばれてきた。イグナッツは手早く匙で掬いながら、娘に問いかける。

「今日も学校は楽しかったかい？」

「正直言って退屈です」

「でもまあ、考えようによってはすごいことだよ。一日の半分も退屈に耐えるなんて、僕にはとてもできそうにない」

「わたしも我慢できているとは……」

言い淀むと、壁際に控えていたトマシュが小さく咳払いした。

「何かあったのかな？」

マヤは、渋々と今日の出来事を語りはじめる。

イグナツは料理を口にしながら耳を傾けていたが、ブラウとの口論に話が及んだところで、

「なるほどね」とナイフを置いた。

「その教師の言うことは、よく理解できるよ」

「えっ」

思わず声が出た。

「大半の尖筆師にとって、泥徒を創る行為は単なる労働と堕している。主の創造に迫る泥徒を創ろうだなんて、もはや夢物語に聞こえてしまうんじゃないかな」

父はブラウの肩を持つわけではないようだ。それでもどこか釈然とせず、手の中でスプーンを揺らめかせる。

表情を曇らせている娘を、イグナツはじっと見つめた。

「そういえば、きちんと話をしたことはなかったね。泥徒の創造という行為の本質について、そろそろマヤも知っておいた方が良い」

その言葉に、トマシュはそっと扉から出てゆく。食堂には、父と娘の二人だけが残された。

「そもそも泥徒とは、いかにして創られるようになったのだろう？」

「それは……」

マヤは口を開きかけ、自分が十分な答えを持ち合わせていないことに気付いた。

古い記録を辿れば「使徒言行録」に登場するシモン・マグスは、空気中から一体の人間を創ってみせたというが、その技術は我々が手にするものとは大きく異なる。泥徒創造の直接的な始祖とは言えないだろう。

「知らなくて当然だ。マヤには、まだ教えていないのだから。ぼくたちは、与えられた設計図をもとに泥徒を創り始めたんだ。生命の木より、もっと具体的な設計図をね」

「どういうことですか？」

「そのままの意味さ。全ての数枝を文字で著した『原初の礎版《ピエルボトニ・ポドスタベク》』というものが、この世界には存在している。秘律文は、そこに刻まれた文字列を扱いやすい形に翻訳しただけに過ぎない」

目を丸くするマヤに向かって、「原初の礎版を護り継ぐことこそ、カロニムス家の家長に与えられた使命なのだ。先代の家長である父からは、そう教わっている」と軽い調子で付け足した。

「……ということは、その原初の礎版というものがカロニムス家にあるということですか？」

「無いものを護り継ぐことはできないからね」

イグナツは笑い混じりに言い、グラスに手を伸ばした。

「原初の礎版が、誰の手によって創られたものかは記録されていない。ぼくたちの祖先がレンカフ自由都市に逃れてくるよりずっと前、伊国《イタリア》にいた八世紀の時点では所有していたらしいね。辿ることができるのは、そこまでだ」

「全ての数枝が記述された原初の礎版が存在するなら、それを元にすれば人間と等しい泥徒を創ることができるのでしょうか」

「そう簡単ではないよ。原初の礎版に刻まれた文字列は、高度の秘匿言語だ。神秘の覆いを剝ぎ取らなければ扱えるようにはならない。祖父や父は、『原初の礎版の全てを解き明かすことこそが、われわれカロニムス家の悲願だ』なんて言ってたけれど――」

イグナツは小さく肩を上げた。

「正直なところ、ぼくには理解できないね」

「どうしてですか？」

「原初の礎版がこの世にあるということは、誰かがそれを書いたってことだろう。他人の足跡を辿ることに人生を捧げるなんて、つまらない」

言われてみれば、確かに道理である。だが、生涯をかけて原初の創造を追い求める尖筆師に聞かれでもすれば、顰蹙《ひんしゅく》を買うだけでは済まないだろう。

「自らが手がけた泥徒を『シェキーナー』に至らしめることが、尖筆師にとっての至上の目標だと思っていました」

マヤが口にしたのは、尖筆師のなかでまことしやかに囁かれる古い伝承だった。

シェキーナーとは、被造物が最も主の存在に近付いた状態を指す言葉だ。全ての数枝を宿した泥徒は、彼我を越えた神的自我を得て――完全なる被造物「シェキーナー」に至るという。

「まさか、本気でそんなこと信じているわけじゃないよね？」

途端、イグナツは辟易《へきえき》した表情を見せた。

「考えてもみなよ。数枝というのは、あくまで泥徒にとっての機能に過ぎない。全て揃えたら超自然的な力を得るなんて、完全に話が飛躍している。そもそも十種類の数枝を記述できない者が、どうしてそうなると分かったのだろうね」

その小馬鹿にするような物言いに、マヤは顔を俯《うつむ》かせた。

「大切なのは、自分の道を自分で見つけるということだ。他人の足跡を辿ったって、成功も失敗もないのさ」

イグナツは諭すように付け加えた。

「それでは、お父様の道とは如何なるものなのですか？」

「そうだね……」と言葉を探すように宙に目を向けてから、「泥徒の創造は、人間が手にする智の体系として最も貴重なものだ。レンカフ自由都市の中に留めておくべきものではない。今ぼくが目指しているのは、それを世界じゅうに届けることかな」

マヤの顔にかかっていた靄が、さっと取り去られた。

父が泥徒製造会社を営むのは、多くの人々に安価で泥徒を届けたいからだ。泥徒が根ざしていない国からすすんで徒弟を受け入れているのは、泥徒創造の技術を広めるためだろう。泥徒という恩寵は、何者かによって独占されるべきではない。

もっと広い世界を救うためのものなのだ。

「尖筆師として進むべき道、少しだけ見えてきました。泥徒とは人々を幸せにするためのものだと、わたしも信じています」

にわかに晴れた娘の表情につられるように、イグナツも穏やかな微笑を浮かべた。

※

マヤが進学先として選んだのは、レンカフ市内にある女子中等学校だった。ワルシャワの女子ギムナジウムに比べれば、教育水準が高いとは言えない。ただ、この地に留まったことで得られたものは大きかった。

一八九二年十月の朝、マヤはいつものごとく自らの部屋に籠もっていた。

彼女の子供部屋は、工房と呼ぶに相応しい様相に変わっていた。壁面に備え付けられた書架にはイグナツの工房から持ち出した文献が並び、部屋の中央には木製の記術台が据えられてあった。

その台の上に、スタルィが上半身を晒《さら》して横たわっている。

彼の肋骨《ろっこつ》に当たる部分は、両開き窓のように左右に開かれ、収められた礎版が顕《あらわ》になっていた。湿り気を帯びた泥の表面から顔を出す円形の礎版の傍らには、同じ形のやや小さな石板が埋められていた。

マヤは椅子に座り、祈るように頭を垂れている。

彼女が纏っているのは、尖筆師にとっての正装である漆黒の術衣だ。フロックコートに似ているが、襟やカフスなどの装飾は見られない。その昔、手術をする医者と紛らわしいということで、時の権力者から装飾を禁じられたのだという。

マヤは尖筆の先端をスタルィの礎版に当て、霊息の流れに意識を集中させていた。記憶を司る数枝「知識《ホクマー》」を宿したのは、半月ほど前のことだ。

泥徒の存在を規定する秘律文は文字の連なり――つまりは文章である。

文章であるからには、追記することも可能だ。ただ、先に宿した礎版は文字で埋め尽くされており、余白はなかった。新たな数枝を書き加えるには、別の礎版を軀体に埋め込んだうえで、矛盾なく繋ぎ合わせねばならなかった。

新たな数枝は問題なくスタルィの一部となった様子だ。だが、僅かな綻びもあってはならない。かつてイスマエル・ベン・エリシャの弟子たちは、秘律文の語順を反対に綴ってしまったことで自らが土中に引きずり込まれてしまったと伝えられている。

秘律文の破綻は泥徒だけでなく、それを創り上げた尖筆師をも滅ぼすのだ。

マヤは胸の底から大きく息を吐き出した。

生命力そのものである霊息の行使は、大きな疲労を伴う。スタルィの肋骨を閉じると、接合部を尖筆の先端でなぞる。薄《う》っすら浮かんでいた線が消え、肌はなめらかになった。

「もう動いて良いわよ」

声をかけると、スタルィはすみやかに上体を起こした。椅子にかけてあったシャツに袖を通し、器用にボタンをはめてゆく。以前のようなぎこちなさは見られない。追加された数枝は、互いに補い合うことにより泥徒の存在を一段高みへと引き上げる。数枝を多く宿した泥徒ほど人間に近付くのはそのためだ。

スタルィが記術台から立ち上がると、部屋の隅にあったホールクロックが目に留まった。

「遅刻！」

始業時刻が迫っていた。マヤは術衣をその場に脱ぎ捨て、どたばたと部屋から飛び出してゆく。スタルィは開け放たれたままの扉に目を遣ると、以前よりも滑らかな足取りで主人の背中を追いかけた。


帰宅後、マヤは朝の様子が嘘のように粛然《しゅくぜん》と夕食を取っていた。

食堂に響くのは、こんがりと焼き目のついた鴨を口元に運ぶわずかな咀嚼音だけ。その様子を、トマシュとスタルィが壁際から言葉なく見守っている。この半年あまり、テーブルを占めるのは彼女独りだった。

「お父様は、まだお仕事中ですか？」

「はい。工房にいらっしゃいます」とトマシュは眉をひそめて、「ようやく議会が休会となりましたので、今のうちに仕事を片付けておかれたいとのことです」

「だからといって、食事もとらずに……」

マヤも表情を曇らせた。

イグナツは更なる激務に追われるようになっていた。

きっかけは露国を襲った大飢饉だった。欧州において最大の穀物輸出国であった露国だが、近年ではアメリカから流入してくる安価な穀物に市場を席巻されていた。そこで露国皇帝アレクサンドル三世は、巻き返しを図るため「満たすべきは空腹より国庫」というスローガンを打ち出し、外貨獲得のため穀物を二束三文で売り払っていった。

その状況の中、露国を飢饉が襲ったのである。自らが食べる分まで輸出に回されていた農民たちは家畜に与える餌にも困り、屋根の茅《かや》を剝がして食べさせた。しばらくして、農民たちは屋根のない部屋で家畜を食べた。農村は疲弊し、穀物生産量は下降の一途を辿るばかりとなった。

その影響はレンカフ自由都市にも及んでいる。元老院《セナト》において、露国から派遣された高等弁務官スタニラフ・リシツキが無理な要求を繰り返すようになったのだ。

最高意思決定機関である元老院は、十二人の元老からなる。

その構成員は法で定められており、マグナートと呼ばれる大貴族四家と、警備隊の長官、レンカフ大学の総長、聖堂参事会の代表者、職業別組合の総代表、泥徒工房主の代表、そこに保護国から派遣されている三名の高等弁務官が加わる。

元老院は全会一致制を採用している。誰かひとりでも頑なな態度を取れば、議会は動かなくなった。

リシツキが求めたのは、農業用に転用できる泥徒の無償提供だ。そもそも露国の農村に泥徒に霊息を吹き込める人材があるわけもなく、検討にすら値しない議題といえた。

真っ先に反対票を投じたのは、他の二カ国の高等弁務官である。共通の敵である露国への嫌がらせは、彼らにとって最もやりがいのある仕事のひとつ。むきになったリシツキは、壊れたように同じ言葉を喚《わめ》き散らすばかりとなる。結果、議会は機能不全に陥った。

レンカフ自由都市も法治国家である以上、議決を経なければ城壁を修繕することすらできない。

他の元老たちは、いがみ合う高等弁務官たちの傍ら、実務的な議論を進めてゆかねばならなかった。

その困難な舵取りを任されたのがイグナツである。

「せめて会社の方は、アベルさんに任せられないのかしら？」

「実務的な仕事は、アベル様が一手に引き受けてくれています。ただ、今は新工場の設計を進めているところでして、技術的な問題はイグナツ様でないと……」

不安げなマヤの表情に気付き、トマシュはつとめて明るい声に切り替える。

「ですが、もう少しで状況が落ち着きそうだと、イグナツ様はおっしゃっていました」

「それ、二ヶ月前にも聞いたような気がするけど」

マヤは肩をすくめた。

その夜、マヤはなかなか寝付くことが出来なかった。物音がするたび、父が帰ってきたのではないかと、まどろみから意識が引き戻されてしまう。十月だというのに寒さが厳しく、ベッドの中にいても冷気が肌を刺すようだった。

いつまでたっても眠りは訪れてくれようとはしない。諦めて、夜着のままベッドを抜け出した。二階から玄関ホールを覗くと、まだ明かりが灯っている。トマシュが薄く扉を開け、外の様子を窺っているところだった。

階段を降りてゆくと、トマシュが顔をしかめて振り返った。

「どうされたのですか。もうお休みになりませんと」

マヤは応えず、「お父様は、お戻りにはなられていないのですか？」と尋ね返した。

「はい。まだ、工房にいらっしゃるようです……」

「様子を見てきます」

「なりません。こんな時間に」

「大丈夫。スタルィを連れていきます」

トマシュが呼ぶ声を振り切り、マヤは階段を駆け上った。夜着の上に術衣をひっかけ、外に飛び出す。

氷のような空気の冷たさに、慌てて術衣の前を搔き合せる。雲は風に吹き散らされ、ぽつりと浮かんだ月が庭を照らしていた。マヤたちは早足で森を抜け、イグナツの工房を目指す。ブナの硬い葉が、かさかさと擦れ合う音が聞こえた。

ドーム型の工房は、闇のなかで人が蹲《うずくま》っている姿にも見えた。

「お父様」

声を掛けながら重い扉を押し開いた。

階段の底からは煌々《こうこう》と光が漏れている。やはり、まだ仕事中のようだ。マヤは一段ずつ階段を下ってゆく。コツリ、コツリ、と靴の底が石を打つ音を聞くうち、次第にその足取りは重くなっていった。

あまりに静かだった。

地下から響いてくるのはアーク灯の放電音だけ。声は聞こえず、人の気配も伝わってこない。なにか異変があったのだろうか。胸を刺すような不安を押さえ、地下へと下りてゆく。

工房のなかは昼のように明るく、すべてが見渡せた。

室内に人の姿はない。

視線を引きつけられたのは、ぽつりと置かれた石造りの記術台だった。その上には、泥徒の軀体が置き去りにされたままでいた。

マヤは記術台へと足を進めようとして――びくりと体をこわばらせる。

ふと気付いた。

自分は、何か勘違いをしているのではないか。

浮かんだ不安は急速に膨らみ、胸を締め付ける。足が竦んで動こうとしないが、確かめてみずにはいられなかった。一歩、また一歩と、恐る恐る進んでゆく。

思いもつかないものが、そこに横たえられていた。

見間違えたのは、泥徒の軀体と酷似しているからだった。

胸の中央は真っすぐに切り裂かれ、肋骨が左右に大きく開かれていた。胸の奥はがらんどうで、横隔膜にこびりついた肉が浅黒く変色し始めていた。そこに収まっていたはずの内臓は全て見当たらず、その奥の椎骨までもがこそげ取られていた。

確かめるまでもない。人の軀《むくろ》だ。

もしかすると、秘律文の探究のため、死体の解剖でもしていたのかもしれない。人間の身体と泥徒の軀体とは、通じるところがある。

マヤは、収まりやらぬ動悸を押さえるように手を胸に当てながら、記術台に向かってさらに一歩踏み出した。

そこで、天井に虚ろな眼差しを向けている顔が目に入った。

声をあげることもできなかった。

父だ。

記術台の上に横たえられていたのは、変わり果てた姿のイグナツ・カロニムスだった。

直後、背筋をぞわりと走った悪寒に、マヤは素早く周囲に首を巡らせる。

悲しみに暮れている余裕はない。状況から見るに、誰かが父をこのような姿に変えたのは明らかだった。その咎人《とがにん》は外に逃げたとも限らない。

工房内に這わせた視線は、すぐ一点に留め置かれる。鎖によって封じられていたはずの奥の扉が、薄く開かれていた。

「付いてきて」

マヤは、傍らにあるスタルィに小さく声を掛けた。

せめてもの武器のつもりか術衣から尖筆を引き抜き、奥の扉へと近寄っていく。耳をそばだてても物音は聞こえてこない。扉に顔を近づけ、隙間からそっと中を覗いた。

小さな部屋だった。石壁によって四方を囲まれており、人が身を隠せるような場所がないことは一目して分かった。床には、石造りの円形の台座が点々と置かれている。十個の台座によって象《かたど》られたその形は、マヤにも見覚えがあった。

「生命の木……」

思わず声を漏らした。

床に置かれた台座の位置は、生命の木を擬《なぞら》えていた。

それぞれの台座の上には、形状の異なる小さな石板が据えられている。父の言葉を思い起こせば、これこそカロニムス家に受け継がれてきた原初の礎版に違いない。

そこで異変に気付く。残された礎版の数は七つしかなかった。

欠けている位置に当たる数枝は——美善《ラハミーム》、基盤《イエソード》、王国《マルクト》の三種類であろう。

いずれも、秘律文で著すことのできない数枝だ。尖筆師にとっては、大粒の宝石などより価値を持つ。おそらく、何者かによって原初の礎版は奪い去られた。そのために、父は命を奪われてしまったのであろう。

マヤの手から尖筆が滑り落ちる。キン、と空々しいほどに澄んだ音がした。

尖筆を拾おうと腰をかがめたが、そのまま床に崩れ落ちる。いちど緊張が緩むと、堰《せき》を切ったように涙が溢れた。引き絞るような泣き声が工房の中にこだまする。

戻りの遅い彼女を心配してやってきたトマシュがその背中を抱きしめるまで、慟哭《どうこく》は止まることがなかった。

※

カロニムス家の屋敷から六頭立ての霊柩馬車が発《た》ったのは、イグナツの死から三日後のことだった。向かう先は、三キロメートルほど離れた旧市街に通ずる街道沿いの墓所。歴代の家長たちは、そこに眠っている。

霊柩馬車を先頭に据えながら、近親者による葬列が重い足取りで進んでゆく。

黒衣に身を包んだマヤは、白い花輪を抱えながら父の棺の傍らを歩いた。辺りには、葬送業者が雇った楽団の奏でるショパンの『葬送行進曲』が響いている。支払われる対価に応じて、葬儀の演出はより大仰なものとなった。

悲しげな音色に誘われ、レンカフ市民たちが道脇に集まってくる。イグナツの死は、ガリシア地方で広く読まれる『チャス』紙でも一面に報じられていた。ただ今のマヤにとって、人々から向けられる憐れみの眼差しは、むしろ疎ましく感じられた。

馬車を牽く馬たちが短く嘶《いなな》いた。

墓所の前に差し掛かり、霊柩馬車はゆっくりと速度を落とした。葬儀業者たちが棺を担ぎおろし、そのまま墓所の中へと運んでゆく。棺の後ろにマヤたち親族は列を作った。向かう先の土の地面に、黒々とした長方形の穴が口を開けていた。

イグナツの棺は、静かに穴の底へと据えられた。棺の蓋にマヤは花輪を献げる。墓掘り人の手により土が埋め戻されてゆく。棺に砂礫《されき》が当たるパラパラという雨垂れのような音を、マヤは無言で聞いた。

棺が完全に埋められると、参列者たちはマヤに型どおりのお悔やみの言葉を告げ、順番にその場を後にしていった。マヤは俯いたまま、周囲に並ぶ墓石の一部となったかのように、じっと立ち尽くしていた。

肩に添えられた手に意識を引き戻される。顔を上げると、四角く張り出した顎が目に入った。

「お気を強く持ってください。イグナツは、私たちの心のなかで生き続ける」

目に涙を溜めそう言ったのは、アベル・スタルスキである。

亡き父と共にＫＳＦＧを経営していた彼は、マヤの代わりとして葬儀を取り仕切っていた。

マヤは抑揚のない声で尋ねる。

「犯人の行方は、まだ摑めていないのでしょうか？」

「レンカフ警備隊が自らの誇りにかけ、全力でその尻尾を追っているところです。おそらく時間の問題でしょう」

アベルは目を泳がせる。正直さは、彼の美徳のひとつに数えられた。

レンカフ警備隊が追っているのは、三人の徒弟たちだ。

状況を鑑《かんが》みれば、他の可能性を考える方が難しい。敷地内を巡回していた園丁泥徒を調べたところ、外部からの侵入者に反応した形跡はなかった。何より、徒弟たちはイグナツの死を境として行方をくらましている。自ら犯人であると名乗り出たも同然だった。

ただし、なぜ徒弟たちがそのような凶行に及んだのか、動機は不明のままとされている。彼らが原初の礎版を奪ったと知る者は、マヤとトマシュの他にはいない。その存在がカロニムス家の中に秘されている以上、公にするわけにはいかなかった。

「早く捕まると良いのですが」

マヤの声は冷ややかだった。その公算が小さいことは知っていた。

主人の死を確認したトマシュは、使用人のひとりを警備隊長官の元へと走らせた。レンカフ自由都市は、五十キロメートル四方の領土しか持たない小さな都市国家。犯人が国外に逃亡する前に、手を打たねばならなかった。

長官は即座に号令をかけ、警備隊員に捜索を命じた。同時に、隣国に対して容疑者の入国があった場合、引き渡しを求めようとした。だが、そこで横槍を入れてきた者があった。露国の高等弁務官、スタニラフ・リシツキである。

三人の徒弟が犯人であるという確たる証拠がないのに、他の国を巻き込むのはいかがなものか。彼はそう難癖をつけ、周辺国への通達を退けさせたのだ。徒弟の中には、露国人のセルゲイ・ザハロフがいる。責任が自国に及ぶことを嫌ったのであろう。

結果として、捜査はレンカフ国内に留められた。

「レンカフ警備隊を信じましょう。イグナツを手にかけた者には、必ずや相応の罰が下されるはずです」

力強いアベルの励ましに、マヤはどう応えてよいものか分からなかった。

彼女が欲していたのは真相だった。むろん、犯人が罰を受けることを望んでいないわけではない。だがそれより、なぜ父があのような死を遂げねばならなかったのかを知りたかった。

父はどれほど忙しくとも、工房に足を運ぶのを欠かさなかった。自らの知識を弟子たちに伝えるため、まさに寝食を削っていたのだ。新たな数枝の記述方法を解き明かしたとすれば、自らの裡に留めることはしなかっただろう。

ならば、どうして徒弟たちは凶行に及んだのか。そこまでして原初の礎版を手にせねばならない理由があったのだろうか。

マヤは首を振った。

いくら考えても、答えを得られないことは分かっていた。真相に辿り着きたくば、直接徒弟たちに尋ねるほかないのだ。

「自らが歩むべき道……必ず、見つけ出します」

棺が埋められたばかりの真新しい土の跡を見つめ、マヤは静かに誓った。

危険な旅支度

父の死から半年が経った。

マヤの生活は、以前の落ち着きを取り戻したかのように見えた。中等学校に通い、帰ると独りで夕食を取り、夜が更けるまで自らの工房で過ごす。トマシュが向ける不安げな視線をよそに、模範的ともいえる生活を送っていった。

変わらぬ日々に変化をもたらすのは、月に一度のスタルスキ家への訪問である。両親を失った十四歳のマヤには後見人が必要となり、それを引き受けてくれたのがアベル・スタルスキだった。

スタルスキ家の邸宅は、新市街でいちばんの目抜き通りに面している。四階建てのファサードには、いかにも荘厳な古代ギリシア調のレリーフが施されていた。趣味が良いかは意見が分かれるところだろうが、衆目を引く効果を果たしているのは間違いない。レンカフの市民たちはその建物を、おそらくは些《いささ》かの揶揄をこめ、新時代の宮殿《パワツ》と呼んでいた。

尖筆師《リサシュ》としてのスタルスキ家の歴史は、レンカフ自由都市のなかで最も浅い。

もともと彼ら一族は冶金《やきん》を生業としており、尖筆師に鞍替えしたのはアベルの祖父の代のこと。祖先から蓄えられてきた知識量が、泥徒《ゴーレム》の出来栄えの差として如実に現れる尖筆師という職業において、それは重すぎる足枷だった。

アベルの祖父が無謀ともいえる賭けに出たのは、ひとつの公算があったからだ。

泥徒の創造は、土を捏《こ》ねるところから霊息《ネシャーマ》を吹き込んで仮初《かりそ》めの生命を与えるまで、ひとりの尖筆師が全てを担う。それを改めようとアベルの祖父は考えた。泥徒を創るための方法を画一化し、工程を細分化して分業を図る。つまり経営する鉄鋼工場で採用していた手法を泥徒創造に持ち込もうとしたのだ。

その試みは、画期的な生産効率の向上を齎《もたら》した。十人ほどの職人が分業で製造を進めることにより、月産二十体という数字を叩き出したのだ。熟練の尖筆師でも一体の泥徒を仕上げるまでに三ヶ月を要することを考えれば、格段の進歩である。

しかしその一方で、泥徒の品質は目も当てられぬものとなった。与えられた命令を忘れてさまよい歩く程度のことは珍しくもなく、ときに人の形の維持さえできず、道端に点々と指先を落として歩いた。

粗造品の代名詞ともなったスタルスキ印の泥徒は、文字どおりの使い捨てとされた。二束三文の値付けをしなければ買い手はつかず、いくら生産数を増やしても利益は上がらない。綱渡りの経営が、二代に渡って続けられた。

それを一変させたのが、三代目のアベル・スタルスキである。

若くして会社を継いだ彼は、自らの成功を疑ってなかった。高い生産性を誇る泥徒工場があるならば、取り組むべきはひとつだけ。品質を向上させさえすれば、巨万の富が転がり込むのは保証されているようなものだ。

賢明なことに、アベルは自身がそれを実現できる能力を持ち合わせていないことを理解していた。泥徒に刻印された秘律文に目もくれず、真っすぐカロニムス家の屋敷へと足を向けた。

そのとき、彼の対応をしたのがイグナツだった。

高品質な泥徒を、工場で大量生産したい。アベルの考えを聞いたイグナツは、いたく興奮したという。世界じゅうに泥徒を行き渡らせたいという、自らの願いと合致していたからだろう。意気投合した二人は、新たな会社を立ち上げた。

それが「カロニムス・スタルスキ泥徒製造会社」である。

イグナツが提供した技術により、泥徒の品質は飛躍的に向上した。高品質な泥徒が安価で供給されるようになったことにより、従来の富裕層向けの贅沢品という枠組みを越え、産業界や行政の場にも普及していった。

ＫＳＦＧが立ち上げられてから二十余年。今や、欧州の往来に泥徒を見かけるのは当たり前の光景となり、また破産寸前だったスタルスキ家は最も経済的に豊かな尖筆師の一族ともなった。

その成功の証として、アベルは自らの「宮殿」を建てたのだ。


スタルスキ家のサロンに足を踏み入れるなり、マヤは室内に充満する甘ったるい匂いに顔をしかめた。

フロアでは、黒のジャケットに高襟のシャツを合わせた男たちが、葉巻やら、新聞やらを手にしながら、幾つかの輪を作っている。そのひとつに加わっていたアベルが、立ち尽くすマヤに気付いて葉巻を揚《あ》げた。

「ようこそ、マヤさん。どうぞこちらに」

アベルは男たちの輪から離れ、マヤたちをサロンの隅に置かれた長椅子へと促した。腰を下ろすと、金モールで飾り付けられた派手な制服を着た給仕が、するすると近付いてくる。ＫＳＦＧ製の泥徒だ。スタルスキ家のサロンは、自社の泥徒の展示場としての役割も担っていた。

「マヤさんはサイダーで良いですか？」

アベルが目配せをすると、泥徒はマヤの前にグラスを置き、瓶から冷えたサイダーを注いだ。

人間の給仕と比べても遜色ない動きだった。

「ありがとう」

マヤの言葉に、泥徒は無言で会釈した。言葉を返さないのは性能の問題からではない。

全ての泥徒は、男性を象《かたど》り、言葉を喋らない。

主《しゅ》が最初に創造した人間――原人間《アントロポス》アダム・カドモンは男性であり、また知恵の実を授かる以前であるから、言葉を操ることができなかった。それを擬《なぞら》えた泥徒という存在は、例外なく同じ特徴を受け継いでいるのだ。

「学校はいかがですかな？」

アベルから向けられた問いに、

「退屈に耐えるのも、自分の義務だと考えています」

すまし顔でマヤは返した。

後見人は大げさに目を丸くし、「結構なことです」と苦笑を浮かべた。

しばらく近況についての質問が続いた後、アベルは口に残る葉巻の香りを洗い流すようにコーヒーを飲み込んだ。

「早いもので、来年になれば中等学校での生活は終りを迎えます。先の事について考えておくべき時期でしょう」

「わたしとしては、レンカフ自由都市を離れることにならなければ問題ありません」

アベルはひとつ頷いてから、「ＫＳＦＧの社主としての立場からすれば、会社を次代に引き継ぐことを念頭に置かねばなりません。もちろん次の世代というのは、マヤさんとタデウシュのことです」

窺うような視線に、マヤは首を縦に振った。

「マヤさんには、イグナツが果たしていた役割を担ってくれることを期待しています。会社の経営もさることながら、彼にはもう一つの仕事があったことをご存知でしょう。つまり——」

「元老、ですか？」

「そのとおり。現在私は、元老の仕事に就いています。イグナツの後を継いで、泥徒工房主の代表となってしまったので。ですが、本来この役割はカロニムス家が担うべきもの。マヤさんが元老となるまでの代役のつもりでいます」

「しかし、わたしは女性ですが」

レンカフ自由都市の元老となるためには、法律で定められた条件を満たしていなければならない。その一つが男性であることだった。

「マヤさんとしたことが、いたく保守的な考えをなさる。既に他国では、女性に被選挙権を認める例が出ています。時代は移り変わるものです」

アベルは小さく笑った。

「元老となるための条件は他にもありまして、学士以上の学位が必要となります。マヤさんがこの街から離れたくない以上、レンカフ大学しか選択肢はありません」

「しかし、わたしは女性です」

マヤは繰り返した。レンカフ大学は、男性にしか門戸を開いていないのだ。

「それなら心配いりません。近々女性の入学を認める方針であると、他ならぬ大学総長自身から聞いています」

そう言われては、マヤに反対する理由はなかった。

「大変なのは元老になることではなく、なった後のこと。この仕事はお飾りの名誉職ではなく、国の行く末を左右する重要な役割を担っています。今から、じっくり準備しておかねばなりません」

「例えばどういったことでしょう？」

「そうですね。国外の事情に通じていなければ、元老は務まりません。先ずは新聞に目を通す習慣を身に着けておいては」

アベルはサロンを見回し、「ここに集っている企業人たちも、各国から新聞を取り寄せています。経営の舵を取るため、まず必要となるのは情報ですから」

「情報が、進む先を照らしてくれるわけですね……」

マヤの目は、どこか遠くへと向けられていた。

※

朝の六時。マヤが食堂のドアを開くと、テーブルの上には半熟卵がエッグスタンドに収まり、陶器のカップにミルク入りのコーヒーが注がれ、木苺のジャムが添えられた焼きたての丸パンが湯気を立てている。

完璧に見える食卓には、あと一つ欠けたところがあった。

「おはようございます。今朝は、ずいぶんと暖かくなりましたね」

トマシュの手には、郵便配達人によって運ばれてきたばかりの分厚い新聞の束が抱えられていた。

「いつも、ありがとう」

インクの香り漂う紙束を受け取り、パラパラと捲《めく》って見出しを確かめてから、そのうちの一部を抜き取る。広げた紙面には、丸みを帯びた字体で『ナプシュド』と印刷されていた。ガリシア社会民主党の機関紙だ。

マヤが取り寄せているのは、ガリシア地方で広く読まれている『チャス』や『ノヴァ・レフォルマ』などの一般紙に加え、『タイムズ』や『ル・フィガロ』などの外国の大新聞、さらにはポーランド社会党が発行する『ロボトニク』のような地下新聞にまで及んでいた。

マヤは、右手のスプーンで卵の黄身を掬うかたわら、左手で新聞のページを捲る。

その様子にトマシュは顔をしかめるが、注意を与えるまではしなかった。予定に追われる彼女がじっくり新聞に目を通すとなれば、朝食時をおいて他にないからだ。

だが、マヤが卵の黄身が載ったままのスプーンを、ジャム壺に突っ込もうとしたところで――

「もう少しで構いませんから、朝食に集中してくださいませ」

堪えきれずに口を開いた。


それから数年に渡りマヤが送った生活は、まさしく後見人の期待どおりのものといえた。

中等学校の卒業後、彼女は「女性のための高等教育クラス」に通い始めた。別名「さまよえる大学」とも呼ばれる、医師であり社会福祉士でもあるアドリアン・バラニェツキが立ち上げた、女性のための私塾だ。

この私塾は公的な教育機関でないとはいえ、修了すれば大学の入学資格を得られた。才媛としてその名が知られるマリ・キュリーも、この課程を経てフランスの最高学府であるソルボンヌ大学に入学を果たしている。

さまよえる大学は決まった学舎を持たないため、マヤは自邸のサロンを開放し、他の学生と共に講義を受けた。通学の必要がないことは、彼女にとって都合が良かった。講義の終了とともに、すぐ自分の工房に入ることができるからだ。

歴代の家長たちの手記を紐解き、秘律文の記述方法を身につける。古代ヘブライ語で書かれた神秘主義の釈義を読解し、数枝《セフィラ》についての知見を深める。それこそ、マヤが尖筆師として取り組むべきことだった。

その地道な取り組みの成果は、スタルィの変化に現れた。

マヤは十六歳の終わりを迎える頃、解釈を司る数枝「知恵《ビーナー》」をスタルィの軀体《くたい》に与えた。記述法が確立された全ての数枝を備えたことで、外見は生身の人間と見分けがつけられぬほどになった。

マヤが講義を受けている間じゅう、スタルィはサロンの隅でじっと佇んでいる。癖のない黒髪が眠たげにも見える厚い目蓋《まぶた》を覆い、その下にはすらりと線を引いたような鼻梁《びりょう》が伸びていた。彼の容貌は、名も知らない異国の民のようなエキゾチズムを纏《まと》っていると同時に、あらゆる人種の特徴を併せ持つようにも見えた。ときに女学生から熱視線を向けられることもあったが、スタルィは文字どおり一顧《いっこ》もくれようとしなかった。

マヤは穏やかな日常のなかにあった。

とはいえ、漫然と日々を繰り返していたわけではない。彼女は待ち続けていたのだ。

その報せが届いたのは、一八九六年三月十五日のことだった。

※

朝食のテーブルに着いたマヤは、いつものようにトマシュから手渡された新聞の束をパラパラと捲った。

何気なく手にとったのは、『ザ・イブニング・ワールド』紙だ。米国《アメリカ》で最大の発行部数を誇る新聞だが、大衆の支持を得るため事実性より扇情性を重視する編集方針は、ときに批判を受けることもあった。新聞の発行日は一八九六年三月二日。二週間ほど遅れて届けられたことになる。

マヤは、パンに齧《かじ》りつきながら新聞をテーブルに広げ——ぴたりと手を止めた。

視線だけがせわしなく動き、素早く記事を追う。

「トマシュ」

やけに落ち着き払った声だった。

「体調が優れないので、今日の講義は休みます。わたしが居なくても、サロンは開放し続けてください」

「マヤ様」

席を立ったその背中を、トマシュが静かに呼び止めた。

「どれほどの重責をその身に負われているか、私では理解できないのかもしれません。ですが使用人というのは、主人の荷物を運ぶためにあるのです。こう見えてこのトマシュ、若い頃は力自慢で鳴らしたもの。マヤ様から命じられれば、いかほどでも担ってみせましょう」

そう言って、忠実なる家令は自らの胸に手を添えた。

「ありがとう。あなたの支えがなければ、わたしはとうに倒れていました」

マヤは僅かに笑みを溢《こぼ》すと、スタルィを連れて食堂を後にした。


自室に入ったマヤは、扉を鍵で閉ざした。

書棚に積まれていた本の壁をずらし、その奥に隠されていた木箱を引っ張り出す。箱に収められていたのは、手のひらに収まるほどの石の球体だった。イグナツの工房に保管されていた原初の礎版《ピエルボトニ・ポドスタベク》のひとつ、王冠という二つ名を持つ数枝「ケセル」だ。歪みひとつないその球形の礎版には、表面に刻まれているはずの秘律文が見当たらなかった。

「どうやって創ったのか、見当もつかないわね……」

マヤはそう口にしながら、木箱からそっとケセルを摑み出した。

イグナツの死により、自分は図らずもカロニムス家を継ぐことになってしまった。それはあくまで形式的なものに過ぎない。父が自分を跡継ぎと見ていなかったことからも、そう自覚せざるを得なかった。

だが、家長となってしまった以上、為さねばならぬことがあった。

カロニムス家には、原初の礎版を護り継ぐという使命がある。

泥徒の創造は、人類が与《あずか》った最大の恩寵のひとつ。それを全ての人々に行き渡らせることが父の願いだった。泥徒創造の神髄ともいえる原初の礎版を、父を殺《あや》めた者たちの手から取り戻さねばならない。

時が経つほど、徒弟たちの行方を探すことは難しくなる。とはいえ、二十歳《はたち》にも満たない女性の身では、独り旅をすることすら叶わない。目的を成し遂げるには強力な同伴者が必要だ。つまり、優れた能力を持つ泥徒が。

スタルィに七つ目の数枝を与えるとすれば、今を於いて他になかった。

「それでは始めましょう」

その声に応え、スタルィはシャツを脱いで上半身を晒《さら》し、木製の記術台に背中を預けた。

胸部を尖筆《リシク》の先でなぞり、肋骨《ろっこつ》を左右に開く。胸の内側は柔らかな泥で満たされ、中心に円形の礎版が覗いていた。マヤは指先に霊息を通わせ、ケセルが刻まれた石の球体を泥の中にゆっくり沈めてゆく。

マヤは、横たわるスタルィを言葉なく見つめる。

泥徒の創造とは、術者にとっても危険な行為だ。両者は霊的に結合されている以上、失敗すれば片方だけ無事ということはない。

そこで、ふっと息を漏らした。

なにを恐れる必要があるだろう。自分には失うものなどないのだ。あるとすれば、目の前にいる一体の泥徒だけ。スタルィを創造してからこれまでの間、全ての時間は彼と共にあった。

「スタルィ」

マヤは静かに呼びかける。

「心配しないで。何があっても、あなたを一人にはさせないから」

尖筆を握りしめ、泥の深みへと差し込む。それから、固く目を瞑《つむ》った。

「わたしが選んだわが下僕《しもべ》よ。新たなる掟を、あなたは識りなさい」

尖筆を介して、マヤとスタルィの間に経路が交わされた。

霊息が、スタルィの胸に埋められた礎版を満たし始める。マヤの耳に、カタカタという音が届く。記術台の上でスタルィが細かく痙攣《けいれん》し始めた。

霊息に溶け合うように、マヤの意識が注ぎ込まれてゆく。礎版内に張り巡らされた経路を巡るうち、そこに広がる小宇宙の姿がおぼろげに捉えられてきた。そして、ケセルへと辿り着いた瞬間――

海だ。

突如として、マヤは海の只中にいた。水は澄んでおり遥か遠くまで見渡せるが、視線は深い青に吸い込まれてゆくばかりで、何処へも行き着かない。水に包まれているというのに、耳には海鳴りが響いている。水面で砕ける幾千幾万の波濤《はとう》と、巨大な生き物が蠢《うごめ》くような海流のうねりとが、幾重にも重なり合って音楽を奏でるようだった。

その雄大な景色に、秘律文が織りなす構造の底知れなさと、音韻の過剰なまでの豊穣さを知った。

だが、理解できたのはそこまでだった。

ケセルを構成している文字の連なりは、マヤの中で意味を結ぶことはなかった。

失敗だ。

ケセルという原初の礎版は、とうてい今の自分が扱いきれるものではなかったのだ。

吹き込まれた霊息は至るところで途絶し、あるいは循環し、暴流となってスタルィの軀体内を破壊してゆく。内的宇宙の混乱は、すぐさま外形にも現れる。軀体の表面に細かい罅《ひび》が入ると、大きな亀裂となって全身を引き裂いた。

泥徒と繫がれている術者にも、同じ変化が現れ出る。

尖筆を握るマヤの手に細かい裂傷が生じる。

閉ざされたままのマヤの目から、一筋の涙がこぼれる。全身を襲う激しい痛みのためではない。

彼女の胸を占めていたのは、自らの泥徒が永遠に失われてしまうことへの悔悟の念だった。

「ごめんなさい、スタルィ」


その声は、確かにスタルィの耳に届いた。

そして彼は思ったのだ。このまま消えてはならない、と。

自壊することの恐怖か、それとも主人の身を護るためか。胸をよぎった思いは一瞬で過ぎ去り、判断がつかなかった。いずれにせよ彼は存続を強く願った。

泥徒が願ったのだ。

その感情がおそらく鍵となった。

ガチリ、と音がした。

幼き日のマヤが創った、スタルィの胸の中央に埋まる礎版に、微小の穴が穿《うが》たれた。するど、石の表面に刻まれていた微細な文字たちは螺旋を描くようにして滑り、その穴へと吸い込まれていった。霊的な経路で繋がれていた他の数枝からも、同様に文字が流れ込んでくる。スタルィという器は、文字によって満たされていった。

それと同じくして、軀体に走っていた傷口が化膿したように盛り上がり、見る間に表皮を塞いでいった。さらに、肌からは薄っすら産毛が生え、血が通うように赤味が差した。

工房の中を静寂が包む。

スタルィは記術台に横たわったまま、ぼんやりと虚空を見つめていた。

しばらくして、こめかみを手で押さえながら静かに上身をもたげ、厚いまぶたに覆われた漆黒の瞳を自らの創造主に向ける。

「マヤよ」

スタルィは、言葉をもって呼びかけた。

「ひとつ、お前に告げたいことがある」

※

マヤは驚愕した。

自分が無事でいるということは、スタルィの身に王冠《ケセル》を宿せたことを意味する。だが、胸に広がり始めた喜びは、たちまちにして吹き飛んでしまった。

スタルィが喋ったのだ。

いかなる泥徒であろうと、言葉を操ることはできない。高名なるヴォルムスのエレアザルですら「神名の助けを借りてさえもその被造物に言語を授けることはできない」と明言しているほどだ。

そんな常識をあざ笑うように、

「いや、ひとつでは収まらぬか」

スタルィは首を捻《ひね》ってから、滔々《とうとう》と述べ立ててゆく。

「このたびのことは、成功に終わったから済むという話ではない。おれたちは、すんでのところで共に崩れ去るところだったのだぞ。その意味を深く省《かえり》みよ。思い返してみれば、最初からそうだった。泥徒の創造は危険を孕《はら》むことくらい、初学の者でも知っている。これまで生きて来られたのは、奇跡ともいえる偶然が重なってのことだ。奇跡を当てにするな。お前に欠けているのは計画という言葉だ――」

尽きるともない小言を聞くうち、マヤの驚きは戸惑いに、そして怒りへと変わっていった。

「思いつきで、あなたに『ケセル』を与えるわけがないでしょ。これは前々から予定されていた計画の一部なの！」

「ほぅ」

スタルィは器用に片眉を上げる。

「その計画とやらがいかなるものか、説明して貰おうではないか」

すると、マヤは無言で彼の鼻先に一枚の紙を突きつけた。

『ザ・イブニング・ワールド』一八九六年三月二日
八一隻から成る大船団で世界の大海原を駆け、あらゆる鯨を捕らえんとしていたナンタケット島は、過去の記憶にのみ存在する。この島では、一八四〇年代にその最盛期を迎えて以来、大火による捕鯨設備の焼失、鯨の生体数の減少、北極漁の危険性の増大、石油による鯨油の価格低下など相次ぐ試練に見舞われ、一八六九年に最後の捕鯨船が出港したのを最後に、船員たちの荒々しくも賑やかな声は消えてしまった。主産業である捕鯨を失ったこの島が頼みとするところは観光業のみだが、夏季休暇のハイシーズンとなる夏の数週間を除けば、日に二度本島との間を往来する蒸気船が運ぶのは空虚ばかりである。

だが今、ナンタケット島にゴーレムという名の「新しい鯨」がやってきた。神秘家たちの手により創造されるこの自動人形に、科学の光を当てようとする試みがこの島で行われているのだ。我が国で培われた工業力を応用したというゴーレムの生産工場が現在試稼働中であり、本格的な生産開始の日も近い。工場主のギャリー・ロッサムも「ゴーレムの生産が軌道に乗れば、我が国が労働力不足に悩むことは永遠になくなるだろう」と、自信を隠さない。

だが、その記事はスタルィには何の感興も引き起こさなかったようだった。

「これがどうした？」

「これまでの記憶を失ったわけじゃないわよね。記事の中に『ギャリー・ロッサム』と書かれていたでしょう。わたしが探している、徒弟の名前が」

奪われた礎版に刻まれていたのは、いまだ尖筆師たちが定式化することの叶わない秘律文だ。それを組み込んだなら、これまで世界に存在しなかった新しい泥徒が誕生することになる。少なくとも新聞記事くらいにはなるはずだ。

マヤはそう予測し、来る日も来る日も大量の新聞に目を通し続けていたのだ。

「なるほどな」

スタルィは気のない返事をする。

「おおよその話は理解した。それが、計画と呼べるほどのものかは分からぬがな」

「あなたが何と言おうが、これで計画の第一歩を踏み出すことができたわけ。ロッサムの居場所を摑んで、彼を捕らえるための強力な同伴者も得た」

「強力な同伴者？」

「あなたのことに決まっているでしょ」

「おれが他の泥徒より優れた力を持つことは認めよう」スタルィは得意げに口の端を持ち上げるが、「とはいえ話に乗るかは別だ」

「どうしてよ？」

「決まっていよう。徒弟たちに後ろ暗いところがあるなら、追跡者に備えているはずだ。そこに我らだけで飛び込むのは、自ら死地に赴くのも同じ」

「彼らを見過ごせと？」

「そうではない。知性が備わっているのなら、もっと活用せよ。お前は泥徒製造会社の大株主なのであろう。礎版を取り戻したくば、金を払って人にやらせれば良い」

　マヤは言葉を詰まらせる。

　確かにスタルィの言うことは道理だった。だが──

「これは、わたしの問題なの」

　自分に言い聞かせるように、ぽつりと呟く。

「奪われた原初の礎版は、この手で取り戻す。そうしなければ、自分を永遠に認められなくなるから。カロニムス家の家長としても、それ以前に一人の尖筆師としても」

　その思いつめた表情に、スタルィは鼻から小さく息をついた。

「自らの手で取り戻すと聞こえたが、おれの力を借りようとはしていないか？」

「尖筆師が泥徒を頼ってなにが悪いの？」

マヤは身を乗り出す。

「徒弟たちから取り戻した礎版は、すべてあなたに与えるつもり。首尾よく進んだ暁《あかつき》には、あなたはこの世界で初めて十全たる数枝を備えた泥徒となる」

「なるほどな」

それでもなお、スタルィは憮然とした様子で腕を組んでいる。一方のマヤは、何かを期待するように、目を輝かせ続けていた。

「仕方ない」

根負けしたのはスタルィの方だった。

「おれも下僕たる身分を弁《わきま》えぬわけではない。完全な被造物となるその日まで、マヤを護り続けると誓おう」

マヤは頰を綻《ほころ》ばせかけたが、再び表情を引き締め直して、

「そうね。わたしが完全なる被造物をこの手で創り出した最も偉大な尖筆師となるまで、スタルィに護ってもらいましょう」

今度こそ曇りなく笑った。

※

マヤには、原初の礎版を取り戻す長い旅へと発つ前に、ひとつ済ませておくべきことがあった。彼女は、まだ十七歳である。何事をするにも、後見人から了解を取り付けねばならなかった。

ケセルを宿した翌日のこと。

カロニムス家の応接室には、アベル・スタルスキの姿があった。

「急にお呼びだてして、申し訳ございません」

マヤの前には、テーブルを挟んでアベルが革張りの椅子に腰掛けている。何食わぬ顔を取り繕いながらも、マヤの隣に座る若い男性の姿に、ちらちらと視線を投げかけていた。

「こちらの方は？」

待ちきれずアベルは尋ねた。

「スタルィです」

「そのスタルィ君とやらと、マヤさんとの関係は？」

「主人と従者です」

言葉を添えて「わたしが創った泥徒の、スタルィです」と繰り返す。

「泥徒の、スタルィ……」

マヤの従えていた泥徒の名を思い出し、アベルは吹き出すようにして笑った。

「御冗談を！」

「冗談ではない」

真顔で指摘したのは、スタルィ本人だった。

「おやおや。泥徒のふりをするなら、喋っては台無しじゃないか」

アベルはにやけ顔を返し、続けてマヤに問う。

「こういったお戯れをなさるとは少々意外でした。いったい、どのような趣向ですかな？」

マヤは曖昧な笑みを浮かべた。

「スタルィ、お願いして良い？」

「二度とせぬぞ」

スタルィはため息交じりにシャツのボタンを外し、上半身を露わにする。

「やめたまえ。若い女性を前に、はしたない」

うろたえるアベルを尻目に、マヤは尖筆の先でスタルィの胸を縦になぞった。薄《う》っすらと線が走り、肋骨が大きく左右に開かれた。

アベルは呆然と口を開き、定まらぬ視線をスタルィの胸部に向ける。

「まさか、信じられない。君は本当に……」

応接室のドアを控えめに叩く音がした。銀のトレイを手に入ってきたトマシュは、机上にコーヒーを並べながら申し訳なさげな声を出す。

「失礼をいたしました。どうしても直接お目にかけたいという、マヤ様のご意向です」

アベルは、まだ驚きが覚めやらぬ様子で首を振る。

「確かにこの目で見なければ、とうてい信じられなかった。それに、大っぴらにできる話でもない。他に漏れれば、世界がひっくり返る」

「トマシュも座ってください。伝えておきたいことがあります」

マヤは語り始めた。

カロニムス家には「原初の礎版《ラハミーム》」と呼ばれる、秘律文の原型が受け継がれてきた。イグナツの死を境として、美善《イェソード》、基盤《マルクト》、王国は消えてしまった。おそらく、徒弟たちによって持ち去られたのであろう。

「わたしは残されていた王冠《ケセル》をスタルィに与えました。そのことにより、彼は理性を得たのです」

アベルは青褪めた顔で、「なんということだ」と額に手を当てた。

「こうなっては信じるしかないのでしょう。だが、私の常識とはあまりにかけ離れている。十種類の数枝を記した礎版が、既にこの世界に存在していたことも。それを奪うため、恩あるイグナツを手にかけた徒弟たちのことも」

「原初の礎版はカロニムス家のみならず、全ての尖筆師にとって大いなる遺産です。このまま見過ごすわけにはいきません」

マヤは、小さく折りたたまれていた新聞紙をテーブルに広げた。ロッサムの記事が掲載されている紙面だ。

「ロッサムが、米国に？」

「わたしは、彼から原初の礎版を取り戻すつもりです」

アベルは素早く顔を上げた。

「なりません」

その表情は、後見人としてのそれに変わっていた。

「マヤさんの言うとおり、原初の礎版が徒弟たちの手にあるということは、極めて由々しき状況です」

「ですから、わたしはそれを取り戻そうと――」

「なりません」

アベルは、語調を強めて繰り返した。

「自らの欲望のために恩師を殺めた獣のような者たちです。そのような輩《やから》のもとに、マヤさんを向かわせるなどもっての外。ナンタケット島へは、しかるべき者を遣わせます」

「これはカロニムス家の問題です。わたしはカロニムス家の家長として、この問題を自らの手で解決しなければ！」

マヤは叫ぶが、アベルの硬い表情は揺るぎもしない。

「よろしいでしょうか」

静かに口を挟んだのは、トマシュだった。

「私からもお願いします。どうか、マヤ様のご意志を尊重して差し上げてはいただけないでしょうか」

「どうしたのだ、君らしくもない。マヤさんのことが心配ではないのか？」

「心配でないわけがありません」

僅かに荒《あら》いだ声に、トマシュは咳払いをしてから続ける。

「ですが、マヤ様はカロニムス家の家長としてのご決断を示されているのです。そのつもりで聞いてはいただけませんでしょうか」

アベルは唸った。

「しかし、あまりに危険だ」

「案ずるな」

スタルィの声が響いた。

「マヤは独りではない。おれが護ろう」

「君が付いてゆくと言っても……」

「ＫＳＦＧ製の安物なぞと一緒にされては困る。人間の用心棒を雇うより、遥かに役に立つと断言できる」

アベルは考え込むようにじっと俯いてから、「約束してください」とマヤに向き直る。

「絶対に、無理だけはしないでください。少しでも危険を感じるようなことがあれば、すぐに引き返してくること」

「はい」

マヤは真剣な面持ちで頷いた。

「アベルさんの信頼を裏切ることはいたしません。目的を遂げ、必ず無事に帰ってまいります」

その言葉は、本心から出たものに違いない。

だが結論から見れば、彼女は後見人との約束をあっさり破ってしまうことになるのだった。

色褪せた島

一等船室の旅客専用のプロムナードで、床に固定されたデッキチェアにゆったり寝そべりながら、スタルィは水平線の向こうへと目を遣り続けていた。隣に座るマヤも、その視線が向かう先を目で追う。快晴が続いており、紺碧《こんぺき》の海原は漣《さざなみ》すら立たず凪《な》いだままだった。

二人は、米国《アメリカ》へと向かって大西洋を渡る「エルベ号」の船上にいる。

「よく飽きないわね」

「なぜ飽きる？」

「こんな代わり映えしない景色、なにが面白いっていうの？」

この数日、スタルィは海ばかりを眺めて過ごしていた。

「海より変化に富んだものが他にあろうか。今この瞬間の表情は、二度と見ることが出来ない」

そう言われても、マヤの目には僅かにたゆたう海原が、どこまでも広がるだけにしか見えない。

「わたしも海を見る目を養うことにするわ」

マヤは、どっしりとデッキチェアに身体をもたれさせた。

マヤたちが乗るエルベ号が、独国のブレーマーハーフェン港を出立したのは、一八九六年六月二日のこと。

礎版の回収をアベルに認められてから、三ヶ月が経っていた。ロッサムの居場所が摑めたとはいえ、学業を放棄するわけにはいかない。受講する「女性のための高等教育クラス」を修了した後に、旅は始められた。

北ドイツ・ロイド社のエルベ号は、建造から十五年も経っている老朽船であり、ニューヨーク港に辿り着くまでには十日を要する。イギリスの船社が運営する高速船より、三日も余計にかかった。

速力で水を開けられた独国の船社は、客を繫ぎ止めるため船内設備を充実させていた。マヤたちの利用する一等室には、天蓋のついた大きなベッド、テーブル、書机などが備え付けられ、まさに動くホテルといった様相。ただ構造の古さだけは手の加えようがなく、一等専用の食堂やサロンも天井が低く窓は小さい。北ドイツ・ロイド社もその欠点を理解しており、希望する客には食事を自室までサーブしてくれた。もちろん、一等船室だけを対象とするサービスである。

マヤにとっては、まさに願ったり叶ったりだった。十八歳の彼女は、どこへゆくにも使用人を伴わねばならない。いくら人間に近い姿をしていても、泥徒《ゴーレム》であるスタルィは食事を取ることができず、食堂に行けば黙って座っているしかないところだった。

夕食時になると、船室には十品以上のメニューが運ばれてくる。だが、船旅において最大の楽しみであるはずのこの時間は、マヤにとってひどく落ち着かぬものとなった。

「こういう時こそ、海でも眺めていたら？」

鬱陶《うっとう》しげに言うと、ドライフルーツが詰まった鳩肉を切り分けていたナイフを皿の上に置いた。食事の間じゅう、スタルィは物珍しそうに眺めてくるのだ。

「遠慮することはない。気にせず、食事を続けてくれ」

「そうもいかないでしょ」

彼女が完全に手を休めたのを見て、スタルィは切り出す。

「ロッサムとは、どのような人物だったのだ？　これから矛《ほこ》を交えるやもしれぬ相手について、少しでも情報を得ておきたい」

その名を聞いた途端、マヤは顔をしかめる。

「もしかすると配慮を欠いていたか。父を殺《あや》めた人物について尋ねるというのは」

マヤは首を振り、「変に気を使われるよりはましね」と語りだした。

ロッサムは、もとは米国で人工生命の研究をしていた、在野の生理学者兼神秘家だ。とはいえ成果と呼べる成果はなく、その研究内容は「コロイド状のゼリーの痰」としか言いようのない粘液を、ただかきまぜるばかり。彼を研究者であると見ていた人間は皆無に等しく、学者のみならず神秘家からも黙殺されていたという。

そんな彼のことを唯一評価し、徒弟として迎え入れたのがイグナツだった。

「その父のお人好しが、仇となったわけだけれど」

「なるほどな」

スタルィは得心がいったように頷いた。

「それで、ニューヨークに辿り着いてからはどうする。そのままロッサムの工場に乗り込むつもりか？」

「そうしたいのは、やまやまだけれどね」

「他に策でもあるのか」

「策と呼べるほどのものはないけど、もう少し仕入れておくことにしましょう」

怪訝そうに顔をしかめるスタルィを、マヤは少し得意げに見つめた。

「あなたも言ったじゃない。これから矛を交えるやもしれぬ相手についての情報、というやつよ」

※

地鳴りのような歓声が、船室に運ばれてきた。

マヤとスタルィは、一等専用のデッキへと駆け足で向かう。旅客たちは、手すりから身を乗り出すようにして、船が進む方向へと顔を向けていた。マヤたちも、旅客たちの間に身を滑り込ませる。

海上には、緑青《ろくしょう》によって身体を染められつつある銅の女神像が、エルベ号を導くようにトーチを掲げていた。

ニューヨーク港が、すぐそこに迫っていた。

エルベ号は短く汽笛を鳴らし、湾内に滑り込んでゆく。北ドイツ・ロイド社に割り当てられている停泊場所は埠頭の先端にあった。ただ、そこから上陸できるのは一等および二等船室の客だけ。大多数を占める三等の客たちは、入国審査を受けるため湾内に浮かんだエリス島に向かわねばならない。

埠頭に横付けしたエルベ号から、タラップが降ろされる。最初に米国の大地を踏むのは、大量の荷運び人たちだ。一等船室の客でも、郵便物が陸揚げされるまで下船することはできない。

荷降ろしが終わると、整然と列を作る紳士淑女に紛れ、マヤたち二人も船を降りた。

久しぶりに動かない地面へと足を下ろしたマヤは、思わず独り言《ひとご》つ。

「なんて狭い空」

港を歩む人々の頭越しに、林立する高層建築群が天を衝いていた。レンカフも中欧では有数の都市に数えられるが、街を覆っている建物の高さは比較にもならない。船に乗るうち、遠い未来に迷い出てしまったようにすら思えた。

その感覚は、マンハッタン市街に足を踏み入れるといっそう強くなる。

断崖のように聳《そび》えるコンクリート造りの高層建築を、石畳によって舗装された道路が縫っていた。その上を、見本市さながら様々な乗り物が行き交っている。道の中央を走る路面電車と擦れ合うようにして、二階建ての乗合馬車と、木材を山積みにした荷馬車が並んで走っている。その僅かな隙間をついて、無蓋の二人乗り自動車が追い抜いていった。

「これじゃあ、道路を渡るのも命がけね」

道端に立ち尽くしその様子を眺めていたマヤは、なかば呆れたように言う。

スタルィも足を止め、しきりと首を巡らせている。だが、道を横切るタイミングを計っているわけではなさそうだ。

「どうしたの?」

「ああ。まったく泥徒の姿が見当たらないと思ってな。人なら掃いて捨てるほどいるが」

「言われてみれば、確かにそうね」

どうやら、米国では泥徒の普及が進んでいないようだった。ならば、なぜロッサムはこの国で工場を構えたのか。英国の外で、クリケットの道具を売るようなものだ。需要がなければ、商売は成り立たない。

気に掛かったが、ここで考え込んでも仕方ない。マヤは懐から地図を取り出した。

二人が向かったのは、マンハッタン島の南端にあるパークロウ通り。不慣れな土地でも迷うことはなかった。ひときわ背の高い頂上にドームを戴いた高層の建物が、彼女たちを導いてくれていたからだ。

「ここで間違いなさそう」

見上げるビルの正面には、「PULITZER BUILDING」と刻まれたレリーフが誇らしげに掲げられていた。ギリシア建築風の柱で大仰に装飾されたエントランスをくぐり、建物内部に足を進める。

入り口近くのカウンターにいる取次ぎの者へと、マヤは声を掛けた。

「マヤ・カロニムスと申します。アベル・スタルスキ氏から、記者との面会の約束が入っているかと思いますが」

アベルは、ニューヨーク・ワールド社に連絡を取り、ロッサムに取材をした記者から話を聞けるよう手配してくれていた。何の手がかりもなく、ナンタケット島に向かおうとするマヤを案じてのことだ。

カウンター内の取次ぎは手元の予約簿を確認し、意味ありげに眉を上げる。

しばらくすると、エントランスホールの向こうから、背の高い壮年男性が足早に近付いてきた。記者にしては歳を重ねており、身につけた三つ揃いは見るからに高級そうな生地で仕立てられていた。

「お待ちしておりました。ようこそ、世界一の新聞社へ」

壮年男性は張りのある声で言い、右手を勢いよく差し出した。

マヤは、その勢いに圧倒されながらも、

「マヤ・カロニムスです。こちらは、わたしの従者のスタルィ」

握り返した手からは、年齢を感じさせぬ力強さが伝わってきた。目を病んでいるのか、片方の瞼は薄く閉じかけていたが、奥に覗く青い瞳は鋭さを失っていない。

壮年男性の背後から、巨体を揺らして駆け寄ってくる者がいた。荒い息の奥から絞り出すように言う。

「カロニムス様、こちらはニューヨーク・ワールド社の社主であられる、ジョゼフ・ピューリツァー氏です。私は、秘書のダニンガム」

「おっと、これは自己紹介もしておりませんでした」

ピューリツァーは、息を鋭く吸い込むような独特の笑い声を立てた。

マヤは、目を丸くして壮年男性を見上げる。

「社主自らご対応いただけるとは、光栄です」

新聞界の巨人とも呼ばれるピューリツァーの名前は知っていた。まさかその巨人から、直接話を聞くことになるとは予想もしていなかったが。

「中欧からお越しになる若き魔術師に、ぜひお会いしてみたいと思いましてな」

ピューリツァーは短く笑うとくるりと踵《きびす》を返し、「私のオフィスにご案内しましょう」とマヤの応えを待つより先に、フロアの奥にある昇降機に向かって歩き出した。


ニューヨーク・ワールドの新社屋は「フレンチ・ホテル」というホテル跡地に建てられている。若き日のピューリツァーは、フレンチ・ホテルに泊まったことがあった。貧しかった彼は、たった五十セントの宿泊費を払うことが出来ず、無情にもホテルから叩き出されてしまった。二十年後、複数の新聞社の経営者となりニューヨークに帰ってきたメディア界の巨人は、フレンチ・ホテルを買収するなり文字どおり叩き潰し、その瓦礫《がれき》のうえに自らの社屋を建てたのだ。

マヤたちが案内されたのは、最上階に位置する社主のオフィスである。

「ニューヨークで最高の眺めです」

窓外に広がる景色を、ピューリツァーはそう表現した。

「あの、高さのことでしたら……先日、マンハッタン生命保険ビルディングに抜かされましたが」

「ダニンガム、勘違いするな。私はあくまで美的な見地から最高だと言ったのだ。物理的な高さなど問題にしていない」

ピューリツァーは秘書に鬼の形相を見せてから、

「それで、ナンタケット島に出来た泥徒工場について、お知りになりたいということでしたな」

と笑顔でマヤに向き直った。

「わたしは工場主であるロッサムを追って、米国に来ました。かつて彼は、父のもとで徒弟修行をしていたのですが、カロニムス家に受け継がれてきた技術書を盗み、姿をくらましていたのです」

「なるほど、ロッサムは泥徒製造の最大手であるKSFGから技術を盗用し、独立を果たそうとしたわけですな。それで、経営者一族であるマヤさんが様子を探りに来たと」

ピューリツァーは自らの言葉で言い換えた。

「我が国では企業間の開発競争が厳しく、そういった産業スパイのような事件は、よく聞く話です。もちろん由々しきことでありますが。スタルスキ氏からの依頼ということもありますし、私の知る限りのことをお伝えしましょう」

「では、ひとつ尋ねたい」

口火を切ったのはスタルィだった。

「米国に着いてから、まったく泥徒の姿を見かけていない。何か理由があるのだろうか？」

「では、そこから話しましょう。ロッサムの工場とも繋がる話です。この国の根底にあるのは、たったひとつのシンプルな原則。つまりは経済的合理性。それを欠くものは、ここでは居場所がありません」

「泥徒を使うことに、経済的な利点が無いということですか？」

横からマヤが尋ねる。

「いかにもそのとおり。純粋な労働力として見るなら泥徒は人間に劣ります。米国には、格安で用いることができる労働力があふれていますから。わざわざ高い金を出して泥徒を導入する理由などありません」

格安の労働力とは、移民のことであろう。

エルベ号の船底にある三等船室にも、米国への移民が満載されていた。欧州では、農業の生産効率が上昇したことにより、必要となる人手が減った。小作農者の多くは職を失い、都市部に出て工場労働者となるか、あるいは移民として新天地を求めるかの選択を迫られていた。

「ですが、泥徒の性能の向上と価格の低廉化により、欧州ではむしろ普及が進んでいる状況にあります」

「米国でも、ある程度なら泥徒の利用が進むかも知れません。ただ、世の中を変えるような、大きなインパクトをもたらす商品にはなり得ないでしょう」

新聞界の巨人は、自信を漲《みなぎ》らせて続ける。

「泥徒が人間より優れている点といえば、無駄口を叩くことがないことと、嘘をつかないことくらいでしょうか。もっとも、高い金を払ってもそれを必要とする者はいます。高度の機密性が求められる外交官や、帳簿を誤魔化されては困る企業の会計管理者にとっては、何にも代えがたい美点に映るでしょうから。とはいえ、それはあくまで限られた市場に過ぎません。大衆に求められねばこの米国は、いや世界は変わらないのです」

「例えば『ニューヨーク・ワールド』紙のようにか？」

スタルィは揶揄《やゆ》するように言ったが、

「優れた例えですな。格調高い高級紙より、大衆に求められる我が新聞の方が世に与える影響はずっと大きいというわけです」

ピューリツァーは衒《てら》うことなく返した。

そこで、マヤは考え込むように指先を唇に当てる。

「ならば、どうしてロッサムはこの国に泥徒工場を建てたのでしょう？」

ロッサムは危険を冒して原初の礎版《ピエルボトニ・ポドスタベク》を奪った。狭い市場に向けて、細々と泥徒を創るためだとは思えない。

ピューリツァーは意味ありげな笑みを浮かべる。

「ロッサムは泥徒によって、米国の産業界を一変させようと目論《もくろ》んでいるようです。いや、米国のみならずこの世界を、と言うべきでしょうか」

「どういうことでしょう？」

「先ほど、米国は経済的な原則によって動く国だと言いました。ならば、泥徒が普及するために必要となるのは、たった一つ――」

「人間より泥徒の方が安価になるということか」

話の先を、スタルィが引き取った。

「さよう、ロッサムが彼の工場でやろうとしていることは、我が国が世界最大の工業国となった方法です。つまり、マスプロダクションにより、大量の製品を安く市場に供給すること。泥徒の価格が人間を雇う費用を下回れば、労働者はすべて泥徒に置き換えられてしまうことでしょう。そうなれば世界が一変します」

「まさか、そんなことが」

「……といったことを、ロッサムは主張しているようですね」

煮えきらぬようなピューリツァーの物言いに、マヤは怪訝な表情を浮かべる。

「実のところ、工場は試稼働がかれこれ一年近くも続いており、本格生産の目処は立っていないようなのです。先の記事も、ロッサム本人ではなく彼に出資した投資銀行から情報が寄せられたものでして」

ロッサムの工場が話題となれば、投資銀行としては証券を売りさばく機会となる。工場の先行きが怪しいと見て、出資分くらいは取り戻しておきたいと考えたのであろう。

「新聞には、ロッサム本人のコメントらしきものが載っていましたが」

「おや、そうでしたかな？」

そこで、無言を貫いていた秘書のダニンガムがすかさず告げた。

「社主、次の予定が迫っています」

「ああ、もうそんな時間に！」

ピューリツァーは、大仰に手のひらで顔を覆った。

「素晴らしい時間は早く過ぎ去ってしまうもの。マヤさんの旅が有意義なものとなることを願っています。もしKSFGが米国進出を考えているのなら、広告を載せるにはこの国で最も多くの読者を擁する『ニューヨーク・ワールド』紙が最適であることを、けっしてお忘れなきよう」

まくしたてるように言うと、足早に自らのオフィスから出ていってしまった。

ダニンガムも、慌ててその後ろ姿を追いかける。

静まり返ったオフィスには、マヤとスタルィだけが残された。

「米国を流れる時間の早さは、レンカフと異なるようだな」

スタルィは真顔でそう呟いた。

※

ピューリツァーと別れたマヤたちは、米国流の気ぜわしい旅を再開した。

ニューヨークのグランド・セントラル・ターミナル駅を発った二人は、ロング・アイランド湾の海岸線に沿って敷かれた鉄道を、北東に向かう。車中で夜を明かし、ケープ・コッド半島の西端にあるウッズホールの街で降りる。そこで一泊し、翌朝になってナンタケット島へと向かう小型の蒸気船に乗り込んだ。

パタパタと乾いたタービン音を響かせながら、船は港から離れてゆく。

群青の海を挟んで遠ざかってゆく海岸線は、短い砂浜が作るベージュとその奥に広がる草原の緑とで、二つの線が引かれているだけだった。建物の姿はまばらで、一昨日までいたマンハッタンと同じ国の景色だとは思えない。

「本当に、この船で間違いないのだろうな？」

スタルィは船内を眺め回して言う。彼女たちの他には、二、三人の客しか見当たらなかった。

「旅行案内書が正しいならね」

マヤは声を潜めるようにして付け足す。

「もっとも、ここまで辺鄙《へんぴ》な場所だとは書いてなかったけど」

捕鯨で名高いナンタケット島は、とうに過去のものとなっていた。

この島から最後の捕鯨船である「オーク号」が発ったのは、一八六九年にまで遡《さかのぼ》る。それも鯨を捕まえるためでなく、用済みとなった船の買い手を探すため、パナマ港へと向かったのだ。

以来、この島で産業と呼ぶことができるのは観光ぐらいだが、僅かな賑わいを見せるのは夏のハイシーズンのみ。それ以外の時期は、本土との間を一日に二度往復する汽船が運ぶのは空気ばかりだった。

短い航海の後、赤と白の縞模様に塗られた古ぼけた建物が、マヤの目に捉えられる。

ナンタケット島の北端を示す灯台だった。


港に辿り着くと、辺りを包むうら寂しさがいっそう濃くなった。

コンクリートで造られた桟橋は、風化しかけ至るところに罅《ひび》が走っている。足を進めるたび、地面に散らばる牡蠣殻がガリガリと砕けた。港を抜けると、ナンタケット島でいちばんの繁華街がすぐそこに続いていた。

目抜き通りを舗装するアスファルトはかつての繁栄を偲ばせる一方、今の衰退を際立たせてもいた。

通りの両脇には、塗装の剝がれかけた木造の家屋ばかりが並び、扉に「FOR SALE」の看板が打ち付けられているものが目立つ。ぽつりと佇む真新しい石造りの立派な銀行は、悲劇的なまでに周囲から浮いていた。

「わたしたちは、最新鋭の泥徒工場を訪ねに来たはずよね？」

「お前の道案内が正しいならな」

現代において泥徒の創造とは、人里離れた森の中で隠者が行うものではない。材料の仕入れから製品の出荷に至るまで、多くの人の手を介して市場に供給されるのは、他の工業製品と変わらなかった。

今のところ、ナンタケット島で工場を構えるべき理由は何ひとつ見当たらない。

二人は、小ぢんまりとした三階建てのホテルの前で足を止めた。扉の上には「スプリング・フイールド・ホテル」と、手彫りの看板が掲げられていた。

一階の半分ほどを占める人気《ひとけ》のないレストランを横目に、奥のフロントへと足を向ける。カウンターには、そばかすの目立つ若い女性が暇そうに頬杖をついていた。来客に気付くと、背筋を伸ばして愛想よく笑みを浮かべる。その視線は、作り物のように整ったスタルィの顔に注がれていた。

それを一顧《いっこ》だにすることなく、スタルィは抱えていた大きな旅行鞄をどんと荷台に下ろした。

「カロニムスの名で上等室をふたつ押さえている。案内してくれ」

にべもなく告げるスタルィの声に、フロントの女性は笑顔をこわばらせた。


目を覚ますと、辺りは暗闇で覆われていた。

マヤは慌ててベッドの上で身体を起こす。少しだけのつもりが、すっかり寝入ってしまっていたようだ。相次ぐ移動により、自分で思っていた以上に疲れていたのかもしれない。

「……ひどい夢だった」

髪に手を差し入れる。鈍い痛みが頭の奥に残っていた。

夢の中では、鋼の牙を持つ獣に追われ光の差さない森のなかを逃げ惑っていた。今でも、獣が歯噛みする金属音が聞こえるような気がする。

だが、意識が覚醒してきても、その音は止もうとしない。

「教会の時鐘《じしょう》かしら？」

それにしては、錆びついた金属塊を力任せに打ちつけるような、あまりにも興趣に欠けた音だった。次第に小さくなり、かすかな余韻を残しながら消えてゆく。

「スタルィ？」

ふと心細くなり、部屋を包む闇の奥に呼びかけた。

「ああ、目が覚めたか？」

夜空を切り取る窓の手前で、スタルィが影絵となっている。マヤが寝ている間じゅう見守ってくれていたようだ。

「疲れていたようだな。行動を起こすのは、明日からでも遅くはない」

「優しいところもあるのね」

「旅先での安全を護るのも契約のうちだ」

暗闇の向こうから返ってきたのは、突き放すような声だった。

「そうだったわ」

ベッドから降りると強烈な空腹感が襲ってきた。考えてみれば、朝から何も口にしていなかった。


時間は午後七時を過ぎており、ホテルの前には外灯の明かりが差していた。

さすがは米国と言うべきか、この寂れた島でも電球が使われていたが、とはいえその数はまばらで闇を取り去るにはほど遠い。もともと閑散とした通りからは、完全に人の気配が途絶えていた。

二人は外出を避け、ホテルの一階に向かう。

レストランには、他に客の姿は見当たらなかった。体格の良い女給仕に導かれ、窓際の席へと通される。目の粗い生成《きな》りの布がかけられたテーブルに、布張りもされていない木製の椅子。奥の壁には、木彫りの鯨のレリーフが飾られていた。

マヤは差し出されたメニューを眺めたが、視線は文字の上を滑るばかりで、食欲はむしろすぼんでゆく。

「おすすめのものを適当に見繕ってください」

女給仕は、満面の笑みを浮かべて去っていった。

その背中が厨房に消えると、「明日からどうする。お前のことなら、きちんと計画を練っているのであろう？」

どこか含みのある言い方でスタルィが訊ねてきた。

「まずは、ロッサムと話をしてみるところからでしょうね」

「話をしてみる？」

スタルィの眉間に深く皺《しわ》が刻まれる。

「言葉を交わしただけで殊勝にも礎版を返すような者なら、はなから自らの師を殺めることはあるまい」

「分かってるわよ」

マヤは不機嫌を顔に貼り付ける。

アベルからは、危険な手段は取らないよう釘を刺されていた。それに二人だけで工場に殴り込んだところで、袋叩きにされるのが関の山だろう。他に手の打ちようもなかった。

「お待たせしました！」

大きな足音を立てながら女給仕が戻ってくる。その両腕には、曲芸師のごとく大量の皿が載せられていた。

料理がテーブルを埋めてゆくにつれ、マヤの食欲はすぼんでゆく。

タラの煮付けは火を通し過ぎ、身がぐずぐずに崩れている。丸パンはイーストを使っていないのか、見るからに硬い。極めつけは野牛《バイソン》のステーキで、ナイフを差し込む前から強烈な獣臭が漂ってきた。

「遠慮せずとも良い。食事は人間に与えられた最大の特権のはずだ」

向かいに座るスタルィが、涼やかな笑みを浮かべる。

「このくらい歯ごたえがないと、面白くないわよね」

マヤは覚悟を決めると、獣臭を放つステーキに勢いよくナイフを突き立てた。

※

翌日、マヤは久しぶりに術衣に袖を通した。

その尖筆師にとっての正装である襟のない上着を、動きやすいブルーマー型の膝丈ズボンと合わせるのが、マヤの着方だった。ドレスコードに適った格好ではないが、すらりとした彼女には不思議と良く似合った。

「わざわざ、そんな格好をしなくても良いだろうに。我々が来たことをロッサムに知らせてやるようなものだ」

スタルィは顔をしかめる。

「どうせこの島では、よそ者の存在は目立つでしょ」マヤは平然と応え、「それに、憚《はばか》ることなんて何もない」

ホテルから発つと、しばらくして市街は途切れ、手つかずの自然が広がった。吹き付ける風は強く、地面にへばりつくようにしてヨモギが生えている。海が見えぬうち、どこからか潮の香りが運ばれてきた。

ロッサムの工場は、島の北端の切り立つ海崖《かいがい》の縁《ふち》に建てられていた。歩いて三十分ほどの距離だ。

視界を遮《さえぎ》るものがないせいで、その姿はよく目立った。

「趣味の良いこと」

マヤは冷ややかな声を出した。

それは古城としか形容のできない建物だった。

屋根は鋸《のこぎり》状の胸壁《バトルメント》によって飾られ、左右には尖塔《せんとう》までを備えていた。その古式ゆかしい中世の城塞を思わせる建物の周囲は、こちらは造られたばかりと見られる三メートルほどのレンガ積みの壁によって、ぐるりと護られていた。

その城の完成は八十年ほど前に遡る。まだ鯨が泳ぐ金鉱と呼ばれていた時代、ナンタケット島でも指折りの捕鯨会社の社主が建てた自宅兼社屋だった。ところが、城が建てられた時期を境として、捕鯨産業は衰退の一途を辿る。会社の経営も急坂を転げ落ち、社主はこの贅《ぜい》を尽くした城のなかで命を絶つことに相成《あいな》った。

不吉な由縁《ゆえん》もあって長らく手つかずのまま放置されていた建物を、ロッサムがただ同然の金額で買い取り、泥徒工場として再利用したのだという。

「本当に工場だっていうの、これが？」

マヤは戸惑い混じりに呟いた。

工場らしからぬのは外見ばかりではない。あまりに静かだった。レンガ塀に設けられた木製の門扉は閉ざされたままで、奥からは稼働音ひとつ聞こえてこない。

「観光に来たわけではないのだ。眺めてばかりいても仕方あるまい」

そうは言われても、不気味な沈黙を続ける工場の様子に、門を叩いてロッサムを呼び出す気にはならない。

「焦りは禁物よ。ずっと引き籠もっている訳ではないでしょうし」

マヤは城にくるりと背を向けた。


市街に戻った後、マヤたちは辺りを散策してみたが、いずれのレストランにも休業中の看板が出されていた。おそらく、夏のハイシーズンにしか開いていないのだろう。結局はホテルに戻り、遅めの昼食を取ることにした。

席に着くと、昨夜と同じ女給仕が満面の笑みを浮かべて近付いてくる。

「こんな時期に観光ですか？」

暇を持て余していたと見え、注文を取る前に水を向けてきた。

「まあそんなところです」

マヤが返事を濁《にご》したところ、横からスタルィがつっけんどんな声を出す。

「観光ではない。珍しい泥徒工場が出来たというのを新聞で知り、調べに来たのだ」

「ちょっと」

マヤは横目で睨《にら》んだが、

「そんなことだろうと思ってましたよ。こんな時期に観光に来る物好きなんていませんから」

女給仕は豪快な笑い声を立てた。

「あの新聞記事が出てから、見学に来る人がちらほらいらっしゃるんですよ。新聞記者だとか、商売人だとか、あるいは純粋な好奇心で来る方も」

「先ほど工場を見てきたのだが、まったく様子がわからなかった」

「そうでしょう。工場主のロッサムは人嫌いで有名ですから。見物人が来ても門前払いどころか、反応ひとつもありません。皆つまらなそうにすぐ帰ってしまいます」

それを聞いたマヤは、内心で首を傾《かし》げる。

女給仕の話を信じるなら、ロッサムは完全に籠城を決め込んでいることになる。接触する機会を窺《うかが》うことは難しいかもしれない。だが普通に考えて、外界と関わらずに工場を稼働させることはできないはずなのだが。

「工場について知ることがあれば、教えてもらいたい」

スタルィが頼んだ途端、給仕は大仰に深刻そうな表情を見せた。

「泥徒工場が出来てからろくなことがないと、みんな辟易《へきえき》しているんですよ。あたしとしても、この話題は避けたいところで……」

何かを察したスタルィは、横目で合図を送ってくる。

マヤが給仕の手に一ドル銀貨を握らせたところ、その重い口はよく回り始めた。

「最初はみんな歓迎してたんですよ。この島に新しい産業が出来るなんて、それはもう願ってもないことですから」

「今は違うということか」

「そりゃあもちろん」

女給仕は語気を荒《あら》らげる。

「あのロッサムというのは、とんでもないペテン師です。やつの工場を改築するときには、島が総出で協力したんです。工場が始まったら雇ってもらえると聞いてね。でも蓋を開けてみたら、若い方から十人くらい雇われただけで、残りは締め出されちゃったんですよ。貴重な人手だけ取られて、みんなカンカンです」

「島の外から、泥徒の専門家がやって来たということでしょうか？」

今度はマヤが尋ねた。騙された島民には気の毒だが、泥徒を創るうえでまったくの素人が出来ることは少ない。

しかし、女給仕は首を横に振った。

「それらしい人は見かけませんでしたね。島に人が増えてくれるのだったら、こちらも商売の足しになったのですけれど」

マヤの頭に疑問符が募《つの》ってゆく。尖筆師《リサシュ》ひとりと数人の若者だけで、何ができるというのか。

続けて、スタルィが尋ねる。

「工場の改築に協力したなら、内部の様子は分かっているのか？」

「改築が終わったら、わたしたちは締め出されちゃいましたから。その後、中がどうやって使われているかは見てませんね。倉庫の中には大きな銛《もり》だとか、鯨油の圧搾機だとか、古い捕鯨道具が残されていましたけど」

スタルィは小さく肩をすくめた。

「あそこが泥徒工場だということすら、疑わしく思えてくるな」

マヤも同じ思いを抱いていた。少なくとも、ロッサムの工場が産業界を一変させるものだとは信じられない。島民たちを騙したように、この話自体も嘘だというのか。

「詳しいことは分かりませんけど、きっと泥徒を創っているというのは本当なんじゃないですかね……」

思わせぶりなことを口にした女給仕は、短くあっと声を上げた。

「いけないあたしったら。まだ、注文も聞いてませんでした」

遅めの昼食をなんとか腹に詰め込んだマヤは、三階にある自らの部屋に戻った。

窓際に置かれた椅子に腰掛け、遠くに目を向ける。昼下がりの太陽を照り返す穏やかな海を眺めながら物思いに耽《ふけ》るが、ロッサムがこの地で何をするつもりなのか、見当もつかない。考えは堂々巡りするばかりだった。

そのうち日は傾き、ひび割れた舗装道路が赤黒く染まってゆく。人気の少ない通りは、いっそう閑散としていった。

「気をつけろ」

いつの間にか、背後にスタルィが立っていた。

「どうしたの？」

「いいから、頭を低くしているんだ」

その張り詰めた声に、マヤはさっと身をかがめる。窓から目だけを覗かせると、港に続く通りの向こうから、細長い影が伸びてくるのが見えた。影はゆらゆらと左右に揺れながら、二本、三本と数を増してゆく。

西日を背に受けながら歩くのは、漁師らしき男たち。捕鯨船の船員のような、ゴム製の胴長を身に着けている。皆、長い船上での暮らしに疲れたような足取りだった。

しかし、彼らが捕鯨船の船員のわけがない。この島において、捕鯨は半世紀も前に廃れたのだから。

ならば、いったい彼らは何者か？

観察を続けるうち、彼らの歩き方に既視感を覚える。そのぎくしゃくとした足取りは——

「もしかして」

「ああ。おそらく泥徒であろうな」

そうする間に、漁師姿の男たちはマヤたちの眼下を通り過ぎてゆく。二、三人の集団に分かれ、道脇に点在する商店に吸い込まれていった。彼らが泥徒なら、主人から与えられた命令を——ロッサムの命令を遂行しているのだろう。

その様子を見るにつけ、今度は彼らが本当に泥徒であるか分からなくなってきた。男たちの顔立ちを覗《うかが》えば、彫りの深い者もあれば、のっぺりとした顔の者もあった。背格好もばらばらだ。一人の尖筆師の手によって創られたものにしては、あまりに統一感がなさすぎる。

漁師姿の泥徒たちは再び商店から姿を現すと、港の方角に歩み去っていった。

「いったい、どういうこと……？」

闇に紛れてゆくその背中を、マヤは呆然と見送った。

「なるほど、これは一筋縄ではいかなそうだな」

スタルィは赤黒く染まる窓の外へと呟いた。

※

翌日夜が明けるのを待ち、マヤたちは泥徒が立ち寄っていた商店に話を聞いてまわることにした。

「昨日こちらの店を訪れていた、漁師らしき者たちのことを伺いたいのです――」

「帰りな。よそ者に教えることはねえ」

言い終わらぬうち、顎髭を蓄えた酒場の主人のしわがれた声が割って入った。

カウンターの向こうから鋭い眼光を放ってくる老人に、マヤはつかつかと歩み寄ってゆく。

「お嬢さん止めときな。力ずくで話させようとしても、無駄だぜ」

主人は前を向いたまま、親指で背後の壁を指した。そこには、口径の大きい散弾銃が掲げられていた。

それでも、マヤは歩《ほ》を緩めない。

「おい、聞こえねえのか！」

そのがなり声をかき消すように、マヤはカウンターの上にどんと手を叩きつけた。

無言で手のひらをどけると、そこには一枚の銀貨が残されていた。

途端、酒場の主人は仏頂面を崩し――

「そうそう。こいつを頂けるとなりゃあ、よそ者じゃなく立派なお客様だなぁ」と卑屈な笑みを浮かべたのであった。

話を聞き終えたマヤは、後ろ手で乱暴にドアを閉めた。扉に括り付けられていたカウベルが、辺りに騒音を撒き散らす。

「どうした。なにか気に食わないことでもあったか？」

遅れて店から出てきたスタルィが、不思議そうに訊ねてくる。

「この分だと、明日にでも財布が空になるわ」

商店を虱潰《しらみつぶ》しに尋ね回ったところ、返ってくるのは皆同じ反応だった。話を聞きたくば金を寄こせ。おおかたあの女給仕が、財布の紐がゆるい客がいるとでも吹聴してまわったのであろう。

「カロニムス家の財政事情を鑑《かんが》みれば、銀貨の数枚くらい惜しむほどのものではあるまい」

「ものの例えよ。良いカモだと思われているのが癪《しゃく》にさわるだけ」

「情報を得るための正当な対価と考えるのだな」

「本当に、信用に足るものならね」

マヤは、うんざりした顔をスタルィに向けた。

――種をあかせば簡単ですよ。ゴーレムとやらを造っていると言っていますが、あれは全くの嘘。雇われた人間が、機械人形のフリをして歩きまわっているだけなんでさ。そうやって、出資者を騙して金をふんだくろうって魂胆です。

――雇われた若者たちが工場でどうなったか、わたし知ってるんです。あの薄気味悪いゴーレムの中に、そっくりな顔をみかけました。ああ、かわいそうに。若者たちはロッサムの手によって、恐ろしい怪物に作り変えられてしまったんです。

――ロッサムの秘密を教えて差し上げましょう。彼は墓場から骨を掘り出し、そこに動物の死体から剝ぎ取った肉を貼りつけ、一体の人形を作り上げました。そこに生命を生み出す摩訶不思議な機械を繫ぎ、電気を流すと……ゴーレムの誕生です。

店主たちが口にした与太話の数々を思い出し、マヤはぶるりと首を振る。

「最後なんて、まるきり『フランケンシュタイン』じゃない」

「全てを嘘だと決めつけるのも早計であろう」

「確かに、真実だという可能性はゼロとは言えないでしょうね」

マヤは、ふんと鼻から息をついた。


それから数日を費やし、マヤは自らの足で情報を集めていった。だが、それも工場の内実を明らかにするまでには至らなかった。

どれだけ眺めても、城門は固く口を閉ざし続けている。例外は、二日にいちど漁師風の泥徒たちが工場を出入りする瞬間だけ。薄く開かれた門扉は、泥徒たちが通過するや否やたちまち閉ざされた。

泥徒たちが街で買い入れていたものの大半は、食料だと分かった。工場内部ではロッサムたちが暮らしているので、当然と言えば当然である。ただ、その量はあまりに多い。三十キログラムのオーツ麦が入った布袋を、二日ごとに四袋も買い入れているのだ。

収穫と言えるのは、ナンタケット島を訪れた日に耳にした得体の知れぬ金属音の出どころが掴めたことだろう。

異音の発生源は、やはりロッサムの工場だった。教会の時鐘というより、鐘自体を叩き壊そうとするようなその音が響くのは二日にいちど。決まって、泥徒たちが工場から出てくるより三十分ほど前のことだった。泥徒の出発を、前もって街に知らせておく意図があるのかもしれない。

それら情報が書き留められたメモ紙を睨みつけていたマヤは、降参するように小さく両手を揚《あ》げた。

「これで真相に辿り着けというのは、どんな名探偵でも無理な話ね」

ホテル一階のレストランにて、黄ばんだクロスのかけられたテーブル越しに二人は向かい合っていた。

「ならば事件は迷宮入りか」

「いいえ。諦める前に、ひとつ確かめてみたいことがあるの」

マヤはそう言って、丸パンに歯を立てた。ナンタケット島での生活も一週間が経つ。石のような丸パンにも慣れてきた。

「工場に運び込まれるものがあるなら、その逆もあるはず」

「ロッサムたちが排出するものといえば……糞便か」

「そりゃ、あれだけの食料を買い込んでいるなら、出るものも大量でしょうけど」

自分の言葉に辟易したように、マヤは顔をしかめる。

「そんなものを確かめても仕方ないでしょ。わたしが知りたいのは、泥徒を創るうえで出てしまう廃棄物のこと」

「廃棄物をあさったところで、大差はないと思うが？」

「いいえ。ロッサムが泥徒を試作しているなら、上手く動作しなかった泥徒の軀体《くたい》とか書き誤った礎版を捨てているはずでしょう。それらを回収できれば、工場内に入らずとも彼が何をしているのか分かるというわけ」

スタルィは「なるほど」と頷くが、

「工場に踏み込んだ方が早い気もするがな」

「駄目よ」

マヤは声を尖らせる。

「アベルさんとも約束しているでしょう。危険なことはしないって」

返事代わりに、スタルィは肩を縮《すく》めてみせた。


その日の夕方、マヤとスタルィは工場を望む草原の中にいた。吹き付ける潮風に、地を覆うヨモギが一斉にざわめく。茜色を背に、建物の両端から伸びる二本の尖塔のシルエットは、やけに作り物めいて映った。

工場の動きは、これまで調べたとおりのものだった。激しい金属音が響いてから三十分ほど経ち、レンガ塀に備えられた門が左右に開かれる。ゆっくり歩み出てきたのは、漁師姿の泥徒たちだった。

「来たわね」

マヤは表情を引き締める。

泥徒の一団は市街へと続く砂利道を進んでいった。いつもならその背中を追うところだが、今日は動かず様子を窺い続ける。

しばしの間を置いて、再び門は開かれた。

「やっぱり」

新たに現れた数体の泥徒は、市街のある方に背を向け、崖沿いの道に歩を進めた。それぞれの肩には大きな麻袋が担がれている。見立てどおりなら、そこには泥徒を創る際に生じた塵芥《じんかい》が詰められているはずだ。

泥徒たちの背中を遠まきに眺めながら歩いていると、スタルィが小声で問うてくる。

「どうする。荷物を奪ってみるか？」

「まさか」

マヤは驚くように言った。

「わざわざ事を荒立てなくても、捨てられた後で回収すれば良いだけでしょう」

「そう簡単でもないと思うのだがな」

スタルィは、なおも諦めきれぬように呟いた。

さらに進むと、道はゆるやかな下り坂に差し掛かる。海崖は高さを減じてゆき、海と地続きになった。そこで泥徒たちは右に折れ、砂浜を正面に据えて進んでいった。

「あっ」

マヤは小さく声をあげた。

泥徒たちは砂浜を踏みながら前進を続け、躊躇《ためら》うことなく海に足を踏み入れた。腰まで水に浸かっても歩を緩めることなく、そのまま海面の下へと消えてゆく。塵芥を捨てるなら、海より手間のかからない場所はなかった。

マヤとスタルィは肩を並べ、泥徒たちの消えた海を所在なく眺めた。

しばらくして、海面からぬっと頭が突き出してくる。その腕からは麻袋が消えていた。ずぶ濡れの泥徒たちは、湿った足音を立てながら工場に引き返していった。

「スタルィ。申し訳ないのだけれど――」

「ああ問題ない」

スタルィが遮った。

「海の底からごみを拾い上げてくれれば良いだけのことだ」

彼は靴を脱ぎ捨てると、やけになったような早足で海に向かった。服を着たまま、ざぶざぶと波間を割ってゆく。その姿が消えると、急に波の音が大きくなった気がした。

沈みかけた太陽が、たゆたう水面を赤黒く染め上げてゆく。

しばらく経ってもスタルィは戻らない。

霊息《ネシャーマ》によって駆動される泥徒は、人に比べて水中でも長く行動できる。そうと分かっていても、マヤの胸には次第に不安が募っていった。居ても立ってもいられず、思わず海へと駆け出そうとしたところで、ようやく水面からスタルィの頭が覗いた。

「良かった。何かあったのかと思った」

スタルィは全身から海水を滴らせ、表情のない顔をこちらに向けてくる。組まれた腕の中に何かが抱え込まれていた。

「興味深いものを見つけたぞ」

腕の中でぎらりと光を放つものがあった。その正体を確かめようと、マヤがもう一歩だけ近付いたところ――目が合った。

虹彩を濁らせた眼球だった。

それればかりではない。髪が付着したままの頭皮が、肉片がへばりついた太い大腿骨が、白い歯を馬蹄形にさらした下顎が、親指と、薬指と、不揃いの指先が山を成していた。

スタルィが海の底から浚《さら》ってきたのは、千々に砕かれた肉体だった。

ホテルの自室に戻ったマヤは毛布に包《くる》まりながら、椅子に腰掛けていた。その肩は凍えたように小刻みに震えている。足元には、スタルィが海の底から浚ってきた肉片が散らばっていた。

いや、それを肉片と呼ぶべきかは定かではない。

「奇妙なものだ」

スタルィは手の中で、切断された親指の先端を弄《もてあそ》びながら言った。

柔らかく押し返してくるような弾性があり、泥徒の軀体とは異なる感触だった。一方で、断面を観察しても組織内に血管や腱は見当たらず、人間の肉体と違うことも明らかだ。

「ロッサムが創った新しい泥徒ということか？」

「そうでしょうね」

マヤの声は震えていた。寒さのせいか、それとも憤りのせいか、自分でも分からない。

「軀体の欠片《かけら》は、潮に浚われずに残るだけでもかなりの量があった。なぜ、わざわざ創った泥徒を砕いて海に撒くようなことをする？」

「わたしに訊かれても分からないわよ」

工場から響いてくる騒音は、泥徒を砕く音なのかもしれない。音が鳴る頻度から考えれば、少なくとも二日で一体の泥徒を創り上げていることになる。尖筆師が一人しかいない工場にしては、驚異的な数字といえた。

しかし、完成させたそばから泥徒を破壊するのはなぜか。不良品となる可能性が高いということか。そうだとすれば、生産を止めて製造方法を見直すはずだ。工場の内部では、いったい何が行われているというのか。

ロッサムの行動は、全てがちぐはぐだった。

工場で働いているのは、秘律文の心得のない若者たち。運び込んでいるのは材料ではなく大量の食料。創られているのは不揃いの泥徒たち。そして、せっかく創った泥徒を端から砕いて海に撒いている。

でたらめに見えても、そこには理由があるはずだった。全てを繋ぐものがあるとすれば、奪われた原初の礎版の存在に他ならない。彼が用いているのは、これまで尖筆師たちが記述することの叶わなかった数枝――

「おそらく、基盤《イェソード》」

マヤは、確信の籠められた声で言う。

いつしか震えは止まっていた。肩にかけていた毛布をその場に脱ぎ捨て、椅子から立ち上がる。

「どうした、いきなり？」

「ようやく摑めてきた。スタルィにも手伝って欲しいことがあるの」

「海に飛び込むこと以外なら」

「……もっと大変かも」

スタルィは不承不承といった様子で頷いた。

※

マヤたちが軀体の欠片を拾ってから、二日後のこと。

夕暮れの目抜き通りからは、既に人の往来は絶えていた。その道の上に、細長い影がゆらり、ゆらりと揺れながら伸びてくる。ロッサムの泥徒たちは、これまでと変わらぬ規則正しさで街に姿を現した。

影はマヤたちの滞在するホテルの前に差し掛かり、動きを止める。

足を止めた泥徒たちが見つめる先、道を塞ぐように長身の男が立ちはだかっていた。ジャケットは羽織らず、白い立ち襟のシャツとピンストライプのズボンだけの軽装。長い前髪の奥から気だるげな目を覗かせているその男は、スタルィだ。

十メートルほどの距離を置いて、両者は言葉なく対峙した。

「本当に大丈夫なんでしょうね」

マヤは三階の窓辺から、道に佇む泥徒たちを不安げに見つめている。

ロッサムの泥徒を捕らえたい。その彼女の依頼を、スタルィは一笑に付した。

——何を言うかと思えば、おれひとりで十分であろう。

そして今、泥徒たちの集団を前にしても、彼の自信は揺らぎもしない様子だった。胸を反らし、茫《ぼう》とした視線を送ってくる泥徒たちに告げる。

「案ずるな。手荒なまねをするつもりはない」

返事代わりにとでも言うように、泥徒たちは腰に帯びていたナイフを一斉に引き抜いた。刃渡りが三十センチメートルほどもある、大型のボウイナイフだ。

「もっとも、お前たちの出方にもよるがな」

それを意に介すことなく、泥徒たちはぎくしゃくとした足取りで、しかし人の駆け足ほどもある速さで、ナイフを突き出しながら迫ってきた。

「危ない！」

頭上から聞こえた声に、スタルィはホテルを仰ぎ見る。マヤが、窓から転げ落ちんばかりに身を乗り出していた。

「危ないのはお前のほうだ」

「よそ見しないで。すぐそこまで来てる」

言葉を交わす間に、泥徒たちは目前まで迫っていた。

「そう喚《わめ》くほどの事でもなかろうに」

スタルィは口の中でぶつぶつと言いながら、泥徒たちに顔を向ける。

そして一歩踏み出そうとしたところで――何かに蹴躓《けつまず》いたように、前のめりにどうと倒れた。

「何しているの。早く起きてっ」

マヤは叫んだが、スタルィは地べたに四肢を投げ出したままでいる。頭でも打ち、気を失ってしまったのだろうか。階下へと助けに向かおうとしたが、いまさら間に合うわけもない。

「スタルィ！」

声を振り絞ったその時、異変に気付いた。

泥徒は、皆おろおろと惑うように首を巡らせている。足元で寝そべるスタルィの存在に気付かないのか、おぼつかなげな足取りで道の上をさまよい始めた。しまいには、諦めたようにナイフを下ろしてしまった。

それから泥徒たちは、何事も無かったかのようにホテルの前から去ってゆく。

そのうちの一体の動きが止まった。

見れば、地面に伏したスタルィが足首をがっしと掴んでいた。振り払おうと泥徒が足を上げた瞬間、膝を抱えて引きずり倒す。二体の泥徒は路上でもつれ合い、最終的にスタルィが馬乗りになって相手を封じた。

「もう大丈夫だぞ」

スタルィは泥徒を組み敷いたまま、三階の窓へと顔を向けた。慌ててホテルから出てきたマヤに、口の端を持ち上げて言う。

「見てのとおり、造作もなかったな」

その言葉とは裏腹に、彼のシャツは土まみれだった。

「どんな手を使ったの？」

「明かすほどの種はない。彼らが脅威とする対象をどのように識別しているかは、動きを見てれば分かる。それを掻《か》い潜《くぐ》ったまでだ」

スタルィは、組み伏せている泥徒に視線を落とした。

「こいつはどうする？」

マヤは辺りを窺う。騒動に気付いたのか、通りに面した窓の幾つかから怯えたような顔が覗いていた。

「わたしたちの部屋につれていきましょう」


二人は部屋に戻るなり、シーツを引き裂いて作った即席のロープで、泥徒を後ろ手に縛り上げた。そうすると泥徒は途端に大人しくなり、床に寝そべって眼球だけをぎょろぎょろ動かすだけとなった。

「これからどうする？　ここで寝かし続けておくわけにはいくまい」

スタルィが泥徒をあごでしゃくった。

マヤは術衣の内側に手を差し入れ、すらりと尖筆《リシク》を抜く。

「読んでみる」

「何を読むというのだ？」

「この泥徒を」

スタルィの訝《いぶか》るような視線をよそに、マヤは泥徒の傍らに腰を落とした。

「正確に言うなら、蓄積されている記憶を読み解くということね」

泥徒がいかにして記憶を留めているかは、尖筆師の中でも定見が得られていない。ただ、近年になり人間の記憶のメカニズムが明らかになってきたことで、泥徒もそれと似た機構を持つと考えられるようになった。

一八九一年、ベルリン大学解剖学主任教授であるワルデイエルは、人間の脳が持つ記憶能力を「ニューロン仮説」によって説明した。人間の脳を構成している細胞は、ニューロンという神経細胞によって結合され、相互に信号をやりとりすることにより、記憶や思考を生じさせているという。

泥徒にとって脳細胞と信号の役割を果たすものが、礎版内に刻まれた文字と霊息だ。軀体に吹き込まれた霊息は、胸内に刻まれた文字列のなかに蓄積される。泥徒が何かを経験し、あるいは思考するたび、文字に蓄積された霊息のパターンは移り変わってゆく。

マヤは、礎版内の霊息の状態を読み解くことにより、泥徒の記憶を覗こうというのだ。

「そんなことが可能なのか？」

「おそらくね」

ちらりとスタルィを見た。彼に王冠《ケセル》を宿した際の経験から、確信を得ていた。

「悠長に構えている暇はないぞ。泥徒が捕らえられたことは、すぐにロッサムも気付くだろう」

「だったら、しばらく口を噤《つぐ》んでいて」

マヤは泥徒に目を戻すと、シャツの襟元を開いて胸に尖筆の先端を押し当てた。

目を閉じ、握った尖筆に霊息を籠める。交わされた経路から、意識が流体のように注ぎ込まれてゆく。

突如、暗闇に包まれた。

泥徒の裡へと辿り着いても、視界は閉ざされたままだった。だが、完全な闇ではない。坑道のような道の先に、僅かな明かりが零《こぼ》れていることに気付いた。それを目指して、ゆっくりと進んでゆく。

はじめ、点のようだったその明かりが、徐々に大きくなってくる。すると向かう先から、風が吹き込んできた。生暖かく、動物の吐く息のような湿り気を帯びた風だった。

やがて闇は取り去られ、そこに広がっていた光景は——

※

マヤは目を見開いた。

長い潜水を終えたように大きく息をついてから、激しく咳き込む。呼吸が落ち着いても、血の気の失せた青褪めた顔はなかなか元には戻らない。壁にかけられた時計に目を遣ると、一時間が過ぎていた。

スタルィの姿を探すと、窓際で立木のように佇んでいるところだった。

「読めたか？」

黒く塗られた窓に目を置いたまま尋ねてくる。

「ええ」

マヤは応えてから、左右に首を振る。

「これほど後味の悪い読み物は、そうそう見つからないと思うわ」

「そうか。詳しくは後で聞こう」

そう言うと同時に、階下からガラスの割れる音が響いてきた。

「どうしたの！」

「何ということはない」とスタルィは冷静な顔で振り向き、「ロッサムの泥徒たちが、おれたちを訪ねに来たところだ」

廊下から、床板を踏み抜こうとするような激しい音が聞こえてくる。

「礼儀のなってない訪問客もいたものだ。ひとまず逃げるとしよう」

「待って」

マヤの声は落ち着きを取り戻している。

「ロッサムの工場に向かいましょう。今すぐに」

スタルィは理由を尋ねようとはしなかった。無言で歩み寄ると、マヤの背中に腕を回して軽やかに抱え上げる。

「ちょっと！」

「仕方あるまい。道はひとつしかない」

けたたましい騒音と共に、ドアが内側にひしゃげる。蝶番《ちょうつがい》がはじけ飛び、戸板が蹴り倒された。泥徒たちが、先を争うように室内に踏み込んでくる。

スタルィは押し寄せる泥徒に目をくれることもなく、片手で窓を大きく開け放つと――マヤを抱えたまま外へと身を躍らせた。

一瞬の無重力の後、僅かな衝撃が訪れた。着地の際、スタルィが巧みに勢いを殺したのだろう。見上げると、泥徒たちが窓から感情の籠もらない目をこちらに向けていた。

「ぼやぼやしている暇はないぞ」

そう言うなり、スタルィは駆け出した。街灯の光が糸を引くように流されてゆく。瞬《また》く間に市街は遠ざかり、草原を貫く砂利道に差し掛かった。

身を貫くような揺れの中、マヤは不思議に思う。本来なら、泥徒の能力は人間を越えるものではない。主《しゅ》の被造物である人間を、さらに模倣した存在に過ぎないからだ。しかし、スタルィの身体能力は明らかにそれを越えていた。

軀体に宿された原初の礎版のなせる業か、それとも別の理由があるのか。

考えがまとまる前に、スタルィは足を緩めた。

「着いたぞ」

月明かりの下、ロッサムの城が青白く浮かび上がっていた。

「あの塀を乗り越えられる？」

「危険な真似はしないと、アベルに誓ったのではなかったか？」

「今更、言い訳もできないでしょう」

スタルィは応える代わりに、工場を囲むレンガ塀を目掛けて猛然と駆け出した。衝突する直前で地を蹴り、続けざまに塀を蹴る。

視界が反転したと思えば、既にそこは工場の敷地内だった。

「ありがとう。ここからは任せて」

マヤは、するりとスタルィの腕から抜け出した。辺りに目を配り、スタルィを導くように走り出す。泥徒の記憶を読み取った際に、敷地内の位置関係は把握していた。城の外壁に沿って反対側まで回り込むと、そこには地下に続く空堀《ドライエリア》があった。

鉄柵を押し開け、階段を駆け下りてゆく。堀の底、月明かりの差さない暗がりに潜むようにして、金属の縁がついた木製の扉が設けられていた。泥徒工場として使われている地下室へと繋がる扉だ。

その取っ手を、マヤはきつく握りしめる。小さく息をついてから扉を押し開いた。

眼前に広がった光景は、およそ泥徒工場とは似ても似つかぬものだ。

躯体を加工するための工作機械も、資材を運ぶ工員たちも、石の板に秘律文を刻みつける尖筆師たちの姿も、そこには無かった。巨大な地下空間には潜めるような息遣いと、湿った布を踏むような音が響くばかりだった。

壁際に吊るされた旧式のランプが、弱々しく辺りを照らしていた。

「ロッサムの姿は見当たらぬようだな」

スタルィは、周囲に鋭く視線を遣りながら呟いた。

マヤは固く口を結び、工場の奥へと踏み入ってゆく。すると、幼い頃訪れたシェーンブルン動物園の記憶がにわかに蘇った。

色鮮やかなフラミンゴ、巨大なアジア象、天を衝くキリンの首。庭園に配された珍奇な動物たちに、幼いマヤは目を奪われた。ただ、記憶に最も深く印象に残っているのは、鉄格子に閉じ込められたホッキョクグマの姿だった。苛立つように鳴らし続ける歯嚙みの音が、耳の奥にこびりついて離れなかった。

工場の壁際には、三メートル四方ほどの鉄格子がいくつか並べられていた。中に閉じ込められているのは動物ではなく、ロッサムに雇われたという若い男たち。全ての気力を失ったように、裸体のまま壁に背中をもたれさせていた。

床には細い溝が掘られ、流れきらぬ排泄物がこびりついていた。鉄格子に空いた小窓から、ブリキ製のトレイが差し入れられていた。いかにも硬そうな丸パンと水のように薄い小麦粥は、ほとんど手つかずのまま残されていた。

男たちは身をすぼめ、怯えた目をマヤたちに向けている。

「心配しないで。皆さんを助けに来ました」

マヤは落ち着いた声を出し、それからスタルィに横目で合図を送る。

スタルィは頷き、鉄格子の方へと近付いてゆく。

「離れていろ」

内側に声をかけるなり、激しく扉を蹴りつけた。ひしゃげた閂《かんぬき》が床に落ちる。

鉄格子の扉を軋《きし》ませ、恐る恐るといった様子で痩せた男たちが中から出てきた。男たちは五名しかいない。当初雇われた数より少なかった。あばらが浮き出た彼らの身体に、マヤは痛ましげに目を細めた。

「泥徒たちは出払っています。今のうちに逃げて」

男たちはまだ状況が摑めぬ様子で、ぼんやりした顔を互いに向けあった。

その中の一人がぼそりと口を開く。

「ロッサムはどこに？」

「分かりません。わたしたちも彼の行方を探しています」

マヤが応えると、別の男が「この時間、やつは工場に現れない。おそらく自分の部屋で酒でも飲んでいるのだろう」と吐き捨てるように言った。

若者たちに表情が戻ってゆく。眉間に深く皺が寄り、口元が歪んだ。浮かんだのは怒りの色だった。

「礼はいずれ」

男たちは、いっせいに出口へと走り去ってゆく。

その背中を見送った後、スタルィは工場の中心を顎でしゃくった。

「あれは何だ？」

そこには、ひときわ大きな鉄格子が据えられていた。その中で蠢《うごめ》くものを、どう解釈すればよいか分からない様子だった。

「ロッサムが、この工場でただ一つ創り上げた……泥徒よ」

マヤは戸惑い混じりに答えた。

つるりと丸みを帯びた肉の塊が、四つん這いになっている。しいて言えば牛に近く、それよりさらに大きい。胸と腹が地に擦るほどに肥大化したその姿が、牛を思わせた。

巨大な身体を支えているのは人間の四肢だ。五本ある指は融合し、蹄《ひづめ》のように変わっていた。頭部に備わるはずの器官は殆ど失われている。目、鼻は僅かな凹凸が見られるだけとなり、一方で裂け広がった口は顔の半分を埋め尽くすほどだった。

泥徒は金属製の大きなバケツに顔を突っ込み、飼料を貪《むさぼ》り続けている。本来なら、泥徒は「食べる」という機能を持たない。

だが、それ以上にマヤを驚かせたのは――泥徒が明らかに女性としての特徴を有しているということだ。

これまでに創られた全ての泥徒は、男性だった。主による原人間《アントロポス》アダム・カドモンの創造を擬《なぞら》えたものである以上、それ以外の性別には成り得ないはずだった。

その常識をロッサムは覆した。奪った原初の礎版、すなわち生命の源たる基盤《イエソード》を用いて、女性型の泥徒を創り上げることに成功したのだ。しかし、なぜ彼はそのようなことを試みたのか。

先刻、泥徒から読み取った記憶が、理由を教えてくれていた。

街で出くわした漁師姿の泥徒たちは、見込みどおりロッサムが操るものだった。

彼が命じていたのは食料の買い出しだけではない。

泥徒たちに与えられた主な仕事は、飼育だった。鉄格子に食べ物を差し入れ、垂れ流された糞尿を掃除する。そして日に一度、男の一人を鉄格子から引っ張り出す。選ばれた男は、女性型泥徒の檻に放り込まれると、自らの役割を果たすように促された。

すなわち、泥徒に精を注ぐという役割を。

泥徒と人間との交配により、仮初《かりそ》めの命を生み出すこと。それこそロッサムが開発した新しい泥徒の生産方式だった。

工場において、ロッサムの命令は絶対的なものだった。それに従わないものは等しく処分された。工場の隅に、巨大な機械が置かれている。かつてここが捕鯨会社だった時代に用いられていた、鯨油の圧搾機を改造したものだ。

機能の落ちた泥徒たちが、精を注ぐことを拒否した男たちが、圧搾機に取り付けられた巨大な漏斗《ろうと》に頭から放り込まれた。エンジン駆動の金属製の鎚《つち》で、耳障りな騒音とともに潰され、細かな軀体の欠片に、あるいはコロイド状の粘液になった。

泥徒と人間は工場の一部となることを余儀なくされ、新たな泥徒を産み出し続けていたのだ。


「しかし、分からぬな」

スタルィが首を傾かせる。

「せっかく創った泥徒を、なぜ砕いて捨てるような真似をする？」

「ロッサムは、女性の泥徒を量産したかったのでしょう。そうしなければ世界を変えるほどの数なんて創れないから。でも成功したのは、原初の礎版を宿したこの一体だけだった」

マヤは檻の中に目を向ける。その視線を気にすることもなく、巨大な泥徒は一心不乱に飼料を貪り続けていた。

「漁師姿の泥徒たちは、試作過程で産み出された副産物ということね。余剰となった分を砕いていたのでしょう」

そう言いながら、マヤは反吐《へど》が出る思いだった。

泥徒とは、仮初めとはいえ生命が宿された存在である。それを使い捨てにするロッサムは尖筆師として、いや人として許せなかった。

その時、スタルィは顔を歪めた。

「臭うな」

つられてマヤも鼻から息を吸い、たちまち噎《む》せた。

「今さら言わなくても……」

掃除の行き届いていない家畜小屋の臭いが、胸の奥にまで入り込んできた。

「違う。そうではなく」とスタルィは顔を上向け、「煙だ。どこかで火事が起こっている」

「それなら、わたしたちも逃げないと――」

マヤは口を噤む。

どこからか、床を打つ音が聞こえてきていた。忙しげな靴音が、徐々に大きくなってくる。その方向に顔を向けるのと同時に、地下室の隅にある扉が激しく開かれた。

まろび出てきた人影を認めた瞬間、マヤは叫んだ。

「ロッサム！」

男はびくりと身体を震わせた。怯えるような上目遣いを寄越し、絞り出すような声で言う。

「マヤ、様ですか？」

再会は唐突に訪れた。

マヤは細く息を吐き、心を鎮める。問うべきことは決まっていた。

「答えてください。わたしの父でありあなたの師、イグナツを殺め、原初の礎版を奪ったことに間違いありませんね？」

「は、いや、違います！」

それから、ロッサムは早口になってまくし立てた。

「イグナツ様を殺めたのは、私ではありません。あれは、兄弟子たちが仕出かしたこと。確かに基盤《イェソード》を所有してはいますが、これは……そう、貰ったのです」

「どういう意味ですか？」

「兄弟子のザハロフから託されたのです。これは、お前が持っているべきものだと」

マヤの表情が険しくなる。

「原初の礎版は、カロニムス家が受け継いできたものです。彼にそれを与える権利がないことくらい、理解していたでしょう」

「し、しかし。彼は」

「それに、真っ当に原初の礎版を託されたのだとしたら、どうしてカロニムス家から逃げ去ったりしたのです。自分に疚《やま》しいことがあったと、認めているようなものではありませんか」

「……黙れ」

ロッサムはきっと目を見開いた。押し殺していた獣性が顕《あらわ》になった。

「原初の礎版は、お前の家で働いた給金がわりに貰ったのだ。今更になって返せと言われても遅い。もう少しで、実を結ぶところなのだぞ！」

「実を結ぶ？」

「ああ、そうだ。この工場が本格的に稼働すれば、世界そのものが覆る。俺を見下した奴らを、この国を、足元に這いつくばらせることができるのだ」

「そんなことのために……」

マヤの目が鋭さを増す。

「何と言おうが、あなたが原初の礎版を奪ったことは逃れようのない事実。わたしには、それを回収する義務と責任があります。あなたの手にあるものも、他の徒弟が奪い去ったものも全て」

「それは……」

ロッサムは口ごもった後、にやりと口を歪ませる。

「お前には無理だろう。少なくともザハロフのやつを追うのはやめておけ。待っているのは絶望だけだ」

「どういう意味ですか？」

「そのままの意味さ。おれもカロニムス家には世話になったからな。善意から教えてやっているのだぞ」

そこで、ロッサムは弾かれたように振り向いた。

新たな足音が迫ってきていた。

「しまった、無駄な時間を」

逃げ出そうとしたが足をもつれさせ、その場に尻餅《しりもち》をつく。

次の瞬間、走り寄ってきた裸体の男たちが彼を押し包んだ。若者たちは、工場から逃げたわけではなかった。ロッサムを燻《いぶ》り出そうと城に火をかけ、行方を追っていたのだ。

彼らが望んだのは身の安全より、復讐だった。

若者たちはロッサムを強引に担ぎ上げ、そのまま工場の隅に突き進んでゆく。

向かう先には、古びた圧搾機が据えられてあった。

巨大な漏斗が、ぽっかりと天に向かって口を開けていた。若者のひとりが機械の側面についたハンドルを回すと、耳をつんざく駆動音が工場を包んだ。漏斗の奥で、猛獣の歯列のような金属製の歯車が激しく回転し始めた。

ロッサムは身体を抱えられながら、四肢を振り乱し何事かを叫んでいる。機械音に掻き消されて聞こえないが、助けを求めていることだけは分かった。

マヤが足を踏み出そうとすると、

「やめておけ。お前も引きずり込まれるぞ」

スタルィが腕を摑んだ。

「離して！」

スタルィは握る手を緩めずに言った。

「砕かれた泥徒たちは、命乞いの言葉すら持たなかった」

若者たちが、両腕を天に突き上げる。

ロッサムは巨大な漏斗の縁を手で摑んだが、若者の力には抗えない。力尽きたように、頭から転がり落ちる。引き絞るような絶叫が数秒続き、西瓜《すいか》の割れるような音と共に途絶えた。

甲高い金属音が、湿り気を帯びた咀嚼音に変わる。漏斗から血しぶきが迸《ほとばし》り、垂直に突き出ていたロッサムの足が徐々に短くなってゆく。圧搾機は唸り声を上げ、その全身を飲み込んでいった。

ロッサムの姿が完全に消えたのを見計らって、若者のひとりが圧搾機を停止させた。漏斗の底面に位置する吐出口《としゅつこう》を開くと、白い粒の混じった薄桃色の粘液が流れ出してきた。ロッサムの成れの果てだった。

その一部始終を、マヤは目を逸らすことなく見届けた。

復讐を遂げた若者たちに、喜びの色はなかった。ひどく疲れた表情で、重い足を引きずるように工場の出口に向かう。

一人が扉の前で足を止め、マヤに振り返った。

「じきに、ここも火が回る。あんたらも早く逃げたほうが良い」

後に残されたのはマヤとスタルィ。それと、一体の泥徒。

檻の中では、女性型の泥徒が何事も無かったかのように飼料を食《は》み続けていた。

「急いで、原初の礎版を取り戻さないと……」

そうは口にしたものの、あまりにも生き物じみた泥徒の軀体内から礎版を取り出すことは憚られた。

「そんな暇はない。逃げるぞ」

「でも」

「お前が世界で最も偉大な尖筆師となるまで、護ると誓った」

スタルィは、有無を言わさずマヤの身体を抱き上げる。

「ここで立ち止まるわけにゆくまい」

出口から駆け出すと、既に上階の窓から炎が吹き出していた。

「思ったより早いな」

建物から距離を置きながら、正面に回り込む。

そこで急に足を止めた。

正門の前には、行く手を遮るように泥徒たちが集まっていた。その数は二十体、いや三十体を越える。

スタルィの腕に力が籠められたが、すぐにふっと弱められる。泥徒たちはその場に立ち尽くし、炎に包まれてゆく城を呆然と見つめている。近付いてきたマヤたちを気に留める様子もなかった。

泥徒たちを前に、スタルィが大声で呼びかける。

「ロッサムは死んだ。お前たちのことを縛るものはない。好きにしろ」

「でも、そんなことを言われたって……」

マヤは戸惑うように呟いた。

泥徒である限り、意のままに行動することは出来ない。スタルィも、そのことを知らぬわけがなかった。だが彼は答えを待つように、じっと泥徒たちを見据える。

するとと泥徒たちはスタルィに顔を向け――何事かを語りかけるように、口を蠢かせた。

一瞬の出来事だった。

泥徒の集団は前触れもなく足を踏み出すと、燃え盛る城へと進み始めた。

スタルィも何も語ることなく、ただ正門に向かって歩いた。

泥徒と泥徒とは、無言ですれ違ってゆく。

敷地の外に出たところで、マヤは静かに語りかける。

「泥徒たちは何と言ったの？」

「知らぬ」スタルィはにべもなく言うが、「だが、何をするつもりかは分かった」と振り返る。

その瞳の中に、城から立ち上る炎が映り込んだ。

「最期の時を、母と過ごすつもりなのだ」

※

工場が鎮火するまでには半日以上を要した。

明くる日の昼過ぎになり、マヤたちは再びロッサムの城を訪れた。石で積まれた外壁は崩れ、柱は燃え落ち、地下室が露出していた。

煤《すす》で真っ黒になった階段を下り、焼け跡に足を踏み入れる。

周囲では、黒の制服を纏《まと》った消防士たちが状況を見分していた。現場に入り込んできたマヤたちを咎《とが》めようとする者はない。若者たちを助け出したことは、既に島じゅうの知るところとなっていた。

足を進めるたび、炭化した木片の踏み砕かれる音がした。焼け跡の中心まで来て、マヤはふと顔を上向けた。消防士たちも、これが何であるのか頭を悩ませたに違いない。

かろうじて人の形を留めた炭の塊が、互いに四肢を絡み合わせるようにしながら輪を成している。その輪に囲われるようにして、黒一色に染め上げられた巨大な鉄格子が屹立《きつりつ》していた。事情を知らぬ者にとっては、気負った新進芸術家が手掛けた奇怪なモニュメントのように映ったかも知れない。

ここで何が起こったか、マヤは状況をありありと思い浮かべることができた。泥徒たちは、その身をもって檻に閉じ込められている母を炎から護ろうとしたのだろう。だがその思いも虚しく、巨大な女性型泥徒も鉄格子の中心で炭となっていた。有機物が多く混じる軀体は人の形を残すこともなく、黒光りする岩のような姿に変わっていた。

「発見はあったか？」

背後から、スタルィの声がした。

「何も。ただ見ていただけ」

ため息交じりに振り返ったマヤの目が、大きく見開かれる。

「どうしたの、それ？」

スタルィの手には、大ぶりのボウイナイフが握られていた。

「そこに落ちていた。多少焦げているがまだ使える」

「そんなもの、何に使うつもり？」

「まあ見ていろ」

スタルィは無造作に鉄格子に近付き、炭化した泥徒の一体を引き剝がすと、力任せに扉をこじ開けた。その衝撃で、周囲を取り巻いている泥徒の身体がいっせいに崩れる。

「ちょっと、手荒な真似はよしてよ！」

「こうでもせねば中に入ることはできまい。それに、泥徒たちに宿っていた仮初めの生命は既に去っている」

スタルィはそう言いながら、鉄格子の中心にある巨大な炭の塊に歩み寄り、「あとは塵《ちり》に還るのみ」と手にしたナイフを巨大な炭の塊に振り下ろした。

がつ、と鈍い音が響いた。

消防士たちがこちらに顔を向けたが、すぐ目を逸らした。巨大な炭の塊へ一心不乱にナイフを叩きつける怪しい男とは、関わりを持ちたくなかったのであろう。

スタルィが腕を振り下ろし続けると、大きく亀裂が走った。ばかりと二つに分かれ、黒く光る断面が晒《さら》される。その奥に腕を差し込み、しばらく手で探った。

「あったぞ」

手を差し上げると、指先に摘まれていたのは石の欠片であった。歪な胡桃《くるみ》にも、または人間の心臓のようにも見えた。

その石を、「ほら」とマヤに向かって無造作に放り投げる。

マヤは、慌てて両手で摑んだ。掌《てのひら》から伝わってきた微弱な霊息の流れが、基盤《イェソード》の刻まれた原初の礎版だと教えていた。

「もう少し丁重に扱ってよ」

「受け取りやすいように投げたつもりだ」

スタルィは悪びれもせず言う。

マヤはしかめ面を返してから、自らの手元に目を落とす。

この小さな石を取り戻すまでに、四年の歳月が経過していた。徒弟たちが奪った原初の礎版はあと二つ残されている。彼らがどこへ消えたか、未だその手がかりさえ摑めていないというのに。

「……気が遠くなるわね」

その呟きを聞き留め、スタルィは些《いささ》か得意げに顎に手を当てる。

「おれがケセルを得てからは、三ヶ月あまりしか経っていないのだ。全ての原初の礎版を取り戻すのも、そう遠くではあるまい」

指先に付着した煤のせいで、彼の頰には猫の髭のように三本の筋が引かれていた。

※

原初の礎版を回収してから半月後のこと。

「おかえりなさいませ」

久々のトマシュの出迎えに、マヤは身を固くした。彼の笑顔には、僅かな陰りがあった。良からぬことが起きていることの兆しだった。

直後、玄関ホールに朗らかな声が響いた。

「お待ちしておりました。まずは無事のご帰還、お慶び申し上げます」

奥から歩み出てきたのは、アベル・スタルスキだった。

「ただ今戻りました。わざわざお越し頂かずとも、すぐご報告に伺いましたのに」

「いかがでしたかな、米国は？」

「得るところの多い旅となりました」

「私との約束は、もちろんお忘れではなかったことでしょうね」

「ええ、もちろんです」

　途端、アベルの顔から笑みが去った。懐を探ると、一枚の紙片をマヤへと突きつけてくる。

『チャス』紙に掲載された、小さな記事を切り抜いたものだ。

　マヤは受け取った記事の見出しに、素早く目を這わせる。

「米国の新しい生産方式の泥徒工場、試稼働中に火災で焼失」

　今や情報は、光の早さで地球をめぐる。

　アヴァス、大北通信社《グレートノーザンテレグラフ》、ヴォルフ、ロイター、アソシエイテッドプレス。大通信社たちは協定を結び、世界じゅうの情報を分割統治していた。彼らは七つの海に張り巡らされた電信ケーブル網を利用し、あらゆる地域の情報を瞬く間に集めることが可能だった。

　金を払いさえすれば、『チャス』のような地方紙でも、遠く離れた国の出来事を報道できる時代である。

「繰り返しの質問となりますが、私との約束はお忘れではないでしょうね」

　言い淀むマヤに、アベルは胸の底から深く息をついた。

「では、もういちどお教えしましょう」

　応接室に場所を移すと、アベルの説教が始まった。時計の短針が焦らすようにゆっくりひと回りした後、トマシュが頃合いを見てコーヒーを運んでくる。ようやくアベルは言葉を途切れさせた。

「良い味だ」

それから表情を緩ませ、マヤを見つめた。

「口喧《くちやかま》しいことは、ここまでにしましょう。それで、旅の首尾はいかがでしたか？」

マヤは、心臓の形にも見える小さな石をテーブルの上に置いた。

「これが原初の礎版……」

思わず机上に伸ばしかけた手を、アベルは組み直す。

「いかなる秘律文が刻まれているのか気になるところですが、これはマヤさんが責任をもって保管してください。カロニムス家の家長として」

「わかりました」

マヤは深く頷くと、原初の礎版を自らの懐に戻した。

「原初の礎版がここにあるということは、ロッサムに会ったということですね」

「はい」

「酷な質問かも知れませんが、彼はどのようなことを？」

ロッサムの最期が浮かんだが、表情に出さぬように淡々と言葉を連ねる。

「多くを聞き出すことはできませんでした。ただ、父を手に掛けたのは自分でなく、兄弟子たちであると。原初の礎版は奪ったのでなく、ザハロフから貰ったものだと言っていました」

「見え透いた言い逃れを」

アベルは鼻から荒く息をついた。

マヤは目を伏せて言う。

「正直なところ、わたしには判断がつきませんでした。それが追い詰められて出た言葉なのか、それとも真実を孕《はら》んだものなのか」

これまで、父を殺めたのはロッサムではないかと疑っていた。

ザハロフは、既に父から後継者として指名されており、時を待てば原初の礎版は自らのものとなっていたはずだ。そして有馬は、間違っても自らの師を手にかけるような人物ではないと見ていた。

とはいえ、ロッサムが放った言葉はまるきりの嘘だとも聞こえなかった。少なくとも、他の二つの原初の礎版を彼が手にしていた形跡はない。父の死には、他の二人の徒弟たちが関わっていることは間違いなさそうだ。

「ああ、そうだった。うっかり大切なことをお伝えしそびれるところでした」

物思いに沈むマヤの様子を目にして、アベルは不器用に切り出した。

「九月になれば、マヤさんも大学に通われることになります。学業と並行して、私の仕事も手伝っていただければと考えているのです」

「どんなことでしょう？」

「いつぞやもお伝えしたことです。いずれマヤさんには元老の座に着いていただきたいのですが、いきなりは難しい。そこでまず私の秘書団に加わり、段階的に仕事を覚えて貰えればと」

「……わたしに務まるでしょうか？」

マヤは曖昧な笑みを浮かべる。

「マヤさんが、他に優先したいことがあるのは理解しています。ですが、この仕事はイグナツも両立していました。彼ばかりでなく、歴代のカロニムス家の家長たちも」

そう言われては、首肯《しゅこう》せざるをえなかった。

「元老というのは厄介な仕事だと、日々思い知らされています。イグナツはあれだけの仕事を抱えて、良くやっていたものだと。まったく信じられぬ思いです」

「少しでもお力になれるよう、最善を尽くします」

「いえ。あまり気張り過ぎないでください。徐々に慣れていただければ、それだけで十分です」

それから、アベルはうんざりした表情で独り言のように零した。

「非常に、厄介な仕事ですから」

※

旧市街の狭い土地には、石造りの建物がザクロの粒のようにみっしりと犇《ひし》めいている。その中心に位置するぽっかりと開けた広場の一角に、大きな時計塔を持つレンカフ自由都市の市庁舎は建てられていた。

その市庁舎の中に、代表者会議《セイム》と元老院《セナト》は置かれていた。元老院の議事堂は二階にあり、秘書や事務局員のための控室も併設されている。

レンカフ自由都市は、人口三十万人足らずの小国だ。元老院は国の最高議決機関といえど、規模からすれば市議会程度のものであり、議員たちも兼職が前提となる。とはいえその仕事は、片手間にできるほど楽なものではない。週に一度の例会に加えて、頻繁に臨時招集がかかる。招集の通知を発するのは、実質的にこの仕事しかしていない保護国の高等弁務官たちが殆どだった。

その日、元老院で議論されていたのは、独国の高等弁務官エミル・ハルトマンから提出された、国営製塩工場の価格設定について。秘書見習いとなったマヤは、隣接する控室から成り行きを見守っていた。

独国は、塩の多くを墺洪国から輸入していたが、ザルツブルクの岩塩坑での採掘量が落ちてきたことにより、十分な供給を得られない事態となった。独国の高等弁務官は、それを補うためレンカフ自由都市から塩を買い付けようとした。

だがそこで、墺洪国の高等弁務官フランチシェク・ローレンツから横槍が入ったのだ。

「ザルツブルクの採掘量が回復すれば、独国は買い付けを停止するだろう。この取引は、一時的なものに留まる可能性が高い。余計な手間がかかるだけで、レンカフにとっても利益とはならない」

そうは言うものの、自国の塩の供給先を失いたくないというのが本音であろう。

両国の主張は平行線を辿り、議論は膠着《こうちゃく》する。

休憩が挟まれた際、アベルが足早に控室へとやってきた。

「資料を」

その声からは、いつもの愛想の良さは消えていた。

秘書たちは、手早く数枚のレポートを机上に広げる。ザルツブルク岩塩坑の採掘量の推移、周辺国の塩価の一覧、レンカフ国営工場の塩製造にかかる原価などの数字が、端的にまとめられていた。

アベルはその紙を眺め、何も言わず議場に戻ってゆく。

議事再開からしばらくして、アベルが朗とした声を響かせる。

「では、いかがでしょう。レンカフの塩価は手間賃を鑑みて、ザルツブルクの価格に一割五分上乗せした程度とするのは」

両国の高等弁務官は、同時に低い唸り声をあげた。

アベルの示した数字は、妥協せざるを得ない絶妙な線を突くものだった。

その発言をきっかけに、塩価の件はようやく議決に至った。しかし休む間もなく、新たな議題が次々と俎上《そじょう》に載せられてゆく。未成年の飲酒規制の是非について、菓子税廃止の請願への対応、代表者会議《セイム》の議員提出の法律案の審議。

めくるめく議論の流れに、マヤは思わず声を漏らす。

「確かに、厄介な仕事ね」

元老という仕事は、実質の伴わない名誉職ではないことは明らかだった。

さらに、マヤの前に立ち塞がったのは秘書の仕事だけではない。

マヤが通い始めたレンカフ大学は、女性に門戸を開いたばかりだった。新入生の女性比率は五パーセントにも満たない。女性が教育を受けることへの理解は、十分に行き届いているとは到底言えない状況であった。

講義を受ける際には女性専用のベンチに座ることが義務付けられ、通年の講義を受ける場合は学期ごとに継続許可を取らねばならなかった。大学図書館に入るためにも、事前の申請が求められた。

制度的な問題ばかりでなく、教授たちのなかには「女性は高等教育に耐えうる頭脳を持たない」などと主張する者すらあった。大学に通うということは、マヤにとって苛立ちに耐えることと同義だった。

マヤがそれらの障壁を乗り越えるまでには、四年の歳月が必要となった。

第二部　一九〇〇年――書き換えられた数枝《セフィラ》

小さな足跡

十九世紀の最終年に当たる、一九〇〇年のこと。

二十一歳になったマヤは、大学入学当初から大きな変化を見せていた。

初めの頃は、彼女もつばの小さな帽子を頭に載せ、後ろ腰の広がったスカートを穿き、周囲が求める女性らしい服装に身を包んでいた。だが時が経つうち、帽子を脱ぎ、コルセットを捨て、しまいには漆黒の術衣に膝丈のズボンというい つもの格好で、構内を闊歩《かっぽ》するようになったのだ。

それを諫《いさ》めようとする者がなかったのは、服装程度のことを気にしても仕方ないからであろう。自らの意思で自らの道を歩くという、父からの教えを守り続けた結果――マヤは、周囲から浮いた存在となった。

理不尽な規則には、他の女学生たちと協力して、一つずつ大学当局に改善を迫った。女性は高等教育に耐えうる頭脳を持たないと発言をした教授の講義では、彼の博士論文について質問すると見せかけ、その瑕疵《かし》を散々あげつらって自らの過ちを認めるまで叩きのめすこともした。

秘書の仕事においても同様である。

資料収集の補助から始まった役割も、来客の対応から報告書の作成、法律案の起草と、徐々に領域を広げていった。四年が経つ頃には、アベルが控室に足を運ぶより先に、自ら議場に入って答弁案を差し入れるまでになっていた。

ただ、変わったのはマヤばかりではなかった。

燭台の炎が、テーブルの上に並ぶ空の食器を仄《ほの》かに照らしていた。コーヒーと口直しのドライフルーツを手に、トマシュが食堂に入ってくる。

「いかがでしたか？」

「今日の肉は少し臭みを感じた。処理が甘かったのではないか？」

訳知り顔で評したのはスタルィである。

「それは臭みというのではなく、野趣《やしゅ》があると言うの。野生のイノシシは、あれくらいの風味があって当然なのだから」

「そうであろうか？」

マヤの指摘にも納得がいかない様子。

「スタルィが言うことも、まるきり的外れではないかも知れません。まだイノシシの旬ではありませんが、珍しく良い肉が入ったのでお出ししたのです。良い時期のものと比べれば、いささか臭いは強かったのかと」

「やはりな」

勝ち誇ったように言うスタルィに、マヤは声を尖らせた。

「あなた、旬のイノシシの味を知らないでしょう」

スタルィは八番目となる数枝《セフィラ》、基盤《イェソード》をその身に宿していた。原初の礎版《ピェルボトニ・ボドスタベク》を正常に働かせるためには、他の数枝との調和が必要となる。おそらくロッサムは、あえてイェソードが司る領域を大きくすることで、泥徒《ゴーレム》に生殖能力を宿そうとしたのであろう。歪《いびつ》にも見える女性型泥徒の形象は、その結果だった。

ひとつ間違えれば、スタルィも同じ道を辿る可能性があった。マヤは取り戻した原初の礎版に刻まれていた文字列を丹念に読み解き、イェソードが制御できなくなる可能性を完全に排除してから、ようやくそれを自らの泥徒に与えた。

生命力の基盤たるこの数枝を得たことにより、スタルィは食物を摂取し自らの霊力に換えることが可能となったのだ。

ドライフルーツを口に運ぶスタルィを見て、マヤの胸にふとした懐かしさが訪れる。しばらくして、その理由に思い当たった。誰かと食事を共にしたことなど、久しくなかったのだ。

父と最後に食卓を囲んだのは八年前のことだった。

母とは一度もない。

母、イザベラは不慮の事故で亡くなったと聞いている。具体的な状況は知らない。言葉を交わすことが少なかった父には、尋ねる機会もなかった。一度だけトマシュに、母のことを教えて欲しいとせがんだことがあった。彼は深い憂いの籠もった声で、「イザベラ様は、たいへん慈愛に満ちたお方でした」と言うばかりだった。

もし母が生きていれば、自分は孤独な食卓を知らずに済んだのであろうか。

マヤは、スタルィに視線を移す。顔をしかめてコーヒーを啜り込むその姿に、自分の感傷がしぼんでゆくのを感じた。

「人間の苦味に対する評価は、過大であると思うのだがな。これは本来、摂取してはならない食物を判別するための感覚であろう」

「料理にとって大切なことは調和です。苦味も、豊かな味を作り上げるための重要な構成要素の一つ。欠かすことはできません」

トマシュが諭すように応じた。

「泥徒の創造にも通じる話ね」

マヤは感心するように頷いた。スタルィに宿された新たな数枝は、他との調和を美しく保っているようだった。

「そろそろ、頃合いかもしれない……」

呟いたマヤの視線は、どこか遠くへと向けられていた。

※

レンカフ大学の卒業式を終えたマヤは、その足でスタルスキ家の邸宅に向かった。さすがの彼女も、この日ばかりはフード型のアカデミックドレスに身を包んでいた。

恰幅《かっぷく》の良い執事に案内され、サロンへと通される。

「ご卒業おめでとうございます」

広い室内には、アベルだけがぽつりと立っていた。

「ありがとうございます。どうにか学士号を得ることができ、ほっとしています」

「そんなご謙遜を。非常に優秀な成績であったと聞いています」

アベルは苦笑交じりに言う。マヤは最優の成績を修めたはずだったが、卒業式で表彰を受けたのは別の男子学生であった。

「我が国の最高学府は、たいへんに歴史と伝統を重んじる場所のようですな」

「もとより名誉は要りません。大学で得るべきは、知識です」

「マヤさんらしい」

ようやくアベルも含みのない笑顔を見せた。

「ところで、今日のご用件というのは卒業の報告だけではないでしょう」

マヤは表情を引き締め、こくりと頷いた。

「はい。学業にひと区切りがつきましたので、旅行にでも出かけようと思っています」

「行き先は日本、ですね」

「有馬から原初の礎版を取り戻してきます」

「簡単にはいきませんよ」

アベルは、じっと彼女の目を見据えた。

「彼は軍人だ」

かつて有馬行長は、派遣留学生としてミュンヘン大学を訪れた際、感染症患者の汚れた衣服を運ぶ一体の泥徒を目にした。途端、泥徒という存在が日本の将来を左右すると直感したという。

帰国後、有馬は陸軍の軍医となったが、その思いはいつまでも消えようとしなかった。三十半ばに差し掛かった頃、彼は軍医将校という立場を捨て、尖筆師《リサシュ》となるため単身レンカフ自由都市へと渡った。

しかし、血統主義が強い尖筆師という職業集団において、何の縁もない有馬に手を差し伸べようとする者はなかった。唯一、イグナツを除いて。尖筆師となるため全てをなげうち極東からやってきた変わり者の噂を聞きつけると、喜んで自らの工房に迎え入れたのであった。

「徒弟たちの行方については、私の方でも情報を当たっています。有馬は日本に逃亡したのち、再び陸軍の所属となったようです。それ以降の足取りは摑めていません。日本陸軍にとっても、彼が握る最新の泥徒創造技術は他に漏らしたくないでしょうから」

「行っても、無駄足になると」

「いいえ、少しでも可能性がある限り、試してみる価値はあるでしょう。マヤさんの気持ちとしても、実際に日本を訪ねてみねば納得できないのは分かるのですが……」

アベルは苦虫を噛み潰したような表情になり、

「しかし、今は時期が悪い」

このところ元老院《セナト》では、以前にも増して舵取りが難しくなっていた。

元凶は露国の高等弁務官、スタニラフ・リシツキである。

背景には、露国の政情の不安定化があった。露国皇帝アレクサンドル三世の治世に、翳《かげ》りが生じている。農村の荒廃に伴う国力の低下によってその求心力は失われ、政府の転覆を目論む反体制活動が活発化していた。

反体制活動を牽引するのは社会主義者たち。貧農層の啓蒙と組織化により帝政の弱体化を図ろうとするナロードニキ活動が衰退する一方、エスエル戦闘団、細胞主義派《クリエートトカ》、ペテルブルク労働者階級解放闘争同盟といった、暴力革命を志向する地下組織が勢いを増していた。彼らの武力闘争を辞さない活動に、政府は苦慮していた。

そのような状況のなか、露国の高等弁務官としては少しでも自国に利益を齎《もたら》したい——あわよくば自身の栄転の契機としたい、という思惑があるのだろう。何かにつけ、無理な要求を繰り返すようになっていた。

「マヤさんには、非常に素晴らしい仕事をして頂いています。それだけに、今の状況で抜けられてしまうことは非常に痛い。快く日本に送り出して差し上げたいところですが、この国を愛する者としてそれは難しいのです」

マヤは口を開きかけ、そのまま足元に目を落とす。アベルの気持ちは痛いほど良く分かった。

すると突然——

「話は聞いた。マヤを日本に行かせてやってくれ！」

サロンを占める重苦しい空気を、凱歌《がいか》をあげるが如き勇ましい声が打ち払った。

軽快な足音と共に駆け寄ってきた青年の姿に、マヤは目を丸くする。

「タデウシュじゃない」

それは数年ぶりの再会だった。彼はこの国を離れ、独国《ドイツ》にあるフンボルト大学に通っていたと聞いていた。大学を卒業し、レンカフ自由都市に戻ってきたのだろう。

しばらく顔を合わせないうち、タデウシュからはすっかり少年の面影が消えていた。白いシャツに吊りズボンを合わせた身軽な格好だったが、それだけに逞しい体格が引き立って見えた。

「タデウシュ、下がっていろ。マヤさんと話をしているところだ」

「いや、下がらない」

アベルの一喝に怯むことなく、むしろ胸を張って詰め寄ってきた。

「マヤなら引き止めても無駄さ。いちど口にしたことは必ずやり遂げるのが彼女だ。そのことは、親友である僕がいちばんよく知っている」

それほど、タデウシュと親しくしていただろうか。マヤは首を傾《かし》げたくなったが、自分を応援してくれていることには違いないので、成り行きを見守ることにする。

「軽々しく言うな。これは、我々の国の行く末を左右しかねないことなのだぞ」

「軽く考えているつもりはない。僕なりに、覚悟のうえで言っている。マヤがこの国を離れている間は、僕が代わりをすれば良いだろう」

「お前が？」

アベルは思わず声を上ずらせる。

「出来もしないことを言うな。自分の仕事があるだろう」

タデウシュはＫＳＦＧに入社していた。アベルは息子に甘い顔を見せず、下積み仕事から始めさせた。秘書の仕事をしている暇などないはずだった。

だが、タデウシュは余裕めいた笑みを崩さない。

「僕はスタルスキ家の人間だ。身体の丈夫さならしっかり受け継いでいる。徹夜で仕事をするくらい、苦とも思わない」

「寝ずにいることを誇りたいなら、国境警備でも志願すると良い」

するとタデウシュは、無言で一冊の帳面を父へと突きつけた。

「これは……」

ページを捲《めく》るアベルの目が、僅かに見開かれる。

そこには、これまでに高等弁務官から提出された議案の詳細や、レンカフ自由都市の産業の分析、保護国の最新の情勢に至るまでの情報が、細かい字でびっしりと纏《まと》められていたのである。

「準備はもうできている。スタルスキ家の人間にとって、覚悟は行動と同義だ」

「ほう」とアベルは眉を上げ、「秘書の仕事は甘くない。頭に入れておくべき情報が、この一冊に収まる程度だと思うなよ」

「たとえ頭に入らずとも、身体で覚えるさ」

「スタルスキ家の男に二言はないぞ」

アベルは帳面を握り、どんと息子の胸を衝くように返した。

「望むところさ」

受け取ったタデウシュは、鋭い視線を父に向ける。

父と息子はしばらく睨み合った後、声を合わせて愉快そうに笑い出した。

傍から眺めていたマヤは、呆れたように肩をすくめた。胸の奥で微かに感じた憧憬に気付かぬふりをしながら。

※

マヤとスタルィの旅は、再び独国のブレーマーハーフェン港から始まった。

一九〇〇年九月、二人を乗せた「ザクセン号」は、日本に向かって港を発《た》った。ロッテルダム、ジェノアで乗客を拾い上げたのち、スエズ運河を経由してインド洋に出る。

途中ザクセン号は、コロンボ、ペナン、シンガポール、上海と、飛石《とびいし》を踏むように転々と寄港してゆく。そのつど石炭を補充する時間を稼ぐため、観光ガイドが現地を案内して回った。だがマヤとしては、とても物見などをする気にはなれなかった。

有馬がいなければ、おそらく自分はスタルィを創造できなかっただろう。父の工房に忍び込むと、決まって参考となる書籍などを手渡してくれたのは彼だった。あの穏やかな表情の裏に殺意を忍ばせていたとは、今でも信じきれずにいた。

マヤの憂鬱をよそに、ザクセン号は刻々と日本に近付いてゆく。

海を渡ること一ヶ月。象が鼻を伸ばすように湾曲しながら、外洋に向かって張り出している横浜港の鉄桟橋が、マヤの目に捉えられた。

タラップを下ってゆくと、異郷の声が届く。

抑揚のなだらかな日本語に、歯切れの良い中国語がリズムをつける。辺りを飛び交う耳慣れない言葉を聞くうち、自分が地球の裏側まで旅してきたということを、ようやく実感してきた。

「それにしても、すごい人の数ね」

日本の首都である東京《とうきょう》は東洋一の人口を誇る。その海の玄関口である横浜港は、旅支度に身を包んだ者で溢れかえっていた。

その人波を目にして、マヤは眉を曇らせる。

「これで、どうやって探せば良いって言うの？」

日本に発つ際、アベルから言い渡されたことがあった。

——彼《か》の地でのことは、ミリクという尖筆師に託しています。私の古い友人です。もう何年も会ってはいませんが、信頼の置ける人物であると保証します。

だが、どうやってそのミリクと落ち合えばよいのか。前もって段取りをつけておくべきであったと、マヤは後悔した。周囲に不安げな視線を送っていたところ、

「あそこだ」

傍らを歩くスタルィが、確信を持った様子で指差した。

マヤにもすぐ分かった。洋上を漂う氷山のごとく巨大な人影が、その場の旅客たちをかき分けながら、こちらへと向かってきている。

「おおい、こっちだ」

巨漢は丸太のような手を振りかざした。その動きだけで、彼の周囲に小さな広場が出来た。

マヤたち二人がそこまで辿り着くと、

「あんたがマヤさんだな。話はアベルから聞いている。おれはミリク。ようこそ、日本へ」

ミリクはぶっきらぼうに言い、分厚い手のひらを差し出してきた。

「はじめまして、マヤ・カロニムスと申します」

握り返した手のひらは、樫の樹皮のように固かった。

見上げたミリクの頭髪はやや薄く、頬から顎まで縮れた髭でみっしり覆われていた。微笑んだ目尻には、細かな皺《しわ》が幾本も刻まれていた。何より目を引くのは、天を衝くようなその巨体である。

続けてマヤは、傍らのスタルィに目を移した。

「わたしの従者のスタルィです」

「これから世話になる」

スタルィは、およそ従者らしくない物言いで手を差し出した。

「おう、よろしくな」

手を握った瞬間、ミリクはぎょっと目を見開いた。

自らの手元に視線を落とし、続いてスタルィの顔をじっと見つめる。

「アベルが匂わせていたのはこのことか。なるほど、手紙では詳しく書けぬわけだ」

ぶつぶつと言うと、ぽんとスタルィの肩を叩いた。

「どうされたのでしょう。なにか、お気に障ることでもありましたか？」

「いやなに。気に障るどころか、楽しくて仕方ない」

がははと笑い声が響いた。

「こんなところで立ち話もなんだ。俺の工房に向かおう」

踵《きびす》を返しかけたところで、「その前に、見せてやりたいものがある」と歯を見せた。


ミリクが歩む先には自然と道ができた。

悠々と進むその背中を、マヤは見つめる。彼が纏っていたのは、半纏《はんてん》と呼ばれる日本の伝統的な衣服だ。藍で染められたその背中には、「美陸」という二文字が白く染め抜かれていた。

港のはずれまで来ると、横浜の街並みが目に入ってきた。岸壁に沿って並ぶのはレンガで積まれた洋館ばかり。

「西洋風の建物しか見当たらないのは、この辺りが外国人の居留地に指定されていたからだ。もちろん、日本全体がこうではない」

港を出ると、突き固められた土の道の上に二輪馬車《キャブリオレ》がずらりと並んでいた。旅客たちを待つ辻馬車であろう。

「俺の工房まではそう遠くないが、あれに乗っていこう」

だが、肝心の馬の姿が見当たらない。

「馬は、別の場所に繫がれているのですか？」

「あれは、この横浜で発明された人力車という乗物だ。車を牽くのは馬ではなく、人間の車夫というわけだな」

マヤたちは、人力車の列に近付いてゆく。

藍で染め上げられた半纏をひっかけ、短い脚絆を着けた車夫たちが、人力車が倒れぬようその梶棒を足で踏みながら、声を飛ばしてくる。彼らの言葉は分からなかったが、意味は摑めた。客引きの方法は、どこの国でも似たようなものである。

車夫の中に、じっと押し黙ったままの者がいた。

「あれにしよう」

ミリクは意味ありげに目配せする。

さらに近寄ると、車夫は顔だけをこちらに向けてきた。

ギリギリと軋《きし》む音がした。

マヤは息を飲む。純白に塗られたその顔は、鼻と口の位置に糸のような線が引かれるだけ。眼球だけはやけに生々しく、ぎょろぎょろと小刻みに動き続けている。半纏から伸びる腕は、明らかに木材で作られたものであることが見て取れた。

「マリオネット……」

マヤは、ふと頭をよぎった言葉を口にした。

木製のマリオネットを操る人形劇は捷国《チェコ》で盛んであり、旅劇団がレンカフ自由都市を訪れることがあった。マヤの眼前にいる車夫は、彼らが操っていた人形に良く似ていた。操り手が存在しないという、あまりに大きな相違点を除けば。

「木製の人形であることは間違いないがそうじゃない。俺たち尖筆師にとっては、もっと身近な存在だ」

「ということは、泥徒か」

横から応じたのはスタルィだ。

「ご名答。この国ではゴンシチと呼ばれているがな。こいつの元となったのは、日本で開発された五七式《ゴウナナシキ》自走《ジ》機兵《ソウキヘイ》という泥徒。そこから取られた呼び名らしい」

「まさか木材の泥徒だなんて。いったい、どんな仕組みで……」

マヤは、まじまじとゴンシチを眺めまわす。

「せっかくだ。実際に性能を確かめてみるとしよう」

そう言って、ミリクは人力車に巨体を滑り込ませる。それを支えていたゴンシチの軀体《くたい》が、叫び声のような軋音《あつおん》をたてた。

※

人力車は三台縦に並びながら、急坂を上ってゆく。

ミリクを牽いた人力車がやや遅れると、他の二台もそれに合わせるように速度を落とす。泥徒たちが苦もなく統制された行動を取ったことに、マヤは目を見張る。木製とはいえど、その性能は侮《あなど》れたものではない。

坂を上りきったところで、ゴンシチたちは足を緩めた。

「ついたぞ。これが俺の工房だ」

それは日本固有の様式で造られた、古い二階建ての家屋だった。漆喰《しっくい》で塗られた白壁に、屋根は黒光りする陶器で葺《ふ》かれていた。玄関は近年になって改築した様子で、開口の広い西洋風の両開き扉に変えられていた。

扉の上に、野太い蛇が体をくねらせたような字体で「美陸泥徒整備工場」と看板が掲げられていた。

「あれは、何という意味ですか？」見上げながらマヤが尋ねる。

「直訳するなら『ミリクが泥徒の修理を請け負う工場』という意味だな。俺は泥徒の修理で飯を食っている」

そう言いながら、ミリクは工房の扉を押し開けた。

一階の半分は土間になっており、石造りの記術台が三つ並んでいた。壁際には修理を待つ泥徒の軀体が、立った姿勢のまま肩を連ねている。木製ではなく、見慣れた泥の軀体だ。

残る半分は板敷にされていた。ミリクの勧めに従い、そこに置かれたソファに二人は腰掛けた。

土間の奥に消えたミリクは、しばらくして木製のトレイを片手に戻ってくる。

「日本茶だ、熱いぞ」

テーブルの向こうに腰を下ろすと、まず自らが茶碗に口をつけた。その様子をじっと観察していたスタルィが、彼に倣《なら》って音をたてながら茶を啜る。

「言葉を操るばかりでなく、茶を飲む泥徒がいるとはな」とミリクは唸り声をあげた。「カロニムス家の技術の凄さは知っているつもりだったが、まさかここまでだとは……」

その言葉に、マヤとスタルィは思わず顔を見合わせる。

「なぜ、スタルィが泥徒だと分かったのですか？」

もはや外見からは、スタルィを人間と見分けることは出来ないはずだった。

「どうやって説明すれば良いやら……」

しばしミリクは首を傾げて、

「しいて言うなら勘だな。スタルィの手を握ったときの感覚が、人間のそれとは異なっていた」

「それだけで分かるものですか？」

「まあな。尖筆《リシク》を刺して確かめてみたなら、人間と泥徒を見分けるのは簡単だろう。だが手を握るだけでも、そこには微弱な霊息《ネシャーマ》が交わされる。それで十分だ」

「すごい技術です」

「いや、単なる慣れの問題だ。泥徒の整備屋なんて仕事は、数をこなさなければ食っていけないからな」

ミリクは照れくさそうに手を払う。

それから、まだ湯気の立つ日本茶をひと口で飲み干した。

「それより、どういったわけで日本に来たんだ？　アベルからは、詳しいことは直接聞いてくれと言われている」

どこまで伝えるべきか、整理がついていなかった。だが、躊躇《ためら》っていても仕方ない。ミリクの助けを得なければ、日本での生活すらままならないのだ。それに、短い時間しか接していないが、悪い人間ではないように思えた。

「少し長くなるのですが――」

マヤは、全てを打ち明けることにした。

カロニムス家には、この世に存在する全ての数枝を刻んだ原初の礎版なるものが受け継がれてきた。父イグナツは、自らの徒弟たちの手にかかり原初の礎版を奪われた。日本に来たのは、徒弟の一人である有馬行長を追うためである。

「有馬から原初の礎版を取り戻すことが、わたしの責務なのです」

「大変な思いをしてきたんだな」

ミリクは先程までと打って変わって、神妙な顔つきになる。

「今の話を聞けば、色々と頷けるところがある。日本がこれほど早く泥徒創造技術を確立できたのは、あまりに不自然だと感じていた」

「どういうことでしょう？」

「ゴンシチの原型の五七式自走機兵は、大阪砲兵工廠《こうしょう》という陸軍が管轄する兵器の開発製造機関によって創られたものだ。有馬という男が日本に戻ってきたのなら、そいつが指揮を取ったに違いない」

スタルィが首をひねる。

「軍需工場で創られた泥徒が、なぜ人力車を牽いている？」

「ああ、日本ではここ数年戦争がないからな。大阪砲兵工廠は、兵器だけではなく民生品も作っているんだ。泥徒ばかりでなく、アルミニウムの飯盒《はんごう》から寺の鐘に至るまで、求めに応じて様々なものを製造している」

「なるほどな」

「もっとも泥徒を人力車の車夫に使ったのでは、どうやっても採算は合わんだろうがな。あれは仕事がない農家の三男、四男坊がやるもんだ。賃金はそれなりだが、人間でも四、五年と続かない過酷な仕事だ。高価な泥徒にやらせるには消耗が激しすぎる」

「ならば、なぜ泥徒を使う必要がある？」

尋ねてから、スタルィは茶を啜った。

「自国の技術力を喧伝《けんでん》する意図があるのかもしれん。横浜は、日本のなかで最も外国に近い場所だ」

ミリクも釣られて茶碗を手に取ったが、中身が空であったことに気付き、眉をひそめて元に戻した。

「話が長くなってしまったな。長旅で疲れているところ済まなかった。今日はもう休んだほうが良い。俺もさっそく情報を集めにかかるとしよう。この国で泥徒に携わっている人間はそう多くないから、手掛かりくらいは摑めるはずだ」

「そんな、ミリクさんのお手をわずらわせるわけには――」

続く言葉を遮るように、ミリクは手を挙げた。

「気にすることはない。イグナツさんには、以前世話になったことがある。その恩返しだとでも思ってくれ」

「父に？」

「そもそも俺が日本に来たのは、イグナツさんのおかげでな……」

ミリクの言葉はそこで途切れた。

二人の関係が気になったが、マヤもそれ以上を問い質すことはしなかった。

「ありがとうございます。では、明日また出直してきます」

腰を上げかけたところ、

「どこに行くんだ？」

ミリクが不思議そうに呼び止める。

「横浜港の近くにあるグランドホテルです。日本に滞在する間は、そこを拠点とするつもりですが」

「高いだろう。モッタイナイ」

「モッタイナイ？」

マヤは、オウム返しに言った。

「ああそうだ。てっきり二人は、この家に滞在するものだと思っていた。いや、そうしてくれ。どうせ部屋なら余っている」

「ですが——」

「遠慮することはない。それに、うちに泊まるのは無料《ただ》だとは言ってないぞ」

「どういうことでしょう？」

「うちの工場は万年人手不足でな。仕事を手伝って貰いたいんだ。なぁに、それほど難しいことじゃない」

ホテル代を惜しむわけではないが、泥徒の修理とはどのようなものか気になった。

「ご迷惑をおかけしますが、ぜひよろしくお願いします」

「よし、では決まりだな」

ミリクは、ぱちりと大きく手を鳴らした。

※

工場の朝は、マヤが考えていたより早かった。

「こんな時間にすまない。準備が出来たら降りてきてくれ」

階下から響いてきたミリクの大声に、目をこする。

窓の外から差し込んでくる光はまだ弱々しい。昨晩は様々な思いが頭をよぎり、なかなか寝付くことが出来なかった。重い頭を引きずるように、のっそりとベッドから身を起こす。

一階に下りると、スタルィは板の間に置かれたソファに腰掛け、新聞を手にのんびり日本茶を啜っていた。新聞の一面には「ジャパンウイークリーメール」という題字が刷られている。横浜に居留する外国人向けの週刊新聞だ。

「既にひと仕事終えたところだ。ミリクなら、あそこにいる」

スタルィはどこか言い訳めいた口調で、土間を指差す。そこに並ぶ三つの記術台は、既に泥徒の軀体で占められていた。

記術台の傍らから、ミリクが声を飛ばしてくる。

「カロニムスさんに断りもなく申し訳ないが、スタルィに運ぶのを手伝って貰った。急ぎの仕事が入ってしまってな。こいつを片付けてから、朝食にするとしよう」

「マヤ、と呼んでいただいて問題ありません」

いそいそと土間に下りる。

横たえられた泥徒の首には、麻紐で木札が括《くく》り付けられていた。それを手に取ったミリクの眉間に、深く皺が刻まれる。

「依頼主は横浜の貿易商だ。香港経由で泥徒を仕入れたものの、まともに歩くことも出来ない代物だったらしい。客への引き渡しが明日に迫っているから、それまでに最低でも動くようにしてほしいということだ」

「ずいぶん急な話ですね」

「相手は上得意でな。無下《むげ》に断るわけにもいかない」

「そうは言っても、さすがに明日までにというのは……」

「まあ、やってみよう。壊れているものを直すということは、何であれ流れはそう変わらない。症状の確認をして、原因を突き止め、そこを正しい状態にすれば良い」

ミリクは説明しながらも、手を動かし続けている。泥徒の肋骨《ろっこつ》部分を左右に開き、露出した礎版《ポドスタベク》に尖筆を添えた。

「バリー・ロブソンの下僕《しもべ》よ、主人の名に代わって尖筆師ミリクが命じる。そこの壁まで歩け」

泥徒は記術台の上で身を起こすと、土間にゆっくり両足をつき、一歩目を踏み出そうとしたところで——大きく体勢を崩し、床に転がった。

「なるほどな」

ミリクは納得したように頷き、太い腕で泥徒を担ぎ上げて記術台に戻した。すぐさま尖筆を握り直すと、礎版にがりがり秘律文を刻んでゆく。

「じゃあ、次だ」

「ちょっと待ってください！」

隣の記術台に移ろうとした彼の背中を、マヤは慌てて呼び止めた。

いったい何をしたのか、まるで理解できなかった。

「最初は分からなくて当然なんだ。徐々に慣れてもらえれば良いんだが……」

ミリクは壁に掛けられた時計に目を遣り、「まあ、納期には間に合うだろう」と語り始めた。

泥徒は秘律文に規定されている以上、故障の大半は文章上の瑕疵に起因する。

ただ、泥徒の修理には迅速性が求められる。礎版にみっしりと刻まれた秘匿言語を一文字ずつ読み解き、そこに含まれる誤りを見つけようとしたのでは、いくら時間があっても足りない。押し寄せる依頼に対応するには、逆転の発想が必要となる。実際に生じている故障の状態を観察し、そこを起点として問題点を類推してゆくのだ。

「今の泥徒は、主人の名前をしっかり記憶していたし、俺の命令に正しく反応した。記憶や解釈の領域は問題ない。それで、実際に歩き出そうとしたところで転倒した。転ぶ時には、咄嗟に自らの軀体を護ろうと手を伸ばした。ここまで見れば、問題は反射の系統でなく、四肢の運動制御を司る権力《ゲブーラー》にあるということが分かる」

「そういうことだったのですね……」

マヤは頷いたが、同時にそれが口で言うほど簡単ではないとも理解していた。

「場数を踏んでゆけば、動きの様子から秘律文のどの箇所に問題がありそうか絞れるようになってくる。尖筆師によって記述方法に違いはあれど、文の構造はそう変わらんからな。勘を養っていけば、それだけ仕事を早く回せるようになる」

「素晴らしい技術です」

「技術じゃなくて、慣れだ」

謙遜するでもなく、ミリクはただ事実を述べるように返した。

「勘を養うための一番の方法は、場数を踏むことだ。この工場は、それにもってこいの場所だろうな。貧乏暇なし、とこの国では表現するようだが」

そこまで言い終えると、ミリクは巨体に似つかわしくない機敏な動きで、隣の記術台に移った。


そうして、マヤの見習い工員としての日々が始まった。

最初の一週間でまず彼女が理解したことは、美陸泥徒整備工場の目の回るほどの忙しさだった。

横浜に住む欧米人は二千人に満たないが、泥徒の所有率は高い。この街にある泥徒だけでも三百体を超えていた。外交官や貿易商にとって泥徒は欠かせぬ存在だ。いくら高価なものであろうと、駐在員を一人増やすよりはずっと安くつく。それに、泥徒は必ず秘密を護り、帳簿を誤魔化すこともない。

日本では質の高い泥徒を入手することは難しく、本国から持ってきたものを繰り返し修理しながら、壊れる日まで使い尽くさねばならなかった。泥徒が古くなるほど、ミリクの世話にならねばならない機会は増えてゆく。

さらに、送り届けられる泥徒は、横浜周辺のものだけに留まらなかった。

日本に居留する尖筆師は少なく、ミリクほどの技術を持つ者となれば、他に見つけることは出来ない。そんな彼が良心的な価格で修理を請け負っているのだから、当然依頼は一挙に集中することになる。

本来なら破綻してしかるべき仕事量を、ミリクは前線の野戦病院さながら片っ端からさばいていった。壊れた泥徒の症状を観察し、手早く修理を加え、ときには修理不能の木札を首に結《ゆ》わい付けて送り返す。

ミリクの工場では何よりも効率が求められ、日々さらなる進歩を遂げていた。


その日、ミリクは珍しく手を休めていた。記術台に横たえられた一体の泥徒を前にしながら、顎髭をむしっている。

「なにか面倒事ですか？」

マヤが尋ねると、記術台を顎でしゃくった。

そこにある泥徒は、人間と見紛うほど精巧に創られていた。葡国《ポルトガル》の貿易商が所有するもので、名のある尖筆師が三年の月日をかけて完成させたのだという。

泥徒の胸のちょうど中心には、銃創があった。

肋骨を左右に開いて傷の状態を確かめると、銃弾が礎版にめり込んだ状態で止まっていた。秘律文の少なからずが、跡形もなく削り取られてしまっているようだ。

「返送用の荷札を持ってきましょうか？」

すると、ミリクは薄くなった頭を掻きむしった。

「そうしたいところだがな。依頼主から、何としても直してくれと頼み込まれてしまっているんだ」

その泥徒の姿は、若くして亡くなった貿易商の息子を擬《なぞら》えたものであった。

先日、貿易商が債権の回収に向かった際、激高した相手が銃を放った。咄嗟に泥徒は自らを盾とし、弾丸を防いだ。あらかじめ刷り込まれていた命令を守っただけのことであろうが、その行動は貿易商の心を打った。

最愛の息子を二度失いたくはないと、ミリクに修理を懇願したのである。

「気持ちは分かりますが、銃弾によって秘律文の中枢が失われています……」

マヤは戸惑い混じりに、礎版に刻まれた銃創を見つめた。

完全に失われた秘律文を、元に戻すことは出来ない。新たな秘律文を補えば、それは存在そのものを書き換えることを意味する。別の泥徒が生まれるだけだった。

「仕方ない。あまり気が進まない手段だがな」

ミリクは頭を掻いていた手で、マヤの傍らを指差した。

「そいつを取ってくれ」

記術台の横のワゴンに、修理に使用する器具が並べられていた。何を求められたか分からず、マヤの手はワゴンの上をさまよう。

「そいつだ」

　ミリクは、ずいと指を突き出してくる。その先には手回し式のドリルが置かれていた。

「いったい、どうするのですか？」

「まあ見ていろ」

　ドリルの先端を泥徒の礎版に押し当て、クランクを勢いよく回転させる。礎版に小さな穴が穿《うが》たれると、そこに先が扁平になった金属の棒を差し入れる。

「下がってくれ」

　小ぶりのハンマーを掴み、金属の棒へと振り下ろした。

　鈍い音とともに、礎版の表面に大きく亀裂が走る。

「何をするんですか！」

　マヤは思わず叫んだ。

　軀体の内側から水が湧き出し、形象が溶けるように曖昧になってゆく。泥徒の存在を規定する秘律文が途絶されたのだ。

「慌てるな、完全に壊れたわけじゃない」

　泥徒の崩壊はそこで止まった。ミリクは、割れた礎版から細かな欠片を取り除く。続いて刷毛《はけ》を手に取り、どす黒い液体の詰まった瓶の中に浸した。

「これは泥と膠《にかわ》を混合したものだ」

　細かく手を動かしながら、礎版の断面へと丹念に塗りつけてゆく。

「よけい壊れてしまったように見えるのですが」

「まあ、実際それと遠からずといったところだ。普通なら取ることのない方法だから、覚えたところで使い道はないかもしれんがな」

　泥徒の存在を定義するものは、文字の連なりである。文章である以上、加筆して性能を向上させることも出来れば、逆もまた然り。問題のある箇所を削除すれば、性能は落ちるが動作させることは可能となる。

「なるほど……」

その説明を聞いても、マヤの表情は鈍いままだった。

かつて預言者エレミヤは、泥で造った人形の額に「JHWH Elohim Emeth《神は真理なり》」と記された護符を貼り、泥徒を創り出した。だが、泥徒は日を追うごとに乱暴を働くようになったので、エレミヤは護符からEの文字を取り去り「JHWH Elohim meth《神は死せり》」に変えた。泥徒は、塵《ちり》となって崩れ去った。

この話は、ユダ・ベン・バテュラの作とされる偽典《ぎてん》の中に引かれたもので、泥徒の創造にまつわる最も古い記録の一つとして知られている。秘律文を削除すれば、泥徒は壊れる。それは尖筆師にとって古代から変わらぬ常識なのだ。


だが翌日になり証明されたのは、ミリクの言葉の正しさの方だった。

ミリクは礎版の断面に触れ、膠が固まったことを確認した。秘律文の綴りをいくつか修正してから、霊息を吹き込む。すると、泥徒は何事もなかったかのように、記術台の上で身体を起こしたのだ。

外貌からは人と見紛うほどの繊細さが失われ、ビスクドールめいた粗雑さを纏うようになってはいた。とはいえ、問題なく動作していることは確かだった。

「これなら、お客さんもどうにか許してくれるだろう」

ミリクは大げさに胸を撫で下ろす。

「素晴らしい技術です」

マヤは、かねてと同じ賞賛の言葉を口にする。

「いや、これは技術なんてものじゃない――」

そこで、ミリクは継ぐ言葉を探すように宙空に視線を漂わせ、

「モッタイナイ精神の、たまものだな」

歯を見せて豪快な笑い声を立てた。

※

春の柔らかな日差しが照りつける急坂を、車輪を軋ませながら大八車が上ってくる。その荷台に載せられた簀巻《すま》きから、二本の足が突き出ていた。いくら荷運びに慣れた車力《しゃりき》であっても、険しい坂道を登るのには徹《こた》えたらしく、ミリクの工場の前まで来たところで荒い息を整える。

「遠いところをごくろうさまでした」

向けられた薄いグレーの瞳に、車力はおろおろと受領証を差し出す。そこにマヤは慣れた手つきでペンを走らせてから、儀礼的な笑みを返してみせた。

一九〇一年四月。十九世紀を終えてもいまだ有馬の行方は分からぬままだった。

帰国した有馬が陸軍の大阪砲兵工廠に所属していた形跡は摑めたが、既に軍を辞した後だった。以降の足取りは完全に途絶えている。ミリクもほうぼうの伝手《つて》を当たってくれてはいたが、日本にいる尖筆師のいずれも、情報通であるはずの外交官や貿易商にも、手がかりを持つものはなかった。

日本に来てから半年で得られた情報は、それだけだった。

とはいえ、無為に時間を過ごしていたわけではない。少なくとも、泥徒修理工としてのマヤの成長は著しかった。片言の日本語で来客の対応をこなせるばかりでなく、簡単な修理であれば独

力で完結できるようになっていた。

しかしながら、たった今運び込まれてきた泥徒の修理ばかりはマヤの手にも余った。簀巻きの筵《むしろ》をめくった途端、小走りで工場に引き返してゆく。

「おお、こいつは珍しい」

手を擦り合わせてやってきたミリクは、荷台に横たわる泥徒に表情を綻《ほころ》ばせた。白く塗られた顔に、線を引いただけの鼻と口。木製の軀体を持つその泥徒は、横浜港で人力車を牽いているゴンシチであった。

「こいつの場合、砲兵工廠に持ち込まれるのが普通なんだが。よほど急いでいるのか、たんに事情を知らないのか」

ミリクは太い腕をゴンシチの軀体にまわし、ひょいと担ぎ上げた。

「せっかくの機会だ。すぐ修理に取り掛かろう」


記術台の上に置かれたゴンシチは、操り手のないマリオネットそのものだった。人の手を借りることなく自ら動き出すとは、どう見ても信じられない。腕を組んで立ち尽くすマヤの頭越しに、スタルィが物珍しげに記術台を覗き込んできた。

「こいつがゴンシチか」

「ああ、めったにお目にかかれない代物だ。おれもこいつに触るのは三度目だからな」

ミリクは、ゴンシチの肩を手で探った。鎖骨に当たる部分の横木をずらしてから、胸を覆っている二枚の板を左右に開く。木箱のような胴体の内側には湿った泥がみっしりと詰まっていた。

泥の表面に、黒光りする礎版が露出している。

「どういうことだ？　木製の人形のなかに、泥が詰まっているようにしか見えないが」

「泥ではなく、固まりきっていない泥徒なんだ。木製の人形を、中に詰められた泥徒が操っていると言うのが実際に近い」

「ですが、これほど人の姿からかけ離れた泥徒など、初めてです……」

マヤは、跡切《とぎ》れ跡切《とぎ》れに呟いた。

泥徒は人を模したものであり、当然ながらその姿は人と近いものとなる。だが箱に詰められた泥徒は、それとあまりに似つかなかった。

「人間と違った姿と言うより、まともに形を保てないのだろうな。形象を維持するための機能が不完全なんだ」

ミリクは木製の胴体に取り付けられている四肢を上げ下げして、動きを確かめる。

「木製の人形は、至るところに精緻な細工が施されている。泥徒と人形が互いに補い合うことで、高次の数枝を備えた泥徒と同じ働きをして見せるわけだ。まったく、とんでもない仕組みを考えたもんだ」

ふとマヤは気に掛かった。彼の言い様は、三回しかゴンシチに触ったことのない者のそれではない。

「ゴンシチについて、よくご存知のようですね？」

「そうじゃない。俺が知るのは、日本人が泥徒を創るうえでの特性だけだ。いや、それすら知っているとは言えないか」

ミリクは、自嘲するように口の端を上げた。

「どういうことでしょう？」

「以前、イグナツさんに世話になったと言ったのを覚えているか？　俺は泥徒の創り方を伝える技術者として、この国に渡ってきたんだ。イグナツさんの推薦でな」

日本では、二百六十年もの間続いた侍による政権が倒され、君主親政に政体が移行していた。近代化を急ぐ新政府は、鉱山、鉄道、電信、造船、製鉄など、多岐の分野に渡る外国人技術者を日本に招いた。

ミリクは泥徒製造を指導する「お雇い外国人」だった。

しかし、彼の仕事は失敗に終わった。陰陽師や修験者など、日本の神秘家たちを集めて技術を伝えようとしたが、誰一人として物にすることができなかったのだ。正確に秘律文を刻んだはずの泥徒は身を起こす端から崩れ、蠢《うごめ》く泥の塊と化した。

「泥徒の創造とは、ただ知識を伝えれば良いというものではないらしい。おそらく、身体に流れる霊息に違いがあるのだろう。日本人たちが、啓示の書を預かっていないこととも関係しているのかもしれない」

マヤは思い出す。有馬の家は、日本人としては例外的に古いキリスト教の信仰を守り継いでいたと聞いたことがあった。

ゴンシチの動きを確かめていたミリクは、肩に手を掛けたところですっと目を眇《すが》める。何か違和感を覚えたようで、関節部分から工具を差し入れた。隙間から、腱のような細い糸が幾本も張り巡らされているのが覗いた。

「内部に仕込まれた泥徒の動きを四肢の末端まで伝えられるよう、手の混んだ機巧が施されている。門外漢の俺でも、凄まじい技術だということは分かる。こんなものを創り出せる人間は、世界じゅうを探してもそうはいないだろう」

「世界でも珍しいほどの、人形作りの技術」

マヤはふと遠い目になり――

「それです！」

突然、声を張り上げた。

「どうしたんだ、いきなり」

身体をびくりと震わせたミリクに、興奮に赤らんだ顔を向けて言う。

「ようやく緒《いとぐち》が摑めたかもしれません」

※

「ひろこぅじぃ」

鉄道馬車の車掌が、独特の節回しをつけながら駅名を告げた。車両に詰め込まれていた乗客に押し流されるようにして、出口へと向かう。

外へ出ても、そこは人で溢れていた。ミリクは、眩しそうに目を細めながら顔を上向ける。

「ここが日本で、いや東洋で一番の繁華街だ」

彼が見上げる先には朱塗りの巨大な門が聳《そび》え、さらにその奥には、レンガで積まれた西洋風の展望塔が天を衝いていた。西洋と東洋が、調和することなく同居している。それが浅草という街だった。

「じゃ、浅草見物としゃれ込むことにするか」

ミリクはそう言うと、朱塗りの巨大な門に足を向けた。

浅草寺《せんそうじ》へと真っすぐに続く仲見世通りを、マヤたちは歩いてゆく。道脇の煉瓦造りの長屋には、様々な店が軒《のき》を連ねていた。花や扇子を陳列する玩具店、古い写本を店頭に積む古書店、冷えたビールを提供する立ち飲み屋。その店先を、顔を赤らめた人力車夫や、学生帽を被った若い男たちが、冷やかしてまわっている。足の踏み場もないほど人でごった返していたが、ミリクが進むと道が開けた。

仲見世通りを進んだ先に、再び大きな門がある。二階建ての堂々たる楼門《ろうもん》で、左右には二体の仁王像が憤怒の表情を浮かべていた。浅草寺の境界を守っているのだ。ミリクは門をくぐらず、その手前で左に折れる。

浅草寺を囲む土塀に沿って歩くと、次第にレンガ積みの展望塔の姿が近付いてきた。

「あれは、浅草凌雲閣《りょううんかく》という展望塔だ。水道技師が造っただけあって、どこか生真面目すぎる姿をしているだろう」

浅草寺の土塀が途切れると、そこには池がある。

池の縁を飾るように、色とりどりの幟旗《のぼりばた》が立てられていた。賑やかなのは、色合いばかりでない。三味線の音曲や、鉦《かね》を打つ音、呼び込みの声が、かしましくマヤの耳へと運ばれてきた。浅草六区と呼ばれる興行地区だ。

立ち並ぶ芝居小屋の前では、通行人たちの気を引こうと曲芸師が大玉の上で飛び跳ねている。

「悪いが、まだ先なんだ」

艶やかな娘たちの呼び声を尻目に、狭い路地へと足を向ける。

そこはバラック小屋が連なって作られた、迷路のような道だった。日の光が差さず、急に寒くなったようだった。道脇に並ぶのは表通りと同じく芝居小屋だが、趣は異にしている。幟旗を見れば、蜘蛛男、人魚の木乃伊《ミイラ》に蛇女。入り口では、上半身にびっしりと魚の鱗《うろこ》のようなものを貼り付けた男が、にやにや笑みを浮かべている。

路地の突き当りまで来て、ようやくミリクは足を止めた。

剝がれかけた壁を筋交《すじか》いで押さえつけた粗末な掘っ立て小屋が、目の前を塞いでいた。戸口に掲げられた毒々しい赤紫の幟は、「活動機械人形」と白く染め抜かれていた。

「もしかして、ここですか？」

眉を顰《ひそ》めるマヤに、ミリクは力強く頷いた。

「間違いない。ここが『竹田新からくり』の興行小屋だ」

有馬行長に繋がる緒《いとぐち》は、この中にあるはずだった。

木造泥徒の軀体を作れるほど高度な技術を持つ人形師を探せば、有馬の行方を摑めるのではないか。そのマヤの思いつきをもとに、ミリクがほうぼうの伝手を頼って辿り着いたのが、竹田縫《ぬ》殿之助《いのすけ》という名前だった。

竹田家は、からくり人形作りで知られる一族である。

初代にあたる竹田近江《おうみ》の手になるからくり人形は作り物の域を超え、文字を書き、三味線を奏で、逆立ちをしながら綱渡りをしたという。鳥を模した人形は、さえずりながら空を飛翔してさえ見せた。

竹田近江は、自らのからくり人形を披露するための場として、一六六二年に大坂の道頓堀《どうとんぼり》に芝居小屋を建てた。竹田座の旗揚げである。連日、場内から客が溢れるほどの盛況を博したが、長くは続かなかった。

彼の息子、孫と代をくだるうち、その人気に陰りが差してゆく。竹田家から、初代を越える人形師が輩出されることはなかったのだ。いくら超絶技巧が凝らされた人形とはいえ、同じ出し物を何年も続けていれば当然客は離れてしまう。

興行が立ち行かなくなった竹田座は、江戸末期に道頓堀の小屋を畳み、地方巡業で糊口《ここう》を凌《しの》ぐようになった。地方を放浪しながら、徐々に零落していった竹田家が最後に辿り着いた場所が、ここ浅草六区の裏路地である。

「現在の十一代目当主にあたる竹田縫殿之助は、初代にも劣らぬ天才だという噂だ。有馬と協力して木造の泥徒を完成させた者があるとすれば、彼以外に考えられない」

ミリクは身を縮め、戸口の奥へと消えてゆく。

マヤは眉を顰めてその背中を見送った。

「どうした、おれたちも行くぞ」

平然としたスタルィの声に促され、マヤも恐る恐る小屋に足を進めた。


天井から吊り下げられた二本のランプが、室内をぼんやり照らしていた。薄暗い小屋の中に、客の姿はまばらだった。板敷きの舞台の前に数人の男たちが腰を下ろし、それ以外の立ち見客は互いを避けるように距離を置いていた。

舞台の袖から、背中が大きく曲がった老人がよろめくようにして現れた。

「さぁさぁ寄った寄った。これからご覧に入れますのは、世にも珍しい生き人形。生き人形と呼ばれるものは巷《ちまた》に数あれど、正真正銘、血が通っている生きた人形を拝むことが出来るのは、浅草六区の竹田座だけ。どうか、しっかと御覧《ごろう》じろ」

老人が袖に引っ込むと、それと入れ替わりに若い女が舞台へと歩み出てきた。一歩ずつ確かめるような、重たげな足取りだった。

女は、舞台の中央で足を止める。

薄暗い照明に、青白い顔が仄《ほの》照らされた。

客たちの間から、どよめきが起こる。老人の言葉を信じるなら、舞台に現れたのは人間ではなく、人の手に成る人形のはずだ。だが舞台に立つその姿は、生者だけが持ちうる艶《なま》めかしさを備えていた。

女は、着物の襟に手をかける。

纏っていた絣《かすり》をはらりと落とすと、その下には何も身に付けていなかった。

先ほど袖から歩み出てきた際の、重そうな足取りの理由が分かった。それは、人形であるがゆえのたどたどしさではなかった。女の腹部は大きく膨れ上がっている。子供を身籠っているのだ。

女は右手を天井へと掲げる。その手が、ランプの光にぎらりと反射した。

短刀が携えられていた。

首を巡らし、客席をじっくりと眺め回す。薄っすらと笑っていた。

突如、女は自らのみぞおちへと鋭く短刀を突き刺すと、躊躇う様子もなく下腹部に向かって切り下げてゆく。からくり人形であるはずの身体から、血がしたたり落ちる。

カラン、と床に短刀を取り落とした。

それからもう一度、客席に目を這わせる。その顔には、誘うような妖しげな笑みが浮かべられていた。両手の指先を腹の傷口へと差し込むと、見せつけるようにゆっくり両側に開く。大量の水が、腹から溢《こぼ》れ落ちる。

押し広げられた傷口から、ぬぅっと水に濡れた頭が突き出してくる。

身籠っていたのは、赤子ではなかった。やけにつるりとした老人の顔が、腹の中からこちらを見つめていた。

女は、腹から突き出た老人の頭を愛おしげに撫ぜると、舞台の袖に引っ込んでいった。

辺りからは、呼吸の音すら絶えていた。

「技術は素晴らしいが、あまりに悪趣味だ」

ミリクが憤るようにふんと鼻から息をつく。

「あまりに悪趣味ですが、素晴らしい技術です」

マヤは舞台から目をそらすことなく返した。

それからも彼女は、入れ代わり立ち代わり現れる奇怪な人形たちを、食いいるように見つめ続けていた。


全ての演目が終わった後、ミリクは出入り口の傍らに立つもぎりの男に声をかけた。

「ミリクと申しますが、竹田縫殿之助殿と面会のお約束があって参りました」

もぎりの男は、眼前に現れた者の威圧感に押されるように、小走りで通路奥にある楽屋へと姿を消す。しばらくして楽屋口から顔を出すと、小刻みに手招きをした。

楽屋の中は、三人が入ると足の踏み場もなくなった。ただでさえ狭いその部屋は、壁際にずらりと並べられた生き人形たちによって、余計に圧迫されていた。

マヤが、珍奇な人形たちの姿に目を遣っていると、

「ようこそ、お待ちしていました。竹田縫殿之助です」

肌の白いほっそりとした男が、人形たちに挟まれながら座っていた。

「ミリクと申します。お忙しいところ、時間を取っていただいて申し訳ない」

「どうぞ。狭い場所ですが」

勧められた椅子に三人が腰を下ろすと、気詰まりな沈黙が室内を包む。声が絶えると、人形たちの気配がいっそう濃くなったように感じた。

「人形に、興味がお有りですか？」

室内を眺め回しているマヤに、竹田が尋ねた。

「わたしの仕事は泥徒を創ることです。竹田さんの人形、とても興味があります」

「日本語がお上手で」

「カロニムスさんは、レンカフ自由都市で最も有名な尖筆師の一族の方です。何事も覚えが早く、

私も驚かされるばかりです」

　ミリクは身を乗り出す。

「手紙でも触れましたが、今日は彼女の要件で伺ったのです」

「私に分かることであれば」

「まわりくどいことは苦手なので、単刀直入に尋ねます。竹田殿は、五七式自走機兵を知っていますね？　ゴンシチと呼ばれる木製泥徒の原型のことです」

「名前くらいは」

　竹田の表情は変わらない。

「五七式自走機兵の開発は、有馬という男が主導していました。だが、彼は尖筆師であって、木造の軀体を設計することはできない。極めて技術力の高い、人形師の助けがあったはずなのです」とミリクは鋭い視線を突きつけ、「例えば、あなたのような」

「ずいぶんと、私のことを買ってくださっているようですが、ご覧のとおり寂れた見世物小屋の主人でしかありません」

　竹田は作り物めいた笑顔を見せる。

「それに自走機兵と言うからには、軍が開発に関与しているということでしょう。でしたら、その協力者がベラベラと語るでしょうか？」

「私たちが知りたいのは有馬の行方です。マヤさんは、そのためにレンカフ自由都市からやってきたのですぞ」

「わざわざ、地球の裏側から」と驚いたような声色を出したが、「なにかご事情があるのかとお察ししますが、私が教えて差し上げられることは、残念ながらありません」

　その取り付く島もない様子に、ミリクは低く喉を鳴らした。

「ひとつ質問して良いですか？」

マヤが手を挙げた。

「生き人形は、どのような動力を用いているのでしょうか？　あれだけ大きなものを動かすとなれば、特別な仕組みが必要になると思います」

竹田は小さく眉を動かす。初めて見せた、人間味のある仕草だった。

「初代の作品にはゼンマイが使われています。ですがご指摘のとおり、それでは動かせる大きさは限られてしまう。後代になって造られたものには、フイゴを踏んで風の力で動かしているものもあります。私が作った人形については、秘伝ということでご容赦いただきたい」

「人形たちの動きは同じことの繰り返しではなく、様々に変化していました。どうやって覚え込ませたのですか？」

「カロニムスさんは、答えるのに困る点ばかりをお気になされる」

その言葉とは裏腹に、どこか面白がるような声色だった。

「あまり公にしたくないことですが……一つだけお教えしましょう。最近の作では、西洋の機構を取り入れたものもあります。パンチカードを使うことで、幾通りもの動作を取らせることが可能となるのです」

尽きるともない質問の一つひとつに、竹田は丁寧に答えていった。

マヤが口を閉ざしたところで、

「では、私からも一つよろしいでしょうか？」

竹田は問い返してきた。

「はい」

「なぜ、有馬という男を探しているのでしょう？」

「有馬は、わたしの父の弟子だった人物です。カロニムス家が保管していた大切な秘伝書を、彼は奪っていきました。わたしは、それを取り返さねばなりません」

小声でミリクが付け加える。

「有馬はその秘伝書を奪う際、彼女の父を殺《あや》めています」

竹田はすっと目を細めた。

「では、その男のことを随分と恨まれていることでしょう？」

「分かりません」

マヤは静かに首を振った。

「わたしの知る限り、有馬はそのようなことをする人物ではありませんでした。もし彼が父を手にかけたのだとすれば、まずは理由を知りたい。恨むとすれば、その後のことです」

「なるほど、興味深い答えです」

竹田は舞台で見た生き人形のように薄く笑うと、何も言わずに楽屋を後にする。

しばらくして、一葉の写真を手に戻ってきた。

「これを」

マヤは手渡された写真に目を落とす。背中から、ミリクとスタルィが顔を寄せながら覗き込んできた。

そこに収められていたのは、ひどく年老いた男だった。

縁側に腰掛け背中を丸めている。背中を丸めているというより、骨格自体が歪んでしまっているのだろう。頭髪はあらかた抜け落ち、顔じゅうが深い皺で覆われていた。

「有馬のことを知るとすれば、彼しかいません。言えるのはそのくらいです」

「ありがとうございます。ぜひ、この人物を訪ねてみます」

マヤは顔を綻ばせた。

「彼は、長崎県にある雲仙《うんぜん》という土地に住まいを構えていました。ですが、会って話を聞くことは叶わないでしょう」

竹田は静かに目を閉じる。

「昨年、亡くなっておりますので」

※

マヤとスタルィの二人が、横浜港から日本郵船の「横濱丸」に乗り込んだのは、七月に入ってのこと。急ぐ必要のない旅だった。目的とする人物は既に亡くなっている。それでも、雲仙の地を訪ねてみずにはいられなかった。

二日間の短い航海を経て、二人は長崎港へと辿り着いた。

入り江は深く陸地に抱き込まれ、水面は湖のように穏やかだった。埠頭へと降り立ったマヤは、長崎の市街へと目を遣った。海に突き出た半島は山で覆われ、平坦な土地は少ない。なだらかな斜面に沿って、瓦葺《かわらぶき》屋根が黒く光り輝いていた。

スタルィの着た半纏が、潮風に吹かれてはためく。その背中には、大きく「美陸」と染め抜かれていた。

「どうして、そんなの着てきたのよ？」

呆れ声を出したマヤに、スタルィはきりりと表情を引き締める。

「長崎に来ても、おれが美陸泥徒整備工場の社員であることには変わらない」

港の出口には人力車が並んでいた。

マヤたちが目指す雲仙は、温泉の湧く避暑地だという。活火山である雲仙岳の麓《ふもと》に集落はあり、そこまでの道は険しい。鉄道などの交通機関は整備されておらず、人力車を拾うのが最も早道だった。

客を待つ人力車の車夫のひとりに、マヤは声をかける。

「雲仙までお願いします」

「千々石《ちぢわ》までしか行《いか》んけど、良《よ》か？」

返ってきたのは、聞き慣れぬ言葉だ。

「問題ない。出してくれ」

スタルィが平然と応えた。

「分かったの？」

「行き先を告げて、車夫が応えた。それで十分だろう」

人力車に乗り込んだスタルィは、悠然と背もたれに身体を預けた。

マヤたちを乗せた二台の人力車は、起伏の多い土の道を猛然と駆けてゆく。それぞれの車は、二人の車夫によって牽かれていた。運賃は倍になるが、そうしなければ日が暮れてしまうということだった。

古くから長崎の人々に愛顧されてきた雲仙温泉郷は、外国人向けの避暑地へと変わりつつあった。上海租界で広く読まれている『ノースチャイナ・ヘラルド』紙で紹介されて以降、この地を訪れる外国人旅行者は増え続けている。

人力車が進むにつれ、標高が高くなってゆく。

季節は初夏から、晩春へと巻き戻る。道脇に生えた樹木は、枝一面に白い小花を咲かせていた。

土の道路に落ちた花びらを巻き上げながら、人力車は疾走する。山の傾斜に階段状に拓《ひら》かれた水田には、緑の稲穂が揺れていた。

傾斜が急になり、ほとんど山登りをする様相となった。そこまで来て、ようやく人力車は速度を落とした。

「千々石だ」

振り向いた車夫の顔に、幾筋もの汗が伝っている。

マヤは車を降り、労《ねぎら》うように一枚の金貨を握らせる。車夫は驚いたように手のひらを見つめ、何度も頭を下げながらもと来た道を引き返していった。

「ここから雲仙の温泉郷までは、一本道だ」

スタルィは旅行鞄を握り直すと、山道を登り始めた。

顔を横向け、口の端を持ち上げて言う。

「おれたちが目指す場所は、雲仙のなかでも『コジゴク』と呼ばれるらしい。日本語で『小さな地獄』という意味だ」

しばらく山登りをした後に姿を現した「小地獄」は、そのおどろおどろしい名とは裏腹に鄙《ひな》びた集落でしかなかった。草木の少ない斜面に、茅葺《かや》きの屋根が点々としている。そこに忽然《こつぜん》と、板張りの白い洋館が建てられていた。海外からの逗留者向けの下田ホテルだ。

さしものマヤも、これから写真の老人探しをする気にはならなかった。半日以上も人力車に揺られ、そこから一時間もの山登りをしたのだ。体力は底をついていた。

「地獄と言うなら、地の底にあって然るべきでしょう。この地に名を授けた人は『神曲』を知らなかったようね」

マヤはぼやくように言うと、予約を入れておいた下田ホテルに足を向けた。

※

翌日になり、マヤたちが向かったのはコチョウさんと呼ばれる老人のもとである。

コチョウさんというのは名前ではなく、かつて彼が就いていた「戸長」という役職を示すものらしい。小地獄一帯の土地を所有しており、この地を訪れる外国人たちにとって顔役ともいえる存在だという。ミリクは知り合いの外交官を通じて、彼に話を通してくれていた。

コチョウさんが暮らす家は、茅で葺かれた平屋建てだった。

日本ではいまだ外国人の土地所有が認められておらず、雲仙の地に別荘を構えようとするなら、彼から土地を借りねばならない。少なからずの蓄えがあるはずだが、屋敷は飾り気のない質素なものだった。

二人が通されたのは、畳敷きの客間だった。

マヤが、薄い座布団の上に苦労して足を折り畳もうとしていると、

「こら、行儀の良かなぁ」

日本茶を載せた丸盆を持った老人が、相好を崩しながら部屋に入ってきた。二人の前に茶を差し出すと、流暢な英語に切り替える。

「人探しのために、遠くヨーロッパからやって来られたと伺っていますが」

「はい。この方を探しています」

マヤは竹田から受け取った写真を、老人の前に差し出した。

コチョウさんは写真を見つめてから、「田中さんですね」とちゃぶ台の上を滑らせるように差し返してきた。

「残念ですが、昨年亡くなられています」

「それは聞いていました」

マヤは写真を懐に戻しながら、「探しているのはこの方ではなく、彼と交流があった有馬行長という人物なのです。どんな些細なことでも構わないので、何か手がかりがあればと」

「なるほど、話は分かりましたが……」

コチョウさんは表情を曇らせる。

「私が田中さんについて知ることは殆どありません。屋敷を貸していた。それ以上の関係ではなかったというのが実際のところです。彼は、あまり周囲と交流を持ちたがらなかったので」

「人を避ける理由があったのですか？」

「体調が芳しくなかったようで、外出されること自体が稀でした。ここは温泉治療の目的で滞在する方が多い土地です。おそらく田中さんもそうだったのでしょうが、湯治場に出向くことも難しかったようですね」

そこで、スタルィが尋ねる。

「それほど身体が悪かったのであれば、誰か世話する者があったのではないか？　可能なら、その者から話を聞きたいのだが」

「それは難しいでしょう」

「なぜだ」

「田中さんの身の回りの世話をしていた者は、言葉を喋ることができませんでしたから」

その言葉に、マヤとスタルィは視線を交わし合う。

「お察しのとおり、泥徒を所有されていたのです。恐ろしく精巧に造られたもので、殆ど人間と見分けが付かないほどでした。この辺りにも泥徒を所有されている方はいますが、あれほどのものは初めてですね」

泥徒を動かすためには、霊息を吹き込まなくてはならない。田中自身も尖筆師だったということだろうか。もしそうなら、彼が住んでいた屋敷に、有馬へと繋がる手がかりが残されているかもしれない。

「どうかお願いします。田中さんが住んでいた家を見せてはいただけないでしょうか？」

マヤはそう言って、目の前のちゃぶ台に打ち付けるほどに頭を下げた。

コチョウさんは慌てたように手を振る。

「おやめください。どうせ誰も使っていない屋敷です。今から案内して差し上げましょう」


コチョウさんが足を進めるたび、からからと軽石の転がる音がした。足が悪いのか、草履《ぞうり》を引きずるようにして歩いていた。

「あまり期待しないでください。田中さんが亡くなられた後、親族の方々が家財をあらかた引き上げていかれたので」

「さすがに泥徒は残ってないでしょうか？」

「非常に高価なものですから、仮に親族の方が持っていかなかったとしても、そのまま置き去りにされていることはないでしょう」

コチョウさんは前を向いたまま応えた。

小地獄の集落から歩くこと十分あまり。田中が暮らしていた屋敷は、人目を避けるように森の奥に佇んでいた。無垢材の骨組みが外壁に張り出したヨーロッパ風の山荘である。しばらく人が絶えているせいで、雑草が腰のあたりまで伸びていた。

コチョウさんは敷地の境で足を止め、鍵を差し出してくる。

「お気の済むまでご覧になってください。終わりましたら、私の家に寄って鍵を返して貰えれば」

「ご親切にありがとうございます」

「いえ、お気遣いなく。日本には、袖すり合うも他生の縁という言葉があります」

コチョウさんは微笑むと、足を引きずりながら帰っていった。

足音が去ると、周囲は静けさに包まれた。樹々の奥から、口笛を吹くような鳥のさえずりが聞こえてきた。

マヤは、田中が住んでいた屋敷へと目を向ける。

「行きましょう」

覚悟を決めたように、腰まで伸びた雑草をかき分けた。

扉に鍵を差し込むと、ざらりと鈍い音がした。鍵を回し、玄関を押し開く。

「おじゃまします」

マヤは日本語で呼びかけた。

やはり返事はない。玄関ホールに虚しく声を響かせただけだった。締め切られていた室内には、黴《かび》の臭いが濃密に漂っていた。

「何をしているの？」

マヤは振り向く。

スタルィはその場に突っ立ち、玄関扉に目を向けていた。

「いや、気にするな」

玄関ホールに足を踏み入れる。

「何も無いな」

建物の中は完全に空になっていた。家具の類は全て持ち去られており、四角く切り取られたように白さを残す壁紙だけが、その名残を感じさせた。手がかりはおろか、生活の跡すら見当たらなかった。

マヤたちは、ゆっくりと屋敷を巡ってゆく。

食堂、キッチン、洗い場、談話室と一階の部屋を順番に見て回り、玄関ホールに戻って階段を上る。二階には、居室が四つ設けられていた。最後のひとつに足を踏み入れ、マヤは大げさに腕を広げた。

「きれいさっぱり、何ひとつ残されてなかったわね」

だが、スタルィは応えない。焦点の合わない視線を壁に向けている。

「どうしたの？」

マヤが口を開くと、手を挙げて制した。

沈黙が室内を占める。

すると、どこかで僅かに木の軋むような音がした。

そう気付いた時、既にスタルィの姿は部屋から消えている。廊下からけたたましい足音が聞こえ、あっという間に遠ざかっていった。

「もう大丈夫だ。こっちに来てくれ」

スタルィが呼ぶ声には、チリチリと澄んだ鈴の音が重なっていた。

状況がわからぬまま、マヤも廊下に出る。吹き抜けとなっている玄関ホールに、スタルィが佇んでいるのを見つけた。

「どうしたの？」

階段を下りてゆくと、スタルィの腕の中で鈴の音が大きくなった。そこに捕らえられていたのは、栗色の毛に包まれた一匹の猫だ。

「この家で飼われていたのだろう。玄関扉の隅に、猫用ドアが取り付けられていた」

「……だから、なに？」

「なにも収穫が無かったわけではなかった、ということだ」

スタルィは得意げに胸を張った。

マヤは一瞬考え、

「猫のこと？」

「決まっていよう。ここで起こったことを知るものが存在していたのだ」

スタルィは、マヤの鼻先に猫を突きつけてくる。冗談かとも思ったが、その表情は真剣そのものだった。

なかばやけになり猫に問いかける。

「じゃあ、教えて頂けないかしら？　あなたのご主人のこと」

栗毛の猫は全身の毛を逆立て、掠れた声をあげた。

※

結果から言えば、栗毛の猫は自らの主人について全てを教えてくれた。

まず分かったのは、コチョウさんの情報にひとつ誤りがあったということだ。写真の老人は、命を永らえることを望んで雲仙を訪れたのではない。

彼が求めていたのは、死地であった。

だが、自ら死を選ぶことは信仰によって禁じられていた。冥府へと移るまでの時間を、閉ざされた小さな地獄の中で過ごすこと。それだけが彼の望みだった。

生きる意志を失った主人の代わりに、日々生じる雑務の全てを引き受けていたのは、一体の名もなき泥徒だった。

椅子に腰掛けた主人は、日がな一日窓外にぼうっと目を遣り続けていた。過ぎゆく時の流れを眺めようとするかのようだった。それと対照的に、泥徒がやるべき仕事は多い。家の掃除をし、洗濯物を干し、買い出しを行い、食事を作り、食器を片付ける。

しかし、苦ではなかった。課せられた命令をこなすことだけが、泥徒にとっての存在意義だからだ。ただ一つの問題は、片付けることのできない仕事が、目の前に置かれ続けていたことだった。

そのとき泥徒は、無言で白粥を口に運び続ける主人を食堂の隅からじっと見守っていた。コト、とくぐもった音がした。主人が木製の匙を床に取り落したところだった。それを拾おうと、すかさず足を踏み出すが、

「構うな」

主人は手を振って留めた。椅子に腰掛けたまま匙に腕を伸ばしたが、自らの体重を支えきれず床に崩れる。その姿勢のまま、うわ言のような声を漏らす。

「なぜ、私は……」

それは見慣れた光景だった。発作のように押し寄せる後悔の念に、主人は苛《さいな》まれ続けていた。

「なぜあの時、私はザハロフの言葉に耳を貸してしまったのだ……」

呻き声が食堂に響く。

泥徒が仕えているのは——老いさらばえた姿に変わり果てた、有馬行長だった。

しばらくして落ち着きを取り戻した有馬は、椅子に戻る。

泥徒はテーブルを挟み、差し向かって座った。すると、有馬は過《あやま》ちを己の内側に留めておくことに耐えかねたのか、あるいは告解《こっかい》のつもりか、物言わぬ泥徒に向かって重い口を開いたのだった。


九年前、有馬がまだイグナツの徒弟だった頃のこと。徒弟たちが暮らす家は、カロニムス家の敷地内に建てられていた。その頃の彼は街を出歩くこともせず、家と工房とを往復するだけの日々を送っていた。

徒弟たちの中で、最初に家を出るのは有馬だ。工房の鍵を開けるのは、自然と彼の役割となっていた。弟弟子であるロッサムに引き継ごうとは思わなかった。誰もいない工房で床を掃き清めていると、不思議と心が落ち着いた。

だがその日、工房には先客があった。

「やあ、随分と早いね」

暗闇の奥から運ばれてきたのは、聞き慣れぬ声。

次第に目が慣れてくると、明るい茶色の髪の毛と薄灰色の瞳が浮かび上がってくる。明かりもつけず闇の中にいたのは、兄弟子のセルゲイ・ザハロフだ。

「今日は早いですね。どうされたんですか？」

「きみのことを待っていたんだ」

そう言うとザハロフは、暗がりの向こうから足音もなく近付いてくる。ぞっとするほど整った顔を寄せ、不意に手を握ってきた。

「何をするのですか！」

反射的に手を振り払うと、彼は声を出して笑った。

「なぜ、嫌がるんだい。それはきみが必要としていたもののはずだろう？」

「いったい、何を……」

手の中から、ひやりとした感覚が伝わってきた。いつの間にか小さな石を握っていた。

「きみのための贈り物だ。きっと、気に入ってくれるはずだけど」

それは小指の先ほどの大きさで、宝石のように多面体にカットされていた。そこに通った微弱な霊息から、単なる石ではないと分かった。

「初めて見る形ですが、礎版なのでしょうか？」

「そう。そこには美善《ラハミーム》が刻まれている」

「今、何と？　ラハミームと聞こえましたが……」

有馬の頭の中を、幾つもの疑問が行き交う。原初の礎版の一つであるラハミームは、工房の奥に封じられていたはずだ。どうしてザハロフが持っているのか。そして、なぜ自分に与えようとしているのか。

すると、闇の奥から漂ってくる臭いに気付いた。軍医であった彼には馴染みのあるものだった。血の臭いだ。

混乱を深める有馬に、ザハロフは語りかけてくる。

「予想はついているだろう？　ラハミームが司るものは、泥徒の形象だ」

有馬は息を飲むと同時に、直感した。自分が求め続けていたものは、この手に収まっている原初の礎版であったのだと。

彼の悲願は、日本において泥徒創造の技術を確立させることだった。

お雇い外国人によって主導された泥徒開発は、いちど頓挫《とんざ》している。日本人が泥徒を創るためには、独自の手法を確立せねばならなかった。そのための着想は得ていたが、実現させるには足りないものがあった。

自分の手が摑んでいるのは、欠けた最後のピースなのだ。

「何を迷っているんだい。ユキナガ、今こそ自らの使命を果たすべきときだ」

ザハロフの声が遠くこだまし――いつしか列車の中にいた。

レンカフ・アッパーシレジア鉄道会社が運営する、ベルリンに向かう夜行列車だった。

頭に霞《かすみ》がかかっていた。先程までザハロフと言葉を交わしていたようにも、遠い昔の出来事だったようにも思える。いずれにせよ、それは現実の出来事に違いなかった。鈍い痛みを感じて手を開くと、うっ血するほどに石を握りしめていた。

ガラス窓に額を押し付ける。

もう自分は、レンカフ自由都市の地を踏むことは二度とないのだと悟っていた。窓外を流れる街の灯が、やけに遠く映った。

帰国途上、有馬はイグナツの死を知った。

驚きはなかった。これで明らかになったのは、完全に退路が断たれたということだ。彼は軍務に復帰し、大阪砲兵工廠の所属となる。そこで得た役割は、日本において泥徒の生産体制を確立することだった。

以降は、マヤたちが推察したとおりである。

日本人が創る泥徒は、人の形を保てない。有馬はその問題をからくり人形の技術で補うことにした。人形師の竹田縫殿之助に協力を仰ぎ、木製の軀体は手に入れた。しかしながら、崩れた泥徒と空の人形だけでは泥徒にならない。その二つを融合させねばならなかった。

有馬は、そのための秘律文を独力で編もうとした。むろん一筋縄ではゆかず、失敗が繰り返される。僅か三年で、有馬が試作した泥徒の数は三桁に達した。霊息とは人間の生命力そのものであり、酷使すれば命を削る。有馬は自らの生命が摩耗してゆくことを、まるで意に介さなかった。

その甲斐あってと言うべきか、一八九五年に有馬は最初の木製泥徒を完成させた。さらに二年後には、木製泥徒の製造工場の竣工《しゅんこう》にまで漕ぎ着けた。そこまでの仕事をやり遂げた後、彼は大阪砲兵工廠を退廠した。まだ四十代半ばという年齢だったが、誰も引き留めようとするものはなかった。

有馬は急速に齢《よわい》を重ね、老人の姿に変わっていたのだ。

功績を称える報奨金と、自ら手がけた一体の泥徒だけを伴い、有馬は故郷の長崎へと帰った。残りの僅かな余生が尽きるのを、人里離れた雲仙の山荘で待つためだけに。

だがそこで、予期もしなかった小さな出会いが彼のもとに訪れた。

※

有馬が使役していたのは、既知の六種類の数枝に加えてラハミームまでを宿した、高高位の泥徒である。命じられた仕事の多くは自律的に完結させることができ、指示を仰ぐことは少なかった。

だがそのことが、ひとつの厄介事を招き寄せてしまう。

雲仙に越して来てから一年が経った、春の日のこと。泥徒は、有馬が暮らす山荘の状態を確認して回っていた。しっかりした造りの建物だが、とはいえ昨日今日に建てられたものではない。細かなところに綻びも出てくる。

泥徒は足を止め、その場にしゃがみ込んだ。通気口の鉄柵が外れていた。四角く開いた穴に顔を近づけ、暗がりの奥を覗く。どうやら、既に獣が入り込んでしまっているようだ。三十センチメートルほどの体長に、丸みを帯びたシルエット、様子を探るよう小刻みに動く耳。

床下に身を潜めているのは、猫だ。

泥徒は判断に迷った。猫という生き物は、鼠のように疫病を媒介することはなく、猪のように人を襲うわけでもない。床下から追い払うべきか決めかね、しばらく経過を観察することとした。

それが間違いだった。

一ヶ月ほどが経ち、再び通気口を覗き込むと、猫の数は増えていた。床下に入り込んだのは、出産の場所を探す母猫だったのだろう。猫の繁殖力は高い。このまま放っておけばさらに数を増し、糞尿によって衛生環境が悪化する可能性があった。

猫は排除すべきもの。泥徒はそう判断を下した。

とはいえ、主人は無駄な殺生を厭《いと》う。血を流さない方法を採る必要があった。

泥徒は柄の長い掃除用のモップを手に戻ってくると、目を眇めて通気口を見遣った。基礎を支える束石《つかいし》の傍らに丸まっている猫を狙い、勢いよくモップの柄を突き出す。

猫たちは、引き絞るような鳴き声をあげながら床下を駆け回る。外れた鉄柵から勢いよく大きな三毛猫が飛び出し、たどたどしい足取りで子猫たちが後を追った。

猫たちが去った方に、泥徒が満足げに顔を向けていたところ、

「どうしたのだ、騒々しい」

腰を屈めながら主人が現れた。日の光の下で見ると、拭い難い老いの色がいっそう露わになったようだった。

「気の毒なことをしたな。手出ししないよう、命じておけばよかった」

モップを手にした泥徒の姿に、苦り切った表情を浮かべた。猫が床下に棲み着いていたことは、とうに気付いていたようだ。

そこで、主人は眉を寄せる。

「なんだ？」

耳をそばだてると、か細い鳴き声が運ばれてきた。

「床下の様子を確認してきてくれ」

その求めに従って、泥徒は屋敷の内部に移動する。キッチンの床板を外し、四角く開いた暗闇に身体を滑らせる。冷たい土の上を這ってゆくと、弱々しいなりに威嚇する声が飛んできた。

そこに蹲《うずくま》っていたのは、手のひらに収まるほど小さな猫だった。他より生育が遅く、母猫に付いてゆくことができなかったのだろう。この分では、自力で餌を捕らえることは難しそうだ。

床下から出てきた泥徒の手には、子猫が摘《つま》まれていた。それを認めた途端、主人は複雑に顔を歪めた。

「母猫に見捨てられたのか。放っておくわけにもいくまいな……」


そうして新たに加わった子猫の飼育という仕事を、泥徒は持て余した。

視界に入るだけで、猫は全身の毛を逆立てて威嚇してきた。母を追い払った泥徒のことを、よほど嫌っていたのだろう。無視して近寄ると、今度は身体を小刻みに震わせて動かなくなった。

その様子を見かねて、子猫の世話は主人が受け持つようになった。

そうなると、窓外を眺めて過ごすわけにもいかない。猫は生後一ヶ月半ほどの様子。まだ乳離れしておらず、一日に何度も食事を与えねばならない。それを用意するに当たり、主人の生来の凝り性が首を擡《もた》げてきた。

日本において猫の餌といえば、炊いた米に余り物の味噌汁をかけるのが定番。だが、主人はそれを良しとはしなかった。獣医学の書物を取り寄せると、独自の理論を構築し子猫に適したレシピを考案しはじめたのだ。

「カシュタン、おいで」

猫を呼ぶ際、主人は普段よりも甲高い声を出した。

カシュタンとは、東欧の言葉で栗を意味する。薄茶色の体毛から名付けたのだろう。

食堂の隅に置かれた浅い皿には、ウズラの肉、鶏卵、南瓜、大豆などの食物を加熱した後、液状になるまで柔らかくすり潰したものが盛り付けられている。カシュタンは皿に鼻を近づけて匂いを嗅いでから、ちらちら舌を出して舐め取り始めた。主人はほっとしたように表情を綻ばせると、穏やかな笑みを浮かべた。

泥徒は、主人の顔を凝視する。

見間違えではなかった。沈鬱な表情を崩すことのなかった主人が、初めて見せた表情であった。


カシュタンとの暮らしは、泥徒の内面をあえて人間風に言うなら——驚きの連続だった。

主人は、生育の遅れたカシュタンの身を案じて、室内だけで育てていた。当然、食事をする分だけ排泄されるものがある。主人は猫のために設けた砂場にかがみ込み、嬉々として小さなシャベルで糞を掬った。

カシュタンの体力を養うためには、運動が必要だった。その相手役を主人は買って出た。麻紐の先端に結び目を作って廊下を這わせ、カシュタンを飛びつかせる。追いつかれぬよう主人は駆けた。体を動かすのも億劫《おっくう》そうにしていた、あの主人がである。

泥徒は、認識を改めねばならなかった。結果から見れば、猫ほど主人に益を与える存在はなかった。どうやらカシュタンと自分とは、対をなす存在のようだ。自分が甲斐甲斐しく尽くすほど、主人は衰える。カシュタンが迷惑をかけるほど、主人は生き生きとしてゆく。

猫とは、なんと不可思議な生き物なのだろう。泥徒は冷静な面持ちで、だがその眼差しに驚きを籠めながら、絨毯に爪を擦りつけているカシュタンを見つめた。


飼い始めてから一年が経つ頃、カシュタンから嘗《かつ》ての弱々しさは消えていた。もはや立派な成猫である。艶のある栗色の毛を閃かせながら、屋敷を縦横無尽に駆け回った。サイドボードに飛び乗り、置かれた時計を蹴倒す。書架に収まる本を、器用に引っ張り出して遊ぶことも覚えた。手間は増える一方だが、主人は嬉しげに目を細めてその様子を見守っている。

「もっと、のびのびと遊ばせてやりたいものだな」

尖筆師を生業としていた彼は、手先が器用だったようだ。納戸を探り大工道具を引っ張り出してくると、玄関扉の下隅を切り取り、蝶番《ちょうつがい》で揺れる小さなドアを取り付けた。

「面白いものがあるよ」

そう声をかけながら、玄関扉の前にカシュタンを下ろした。

するとカシュタンは、取り付けられたドアを遊び道具だと思ったのか、前脚で揺らし始めた。やがて隙間の向こうに見慣れぬ風景が広がることに気付く。前脚を上げたまま、警戒心と好奇心の狭間《はざま》を彷徨《さまよ》っていたが――好奇心の方が優《まさ》った。

頭でドアを押し開き、勢いよく外へと飛び出してゆく。

主人は、我が子の旅立ちを見つめる父親のような表情を向けていたが、次の瞬間すっと眉をひそめた。

「帰り道が分かるだろうか……」

それは杞憂《きゆう》だった。日が傾き始めると、いつの間にかカシュタンは食堂の隅に控えていた。好奇心よりさらに優っていたのは、食欲だったのだ。

食事をせがむ「にゃあ」という短い鳴き声に、「あまり焦らせないでくれ」と主人は笑みを浮かべて返す。手の込んだ餌が盛り付けられた浅い皿を置くと、カシュタンは無我夢中で鼻先を突っ込んだ。

穏やかに日々は過ぎていった。

遊び疲れて外から帰ってくると、カシュタンは日当たりの良い窓際で腹を見せて昼寝をした。雲仙の厳しい冬の夜は、主人の布団に潜り込んだ。もはや主人にとって、この地はただ死を待つだけの場所ではなくなっていた。

だが死という存在は、人間の感情を斟酌《しんしゃく》することはないのだ。

※

それは、一九〇〇年の晩秋のことだった。

雲仙に移り住んだ時点でいくばくかの余命を残すばかりと見られた主人は、目に見えて健康を取り戻していった。カシュタンは二歳になった。猫として最も体力が充実した時期にあたる。縄張りも広がった様子で、ときおり屋敷に戻るのが遅くなった。

だが、その日はあまりに遅過ぎた。

西日差すキッチンで、主人は皿に盛り付けられたままの餌をじっと見つめていた。食べやすいように細かく裂かれた肉は、すっかり冷めてしまっていた。落ち着きなくうろついていた主人は、日没を過ぎると暗くなった窓の外に目を遣《や》りながら立ち尽くし、しまいに力なく椅子に頽《くずお》れた。

俯《うつむ》いたまま、弱々しい声を出す。

「有馬行長の名をもって命じる。カシュタンを探しに行くのだ。どれだけ時間がかかっても構わない。必ず連れ帰ってきてくれ」

泥徒は無言で頷き返すと、勝手口から外に出た。

その途端、僅かな異臭に気付いた。忌《い》むべき予兆だった。臭いを辿ってゆくと、カシュタンと初めて出会った通気口に行き当たる。闇の奥に目を凝らすと、蹲る猫の姿が浮かび上がった。

すぐに引き返してきた泥徒に、主人は困惑するように眉を顰めた。

「どうしたのだ？」

それに応えず、キッチンの床板を外して闇の奥に潜り込む。しばらくして姿を現した泥徒の腕の中には、カシュタンが抱えられていた。

主人は鋭く息を吸い込む。

カシュタンの栗色の毛は、じっとりと濡れていた。主人がその身体に触れると、指先は赤に染まった。

ひどい怪我だった。

活動範囲が広くなれば、危険な敵と出会う確率も高くなる。飼い猫であるカシュタンは警戒心が薄かった。付近には猪や野犬も出没する。冬を前にして気性を荒くしている獣に出くわしてしまったのだろう。

カシュタンはじっと動かず、浅く息をついている。

左の後脚は、骨が見えるほどの咬傷《こうしょう》を負っていた。腹の傷はさらに深い。主人が具合を確認するために触れると、指が中に入っていきそうになった。屋敷まで逃げ帰れたのが不思議なほどだった。

雲仙の近くに獣医はおらず、長崎まで呼びに行っても早くて明日の朝になるだろう。それまで、持ち堪《こた》えられそうになかった。

しかし、意外なほど主人は冷静だった。命の灯が消えようとするカシュタンに、どこまでも昏《くら》い眼差しを向ける。

「いずれ、こうなると思っていた。私には、心穏やかに暮らす資格などない」

その目から一筋の涙が零《こぼ》れた。

「だが罰せらるべきはカシュタンではなく、私であろうに」

主人は腕を広げ、ふらつくように泥徒へと歩み寄ってくる。

「カシュタンを渡してくれ。最後は、私が看取りたい」

だが、泥徒は何ら反応を示さない。動かぬばかりでなく、軀体を軋ませながら命令に抗《あらが》っていた。

「何のつもりだ」

すると、腕の中に猫の身体を抱え込んだ。

有馬には、その意図を自然と理解することができた。

「良いのだな？」

返事代わりに、泥徒はカシュタンを手渡した。

食堂のテーブルには、真新しい清浄なテーブルクロスがかけられていた。記術台の替わりだった。

テーブルの上では、カシュタンが蹲っている。もはや、僅かに背中を上下させるばかりとなっていた。隣には、泥徒が服を脱いで横たわっている。肋骨は左右に開かれ、礎版が顕になっていた。

二人のもとに、漆黒の術衣に身を包んだ主人が足早に近付いてくる。その服に袖を通すのは、レンカフ自由都市を離れて以来初めてのことだ。

有馬は右手に尖筆を握りしめたまま、泥徒に語りかける。

「私からの最後の命令だ」

なぜか、ほっとしたように顔を綻ばせる。

「生きてくれ」

それと同時に、泥徒の礎版に尖筆を押し当てた。

手元を確かめることもなく、凄まじい勢いで礎版の表面に秘律文を刻んでゆく。過《あやま》つことはない。その文字の連なりは、幾度となく綴ってきたものだ。

有馬は泥徒の礎版に美善《ラハミーム》を刻み、形象を操ろうとしていた。

霊息を吹き込むと、泥徒の軀体から水が湧き出てくる。全身が水で満たされると、肌が溶け始めた。融解は止まらず、泥徒の形は完全に崩れて泥の塊と化す。

流体となった泥徒はテーブルの上に広がり、カシュタンの身体から滲《にじ》み出た血液と混ざり合うと、そこから体内へと流れ込んでいった。

カシュタンは、内側から泥徒に満たされてゆく。後脚の傷口は膿《う》んだように盛り上がり、露出した骨が覆われていった。腹の傷も塞がったばかりでなく、忽《たちま》ちにして体毛が伸び、以前と変わらぬ姿を取り戻した。

ただ、姿は同じに見えても、そこにあったのは以前のカシュタンではない。

猫と泥徒とが混じり合った、新たな生命だった。

有馬の息は絶え絶えになる。残された霊息が尽きようとしていた。顔は青褪め、生気が去っていった。それでも、口元には満ち足りたような笑みが浮かんでいた。

これまで国のために数多《あまた》の泥徒を創り上げてきた。だが、自らの望みに従って秘律文を刻んだのは、今日が初めてかもしれない。

有馬は、自らの命を絞り尽くすようにして霊息を吹き込み続ける。

薄ぼやけてゆく視界の奥で、猫は柔らかく背中を上下させていた。寝返りをうち、ごろりと腹を見せる。日だまりの中でまどろむ、かつてのカシュタンのように。

いったい、どんな夢を見ているのだろうか。

穏やかな猫の眠りに誘われるように、強烈な眠気が押し寄せてきた。指の感覚が失われ、手から尖筆が滑り落ちる。キンと澄んだ音がした。

祈るように、有馬はそっと目を閉じた。

※

板敷きの玄関ホールに足を投げ出して座るマヤの膝の上には、藍色の半纏がかけられている。その中にうずもれるようにして、薄茶色の毛を持つ猫が——かつてカシュタンと呼ばれていた猫が背中を丸めていた。

逃げ出さないように、スタルィの着ていた半纏で包《くる》んでいたところ、そのうち寝息が聞こえてきた。もとより人に慣れた猫である。マヤの温かみを感じるうち、眠くなったようだった。

マヤは、猫の腹部に押し当てていた尖筆を、術衣の裡《うち》にするりと収める。猫を手渡された瞬間、霊息の流れを感じ取った。それが泥徒のものであると、ミリクの工場で培った経験が教えてくれた。

「何か分かったか？」

傍らで見守っていたスタルィが問いを向けてくる。

「何もかも、ね」

マヤは猫の頭を優しく撫ぜた。泥徒であるなら、記憶を読み解くことが可能だった。

有馬行長の最期を知っても、赦《ゆる》す気持ちにはなれなかった。しかし同時に、重石《おもし》のような胸のつかえが少しだけ軽くなったような気もしていた。

カシュタンは薄っすらと目を開ける。

まだ眠りから覚めやらぬのか、ふらつく足取りでマヤの膝から降りた。状況を分かっていないのか、きょとんとした顔でこちらを見つめてくる。

「さっきは、乱暴に摑まえたりしてごめんね」

カシュタンは眠気を吹き飛ばすように、ぶるぶると頭を震わせる。

そこで、前触れもなく動きを止めると、苦しげに背中を波打たせ始めた。

「どうしたの！」

軀体に干渉したことで、何らかの異常をきたしてしまったのではないか。

慌てるマヤの目の前で、猫はコポコポと音をたてながら、ねっとりとした茶褐色の液体を吐いた。床に広がった吐物《とぶつ》を見れば、毛の塊が混じっている。毛づくろいをしてくれる主人を失ったことで、毛玉を溜め込んでいたようだ。

胃の中のものを戻し終えると、カシュタンは何事もなかったかのように、前脚で顔のまわりを擦った。

「大丈夫そうね……」

マヤは安堵の息を漏らす。

一方のスタルィは、冷静な眼差しをカシュタンに向け続けている。

吐物に視線を移すと、躊躇うことなく指を突っ込んだ。粘液に覆われた毛玉を摘み出し、指の間で転がす。しばらく続けると、毛の中から小さな石が顔を出した。

「あったぞ」

スタルィが、無言で石を差し出してくる。

宝石のような細かなカットが施された小さな石の姿には、見覚えがあった。カシュタンの記憶で目にした、ラハミームを収めた原初の礎版である。

握り込むと、微弱な霊息を感じた。すると――

「わっ」

驚くような感触に、思わず手のひらを開いた。

多面体の石は全ての面の縁《ふち》に細い罅《ひび》が走り、折り込まれていた紙が広がるように解《ほど》けてゆく。動きを止めたとき、手のひらに余る石の板が出来あがっていた。原初の礎版、美善《ラハミーム》の真の姿である。

マヤは、呆然と自らの手に目を落とす。

カシュタンが石を吐き出したのは、身体に通った霊息に反応してのことに違いない。そのような細工を凝らした者があるとすれば、有馬以外には考えられなかった。もしかすると、屋敷にやってきたのも自分に礎版を渡すためかもしれない。だが、いくら泥徒と融合しているとはいえ、猫の行動をそこまで操ることができるのだろうか。

考えを巡らせていたところ、カシュタンはぱっと身体を翻《ひるがえ》して床の上を駆け、そのまま猫用ドアから外に飛び出していった。まるで、自分の仕事は終わったとでも言うように。

蝶番の軋む音だけが、猫の気配をその場に留めていた。

※

ザクセン号から突き出た二本の煙突《ファンネル》が、ゆっくりと左右に揺れていた。

強く吹き付ける冬の風に、横浜港の水面には馬のたてがみのような白波が幾重にも走っていた。

「気が向いたら、また日本に来てくれ。美陸泥徒整備工場は万年人手不足だからな。マヤたちなら、いつでも歓迎するぞ」

明るいその声色とは裏腹に、ミリクの表情には寂しさが滲んでいた。

「ありがとうございます。この状況で帰るのは、非常に心苦しいのですけれども」

マヤは、潮風に煽《あお》られる髪を手で押さえた。

雲仙からマヤたちが帰ってきたのと前後して、工場には大口の依頼が立て続けに舞い込んできた。仕事に追われるミリクを置いていくのも気が引け、一九〇一年十二月現在まで帰国がずれ込んでしまっていた。

「こっちこそ、ギリギリまでこき使って申し訳ない。マヤは、泥徒の修理工としては世界でも屈指の腕前になった。俺が保証する。そんな保証、ありがたくもないだろうが」

ミリクの笑い声が辺りに響く。

「もう、俺から教えることは残ってない。次に来たときは、ゆっくり日本を楽しんでいってくれ」

そこで眉を大きく動かし、「別荘もあることだしな」と言い添える。

有馬が暮らしていた山荘の永代借地権を、マヤは買い取っていた。

最初にそれを申し出たとき、コチョウさんは笑って取り合わなかった。数日後、露清《ろしん》銀行長崎支店で発行した巨額の小切手を手に戻ると、目を丸くして首を縦に振った。

「金がモッタイナイ……と言いたいところだが、理由があるのだろう」

「あの山荘が無くなると、困るものがいるのです」

ミリクは不思議そうに首をかしげる。だが、それ以上は問おうとはせず、顔を上向けた。灰色の空から大粒の雪が降りてきている。雪は、潮風の中を行きつ戻りつしながら近付いてくる。

「季節がめぐるのは早いものだ」

その声をかき消すように、霧笛の音が空気を震わせた。ザクセン号が、出立の時間が迫っていることを知らせているのだ。

「マヤ、乗り遅れるわけにはいかないぞ」

両手に大きな旅行鞄を抱えたスタルィが、横から促した。

マヤは小さく頷き、ミリクに向き直る。

「ミリクさんのご厚意は、けっして忘れません。あまり無理をされず、お元気で……」

挨拶をしていると涙が零れた。自分でも驚いたようにはっと目を見開くと、さらに涙の筋が頬を伝ってゆく。

ミリクは何も言わず、両腕を開いた。マヤはその太い身体にしがみつき、しばし目を瞑る。その身体には乾いた泥の匂いが染み付いていた。

「もうじき船が発つ」

スタルィの声に、ミリクは彼女の身体を引き剝がした。

マヤは少しだけ照れたような笑みを浮かべると、鉄桟橋のうえを早足になって歩きはじめた。ここで立ち止まるわけにはいかなかった。

残る原初の礎版はあと一つ。

有馬にラハミームを渡したのは、ザハロフだった。状況から考えれば、父を殺めたのも彼ということになるだろう。だが、後継者として指名されていた彼が、なぜそのような凶行に走ったのか。

歩み続ければ、きっと真相にたどり着けるだろう。今はもう、右も左も分からない十四歳の頃の自分ではない。この地で、尖筆師としての自信を付けることができたのだから。

マヤはくるりと振り返り、遠くなったミリクの姿を目掛けて声を張り上げる。

「さようなら、わたしの師匠。またお目にかかるその日まで！」

矛を待つ楯

　レンカフ中央駅のホームに降り立ったマヤは、ふとした違和感に思わず立ち止まった。だが何が気になったのか自分でも分からず、煉瓦敷きのホームを行き交う旅客たちに背を押されるようにして、再び歩《ほ》を進め始めた。

　駅舎から出る。正面に横付けされた四本脚の歪な泥徒《ポギェンテ・ゴーレム》に牽かれた馬車に乗り込み、窓外を流れる街並みを眺めた。厚く垂れ込めた雲の下、街ゆく人々は立てた外套の襟に顔をうずめるようにして、足早に去っていった。

　そこで、マヤは駅で覚えた違和感の正体に気付いた。街ゆく人たちの表情が、その足取りが、以前とはどこか違っているのだ。この街を離れていた一年間余りで、いったい何があったのだろう。

　辺りに目を配っているうち、馬車はカロニムス家の屋敷に辿り着く。

「ようこそ、お帰りなさいました」

　かねてと変わらぬトマシュの笑顔に、ようやく故郷に帰ってきた心持ちがした。先ほどの違和感も、旅の終わりがもたらしたメランコリーなのではないかと思えてくる。

「疲れが溜まっているのかしら」

　羽織っていた外套を預けながら、首を傾《かし》げる。

「どうされたのですか？」

「大したことじゃないの。なぜか、レンカフが別の街になったように見えて」

笑い混じりに言うが、トマシュはさっと表情を暗くする。

「何かあったの？」

「……スタルスキ様からもお話があると思いますが」

トマシュはそこまで言ってから「少々お待ち下さい」とこの一週間ほどに届けられた新聞の束を抱えてきた。マヤが紙面を開くと、目に飛び込んできた単語の群れに背筋がひやりとした。

併合、干渉、解消、恫喝、そして戦争。

レンカフ自由都市の未来を危惧する論説であった。

「いったいこれは？」

「マヤ様が日本に発たれた後、露国《ロシア》の態度がさらに硬直化したのです」

秘書の仕事に復帰したマヤは、身をもってトマシュの言葉の意味を知ることになる。

元老院《セナト》の議場からは、露国の高等弁務官スタニラフ・リシツキの金切り声が響き続けていた。

「なぜ理解できない？　我が国が求めているのは、泥徒《ゴーレム》を供出して貰いたいという簡単な話だ」

リシツキはそう言って、袖口のカフスを苛立たしげに鳴らした。

「泥徒が必要であることは理解できたのですが、いったいどのような用途で……」

おずおず尋ねたアベルに、彼は憚《はばか》るところなく言い放つ。

「むろん、満州および北部朝鮮の防衛のためだ」

議場にどよめきが走る。

それは、保護国が存在する建前《たてまえ》さえ否定する発言であった。

主権の一部を代行する保護国があるのは、軍隊を持たないレンカフ自由都市を侵略から護るためだった。それと反対に、リシツキは自国のためにレンカフから軍事力を得ようと言うのだ。

その余りに度し難い発言に、墺洪国《オーストリア・ハンガリー》のフランチシェク・ローレンツが仕方なしといった様子で口を開く。

「レンカフ自由都市は、貴国に泥徒を提供することはできない。軍を有していないというのに、どうして軍事用の泥徒などあろうか」

「自前の軍隊がなくとも、兵器を製造することは可能だ！」

リシツキは目を剝いて言い返した。あまりにも筋の通らない強弁に、ローレンツも諦めたように首を振る。

その議論の成り行きを、マヤは控室から窺っていた。

「とうとう、おかしくなってしまったみたいね。あの高等弁務官殿は」

「これでも今日はまともな方なんだ」

横でタデウシュが深い溜息をついた。この一年間で、身体がひと回り小さくなったように見えた。彼が語るところによれば、リシツキの豹変の原因は露国を襲った内外の危機にあるという。

まず国外の問題としては、義和団《ぎわだん》の乱がある。

清国で発生したこの外国人排斥運動によって、露国は工事中の東清《とうしん》鉄道の設備を破壊された。補償を清国政府に求めたところ、清国側は強気にもそれを撥ね付けてきた。体面を傷つけられた露国は、圧力をかけるために満州へ進駐させた兵を退くことができなくなったのである。

その露国の長期に渡る満州への駐兵を、他の列強諸国は清国の領土を侵さんとする行為であると非難した。特に日本は、領土を接するだけありその態度は頑《かたく》なで、露国の出方次第では戦争も辞さないと息巻《いきま》いている。

他方国内の問題としては、社会主義者による革命活動があった。

当初、散発的なテロ行為に留まっていた彼らの活動は、系統立てられたものに変わりつつある。社会主義者たちの中で細胞主義派《クリエートカ》が主導権を握り、急速に組織化が進んだ結果と見られていた。

昨年には文相のボゴレーポフが、今年に入って内相のシピャーギンが、テロリストの凶弾に斃《たお》れた。要人の暗殺以外にも、旧農奴層《のうど》による地主《じぬし》領の襲撃事件や、工場労働者によるゼネストが相次いでいる。

「リシツキは、母国を救おうと躍起になっているというわけね」

その言葉に、タデウシュは義憤にかられたように鼻から息をつく。

「いいや。やつの目には露国の窮状なんて映っていない。母国を襲う危機を、自らの栄達の好機だと言ってのける男だ。そのためならぼくたちの国を踏みつけることを、なんら厭《いと》うことはない」

すっかり痩せこけてしまった彼の横顔に、マヤは目を細める。

「わたしのせいで、ずいぶん苦労をかけてしまったみたいね」

「なにを言っているんだい。これしきのことは苦労のうちに入らない。タデウシュ家の男の身体は、鋼《はがね》で出来ているのを知らないのかい？」

「そういえば、あなたたち親子はずいぶん強情なところがあるものね」

「頭まで、鋼で出来ているとは言っていない」

二人が顔を見合わせ、忍び笑いしていると——議場からリシツキの声が運ばれてきた。

「そういえば、スタルスキ君。長らく休暇を取っていた君の秘書が、日本から帰ってきたそうだね」

「はい。よくご存知で」

アベルの声色には警戒が滲《にじ》んでいた。

「そりゃあ気にもなるだろう。日本は、我々にとって注視すべき国であるからな」とリシツキは嘲《あざけ》るように、「どうして、わざわざ地球の果てなんぞに。猿《マカーキ》の観察をするためではあるまい？」

「大学の卒業記念として休暇を与えたのです。これまで働き詰めでしたので」

ははは、とアベルは乾いた笑いを付け足す。

「たとえそうだとしても、レンカフ自由都市を代表する尖筆師《リサシュ》の家の者が何を見てきたのか気になるな」

リシツキは薄ら笑いを消し、険《けん》のある声で言い放った。

「近いうちに、マヤ・カロニムス君を我が公邸に招いてみるとしよう」

※

マヤが招かれた露国の高等弁務官公邸は、旧市街の南端に位置していた。

鉄柵に守られた正門をくぐると、円形に大きく縁取られた庭池の中央から、高々と水が吹き上がっていた。池の縁を飾るように植えられた白と赤のベゴニアの小花が、鮮やかな縞模様を描いていた。

土地の限られた旧市街において、これほど広い庭園を持つ建物は他にない。露国がこの場所に公邸を設ける際、数百年に渡って住み継がれてきた石造りの家屋が一区画まとめて潰されたのだという。

屋敷に来たマヤを、リシツキは丸襟のスモーキングジャケットという略装で迎えた。

「ようこそ、我が公邸へ」

「お招きいただき光栄です。素晴らしい庭ですね」

「伊国《イタリア》から最高の庭師を呼び寄せて、造らせたものだと聞いている」

含意に気付かず、リシツキは得意げに鼻を鳴らした。

「こちらは、わたしの従者のスタルィです」

リシツキは値踏みするように一瞥《いちべつ》してから、「こちらだ」と二人を促した。

マヤたちが通されたのは、窓のない小さな部屋だった。二人を残し、リシツキは無言で立ち去ってゆく。周囲から壁が迫るような狭い室内で、マヤは机に置かれたクリスタルガラスの灰皿を所在なく眺め続けた。

部屋に戻ってきたリシツキの傍らには、灰色のジャケットを着た三十がらみの男がいた。腰を浮かせかけたマヤに構わず、リシツキはどすりとソファに座った。机上に置かれた木箱からタバコの葉を取って紙に巻くと、火をつけ黙々と吸い始める。

代わりに口を開いたのは隣の男だった。

「マヤ・カロニムスさんですね。お会いできて光栄です」

柔和な口調だが、その目つきは鋭い。

「私のことは、そうですね……」男はちらりと自らの姿に目を遣り、「灰色《セリィ》とでも呼んでください」

「ご用件は？」

マヤは前置きもなく切り出す。

「高名な泥徒大師《ゴーレム・マイスター》の一族の方から伺うことといえば、ひとつしかないでしょう」

「日本で見た泥徒のことですね？」

「理解が早くてよろしい」

セリィはにこりと笑った。

察するに、彼は軍の関係者であろう。

本来なら、露国にとって日本とは一顧《いっこ》だに値しない相手のはずだった。日本の視察に向かった将官のひとりはその軍容を目にし「欧州の最弱小国に太刀打ちできるようになるまで、数十年、いや百年はかかることだろう」と評したという。日本軍が擁《よう》する泥徒の存在は、数少ない不確定要素だと言えた。

マヤは、どう答えるべきかしばし沈黙してから、

「わたしが日本で目にしたのは、木製の泥徒です。人力車の車夫として用いられていたものですが、開発を主導したのは大阪砲兵工廠《こうしょう》という軍の機関だと噂されていました」

「ジンリキシャ？」

耳慣れない単語に、セリィは首を斜めにする。

「人間が牽く、二輪馬車のような乗り物です」

「なるほど。しかしなぜ、軍の泥徒がジンリキシャとやらを牽いているのです？」

「民間からの依頼を受け、生産したと聞いています。泥徒に限ったことではなく、大阪砲兵工廠は工場に余裕があれば民生品の生産も請け負っているようです」

「よほど金に困っているのでしょう。日本は身の丈に合わない軍事費のせいで、破産寸前のようですから」

小馬鹿にしたように言うセリィに、マヤは曖昧《あいまい》な笑みを返した。

リシツキが吐き出し続ける煙に室内は曇ってゆく。

「ひとつ伺いたいのですが……」

セリィが身を乗り出してくる。

「泥徒の専門家であるカロニムスさんの目から、木製泥徒はどの程度の性能であると思いましたか？」

「どの程度の？」

「たとえば、人間の替わりに銃を持って戦うことが可能かどうか」

「考えたことがありませんでした。レンカフで創られる泥徒は、軍事用ではありませんので」

「たとえばの話です」

予想していた質問であったが、マヤは言葉を選ぶのに苦労した。

「……木製の泥徒は、市場に出回っている一般的な泥徒程度の能力はあるようでした。銃を抱えて引き金を引くといった単純動作なら可能でしょう。ただ、訓練を受けた軍人と同じ水準を求められるなら、難しいかもしれません。もし出来たとしても、それほどの性能を持った泥徒を一体創るのに、どれほどの費用が掛かるか」

「確かに、割に合いそうにはありませんね」

そこで、セリィは顎に手を当てた。

「木材を用いているのは、製造コストを下げるためでは？」

「木製の泥徒に触れる機会がありましたが、おそろしく手が込んだ代物《しろもの》でした。普通に泥徒を創るより、確実に工程は増えていると思います。当然ながら、費用もより嵩《かさ》むでしょう」

泥徒は戦争に用いるべきものではない。その当たり前の事実を説くため、金の話を持ち出す以外の手段を持たなかった自分に、マヤは内心苛立った。

セリィは、しばし物思いに耽《ふけ》るように視線を遠くに向けていたが、

「ありがとうございます。非常に参考になりました」と目配せをした。

リシツキは手早く煙草を灰皿に押し付ける。

「カロニムス君、実に有意義な話であった。君なら、いつでもこの公邸に歓迎しよう。もっともその時は、もう少し華のある話題を選びたいところだがな」

そう言い告げると、ソファから腰を浮かせた。

――わたしの方は、二度とあなたの顔など見たくないのですが。

マヤは精一杯の作り笑いとともに、胸の内で応えた。

※

スタルスキ家の屋敷に向かう、マヤの足取りは重かった。

露国の高等弁務官公邸を訪ねた記憶も薄れかけた、一九〇四年二月二十日のこと。リシツキが「内々の話をしたい」とアベルに持ちかけ、マヤの同席を求めたのだという。良い話になるわけがなかった。

先日から、露国と日本とは戦争状態に突入している。

一九〇四年二月九日、日本海軍が朝鮮半島の仁川港に停泊する露国の砲艦「コレーエツ」に魚雷を打ち込み、その翌日になって正式に宣戦布告をしたのだった。

陸軍大将のクロパトキンは自ら日本軍の視察に赴《か》き、彼の国の軍隊は世界でも最弱の部類にあり、露国に挑もうとするはずがないと判断を下していた。露国太平洋艦隊のヴェ・カ・ヴィトゲフト少将にいたっては、日本海軍から襲撃を受けた後になってすら、戦争となる可能性はゼロだと断言していたのである。

露国にとっては、まさに寝耳に水の開戦であるといえた。

マヤがサロンに通されると、そこには既にリシツキがいた。紙巻煙草を咥《くわ》え、我が物顔で肘掛け椅子に寛《くつろ》いでいる。テーブルの傍らには、アベルとタデウシュの姿もあった。

「掛け給え」

促《うなが》したのはリシツキだった。

マヤが腰を下ろしきらぬうち、待ちかねていたように話を切り出す。

「これからする話の内容は、露国の高等弁務官としてではなく、あくまで私的なものだと捉えてくれ」

「はぁ」

「日本が無謀にも我が国に挑みかかってきたことは先刻承知であろう。我が軍の総参謀部の見込みでは、奴らが泥徒を用いる可能性があるということだ。窮余の一策であろうが、とはいえ捨て置くことも出来ない。そこで、ひとつ頼みたいのだが――」

「お待ち下さい」

強引に話を進めようとするリシツキに、堪《たま》らずアベルが割って入った。

「差し出がましいことを言うようですが、貴国に泥徒を提供することは出来ないということは、元老院において決定が下されていたかと」

「言われずとも分かっている」

リシツキは、露骨に不機嫌そうな表情を浮かべた。

「最初に私的な話だと断っておいたはずだ。それに、泥徒を寄越せと言っているわけではない」

「では、いったい何を？」

「敵が泥徒を運用してきた場合に備えて、詳しい者を派遣してほしいという要請があったのだ。元老院を通していては、いつまで経っても話が進まん。そこで頼るべきは、スタルスキ殿だと思ってな」

アベルは目を閉じた。その眉間に深々と皺《しわ》が寄せられる。

リシツキは無理を承知で言っている。断った結果、いかなる展開が待っているかも容易に想像がついた。

「分かりました。ＫＳＦＧの中から、その大役に相応《ふさわ》しい者を選びましょう」

「その必要はない。人選なら済んでいる」

リシツキは視線をマヤに向けた。

驚きはなかった。この場に呼ばれたときから、薄々気付いていたことだった。

「わたしをご指名ですね」

だがその時――

「それはできません」

声の主へと、いっせいに顔が向けられる。

視線を跳ね返すように胸を反らせるのは、タデウシュだった。

「カロニムスさんは我が社の社員ではありません。いくらリシツキ様の依頼でも、我々には彼女を派遣する権限が無いのです」

「タデウシュ、控えなさい」

アベルが声を尖らせる。

「露国の総参謀部がカロニムス君を指名していることの意味を、理解して言っているのだろうな」

押し迫るように言うリシツキに、タデウシュは負けじと声を張る。

「必要なのは、泥徒に詳しい者だと伺いました。代役があれば問題ないでしょう」

「代役だと？」

「はい、私が行きます」

するとリシツキは鼻から息を漏らした。

「つまらない冗談はよしてくれ。君では、あまりに荷が勝ちすぎるだろう。スタルスキ家には商才はあれど、尖筆師としての技倆《ぎりょう》が備わっていない。私でも知っていることだ」

その言葉には、タデウシュばかりでなく、アベルもさっと顔を紅潮させる。

「分かりました」

室内に広がる不穏な空気を断ち切るように、マヤは決然と言い放った。

「ご依頼を、お引き受けします」

「素晴らしい」

リシツキは手を叩いた。

「さすがはカロニムス家の跡継ぎ。肝の据わり方が違っている。詳細については、追って連絡しよう」

「リシツキ殿——」

口を挟んだアベルを、リシツキは鋭い視線で制した。

「これ以上、余計な時間を取らせるな」

うんざりしたように言うと、文字どおり椅子を蹴った。案内を待つことなくサロンから出てゆく。その背中を、アベルは慌てて追いかけた。

後には、マヤとタデウシュの二人だけが残された。

「申し訳ない。ぼくの力不足のせいで、マヤが……」

消え入りそうな声で、タデウシュが呟く。

「謝ることはないわ。リシツキはただの伝言役でしょう。露国の上層部の決定なら、どうあっても従うしかない」

そこで言葉を区切り、表情を引き締めて続ける。

「強がるつもりじゃないけど、これで良かった気もしている。もし泥徒が戦争に用いられるなら見届けねばならない。日本軍の泥徒には、カロニムス家の技術が使われているはずだから」

日本軍において、泥徒の開発を主導したのは有馬だ。いかなる経緯《いきさつ》があれ、彼がカロニムス家で学んだという事実は変えようがなかった。

「たとえそうでも、マヤを危険な目に遭わせたくはなかったんだ……」

「そこまで心配してくれていたなんて意外ね」

「そうかな？」

軽口を叩いたつもりが、返ってきたのは痛くなるほど真っすぐな眼差しだった。

「どうしたの？」

マヤは戸惑い混じりに問う。

すると、タデウシュは逡巡《しゅんじゅん》するように首を傾げたが、意を決したようにぱっと顔を上げた。

「マヤの身を案じて当然だろう。ぼくは、君のことを好きなんだ」

続けて叫ぶように、

「帰ってきたら、結婚してくれないか」

マヤは固まった。彼がそのような思いを抱いていたとは、想像だにしなかった。

「本当なら、ぼくが戦場から帰ってきたら言うつもりだったんだけど……」

タデウシュは口ごもるように言うと、きまり悪そうに頭を掻いた。

※

列車から下りたマヤが鼻をうごめかすと、潮の香りが漂ってきた。

ナンタケット島でも、横浜でも——そして、ここ旅順でも。旅は、いつもこの香りと共にあった。

マヤとスタルィの二人がユーラシア大陸の東端に突き出た遼東半島の、さらにその先端に位置する旅順の街に辿り着いたのは、一九〇四年五月のこと。露国にとっての極東戦略の要《かなめ》、太平洋艦隊が常駐する軍郷《ぐんきょう》だった。

「当分、線路を見るのもごめんだわ」

港からほど近くにある駅舎に降り立ったマヤは、心底辟易《へきえき》したように言う。

レンカフ自由都市からペテルブルクに向かい、そこからハルビンを経由して旅順に至るまで、実に五十昼夜に渡り列車に揺られ続けた。二人には将校用の個室《コンパートメント》が与えられていたが、それでも乗り心地は最悪としか言いようがなかった。

列車はひどく揺れ、所によっては歩くよりも遅く、そして頻繁に止まった。

「一生分は、列車のなかで過ごしたわ」

「いや。どれだけ多く見積もっても、一生の半分にも満たないことは間違いない」大きな旅行鞄を両手にぶら下げたスタルィが、冷静な顔で指摘する。

「帰りも、同じ道を辿る」

その言葉にマヤは倒れそうになった。

「思ったより、元気そうですね」

柔和な笑顔を浮かべ近付いてきたのは、以前露国の高等弁務官公邸で顔を合わせた、灰色《セリィ》と名乗る男だった。マヤがこの地を訪れたのは、露国軍の総参謀部に所属すると見られる彼の導きによる。

「お二人が滞在する旅館《ノメラ》を確保しています。まずは、そちらに向かいましょう」

セリィはそう言い、道端に停めていた無蓋の馬車に乗り込んだ。

マヤは馬車の揺れに身を任せる。周囲の風景にどこか既視感を覚え、しばらくして思い当たった。以前に訪れた長崎と、この街は良く似ているのだ。

旅順のある遼東半島の突端は山岳丘陵に覆われ、平坦な土地は少ない。海と山との間の僅かな土地に、街は拓《ひら》かれていた。扇形の海岸線を挟んで、中国人たちから接収した旧市街と、新しく開発された新市街に分かれていた。

マヤが降り立った駅舎があるのは、旧市街の方だ。道脇に並ぶ家の屋根は中国風の瓦で葺《ふ》かれ、壁だけが白い塗料でヨーロッパ風に塗り変えられていた。家を奪われた者たちはどこへ行ったのだろう。街を眺める視線に憂《うれ》いが宿った。

「旅館は向こう側です」

御者の隣に座るセリィが、海岸線の反対側にある新市街を指差した。そこまで一キロメートル少々の距離だ。

馬車は旧市街を抜け、海岸に沿ってゆるやかに曲がった一本道に入る。

道は所々が泥でぬかるみ、板が渡されていた。その道の中腹に、山の斜面を切り拓いて大きな教会堂が建てられていた。ドーム状の屋根の上には、巨大な八端十字架《はったんじゅうじか》が掲げられていた。湾内に浮かぶ戦艦からでもよく見えることだろう。

教会を越えてさらに進むと、新市街に差し掛かる。

旧市街とはまるで異なった街並みが、そこに広がっていた。間近に聳《そび》える急峻《きゅうしゅん》な山の頂上は直線的に削られ、巨大な火砲がずらりと並んでいた。立ち並ぶ家屋は、木骨《もっこつ》が外に張り出したドイツ風のものが多い。

「この街を開発した東清鉄道は、ドイツ人技師を多く採用していたのです」

しきりと首を巡らせているマヤに、セリィが説明を与えた。

尖がり屋根の大きな建物の前に差し掛かったところで、馬車はゆっくり速度を落とした。

「ここです。なかなか過ごしやすい所だと聞いています」

マヤたち二人は馬車から降りる。

セリィは車上に残ったまま、「明日、陸軍の幹部をご紹介します。今日はゆっくり休んでください」と引き返していった。

マヤはため息まじりに辺りを見回す。前は居並ぶ山々で塞がれ、背後には海が迫っていた。

「本当に、居心地の良さそうな場所だこと」

「受け入れるしかない。ここまで来れば、逃げるという選択肢は消えた」

スタルィは旅行鞄をぶら下げ、足早に旅館へと向かった。

だが翌日になっても、さらにその翌日になっても、マヤが陸軍幹部と面会する機会は訪れなかった。ようやく旅館にセリィが姿を見せたのは、三日目の朝のことだ。

「幹部との面会は延期です。このまま待機していてください」

顔に貼り付いた笑みには、苦々しさが滲んでいた。

「状況を説明していただけませんか？」

さすがにこれだけ待ちぼうけを食らっては、マヤも苛立ちを隠しきれない。

セリィは顎に手を添えた。

「まあ……日本軍が善戦していることは、認めねばならないでしょうね」

日本軍は、朝鮮半島の付け根にある鴨緑江《おうりょくこう》をあっけなく突破し、さらに内陸に向けて進軍を続けている。渡河を防ごうとした東シベリア狙撃師団は、たった一日しか持ちこたえられなかった。

「日本軍が目指しているのは、露国軍にとっての極東防衛の要、ここ旅順でしょう。幕僚たちは対応に追われています」

「この街が戦場になるということでしょうか？」

「いえ、心配はありません。旅順の前には、南山《なんざん》の防衛陣地があります。日本軍を迎え撃つのは、七十門の大砲を擁する半永久砲台。突破される可能性はゼロです」

「それなら安心しました」

マヤは硬い面持ちのままで言う。この数日のセリィの行動を見れば、その言葉をまともに信じる気にはなれなかった。

「とにかく、旅順の幹部との面会は状況が落ち着いてからです。しばらくは観光に来たとでも思って、ゆっくり過ごしてください」

セリィは早口で告げると、そそくさとその場を後にした。

「そうは言われてもね」

マヤは腰に手を当てる。

にわか拵《ごしら》えの街並みは殺風景そのものだった。それに日本軍優勢の報が齎《もたら》されてからというもの、街の空気は張り詰めている。とてもではないが、のんびり散歩をしていられる雰囲気ではない。

無聊《ぶりょう》を慰める手段は、海を眺めるくらいしかなかった。

マヤは、尽きることなく押し寄せてくる穏やかな波を見つめる。そうしていると、ささくれだった気持ちが落ち着いてきた。いつかスタルィが船上で海ばかりを眺めていた理由が、少しだけ理解できた気がした。

夕暮れになると、鏡面のように凪《な》いだ旅順港の水面にオレンジの光の筋が引かれた。海上に浮かぶ戦艦は影絵となり、そこから合唱の声が響いてくる。水兵たちが、晩の祈禱《きとう》を捧げているのだ。

「浮かぬ顔だな」

傍らに立つスタルィが、海に目を向けたまま言った。

「それはそうでしょう。訳もわからず大陸の果てまで連れてこられて。それも、戦争の助言をするために」

「理由はそれだけではあるまい」

マヤは鼻から息をつく。

「ずいぶんと、人の気持ちが分かるようになったのね」

「既に九つの数枝《セフィラ》を得た。人間についての理解も、自然と深まるというものだ」

スタルィは大真面目に返した。彼の軀体《くたい》に美善《ラハミーム》が宿されてから、既に一年以上が経過していた。

「その調子なら、シェキーナーに至るのも夢じゃないわね」

マヤが揶揄するように言うと、

「シェキーナーだと？」

スタルィは怪訝そうに顔をしかめた。

「知らなかったかしら」

全ての数枝を得た泥徒は、彼我を越えた神的自我を得て、完全なる被造物「シェキーナー」と呼ばれる境地に達するという。それこそ、全ての尖筆師が目指す究極的な目標だった。

「もっとも、お父様はその存在を否定していたけれど」

マヤは肩をすくめた。

「漠然すぎる概念に聞こえるな。彼我を越えた神的自我を得るとはどういう意味だ？」

「それが分かれば、苦労はないわよ」

「ふむ」

スタルィはしばらく腕を組んで考えていたが、

「まあ、いつか理解できる日が来るであろう」と諦めたように腕をおろした。

「期待しているわ」

「それでだが、気掛かりなのはタデウシュのことであろう」

スタルィは話を戻した。

「忘れてなかったのね」

マヤは深くため息をついて、「これまで考えもしなかった。自分が結婚して、子供を授かり、家庭を持つ可能性があるなんて。当たり前のことのはずなのに」

しばしの間を置いてから、ぼそりと尋ねた。

「あなたはどう思う？」

「生物として当然のいとなみだ。交配し、繁殖せねば、種は絶えてしまう」

スタルィは、正面からマヤを見た。

「だが人間は理性を備えている。生物としての本能をも凌駕《りょうが》しうる、理性というものを。それを行使せよ。いかなる結論を導くとしても」

「そうね。ありがたく参考にするわ」

「おれに意見を求めること自体、理性に対する冒瀆《ぼうとく》だ」

マヤは突きつけられた視線から逃れるように、海を見つめる。

太陽は既に姿を消し、ほのかに色付いている紫色の地平線が、その余韻を僅かに留めている。闇に沈みかけた海からは、いっそう波音が大きく聞こえた。全ての生命を育んだ巨大な生物が息づいている音だった。

マヤはふと気に掛かった。

泥から産まれたスタルィにはどう聞こえているのだろう、と。

※

旅順に到着してから、はや一ヶ月が過ぎた。

その間、状況はまるで変わっていない。旅順の幕僚と会う機会は訪れず、セリィすら姿を消したままだった。変化を見せるのは日本軍ばかりで、日を追うごとに刻々と旅順に迫ってきている様子だった。

セリィとの接触が絶えたことで、マヤは自ら情報を得ねばならなくなった。幸いなことに、その手段はすぐに得られた。彼女の知りたいことは、旅順で発行されている『ノーヴィイ・クライ』紙にすべて書かれていたのだ。

同紙は「半官報」という位置付けにある。新聞を発行しているのは民間人ではなく、軍に所属する者たち。だが、なぜか毎号その一面には「官報ニ非ズ」という注意書きがひときわ大きな活字で掲げられていた。軍人が発行するだけあり、そこには戦況が詳《つまび》らかにされていた。

日本軍が南山に到達したのは五月の末のこと。セリィが誇っていた南山の要塞は、日本陸軍が擁する百九十八門の野砲による集中砲火と、金州湾に浮かぶ軍艦からの援護射撃を受け、たった二日で突破されてしまった。

遼東半島の玄関口である南山が日本軍の手に落ちたことにより、旅順へと通じる東清鉄道も封鎖された。それにより中央からの補給は絶え、退路も完全に塞がれてしまった。半島の突端に位置する旅順は、まさに陸の孤島となったのである。


そのような折、マヤたちが滞在する旅館に思わぬ客があった。

扉を叩く音にマヤが応じると、戸口に見つけたのは二人の軍人の姿だ。

眼前に立つ男は、小さくつぶらな瞳に下がり気味の眉。鼻から顎にかけて、濃い髭で覆われている。その優しげにも見える露国男児の肩には、浅緑色の肩章《けんしょう》が飾られていた。将官以上の者だけに与えられる色だった。

「マヤ・カロニムス殿で間違いないな？」

「そのとおりです、閣下」

「遅くなった」

朴訥《ぼくとつ》とした口調で短く告げると、それで話が終わったとばかりに口を閉じてしまった。

マヤは呆《ほう》けたような表情を浮かべる。

すると、将官の背後に控えていた体格の良い従卒が、直立不動の姿勢で言葉を添えた。

「露国軍が呼び寄せたにもかかわらず、カロニムス殿を一ヶ月もお待たせしたことは非常に遺憾《いかん》である。と、コンドラチェンコ少将は仰せになっております」

マヤは身を固くする。従卒が告げたのは、東シベリア狙撃歩兵第七師団長であり、実質的な旅順要塞防衛の指揮官の名前だった。

露国軍は階級社会であり、士官の半分は世襲貴族である。コンドラチェンコはそれと異なり、裕福な家の出ではなかった。工兵科をはじめ、複数の軍事アカデミーを最優の成績で卒業し、実力で今の地位を得たのだ。ただ戦場での彼はその頭脳より、常に最前線に身を置いて言葉少なに兵たちを率いる猛将として知られていた。

マヤは、そこでふと思い出す。

「セリィさんは、どうされたのでしょう？」

当初の予定としては、彼の仲介により旅順の幹部と面会するはずであった。

「灰色《セリィ》？」

コンドラチェンコはその名に聞き覚えがなかったようだが、突然顔を顰《しか》めて言う。

「ああ、総参謀部のメジンスキーのことか。奴なら帰らせた」

日本軍によって露国中央へと帰る道が封鎖されている以上、実態は旅順から叩き出されたということなのだろう。

従卒が補う。

「少将は、諜報部門の無能さに心底憤《いきどお》っておられます。総参謀部が日本に派遣した諜報武官は、日本人が操る漢字のことを大真面目に暗号であると報告してきたほどです。メジンスキーなど邪魔なだけですので、旅順要塞から放逐《ほうちく》してやりました」

「奴らの情報が確かなら、部下たちも死なずに済んだのだ」

「そうなのですね……」とマヤは戸惑うような声をあげ、「では、わたしはどうすれば良いでしょう？」

自分が旅順まで来たのは、その無能なスパイ気取りの手引きによるものである。

「貴君の招聘《しょうへい》は、総参謀部の独断によるものです。失敗続きの総参謀部は、泥徒についての助言者を送り込んでおくことで、後にその功績を主張するつもりだったのでしょう。貴君におかれては、戦いが終わるまで旅順に逗留して頂けますよう」

「無駄足を踏ませて済まない」

コンドラチェンコは、露国軍の高級将校らしからず素直に謝罪した。

「申し訳ないとおっしゃるのであれば、ひとつお願いを聞いて頂きたいのですが」

「聞こう」

「もし戦場で泥徒が用いられるというなら、ぜひこの目で確かめたいのです。観戦の許可をお願いします」

「断る。好奇心のために命を落とすぞ」

「好奇心ではありません。泥徒の普及を推し進めてきたのはカロニムス家です。そのことがいかなる結果を導いたのか、見届けなければなりません」

「何を見るというのだ。戦場での泥徒の有用性を知るためか？」

「違います」

マヤはきっぱりと否定した。

「泥徒は兵器ではありません。そのような使われ方を避けるためにも、現実を知っておきたいのです」

コンドラチェンコの視線が、鋭さを増す。

「ならば、問いを変えよう。貴君の家が泥徒の普及を推し進めたと言ったな」

「はい」

「泥徒により部下が命を落せば、責任の一端は貴君にあることになるが」

マヤは、その問いの意味を嚙み締めてから、

「そのとおりです」

そこで会話は途絶えた。

二人は口を閉ざし、ただ視線を交わした。そうするうち、少将の額に青筋が浮かび上がってくる。傍らにある従卒は、おろおろと視線を彷徨《さまよ》わせた。

それでもマヤは、僅かにも目を逸らそうとしない。

小さく息を漏らしたのは、コンドラチェンコの方だった。

「よろしい」

と僅かに口の端を持ち上げた。

「私の名で、従軍特別許可証を発行しよう」

そう言うなり、足早に旅館の廊下を歩み去ってゆく。その背中を、従卒が小走りで追いかけた。

二人の足音が遠ざかったところで、スタルィが口を尖らせた。

「どういうつもりだ。前線で戦いを見るなど、危険極まりない」

「言われなくても分かってる」

だが、マヤは戦場というものを真に理解していたわけではなかったのだ。

※

従軍特別許可証は従軍記者などに交付されるもので、要塞内に立ち入ることが可能となる。マヤがそれを使用する機会を得たのは一九〇四年八月十九日。日本軍が旅順要塞への総攻撃を開始

した、その日のことである。

両軍の勝利条件は明確だった。

旅順を取り囲んでいる山陵を越えることができれば、日本軍の勝利。

それを許さなければ、露国軍の勝利である。

日本軍の目標は、半島の突端にある旅順港に停泊する太平洋艦隊に、直接攻撃を加えることだった。そのためには、旅順を護っている山陵に登攀《とうはん》し、旅順港を射線上に捉えねばならない。それら山々は、標高が二百メートルに満たないものだ。普段なら、山頂に辿り着くまでに三十分とかからない。

だが今、その登頂を果たすことは如何なる峻峰《しゅんぽう》より困難となっていた。旅順を包む山陵の全ては、二十万樽ものコンクリートを使用し、堅固な要塞が築かれていた。山頂には大口径の火砲が並び、斜面にも機関銃を備えた多数の塹壕《ざんごう》が設けられてもいる。露国がその築城術の粋を凝らして造った、殺戮兵器へと姿を変えていたのだ。

その旅順の山を、五万人の日本兵たちが登り始めた。


日本兵の命がけの登山を、マヤは望臺《ぼうだい》と名付けられた山の中腹から眺めている。

露国の主要防衛線は、東鶏冠山堡塁《とうけいかんざんほるい》、盤龍山堡塁《ばんりゅうざん》、二龍山堡塁《にりゅうざん》を結んで作られている。そのすぐ背後に望臺は位置していた。最前線の堡塁が百二十メートル程の高さの山に築かれているのに比べ、望臺は百七十メートルの高さがある。その名のとおり、戦場全体をよく見渡せた。

マヤが身を潜めているのは、清国がこの地を支配しているときに築かれた古い塹壕の中。頂上の砲台から少し離れていたが、安全とは言えない。目標を逸れた日本軍の砲弾が、いつ直撃するとも知れなかった。だが従軍記者であろうと、観軍武官であろうと、あるいはマヤのような見物人であろうと、戦争をその目で捉えたいのであれば前線に身を置く他なかった。

「日本軍が防衛線を突破しそうな気配があれば、すぐに退避するぞ」

すぐ傍らでスタルィが叫んだ言葉は、

「なんですって！」

マヤの耳には届かなかった。

夜が明けきらぬうちから、砲撃の応酬が続いている。

日本軍は、十二センチおよび十五センチの大口径砲二百八十門を、露国軍の堡塁に打ち込み続けていた。対する露国軍も、各山頂に据えられているカノン砲で反撃する。片時も止まぬ砲音に、マヤの鼓膜は破れんばかりだった。

その砲音に、小気味良いラッパの音が重なる。日本軍の突撃ラッパだ。

麓《ふもと》から、山肌が茶色で塗り替えられてゆく。茶褐色の軍装に身を包んだ日本兵の大群が、斜面を駆け上がってきた。

視界を確保するため、山肌からは全ての樹木が伐採され、岩が転がるだけの荒涼とした姿に変わっていた。遠く離れたマヤにも、日本兵の姿はよく見えた。斜面に築かれた塹壕にいる露国兵の目には、なおさら露わに映っていることだろう。

塹壕の中で、露国兵たちは機関銃の引き金を絞った。

毎秒十発の速度で放たれる弾丸が、日本兵の身体に尽《ことごと》く吸い込まれる。

日本兵たちは、前方にある者から規則的なまでに銃弾をその身に受け、両腕を天に衝き上げ血しぶきと共に崩れ落ちてゆく。

身を隠せる場所はどこにもなかった。

日本兵が取りうる選択肢は、前に進むことだけ。

だが、その必死の突撃も遅々として進まない。斜面には幾重にも鉄条網が張り巡らされていた。それを乗り越えようと、日本兵のひとりが鉄線に手をかける。途端、びくりと身体を震わせた。鉄線を握ったまま動きを止めると、身体からぶすぶす煙が立ちのぼり始める。鉄条網には、高電圧の電流が通っていた。前進を妨げるだけでなく、それ自体が殺傷能力を持つ兵器だった。足を留めた日本兵たちに、容赦なく弾丸が浴びせかけられてゆく。鉄条網に沿うようにして、死体の山が積み上がっていった。

それでも、日本兵たちに後退は許されなかった。斜面を這い上がり、鉄条網を支える杭を素手で引き抜いてゆく。死に際に自らの歯で鉄線に喰らいつき、噛み千切ってみせる者もいた。数多《あまた》の犠牲によって作られた鉄条網の綻《ほころ》びに、兵たちが殺到する。

鉄条網を抜け出した日本兵たちは――唖然として斜面を見上げる。坂の上から、巨大な鉄球が転がり落ちてきている。それは、海軍が用いる機雷を改造した巨大な爆弾。軍艦でさえ一発で撃沈させるその大火力は、本来なら生身の人間に向けられるべきものではない。

立ち竦む日本兵たちの前で、球体は炸裂する。

激しい爆風に、人体が脆《もろ》くも四散する。爆煙が風に散ると、そこに人の形を留めるものは無く、えぐられた地面に深い血溜まりが残るばかりだった。

「もう、十分だろう」

息をつくことも忘れたように戦場を見つめるマヤの肩を、スタルィが揺さぶった。

「日本軍が、泥徒を使用してくる様子もない。これ以上は同じことの繰り返しだ」

振り向いたマヤの顔は、血の気が失せたように青褪めていた。

「いえ、もう少しだけ……」

そう言うと、再び山の向こうへと視線を投じた。

初めて目にした戦場の上には、騎士物語に描かれるような華麗な剣技の応酬も、名誉に彩られた華々しい最期もない。

そこに溢れる物質的な死を、マヤは己の目に焼き付けた。

※

旅館の食堂は客の姿がまばらで、ナイフが皿を打つ音がやけに大きく響いた。

テーブルに並ぶ品々も同じく閑散としており、塩茹《しおゆ》でされた馬鈴薯《ばれいしょ》と、香草と一緒に焼いた馬肉だけ。八月に入ってからは、牛肉が食卓から消えた。緒戦は露国軍が圧倒的に優勢であるとはいえ、補給路が絶たれているという事実は変わらない。節約が必要とされていた。

「ひどいものね」

「確かに、この料理はいただけない」

マヤは無言で白い目を向ける。言いたかったのは戦場で目にした惨状のことだ。

六日間に渡る総攻撃で、日本軍の死傷者は一万五千人を数えた。短い交戦でこれほどの死者が出たというのは、人類の歴史上で記録されたことがなかった。それだけの犠牲を出しながら、なおも日本軍は攻撃の手を休めようとはしない。散発的な攻撃により、新たな死者を生み出し続けている。

「まだ続けるつもりか？」

マヤは返事を詰まらせる。自分でも、どうするべきか分からなかった。

「ただ危険に身を晒《さら》しているだけだぞ」

「……いえ、それは違う。たぶん」

これまで情報としてしか知らなかった、露国の持つ力というのを目の当たりにした。そして、戦争に巻き込まれることがいかなる結果を齎すのかということも。大国の間に挟まれたレンカフ自由都市はこれからどのような道を進むべきか、否応なく考えさせられることとなった。

思いつめた様子のマヤに、スタルィは椅子の背もたれに体重を預ける。

「いかなる理由があろうと、流れ弾を食らえば元も子もない。泥徒が投入される可能性は低いのだぞ」

「それは確かに、あなたの言うとおりでしょうね」

旅順に来るまで、マヤは泥徒が戦争に使われる可能性は高いと考えていた。泥徒はいかなる命令にも逆らうことはない。死を恐れることなく任務を遂行する泥徒は、大きな費用を投じてでも用いるメリットがあるのだと。

だが、日本兵たちは確実に死が待ち受けていると知りながらも、愚直に山登りを続けていた。露国の兵たちも、命を賭することを厭わずそれを迎え撃っている。泥徒も、人間も、命を惜しまないのは同じだった。

そうであれば、製造に多額の費用を要する泥徒を使う意味など見当たらない。そのことを理解しているからこそ、コンドラチェンコも自分に意見を求めようとはしなかったのだろう。

人間の命は、あまりに安い。

「これから、どうなるのだろう」

マヤは物憂げに呟く。

「露国としては、今の状況を維持し続けたいはずだ。おれたちがレンカフに戻るのは、しばらく先になりそうだな」

スタルィは、つまらなさげに言い捨てた。

世界最大級の規模を誇る、露国のバルチック艦隊こと第二・第三太平洋艦隊が近日中にバルト海から日本を目指して発つと、まことしやかに噂されていた。バルチック艦隊が、旅順港内に停泊する太平洋艦隊と合流すれば、日本には万に一つの勝ち目もなくなる。

むろん、そのことは日本軍も知らぬ訳がない。彼らが無謀な突撃を続けるのは、艦隊の到着前に旅順を落とさねばならぬという焦りからだろう。一方露国としては、時間稼ぎをするだけで勝利は揺るぎないものとなる。

「しばらくは、このままね」

勝算がないと知りながら、日本軍は屍《しかばね》を積み重ねてゆくのだろう。マヤの口から、何度目になるか分からないため息が零《こぼ》れた。


マヤの憂いをよそに、日本軍は愚直に攻撃を続けていった。

九月の中頃には、二回目となる総攻撃も図られた。だがそれは、同じことの繰り返しでしかない。むしろ前回に比べて攻撃目標が分散されたことで、露国側が護るのはより容易《たやす》かった。

日本軍の戦術が変わらぬ以上、結果もまた変わらない。

灰色の山肌は、日本兵たちの死体で黒く塗り替えられた。たった五日間の総攻撃で、日本軍の出した死傷者数は五千人にも及んだ。前回に比べて少ないのは、投入できる兵の余力が減ってきたことの現れだった。

度重なる失敗を経て、日本軍は新しい兵器の導入を決断する。

それは、これまで運用してきたものより大型の大砲、二十八サンチ榴弾《りゅうだん》砲だ。もとは東京《とうきょう》湾口の観音崎砲台などに設置されていた海岸砲で、海峡を通過しようとする敵艦を沈めるためのもの。大口径から放たれる二百十八キログラムの砲弾は、厚いコンクリート壁を突き破るだけの威力を備えていた。

とはいえ、それも戦況を覆《くつがえ》すほどのものではなかった。ここまで日本軍が費やしてきた砲弾の数は想定の五倍を超えているとされ、弾薬は枯渇していた。日本軍の新兵器も、時折その砲音によって旅順で暮らす市民たちを震え上がらせただけだった。


そのような折、マヤは旅順市街でコンドラチェンコを見かけた。荷物を抱えた従卒ひとりを背後に従え、要塞へと通じる道を足早に行き過ぎようとしている。

市中で、コンドラチェンコの姿を見かけるのは稀であった。旅順要塞司令官ステッセル中将をはじめ、高級将校たちが日参するのは新市街でもひときわ大きい参謀部の庁舎だが、彼はその瀟《しょう》洒《しゃ》な建物には寄り付かず、堡塁内にある司令部に身を置いた。

日本軍の攻撃時となれば、コンドラチェンコは司令部の中からも飛び出し、最前線に身を晒して指揮を取った。彼と共に戦った兵士の一人は、後にその姿を「旅順にとって全てであり、英雄心を発揮する力でもあり、魂でもあり、思考でもあり、精髄なのでもあった」と表現している。

コンドラチェンコは、自らに向けられた視線に気付いて足を留める。

「壮健の様子で何より」

「閣下の方こそ御身をいたわりください。危険な任務が続いていると伺っています」

「砲火の前に身を晒すのが軍人の務めだ」

その言葉には誇る様子もなかった。

そこで、マヤは従卒が抱えている木箱に目を留めた。少将が頷くと、従卒は箱を開けて中を見せた。ぎっしりと詰められていたのは、リボンのついた鈍い銀色の十字架だ。

「勲章ですか？」

「はい。こちらは聖ゲオルギー軍事勲章戦功徽章《きしょう》。少将は、司令官から勲章授与の権限を委譲されたのです」

従卒が答えた。

「それにしても……ずいぶんと気前の良いことですね」

「これで兵たちの献身に応えられるなら、出し惜しみする理由はない」

さらりとコンドラチェンコは言った。

マヤはふと考える。これほどの数をばら撒くということは、要塞内の士気が低下しているのだろうか。

その訝《いぶか》るような表情を見て取り、「兵たちは弛まず戦っている。だが、決戦に備える必要があるのだ」と少将は短く説明を与えた。

「どういうことでしょう？」

「日本軍に増援があった」

すかさず従卒が言葉を補う。

「日本軍は損耗をした兵を補うため、新たな増援部隊を組み入れています。三回目となる総攻撃の準備だと見られます。これを凌《しの》げば日本軍の再起は困難となるでしょう」

「相手にとって最期の機会だ。死力を振り絞って来る」

微塵の油断もない、巌《いわお》のような口調だった。

「わたしがこの街に留まるのも、あと少しということですね」

コンドラチェンコは一瞬の間を置き、

「そうだ」

とだけ返した。

※

どん、と大気が震える。二十八サンチ榴弾砲の砲音が、日本軍の三度目となる総攻撃の開始を告げたのは、十一月二十五日の早朝のことだった。大砲の煙が霞《かすみ》のように這う大地の上で、日本軍の軍容が整えられてゆく。

それを望臺の中腹から眺めるマヤの唇は、微かにわなないていた。

「あれは、もしかして……」

日本軍の総攻撃が、これまでと異なることは一目《いちもく》して分かった。

隊伍を揃える中にあるのは、生身の兵ばかりではない。

黒光りする鋼板に覆われた紡錘形《ぼうすいけい》の物体が、兵たちに取り囲まれていた。近くに並ぶ兵と比べれば、馬車を二台縦に並べたほどの大きさとなろう。船を仰向けにしたような鉄の塊の底からは、細い木製の脚が無数に突き出していた。その様は、どこか船虫《フナムシ》を思わせた。

「ただの機械ではない。生き物じみた動きだ」

スタルィは身じろぎもせずその物体を凝視した後、結論付ける。

「泥徒だろう」

鋼で覆われた紡錘形の物体は、陸上雷艇「玄武《げんぶ》」と呼ばれる新兵器だった。

大阪砲兵工廠では有馬の仕事を引き継ぎ、実戦的な泥徒兵器の開発を進めていた。有馬の指導を受けた尖筆師たちは、秘律文の改善により泥徒の機能を向上させることは難しいと判断した。

そこで彼らが注目したのは、木製の軀体部分だ。

木製の軀体は工作機械であり、技術の進歩により性能を向上させることが可能となる。より強力な装甲と武器とを組み合わせることが出来れば、自律兵器としての泥徒は実戦に耐えうるものとなるだろう。

その着想のもと造られたのが、陸上雷艇「玄武」である。


旅順の山々に、突撃ラッパの音が響く。

大地そのものが動くように、茶色の軍装に身を包んだ日本兵たちの大群が、麓から押し寄せてきた。露国兵たちの対応はこれまでと変わらない。塹壕の中から迫りくる日本兵へと機関銃を撃ちかけた。


だが、玄武にはそれが効かない。

躯体の底から突き出た無数の脚をわらわらと動かし、緩慢とも取れる歩みで斜面を登ってくる。露国兵たちはそこに火線を集中させるが、銃弾は分厚い装甲に弾かれ火花を散らすだけだった。

そうする間に、玄武は露国兵たちが潜む塹壕に迫ってゆく。

玄武の躯体の側面には、幼虫の身体の眼状紋《がんじょうもん》にも似た、小さな銃眼が並んでいる。玄武は、馬蹄形に掘られた塹壕を跨ぎ越えるように止まると、溝の中に身を潜める露国兵たちを苦もなく撃ち抜いていった。

玄武が穿《うが》った前線の傷口を、後から続く無数の日本兵たちが押し広げてゆく。

そこからは、一進一退の激戦となった。

玄武も無敵ではない。

露国兵たちは戦場に現れた異形の新兵器を、決死の覚悟で破壊しようと試みる。

躯体に飛びついた露国兵が、銃眼から内部へと手榴弾をねじ込む。次の瞬間、玄武の装甲は露国兵の肉体もろとも、激しく吹き飛んだ。

また別の玄武は、斜面を転がり落ちてきた球形の機雷に直撃し、跡形もなく爆散した。

一体、また一体と、斜面を登る玄武の数は減ってゆく。

だがそれでも、時を追うごとに日本軍は山頂までの距離を詰めていった。

激しい戦闘は日没後も続いた。山頂から照射される探陸燈《サーチライト》を受けて、玄武の軀体がぎらりと輝く。銃口から発せられる火花の明滅が、旅順の山々の端々までを彩った。

そして、夜が開ける頃。

一体の玄武が、東鶏冠山堡塁へと迫っていた。剝がれた装甲から覗く、湿り気を帯びた泥の表面には複数の眼球が浮き出ており、ぎょろぎょろと蠢《うごめ》きながら周囲の様子を窺っている。

その手負いの玄武は、東鶏冠山堡塁を護る空堀へと足を踏み出した。ほぼ垂直に掘られている空堀は、五メートル近くもの深さがある。玄武はその底へと転げ落ち、勢い止まらず横倒しに回転しながら、底にある二階建ての兵舎の壁に激突した。

玄武の装甲は大きくへこみ、動作を停止した。

だが、それで十分だった。自らに下された最期の命令を果たすには、もう一歩たりとも進む必要はなかった。

玄武の軀体は、光と熱に変わる。

激しい炎と爆風がコンクリート造りの兵舎を砕き、その内部に詰めていた兵たちをも包んだ。東鶏冠山から、火山が噴火したかのような爆炎が立ち上る。露国兵たちも日本兵たちも戦いの手を止め、呆然と天を見上げた。

吹き上がった炎の柱は、マヤとスタルィの目からも捉えられた。遠く離れていても、肌に熱を感じるほどだった。

「逃げるぞ」

こわばった顔で空を仰ぎ見るマヤに、スタルィは鋭く告げた。

「形勢は覆った。旅順はもう持たない」

「逃げるって言っても……」

山の背後には、旅順市街と海しかない。

「ぐずぐずしている暇はない。ここ望臺にも日本兵たちは押し寄せてこよう」

腰を上げようとしないマヤの身体を、スタルィは軽々と抱え上げる。

「旅館まで戻るぞ」

そう言うなり塹壕から飛び出すと、まだ立ち昇り続ける煙を背中に、砂礫《されき》で覆われた斜面を駆け下っていった。

※

東鶏冠山と同じ爆炎は、時を置きながら二龍山堡塁、松樹山《しょうじゅざん》堡塁、そして二〇三高地からも吹き上がった。夕方に差し掛かる頃には砲音も止まり、替わりに日本兵たちの「バンザイ」の雄叫びが山々にこだました。

同時刻、新市街にある参謀部の屋上では白旗が翻《ひるがえ》っていた。

露国軍は余力を残しながらも降伏を選択したのだ。

参謀部には、コンドラチェンコ戦死の報が届いていた。東鶏冠山堡塁が爆炎に包まれた瞬間、彼は同司令部から幕僚士官に指示を飛ばしていたところであり、崩落してきた大量の瓦礫《がれき》の下敷きとなった。

そのことを知るなり、旅順要塞司令官ステッセルは降伏の意向を固めたという。以前から、彼はいつ終わると知れぬ防衛戦に倦《う》んでいた。徹底抗戦を主張するコンドラチェンコが失われた今、司令官の決断を止めようとする者はなかった。

露国軍が降伏したことは、すぐに旅順市民の知るところとなる。

マヤのいる旅館でも、数少ない滞在客たちが自然と食堂に集まってきていた。様子を窺いに出ていた使用人がその目で白旗を確認した事実を告げると、室内は騒然となった。不安げに視線を交わす滞在客を尻目に、スタルィは椅子から腰を浮かせる。

「どこへ行くの？」

聞こえなかったのか、そのまま廊下へと消えてゆく。マヤは仕方なしに後を追った。

自室に入ったところで、ようやくスタルィは口を開いた。

「では、逃げるとしよう」

「どこに？」

スタルィは旅行鞄の中身を探りながら、

「陸路は日本軍に塞がれている。とはいえ、船で逃げるわけにもいかない。しばらく身を隠すことができる場所を探すしかないだろう」

「どうして？　戦いは終わったのよ」

「戦いが終わったからこそ、だ。血によって雌雄が決された後に始まることは、略奪と相場が決まっている」

「まさか」

「落城後三日間の略奪を許可した、メフメト二世の故実を知らぬのか」

「いつの話よ」とマヤは憮然とした表情を浮かべる。「今の世の中には、戦争中であっても守らなくてはならない国際法というものがあるの」

　秘書の仕事を務めるなかで、自ずとその知識を得ていた。

　一八九九年に開催されたハーグ万国平和会議では、戦争時に遵守《じゅんしゅ》するべき国際法原則が批准《ひじゅん》されていた。合意に至った項目には、非人道的な兵器の使用禁止や、捕虜に対する人道的取り扱いなどと並び、民間人に対する財産の収奪や攻撃の禁止が含まれている。

　露国は万国平和会議の提唱当事国であり、日本も批准国の一つだ。

「今ごろは、降伏条件の交渉を始めている頃でしょう。条件がまとまれば、両国が降伏文書に調印して正式に戦いが終わる。武力が交わされた後は、あとは文明国らしく話し合いで決着をつけるの」

　だが、スタルィには疑いの表情を崩そうとする気配もない。

「とはいえ、これだけの血が流れた後だ。交渉自体が決裂する可能性もある。何が起こっても不思議ではない」

「そうかも知れないけど……」

「状況が分かってからでは手遅れだ。身を隠しておくに越したことはない」

　マヤは俯き、しばし考え込んでいたが、「いえ。ここに留まりましょう」と顔を上げる。

「人間の理性と叡智を信じたい」

「なるほど……それがマヤの決断なら従うしかないな」

　それから、スタルィは小声で付け加える。

「いくら時が移ろうとも、人の本質は変わることがないと思うがな」

　戦闘が終結した直後水を打ったように静まり返っていた旅順市街は、翌日には早くも人の姿が散見されるようになった。

さらにその翌日になると、街に日本兵たちが現れた。彼らに物々しい雰囲気はなく、武器すら携行していない者もいた。占領地の巡回というより、単なる観光にも見えた。だが、旅順市街には露国兵たちも暮らしている。両国の兵士たちは道端で鉢合わせることになった。

すると、一昨日まで命を奪い合っていたはずの彼らは、長年の朋輩《ほうばい》のように握手を交わし合った。露国兵たちは「良き友《シブカ・ズナコム》」としきりに繰り返し、日本の健闘を讃えた。

旅館の窓から街を眺めるマヤの目には、どこか違和感がある光景に映った。表面的な明るさは、おびただしい犠牲があったことの裏返しだろう。時が経つにつれ、戦闘の高揚感は薄れてゆくが、失われたものの大きさは変わらない。その事実の重さが、霧雨のごとく街を静かに湿らせているようにも感じられた。

その雨は、マヤの肩にも降り掛かっている。犠牲者の少なからずは泥徒によって生み出されたものなのだ。

マヤは窓から目を逸らした。

「この分だと、レンカフに帰れるのもそう遠くはなさそうね」

「どうだろうな」

スタルィの声には、いまだ警戒が漂っていた。

「戦いから二日で訪れた平和など、いつまた崩れるか分かったものではない」

※

その不吉な予言は、しばらくして現実のものとなった。

決着から五日目の朝のこと。マヤの滞在する部屋の扉がおもむろに叩かれた。戸口に立っていたのは二人の軍人である。以前にも似た光景を目にしていたが、異なるのはそれが日本兵ということだった。

日本兵が被る軍帽は、マヤの視線よりも少し低くにあった。

「貴君がマヤ・カロニムスで間違いないか？」

やや固い露国語で尋ねてきた。

「そうですが」

「泥徒の専門家として、露国軍に協力していたようだな。二、三質問したいことがある。我々に同行して貰おう」

「だから、油断をするには早いと警告しておいただろう」

背中から、ため息交じりにスタルィの声が届いた。

マヤは振り向ざまに「あなたは黙っていて」と一喝してから、軍人に向き直る。

「確かに泥徒の専門家ではありますが、露国軍に協力などしていません」

「ならば、なぜ戦場にいる？」

「わたしが教えて貰いたいくらいです。それにもし、専門家として助言を与える機会があったなら、今とは違った結果となっていたかもしれませんね」

相手の高圧的な態度に、マヤも挑みかかるような物言いとなった。

軍人は言葉を詰まらせ、

「詳しくは、我が軍の司令部で聞こう」

マヤの方へ一歩踏み出そうとするが――いつの間にか、スタルィの身体が割って入っていた。

「どけ」

軍人はスタルィの肩を押すが、微動だにしない。

「民間人に同行を強制する権利は無いだろう」

「邪魔立てすると、ためにならんぞ」

「道理を説いているだけだが」

「貴様っ」

いきりたった軍人が、腰に帯びた軍刀に手をかけたその時、

「やめてくれ。その人たちは、露国軍とは無関係だ！」

建物を揺るがすような大声が響いた。

廊下の幅ほどもある巨体の持ち主が、軍人の傍らに走り寄ってきた。膝に手を当て、苦しげに呼吸を整える。顔を上げると——

「ミリクさん！」

マヤは声を上げる。そこに現れたのは見慣れた髭面だった。

「久しぶりだな。こんな形での再会でなければ、なお良かったのだが」

横から、軍人が戸惑うような声で尋ねる。

「ミリク殿、いったいこれはどういう訳ですかな？」

ミリクは背筋を伸ばした。

「カロニムスさんが暮らしているレンカフ自由都市というのは、被保護国であって軍を持たない。軍の関係者であるわけがないんだ。それにカロニムス家というのは、代々元老院議員を輩出する名門。手荒に扱えば、国と国との問題となるぞ」

階級社会に生きる軍人にとって、その説明は大いなる効果を発揮したようだ。

「たいへん失礼をば！」

砲声のように声を轟かせると、駆け足で退散していった。

マヤとスタルィ、それにミリクを加えた三人は、旅館を出て海岸へと向かった。

先日まで湾内を占めていた軍艦は、殆どが姿を消している。沈んだ戦艦のマストが点々と海面から突き出し、川べりに生えた葦《あし》のようにも映った。露国が誇った太平洋艦隊は戦いの末に散ったのではなく、日本軍による接収から免《まぬが》れるために自沈を選んでいた。

「ミリクさんは、どうしてここに？」

マヤから向けられた問いに、ミリクはその大きな肩を縮《すく》めた。

「旅行なら良かったのだが、あいにく仕事だ。俺だけではなく、日本中の尖筆師が——いや、尖筆師と呼ぶのも憚られる妖しげな神秘家までもが、ことごとく駆り出されている」

「確かにそうでもしなければ、あれほどの泥徒を運用することは不可能でしょうね」

姿を確認できただけでも、玄武は五十体を超えていた。それだけの数を創り、運用してゆくとなれば、国家をあげての大事業になろう。

「日本に泥徒が伝えられてから、わずか数年であれほどのものを創りあげたなんて。この目で見ても信じられぬ思いです」

「ああ、俺だって同じだ。日本人という民族は既存の技術を応用し、発展させることが得意なのだろう。民族性の問題に帰するのは安易かも知れんがな」

そこで、ミリクの眉間に深く皺が刻まれる。

「こんな使われ方でなければ、素直に称賛したいところだ」

「……はい」

マヤも思わず唇を噛んだ。

長い歴史の中でも、泥徒によってこれほど多くの人間が殺《あや》められた例はなかった。その中には
コンドラチェンコも含まれている。自ら手を下したわけではなくとも、超えてはならぬ一線を超
えてしまったという気がしてならなかった。

「さてと。もっと話したいところだが、こうしているわけにもいかないんだ」

ミリクは、空元気めいた大声を出した。

「どこに行こうが、仕事がおれを追い立てる。今度ばかりは、やりたくもない仕事だが」

「戦いが終わったというのに、ゆっくりは出来ないのですね」

「ああ、むしろ忙しいのはこれからだ」

「また、あの泥徒を？」

「修理不可という札をつけて突き返したいところだが、なんとしても使えるようにしろと上から
命令されている。これから始まる満州での戦いが本番だからな。しばらくは泥徒兵器の整備屋と
して働くさ」

ミリクは自嘲するように言った。

すると、沈黙を続けていたスタルィがぼそりと口を開く。

「泥徒がいかなる行動を取るかは、与えられた命令次第だ。あの泥徒も、もとより兵器として生
まれついたわけではない」

二人の尖筆師は同時に息を呑んだ。

スタルィは気にする様子もなく先を続ける。

「いかなる泥徒でも、仮初《かりそ》めの生命が宿ることは変わらないのだ。それを救おうとするミリクの
仕事は、そう卑下するものでもあるまい」

ミリクは顎髭をごしごしと擦った。

「叱られたのだか、励まされたのだか、良くわからんな」

「どちらでもない。単に事実を告げたまでだ」

ミリクは、がははと声を出して笑った。

「礼を言う。なぜか分からんが、やる気が出た」

軽く手を掲げると、巨体を翻して街の背後に聳える山に向かってゆっくり歩き出す。

「お別れは言いません。必ず、またどこかで！」

マヤは声を張り上げた。

「ああ、約束だ。マヤたちも達者でな！」

振り向いたミリクは髭に覆われた口元を綻ばせ、再び笑った。

※

レンカフ自由都市までの帰路は、マヤが恐れていた遅々とした鉄道の旅とはならなかった。とはいえ、それよりましだったとも言い難い。

旅順を離れる際、マヤたちが乗ることとなったのは船だった。露国軍俘虜《ふりょ》として移送されたのだ。向かった先は日本列島の主要四島のひとつ、四国の北西に位置する愛媛県高浜港である。

俘虜である以上、勝手にレンカフ自由都市へと帰るわけにはいかない。日本国捕虜情報局に対して、自分が露国軍とは無関係であるとの申立をし、帰国許可が下りるのを待たねばならなかった。ミリクからの口添えがあっても、それには時間が掛かった。

滞在中、俘虜の生活は日本政府の管理下に置かれることになる。士官以上の者へは、美術館や博物館を改装して住居が用意された。兵卒たちはそれより扱いが悪く、初めは野営テントへ押し込まれ、しばらくして仮設収容所へと移された。

幸いなことに、マヤは高級将校並みの扱いとなり、ホテル暮らしが認められた。近郊の街までの自由散歩も許されてはいたが、呑気に観光をする気も湧かない。漫然と時間が過ぎるのを待つ日々が続く。

日本国捕虜情報局から帰国許可が下りたのは、一九〇五年四月の中旬になってのことであった。ようやく日本を発ち、独国《ドイツ》経由でレンカフ自由都市への帰途につく。

その途中、思わぬ人物との再会を果たした。


ベルリンのシュレジッシャー駅で、列車の乗り換えをしていた折のことである。マヤたちは手荷物を預け、一等車用の待合室に向かった。そこで、背筋を伸ばして革張りのベンチに腰掛ける、一人の老紳士の姿が目に留まった。

閉じかけた瞼の奥に覗く青い目の輝きは、どこか見覚えがあった。

「ピューリツァーさん」

「これはこれは、カロニムスさんではないですか」

ピューリツァーは声を掛けられるのを待ち構えていたように、すっくと席を立った。傍らには、恰幅《かっぷく》の良い秘書ダニンガムの姿もあった。

「驚きました。まさかこんなところでお会いするとは」

マヤは目を見張る。ニューヨークにいるはずの新聞界の巨人と、独国で出くわすとは思いもしなかった。

ピューリツァーはにやりと口の端を持ち上げる。

「正直を申しますと、偶然ではありません。このところカールスバートに滞在することが多く、ロンドンに引き返すところです。マヤさんがこの駅を通るという情報を得て、しばらく待っておりました」

捷国《チェコ》にあるカールスバートの街は、有名な温泉保養地だった。雲仙とは違って、温泉は身体を浸からせるのではなく飲用する。温泉保養が必要ということは、体調が優れないのだろうか。

「何やら浮かぬ顔ですな」

ピューリツァーは、顔をぐいと近づけてくる。

「旅順では新しい泥徒兵器なるものが使われたと聞いています。その現場に居合わせたカロニムスさんから、詳しい話を伺おうと思っていたのですが……どうやら、あまり乗り気ではないようですね」

「あの街では、見たくないものを見ました」

人々の幸福のために泥徒があるというマヤの理想は、完全に打ち砕かれた。彼の地での泥徒は人々に死を与える存在だった。しかもそこには、カロニムス家の技術が関与していたのだ。

「見たくないものを見た。それは、実に結構なこと」

ピューリツァーは愉快げな声を出した。だが、その表情は真剣そのものだ。

「どこかで、悪しき事が行われているとして。目を背けていれば、その悪が滅びるとお思いですか？」

「そうは思いませんが……」

「秘密にしておけば死滅する悪など無い。悪しきことは一般大衆に知らしめ、明るみに出さねばならない」

さらに、迷いのない口調で続ける。

「私が世界を見続けようとするのは、そのためです。視力を失ったとしても、歩みを止めてはならない。足が動かなくなったら、船で世界をめぐります。それが私の仕事だからです」

マヤはその言葉をじっくりと反芻《はんすう》してから、こくりと頷いた。

「ありがとうございます。わたしも俯《うつむ》くことなく、前を向いて歩み続けようと思います」

「ならば、ベルリンまで足を運んだかいがあったというものです」

満足気に言うピューリツァーに、横からおずおずとダニンガムが申し出る。

「そろそろ、お時間です」

「ロンドンにゆくための列車には、まだ早いだろう？」

「いえ。行き先はパリです」

「なぜ、パリに？」

ダニンガムは懐からそっとメモを差し出した。

「奥様から、パリで購入する宝石のリストを預かっております。結婚を間近に控えるご子息の贈り物としたいとのことですが、高価な品ですので出来れば社主自ら足を運んでほしいと……」

たちまち、ピューリツァーの顔は紅潮してゆく。

「なぜ、私がラルフのために使いっ走りなどをしなければならない。そんな忌々しいリストなど見たくもない。今すぐ、破り捨ててしまえ！」

興奮したように叫ぶと、待合室から出ていった。彼の忠実なる秘書は、足を踏み出しかけたところで立ち止まり、

「旅の幸運をお祈りしています」

軽い仕草で帽子を上げると、小走りで雇用主を追いかけていった。

※

六月のレンカフ自由都市には、はや夏の気配が漂っていた。

自らの屋敷に帰るなり、マヤは熱を出して寝込んでしまった。トマシュは東洋の奇病に冒されてしまったのではないかと取り乱したが、医者の見立てでは単に旅の疲れが出ただけということだった。

マヤの熱は日を追うごとに下がり、一週間が経つ頃には完全に回復していた。だが、体調が戻るに従い、マヤの気持ちはかえって重くなった。日本での出来事を報告するため、スタルスキ家に行かねばならなかったからだ。

「東洋の奇病に苦しまれていると聞き、気が気ではありませんでした。悪化すれば、角が生えてきてしまうところだったとか。ご快復、心から喜ばしく思っています」

アベルは深刻な表情で言った。話に尾鰭がついて伝わっていたようだ。

「疲れが出ただけのようです。ご心配をおかけしました」

スタルスキ家の応接室には、マヤとスタルィ、そしてスタルスキ親子が集っていた。

「疲れもするさ。マヤには重い荷物を負わせてしまった。無事に帰ってきてくれて本当に嬉しい」

「大げさね」

顔を綻ばせるタデウシュに、マヤはいささか硬い笑みを向けた。

それから、マヤは旅先での出来事を語って聞かせたが、その多くは既にアベルたちの知るところとなっていた。旅順には通信社や大新聞社から派遣された従軍記者も多く、情勢は三日と待たず世界に拡散されていたようだ。

マヤが俘虜となって以降の出来事は、むしろアベルたちの方が詳しかった。

「極東のいち新興国が、まさか大露国を倒すことになろうとは。今でも信じられぬ思いです」

アベルは複雑な面持ちで、ゆっくり首を振った。

「日本の勝利は決まったのでしょうか？」

「終戦はまだですが、結果は動かぬものと見て良いでしょう。露国の主力部隊だった満州軍は、奉天の戦いにて壊滅しました。頼みの綱であったバルチック艦隊も大半が海の藻屑となったとのことです」

「何が起こるか分からないものですね」

「その番狂わせを作ったのが、旅順要塞を陥《お》とした泥徒兵器というわけだ」とタデウシュは苦り切った表情を浮かべた。「そのおかげで、ＫＳＦＧは世界じゅうの注目株になった。朝から晩まで引き合いの電話が鳴り止まない。軍事用の泥徒は創っていないと断るだけで、日が暮れてしまう」

「迷惑な話ね」

目が合うと、タデウシュはそわそわと視線を逸らす。

マヤもなんだか落ち着かない気分になり、話題を変えることにした。

「そういえば露国の弁務官はどうしていますか？」

「ああ、彼ですか」

アベルは不快げに顔をしかめる。

「このところ姿が見えませんね。元老院には何の説明もありませんでしたが」

「何があったのでしょう？」

「おそらく、本国に呼び戻されているのかと。敗色が濃くなったことで、露国内の情勢はさらに不安定なものとなっています。革命活動がますます盛んになり、民衆もそれを後押ししているようです。多大なる負担を強いられた結果、極東の小国に負けたとあっては、国民としても黙ってはいられないのでしょう」

「それでリシツキへの締め付けが強くなったのなら、露国民たちに感謝しないと」

タデウシュは、せいせいしたように言った。

「だが、戻ってきたらツケを回されるのは我々の方なのだぞ」

その時、立て続けにドアが二度叩かれた。

顔を覗かせた執事の険しい表情に、アベルは「失礼」と椅子から腰を浮かせた。

足音が遠ざかると、部屋は気詰まりな沈黙に包まれる。

「どうしたのかしら？」

タデウシュはそれに応えず、わざとらしく咳払いをする。釣られるようにマヤが視線を上げると、彼もこちらを見つめていた。

「病み上がりのマヤに、こんなことを訊くのは気がとがめるけど」

しばしの間を置いてから、さりげない調子を装って続ける。

「考えてくれたかい？」

何のことか――とは訊き返さずとも分かっていた。

タデウシュのことは嫌いではない。むしろ、好ましい人物であると思っている。彼と生活を共にすることで、自らの将来が良い方向に進むという確信めいた予感もあった。

それでも、結婚を受け入れるというその一言が出てこなかった。

自分でも理由が分からず、小さく首を傾げる。

すると、斜めになった視界の端にスタルィが捉えられた。思い悩む主人を気にすることなく、だんまりを決め込んでいる。その涼しい横顔に腹立たしさを覚えると同時に、旅順で彼と交わした言葉を思い出した。

――おれに尋ねるな。理性を行使せよ。

わたしはタデウシュのことを、これからの人生のことを、どう考えているのだろう。

自らに尋ねると、不思議なほど滑らかに言葉が溢れてきた。

「タデウシュは申し分のない相手だと思っている」

そう口にしてから、既に答えは用意されていたことに気付いた。

「でも、今のわたしは結婚を求めていない。年齢的には遅いくらいだと分かっているけれど、他にするべきことがあるから」

タデウシュは目を逸らさず、静かに問い返してくる。

「それは、ぼくと一緒にじゃ駄目なのかい？」

「分からない。でも、それでもし成し遂げられなかったら、いつか結婚したこと自体を後悔することになると思う」

タデウシュは、口を結んでじっと黙り込んだ。

彼の中で様々な思いが渦巻いていることが、マヤには痛いほど良く分かった。

だが、それを決して表に表そうとはしないのがタデウシュという人物だった。強固な自尊心と、そして相手への思いやりの中に、自らの感情を押し込めている。いつもの気取った表情は、傷つきやすい心の裏返しだった。

ふいにマヤは何か言葉をかけたいという衝動に駆られたが、すんでのところで耐えた。

自分にはそれをする権利がないと分かっていた。

「そうか」

口を開いたタデウシュは、すっきりとした表情を浮かべていた。

「マヤの気持ちは良く分かった。これからも、ぼくの親友でいてくれるかい？」

それ以上、言葉を重ねようとはしなかった。

「こちらこそ」

差し出された手を、マヤは自然と受け取っていた。

すると、ノックもなくドアが開かれた。

二人は手を取り合ったまま、驚きの視線をドアへと向ける。

開け放たれたドアの隙間に、アベルが立ち尽くしていた。その顔は、白昼幽霊にでも出くわしたかのように、すっかり血の気が失せていた。

タデウシュは、さり気なくマヤの手を離す。

「いったい何があったというんだい、父さん。そんな顔をして？」

「何があった……」

アベルは息子の言葉を繰り返し、戸惑うようにおろおろと視線をさまよわせた。しばらくして答えを見つけると、二人に顔を向けて短く告げた。

「露国が、滅びたのだ」

行き違いの途上

露国《ロシア》の反政府活動を主導してきた細胞主義派《クリエートトカ》が、初めての公式声明「細胞主義宣言」を発表したのは、一九〇五年六月三日のことである。

はじめ社会主義者向けの地下新聞や街頭ビラに掲載されたその内容は、すぐに露国の一般紙に転載され、数日後には通信社の電信記事に載って世界の端々にまで届けられることとなった。

細胞主義宣言

歴史とは、自由民と奴隷の、貴族と平民の、領主と農隷の、そして今日においては資本家と労働者の対立の連続を指す。

いつの時代にも被抑圧者たちは自らの立場に甘んじること無く、圧制者たちとの戦いを続けてきた。ときに戦いは成就し社会革命を導くこともあったが、殆どが圧制者によって叩き潰される結果となったのは貴君らもよく知るところである。

我々は今、階級闘争の歴史を不可逆的な手段によって完全に終結させるために「細胞主義宣言」を起稿する。

階級闘争の最良の結果は権力の転倒であるが、それは最終的な解決手段とは成り得ない。革命の指導者たちが新たな支配層となり、階級が再生産されるからだ。それを回避するため講じられたのが共産主義だが、マルクス・エンゲルスが目指した理想社会は、この世界に現れることはない。抑圧者、被抑圧者という二つの社会構造の対立は、経済活動という皮相的な段階ではなく、より根源的な人間存在によって生み出されているからだ。

被抑圧者が簒奪されているのは、経済的な側面ばかりでなく人間存在そのもの。つまり、思考や身体をも含めた全てである。労働者たちがブルジョワ支配の打倒を画策した瞬間にも、その思考は支配階級に囚われているのだ。

この試論の正しさを示すには、簡単な例を挙げるだけで事足りる。貴君らは、雇用主から右手を上げよと命じられれば、それを拒否できるか。機嫌を損ねて賃金を下げられたくない。あるいは解雇されたくはない。理由は様々あれど、ブルジョワからの命令に従うという一つの結論からは逃れられない。労働者の思考は、行動は、常にブルジョワの手の内にある。

以上から、抑圧者・被抑圧者という二項対立を解消するためには、まず労働者が自らを取り戻さねばならないという前提に辿り着く。

そのための唯一の手段こそ細胞主義である。細胞主義とは理念や思想ではない。労働者がブルジョワ支配を打倒し、自らの集団内に新たな抑圧者層を生み出さないための、実践的な方法論なのだ。

労働者たちは一つの生物とならねばならない。細胞には属性や種類の違いはあれ、何れも一つの生命を構成する部品であり、そこに階級は存在しない。いかなる細胞を欠いても生命は持続し得ないからだ。労働者は結集し、抑圧者を打ち倒す大いなる獣として生まれ変わらねばならない。

共産主義がその成立のために私有財産の放棄を求めるように、我々も細胞主義へと進むために捨て去らねばならぬものがある。それは「私」である。我々は固有性と決別し、偉大なる目標のために力を結集せねばならない。

我々が提唱する手段の実効性は、奇しくも日本帝国によって証明された。人間よりも劣る意志を持たない泥徒《ゴーレム》たちは、それがゆえに一つの獣と化し、露国帝国軍を打ち破ってみせたのだ。

次は、我々の番である。

我々はロマノフ朝の帝国支配を打倒し、抑圧者・被抑圧者という二重構造を持たない国家を興す。階級闘争は過去のものとなり、新しい歴史が始まる。その栄えある最初の一頁に自らの名を刻むか否かは、この稿に目を通す貴君らの決断次第である。我々は今この瞬間、他ならぬ君に呼びかけている。

自らと決別し自らを生きよ、と。

一九〇五年六月　セルゲイ・ザハロフ

※

露国の崩壊から三日を経た、六月二十三日。元老院《セナト》議事堂に据えられた楕円形のテーブルに、十一人の元老が集っていた。

一つだけ欠けているのは、露国の高等弁務官スタニラフ・リシツキの席である。ペテルブルク陥落の報が届くや否や、彼は身の回りにあった金目のものをかき集め、どこかへ逃げ落ちていった。以降、その行方は杳《よう》として知れない。

議場には奇妙な光景が広がっていた。テーブルの上には複数の新聞が積み重ねられ、元老たちは議論を交わすこともなく、押し黙って紙面に目を通し続けている。

目下最優先とされるのは、露国内で発生した事件の全貌を掴むこと。露国に派遣された吏員《りいん》からの報告、独国《ドイツ》、墺洪国《オーストリア・ハンガリー》の情報機関から寄せられる情報などから、状況の分析が進められていた。ただし、早く確実な情報を与えてくれるという点で、新聞報道より優るものはなかった。

現時点において明らかになっていることは、露国の首都が細胞主義を名乗る革命組織によって占領されたこと。そのことにより閣僚の大半が処刑され、ロマノフ家の面々も消息が途絶えたこと。


そしてもう一つ。

ロマノフ朝を滅ぼした細胞主義派を率いる者の名が――セルゲイ・ザハロフということだった。

地下組織として革命活動を続けていた細胞主義派は、ロマノフ朝の滅亡に繋がる革命行動を起こす際、公式に「細胞主義宣言」なる声明を出した。その段において、これまで秘されていた細胞主義派の首魁《しゅかい》の名が明らかにされたのだ。

歴史の表舞台に姿を現してから僅か半月で、ザハロフは露国を自らの手中に収めることに成功したのである。


元老院議事堂の控室の隅に置かれた椅子に、マヤは腰掛けていた。

広げられた新聞を手に、細胞主義宣言の末尾に記された名前に目を落とし続けている。セルゲイ・ザハロフ。それは父が最も将来を嘱望《しょくぼう》した尖筆師《リサシュ》の、そして父を殺《あや》めた張本人の名前だった。

同姓同名の別人という可能性もあるが、直感がそれを否定していた。

沈黙を続ける議事堂とは対照的に、マヤのいる控室は混乱を極めていた。

メモ書きを手にした官吏たちが、室内をせわしなく行き交っている。現地で事件を目撃した者の確たる証言から、出どころの知れない噂話に至るまで。収集されたばかりの情報が、混沌とした状況さながら机上に雑然と重ねられていった。

マヤが広げる紙面に人の形の影が落ちた。

「いつまでそうしているつもりだ？　印刷された文字は、新しい情報に置き換わることがないのだぞ」

当然の事実を口にしたスタルィは、身を屈めてマヤの顔を覗き込む。

「意外と落ち着いているようだな」

マヤは新聞を折りたたみ、顔を上向ける。その表情は怒りに燃えるでも、絶望に沈んでいるわけでもなかった。

「普通に姿を現すとは思ってなかったからね。とはいえ、これほど仰々《ぎょうぎょう》しいものとなるとは予想してなかったけど」

「礎 版《ポドスタベク》を取り戻すのは、これまで以上に厄介なものとなるだろう。露国の革命政府を相手にせねばならないのだからな」

マヤはふんと鼻を鳴らす。

「必要なら、相手の本拠地にだって飛び込んでみせるわ」

「正気か？」

「冗談よ、もちろん」

「それなら良いのだがな……」

スタルィは不安げに眉をひそめた。

さらに数日が経過すると、ロマノフ朝の滅亡の詳細が明らかになってきた。

それは、ペテルブルクで発生した労働者のデモから始まった。

日本との戦争により積み上がった莫大な戦費による皺寄《しわよ》せは、立場の弱い労働者たちの元に押し付けられていた。労働は長時間化し、得られた僅かな賃金もその殆どが税によって差っ引かれた。

我慢の限界を迎えた労働者たちは、環境改善を求めるためペテルブルク市中でデモ行進を開始した。それは当局の承認も受けた、法律の範囲内の行動だった。問題化したのはあまりに膨らみ過ぎたその人数のためだ。開始から数時間で、デモは十万人を越える規模となった。

うねりを打つ人の群れに、露国皇帝ニコライ二世は恐怖した。

不安にかられた皇帝は、デモ行進をする労働者たちを街から排除するよう、ペテルブルク管区軍司令官に命令を下した。労働者たちが抵抗を示すなら、武器を使用しても構わない。そう告げたのだと、報道では伝えられている。

命令を受けたペテルブルク管区軍は、冬宮殿前の広場でデモ行進を待ち受けた。

そして、押し寄せてきた非武装の労働者たちに警告なく発砲した。

労働者たちは、たちまち混乱状態に陥った。狭い路地に殺到しては圧死し、転んでは後に続く者に踏み殺された。数分後、冬宮殿前広場の石畳に残されたのは、物言わぬ死体だけとなった。

デモ行進は霧散したかに見えたが、そうではなかった。怒り狂った十万人の労働者たちは、ペテルブルク郊外で態勢を整えると、武器を手に戻ってきたのである。その組織だった行動の裏には、細胞主義派の存在があったと見られている。

首都防衛を任されているペテルブルク管区軍は、今度はまるで機能しなかった。非武装の民衆に銃を向けさせたことにより、皇帝の威信は地に堕ちていた。兵士たちは引き金を引くことなく、そのまま労働者の列に加わっていった。

怒れる群衆は聖イサク通りを埋め尽くし、中央政府の庁舎へとなだれ込んだ。

突然の出来事に、マリインスキー宮殿にいた各省大臣たち、そして冬宮殿にいたニコライ二世を始めとするロマノフ家の面々には、逃げる暇《いとま》もなかった。露国を混迷に導いた閣僚たちは処刑され、ロマノフ家一族の消息もそこで途絶えている。

そのようにして、三百年の長きに渡り露国を支配したロマノフ王朝は、あまりにあっけない幕切れを迎えたのであった。

状況が明らかになるにつれ、狂騒の中にあった元老院の控室は、落ち着きを取り戻していった。官吏たちは一人また一人と、壁に背中をもたれさせ気を失うように眠りに落ちてゆく。

反対に、元老院議事堂からは議論の声が聞こえ始める。まず必要となるのは、二カ国となった保護国の数に合わせて元老の定数を削減すること。それを皮切りに、滞《とどこお》っていた議事を進めていった。

ようやくマヤが自らの屋敷に戻れたのは、露国の崩壊から十日余りが過ぎてのことだった。

彼女はベッドに倒れ込むと、そのまま泥のように眠りこけた。

翌日になり食堂に向かうと、そこには微笑みを湛《たた》えたトマシュと、暖かな朝食が待っていた。炒り卵が添えられたパンケーキ、カッテージチーズ、そしてミルクが多めに入ったコーヒー。空腹が満たされたところで、ようやく人心地ついた。

「ごめんなさい。連絡もなく家を空けてしまって」

「マヤ様を案じ続けて、かれこれ二十余年。これしきのことでは驚きもしなくなりました」

トマシュは僅かに棘《とげ》のある声を出すと、食堂を後にした。マヤのため郵便物を取って来るのも、長年の変わらぬ習慣だった。

その後ろ姿を見つめ、マヤはしみじみと思う。こうして帰る場所があるのは、トマシュが居てくれるからだ。だが、彼の年齢はもうじき七十を迎える。カロニムス家という重荷を背負わせるには、酷な年齢となってきた。

「本当なら、隠居生活を送らせてあげたいところだけどね……」

そう言うマヤの表情は渋い。トマシュの存在なくしては、家の存続すら危ういことは明らかだった。

「せめて感謝を欠かさぬことだな」

テーブルの反対側から、スタルィの声が飛んできた。

「あなたの口から、感謝なんて言葉が出てくるとは。時の流れを感じるわ」

「聞き馴染みがないというなら、自らの行いを省《かえり》みるべきであろうな。マヤにとっておれの存在は、感謝されるのではなく、感謝するべき――」

「それにしても、これから細胞主義派はどう動くかしらね？」

思わぬ反撃に、マヤは慌てて話題を逸らした。

ザハロフが率いる革命政府は、盤石《ばんじゃく》であるとは言い難かった。ペテルブルクを押さえたとはいっても、ロマノフ朝の支配が及んでいた領域は広く、中部、東部の勢力はいまだ手つかずで温存されている。旧政府軍の反撃が始まれば、早晩革命政府は瓦解するというのが、大方の見方だ。

しかし、スタルィの考えは違ったようだ。

「ザハロフは、事を為すまでに十三年もの歳月を費やしている。旧政府軍の反撃があることくらいは想定しているはずだ」

「いずれにせよ、内戦は避けられないというわけね」

戦争という言葉を口にするたび、自身の心が冷えてゆくようだった。とはいえ、この状況で感傷にひたっている訳にもいかない。

「ザハロフも、しばらく自国内を落ち着かせるのに手一杯になるでしょう。その間に、どうすべきか計画を練らないと」

「そうだな」と相槌を打つスタルィの声はどこか冴えない。

「気になることがあるの？」

「分からぬが、悠長に計画を立てる暇があるだろうかと思ってな」

言い終わらぬうちに、廊下からけたたましい靴音が近付いてきていた。

「マヤ様」

息を切らせながらドアを押し開いたのは、トマシュだった。そこまで慌てふためいた姿は、かつて見たことがなかった。

「差出人の名前がなかったので、中を確かめてみたのですが……」

震える手で一通の封書を差し出してきた。マヤは、真っ直ぐに切り取られた封筒の口に指を差し込み――鋭く息を吸い込んだ。

親愛なるマヤ・カロニムス様
　久しくご無沙汰しています。原初の創造を乗り越えようとするこれまでの貴方の足取り、実に頼もしく拝察しております。ここまで出来るとは思ってもみなかったというのが、率直な感想です。そのお詫びというわけではありませんが、渡したいものがあります。原初の創造に辿り着きたいと願うなら、足りないものがあることはお分かりでしょう。七月二日午後三時、地図の場所でお待ちしています。
あなたの足下に　セルゲイ・ザハロフ

手紙に目を通すうち、マヤの顔は見る間に紅潮していった。

足りない原初の礎版《ピェルボトニ・ボドスタベク》といえばあと一つ——王国《マルクト》だけだ。

だが今更、なぜそれを返そうというのか。自責の念にかられたということはあるまい。自分を誘い出そうとするための罠か。だとしても、露国を落としたばかりの彼が取るべき行動だとは思えない。

「何があった？」

焦《じ》れたようなスタルィの声に、手紙を押し遣る。

「七月二日といえば明後日か。時間がないな」

無造作に破られた地図の断片には、赤い丸印がつけられてあった。露国の国境からほど近い場所だ。それは墺洪国の北東に位置する、レンベルグの郊外を示していた。

「ザハロフの誘いに乗るつもりなら、すぐに発たねば間に合わぬぞ」

「言われなくても分かってる」

マヤの声に苛立ちが混じる。

行けば危険が、行かねば後悔が待っていると分かっていた。だが、彼女には迷っている時間すら与えられなかった。

階下から、急き立《せ》てるようにベルの音が響く。執事室に備え付けられた電話が着信を知らせていた。トマシュが、覚束ない足取りでドアへと向かおうとしたところ、

「いや、おれが行こう」

そう口にするや否や、スタルィは廊下に飛び出した。

食堂に残されたマヤとトマシュは、言葉を交わすこともなく、重苦しい沈黙のままに戻りを待つ。しばらくして戻ってきたスタルィは、訝《いぶか》るように顔をしかめていた。

「アベルからの呼び出しだ。至急、市庁舎に来てくれとのことだ。まったく間の悪い」

「何があったのだろう……」

「理由なら聞いている。露国に続き、今度は墺洪国だ」

マヤの口から乾いた息が漏れる。頭が、状況を理解することを拒んでいた。

「ブダペストで大規模な暴動が発生し、墺洪国政府との連絡が途絶えたらしい。洪国《ハンガリー》は細胞主義派の手に落ちたということだ。双頭の鷲の片翼がザハロフの手でもぎ取られた、とでも言うほうが趣深かったか」

淡々と言葉を継ぐスタルィを、マヤは呆然と眺めることしかできなかった。

※

「早朝から呼び出しをかけてしまったことを、最初に詫《わ》びておきたい」

椅子から立ち上がったのは、墺洪国の高等弁務官フランチシェク・ローレンツだった。議事堂内に居並ぶ元老たちの顔を見回してから、続ける。

「だが諸君らも知るように、事態は極めて急を要している。ライタ川の向こう側を、みすみす細胞主義派に譲り渡すつもりはない。そこで、我が国からの要求を端的に伝える」

「我々にいかにせよと？」

すぐさま反応したのは、レンカフ警備隊の長官だった。

「ブダペストで暴動を企てた工作員が、レンカフ自由都市の領内を経由して、露国に逃れようとしているとの情報を摑んでいる。通過する可能性のある街道を、警備隊に見張って貰いたいのだ」

長官は強張《こわば》った表情を浮かべながら、同意とも否定ともつかぬ様子で頭を揺らした。

ローレンツの求めに従えば、細胞主義派が作り出した大きなうねりの中に取り込まれてゆくことになる。とはいえ、保護国である墺洪国の求めを退けることもまた出来ない。みなが口を開くことを躊躇《ためら》っている状況の中――

「どうされたのですか！」

上ずったアベルの声が響いた。

元老たちの視線が注がれた先には、議場に踏み込んでくるマヤの姿があった。

「ご無礼をお許しください。どうしても今、お耳に入れたいことがあるのです」

スタルィが、控室の戸口から顔を出す。

「手紙の内容を伝えるつもりか？」

「仕方ないでしょ」

横目を送ると、再び元老たちに向き直った。

マヤは小さく息を吸う。この場に来るまでに、覚悟を決めていた。

「わたし宛に、セルゲイ・ザハロフから書簡が届きました。それによれば、彼は明後日の午後三時、レンベルグ郊外を通過する予定とのことです」

にわかにどよめく議場を、ローレンツが大きく手を振って制した。

「スタルスキ殿の秘書の、カロニムス君だったな。そのような手紙がなぜ君のもとに？」

「わたしにも理由は分かりません。ただセルゲイ・ザハロフは、カロニムス家と深い関わりがあります。彼は、父イグナツの徒弟であった人物です」

ローレンツは呻《うめ》くような声を漏らした。それからふと気付いたように、アベルに顔を向ける。

「貴殿はこのことを？」

「はい、イグナツの徒弟に同名の者があったということは。ただ、ずいぶんと昔のことになりますし、珍しい名前でもありませんので。お耳に入れておく必要はないかと……」

ローレンツは表情を険しくしたが、すぐに「まあ良い」と手を払った。それから議場の隅に控えていた秘書に合図を送り、扉を鍵で閉ざさせた。

「ここからは高度の機密事項だ。洪国の暴動はザハロフ本人が企てたものであることを、我が国の諜報機関《クンドシャフトステル》は摑んでいる。彼《か》の者が露国に逃れる際、レンベルグを経由することは十分あり得る話だ」

「ザハロフは、ペテルブルクに居るのでは？」

アベルが尋ねた。

「いや、ザハロフが現地で指揮したのはブダペストの方だろう。自らの名を記し『細胞主義宣言』でペテルブルクの襲撃を予告したこと自体、潜伏先から目を逸らせる狙いがあったと見ている」

ローレンツはそこで言葉を区切ると、マヤに顔を向けた。

「情報提供に感謝する。仮に陽動であったとしても、兵を配しておく価値はある」

「よろしいでしょうか」

すかさずマヤは口を挟んだ。

「ザハロフは、わたしに会うために手紙を寄越してきたのです。指定の場所にわたしが居なければ、姿を見せないかも知れません」

「つまり何が言いたい？」

「わたしもレンベルグに向かいます。軍に同行する許可をいただけないでしょうか」

「ただの待ち合わせではないのだぞ。交戦となる可能性が高い」

「わたしは、この目で父の亡骸《なきがら》を見ました。胸から腹部までを切り下ろされ、内臓を取り去られた姿をです」

マヤは落ち着き払った口調で言った。

「父をそのような姿に変えた人物を、わたしは十三年間探し続けてきました。当然、危険は覚悟のうえです」

ローレンツはつばきを飲み込むと、黙って頭を縦に振った。

※

「高度の機密事項が聞いて呆れるわね！」

マヤは叫んだ。だがその声は、風に吹き散らされた。

「なんだって？」

隣で自動車のハンドルを握るスタルィが、前を向いたまま聞き返してきた。

繰り返すべきか迷ったが、「もういいわ」と背もたれに身を預ける。車には天蓋がついておらず、マヤの髪は風でもみくちゃにされ続けていた。スプリングは硬く、臀部《でんぶ》を突き上げてくる振動と相まって、乗り心地は最悪としか言いようがなかった。

レンベルグまでの移動は急を要するが、秘密裏に行われねばならない。そう言ってローレンツが移動手段として差し出してきたのは、彼が私有する二人乗り自動車。蘭国《オランダ》の自動車製造会社「スパイカー」の最新車両だった。

ガリシアの地でも徐々に自動車が普及し始めているとはいえ、レース仕様の自動車が二台連《つら》なって走ることは珍しい。街道沿いに佇む農夫たちは、いちように物珍しげな視線をこちらに投げかけ、風景とともに流されていった。

当初は、護衛兼運転手が車を運転しており、マヤとスタルィはそれぞれ助手席に収まっていた。だが、そのうちスタルィは横から眺めるだけでは飽き足らなくなったらしい。燃料の補給のため薬局前で停車した隙に、有無を言わさず運転席を占拠したのである。

「ザハロフは来ると思う？」

鬱陶《うっとう》しげに髪を押さえながら、運転席のスタルィに尋ねる。

「どうだろうな」

「聞こえてるじゃない」

「やつの行動は不可解そのものだ」とスタルィはハンドルを指で叩く。

「闇の中を目隠しで歩かされているような気分だ。今この瞬間に、奈落の底へ落ちたとしても不思議はない」

その声には、苛立ちが滲《にじ》み出ていた。

会話が途切れると、ボンネットに積み込まれた六気筒エンジンの甲高い唸り声が大きくなった。先導する車が、急な曲り道に差し掛かる。巻き上げられた土埃で、視界が暗く濁った。

二台の自動車が辿り着いたのは、レンベルグから西に十キロメートルほど離れた、ゴロドクという小さな街だった。墺洪共通軍狙撃兵大隊の宿営地であるここは、ザハロフが指定した待ち合わせ場所から近い。

市街に差し掛かったところで、スパイカーは速度を落とした。タイヤは石畳の上を転がり、マヤの身体に伝わってくるのは緩やかな振動に変わる。しばらくすると、ドーム型の屋根のうえに十字架を掲げた白壁の建物が視界に捉えられた。修道院を改装して造られた、狙撃兵大隊の兵舎である。

先導する車は兵舎を取り囲む塀に沿って進み、営門の前で停車した。運転手は門の傍らに立つ衛兵に何事かを告げ、そのまま敷地内に入っていった。スタルィはゆっくりアクセルペダルを踏み、先をゆく車についてゆく。

兵舎の前には、将官と見られる背の高い軍人が、従卒を伴って佇んでいた。マヤとスタルィが車から降りると、黒い筒形の帽子に襟が立った紺色の上衣を身に着けたその軍人は、踵《かかと》を揃えて敬礼をよこしてくる。その立襟には細かな刺繍が施されており、身なりには細心の注意を払っていることが窺えた。

彼は、自らを狙撃兵大隊の現場を預かる少佐のツァンダーと名乗った。

「事の次第は、フランチシェク・ローレンツ卿から聞いております。情報のご提供、感謝いたします」

ツァンダーは、さして感謝する様子もなく言った。

「レンカフ自由都市元老アベル・スタルスキの秘書を務めております、マヤ・カロニムスと申します。こちらは従者のスタルィ」

「我らに同行されたいということでしたね。フランチシェク卿からの要請とあれば従わざるを得ませんが、くれぐれもお気をつけください。麗しきご婦人の顔に銃弾がかすりでもすれば、責任の取りようがありませんので」

その気の抜けた言葉に、思わずマヤは声を尖らせる。

「危険は覚悟しております。相手は露国を滅ぼした者ですから」

少佐は薄笑いを浮かべた。

「革命家といっても、戦闘に関しては素人です。ザハロフめが我々の前に姿を現せば、それが彼の最後となるでしょう」

「その素人に、墺洪国は自領の半分を掠め取られたわけだが」

横からスタルィが混ぜっ返すように言った。

「事実誤認ですな。ザハロフの一派は、ブダペストを一時的に占拠したに過ぎません。洪国国《ハンガリー》防軍は遅れを取りましたが、じきに我ら共通軍が追い散らします」

それでもなお余裕めいた表情を崩さないツァンダーを、マヤは不安げに見つめた。

その視線に気付いたのか、「情報を分析した結果、過度な警戒は不要であると判断したまで。状況を整理して差し上げましょう」

ツァンダーはそう言い、二人を兵舎の方へと導いていった。


少佐室の机上に、ツァンダーは大きな地図を広げた。

「ここが我々のいるゴロドクの街です。ザハロフが指定した場所は、ゴロドクを縦に貫く街道を五キロほど南下した、この地点で間違いありませんね」

同意を求めるような視線に、マヤは小さく頷き返した。

ツァンダーは指の先で地図を縦になぞる。

「ザハロフはおそらく街道をこのまま北上して、露国に抜けるつもりでしょう。合理的に最短距離を辿っているように見えますが、この辺りは一本道で逃げ場はない。用兵の心得があるならこうはしません」

「正面から突破する自信があるのかもしれない」

「笑えぬ冗談ですな」

スタルィの言葉に、さすがのツァンダーも頬を引《ひ》き攣《つ》らせた。

「実のところ、カロニムスさんたちの移動中に、我らの情報機関がザハロフらの所在を摑むことに成功しました。彼らは十人ほどの小勢です。本来なら、軍が動くほどの事ですらない」

「なら良いのですが」

マヤの表情は曇ったままだった。

「頂いた情報が無駄であったとは言いませんが、全て我々にお任せください。お望みの結果をご覧に入れましょう」

ツァンダーは声を出して笑った。

浮ついたその声は、マヤの不安をいっそうかきたてるものだった。

※

ゴロドクの街から南へ五キロメートルほど下った場所に、地元では緑《ゾルド》の森と呼ばれる手つかずの原生林がある。ザハロフが通過する予定の街道は、その森をまっすぐに貫いていた。夜が明けきらぬうち、マヤたちはその待ち伏せ地点へと向かった。

ザハロフを散々侮《あなど》っていたツァンダーだが、採用した作戦は意外なほど手堅いものだった。

小隊を二手に分け、二百メートルほどの距離を置いて街道脇に伏せさせる。ザハロフが待ち伏せ地点に到達した瞬間、その二つの部隊により退路を塞ぐ。もし抵抗を見せたなら即座に射殺する、というものだ。

少佐自身は、街道から少し奥に入った粗末な納屋に陣取っていた。

農具が吊り下げられた板壁の前に、電信機が据えられている。街道手前の監視地点に潜む通信兵がザハロフらしき人物の通過を認めた場合、すみやかに連絡が届く手筈になっていた。

その納屋の隅に置かれた椅子に、マヤとスタルィは並んで腰掛けていた。

「宜しいですか」

二人に向かって、ツァンダーは言葉を区切るようにして言った。

「許可があるまで、決してこの建物から出てはなりません。カロニムスさんの身に危険が及ぶばかりでなく、作戦に差し障りがあります」

「承知しました」

やけに素直な返事に、一瞬ツァンダーは訝しげに眉をひそめたが、「必ず、お忘れなきよう」と言い残すと、その場を後にした。

マヤは彼の背中を見送ってから、傍らのスタルィに小声で問いかける。

「どうだろう。本当に、ザハロフは来ると思う？」

「予想がつかぬ」

返ってきたのは不機嫌な声だった。

「だが、来ると思っておいたほうが良いだろう。何が起きても対処できるよう、心積もりをしておかねばならない」

「そうね……」

マヤは声を落とした。今になって、ザハロフとの再会をどこか恐れる自分がいることに気付いた。


七月を迎えたばかりにしては、暑い日だった。

風通しの悪い納屋には、ツァンダー少佐や電信機を操る通信兵など、数名の男たちが所狭しと詰め込まれている。日が昇るにつれて、室内はむせ返るほど息苦しくなっていった。マヤは額から流れる汗を拭いながら、ただ時が経つのを待ち続ける。

変化が訪れたのは、午後二時を過ぎた頃だった。

受信機を耳に当てていた通信兵が、突然痙攣《けいれん》めいた動きでカタカタと電鍵《でんけん》を叩き出す。納屋の空気が一瞬で張り詰めた。通信兵は動きを止めると、手元のメモを読み上げる。

「〇二地点より受電。無蓋四輪馬車《カレーシュ》型の馬車が一台、街道を北上中。御者一名、乗員一名」

ツァンダーは小さくため息をつき、蠅を追い払うように手を振った。

「問題ない。そのまま通過させてやれ」

戸口で控えていた若い伝令が駆け出そうとしたところ——

「待て！」

スタルィが発した声に、伝令は驚くように足を止めた。

「作戦行動中だ。無駄口は慎まれよ！」

ツァンダーが怒鳴り声を上げた。

「ザハロフの指定する時間が近い。街道を通過する者があるというのに、なぜ確認しようともしない？」

「無駄な時間を取らせるな……」うんざりした顔を伝令に向け、「いちおう、身元の照会だけはしておけ」

それから、顔を赤らませてスタルィを睨みつける。

「今がどういう状況かも分からぬのか。邪魔をする気なら、即刻ここから叩き出す」

「申し訳ありません」と取りなすようにマヤが口を挟んだ。「ですが、わたしにも不思議に思えます。どうして、通過を許可されたのですか？」

「こちらは、手元にある情報から総合的に判断を下しているのです。ザハロフなら十人ほどの集団で行動しているはず。何より、無蓋の馬車で顔を晒《さら》しながら逃亡する馬鹿はいないでしょう」

「ザハロフが変装しているということは？」

「ゼロに近い可能性を考慮するより、ここで手間取ることの方が遥かに問題です。そうする間に、当の本人がやって来るかもしれない。あなたの従者のおかげで、兵卒だけに任せられる状況ではなくなったのは確かです」

ツァンダーは音を立てて席を蹴った。

「街道の方に向かう。異変があれば、すぐに知らせてくれ」

彼が納屋から駆け出していった後には、気詰まりな沈黙だけが残された。兵たちは口にこそ出さぬものの、苛立ちを身体から立ちのぼらせていた。

スタルィは周囲の様子を気に掛けることもなく、マヤに耳打ちする。

「おれたちも行くぞ」

「よしてよ。これ以上勝手な真似をしたらどうなるか分かるでしょ」

「ここでは状況が摑めない。手遅れになるより、袋叩きにされた方がましだ」

マヤがなおも迷っていると、

「間違いない。来たのはザハロフだ」

「どうして分かったの？」

「純然たる、勘だ」

スタルィの表情は確信に満ちていた。理由を重ねられるより、かえって信じたくなった。

マヤは覚悟を決め、椅子から立ち上がった。

「どこへ行かれるのですか」と、すかさず兵の一人が声を掛けてきた。

「長い間、納屋のなかに留まっていましたので」

恥じらうように返すと、若い兵士は何かを察したように目を逸らした。

スタルィを連れ、そそくさと納屋から出る。吹き付ける風に、汗で湿った背中がひやりとした。数日ぶりに外に出たようだった。目の前の牧草地では、牛たちが体を寄せ合いながら草を食《は》んでいる。

その長閑《のどか》な光景に背中を向け、マヤは街道のある方へと勢いよく駆け出した。

鬱蒼と茂る樹々の間を抜けてゆくと、しばらくして街道の土の色が見えた。道脇の草むらに伏せている兵たちがちらりと振り返り、すぐに目を戻す。彼らから距離を置き、マヤたちも草の中に身を屈めた。

五十メートルほど離れた場所に、無蓋の馬車が止められていた。

お仕着せを纏《まと》った御者が手綱を握り、その後方に目深にシルクハットをかぶった紳士が座っている。濃紺の上衣に水色のパンタロンを穿いた兵士が、馬車の進路を塞ぐように手を揚《あ》げていた。停められた馬車の側面へ、別の下士官が走り寄ってゆく。

「旦那様、この地点は現在警戒中です。速やかにご通過ください」

下士官は声を掛けつつ、車上にある紳士の顔を窺った。

「どうしたんだい？　穏やかじゃないね」

にやけた笑みを浮かべながら、紳士は問い返してくる。世間知らずの地主貴族が、不意の出来事を面白がっている様子だった。

下士官は内心胸を撫で下ろす。帽子の下から覗いている金髪は、ザハロフの手配書に記された特徴――薄茶色の髪とは、明らかに異なっていた。

「お気をつけください。近頃では国家の転覆を狙った不逞《ふてい》の輩《やから》が跋扈《ばっこ》しております。そういった連中から国民を護るのも、我々の仕事でありますので」

「その不逞の輩っていうのは、例えば細胞主義派のような？」

余計なことを口にしたせいで興味を引いてしまったようだ。軽く悔いたが、仕方なしに説明を与える。

「はい旦那様。細胞主義派の連中は由々しきことに、我々の皇帝にして王であらせられるフランツ・ヨーゼフ一世陛下の御領地を、汚れた靴で踏み荒らそうとしているのです」

「汚れた靴はないだろう」

紳士はからかうように言った。

「こうして馬車で移動してやっているというのに。別に、フランツ・ヨーゼフに敬意を示すためではないけれど」

追従《ついしょう》の笑いを浮かべかけた下士官は、そこで口元を引きつらせた。

今、この地主貴族風の男は何と言った？

恐る恐る視線を上げると、男は馬車の上から身を乗り出すように、ぬっと顔を寄せてきた。

「ひどく混乱しているようだね」

ぎょっと目を剝いた下士官の表情に、忍び笑いを漏らす。

「思考を読み取ったわけじゃないよ。眼球の動きを見れば、きみがいかなる心理状態にあるか理解することができるのさ。緊張すると目が泳ぐなんて言うけれど、むしろ脳活動が低下すると動きは鈍化する」

「ずいぶんとお詳しいのですね」

「そりゃあ当然だろう。泥徒の創造には、人体の知識が欠かせない」

「いったい、あなたは……」

「そこまで察しが悪いというのは予想以上だ。まだ、人間という存在には研究の余地があるのかもしれないな」

男は軽く咳払いをしてから、よく通る声で言った。

「ぼくの名はセルゲイ・ザハロフ。諸君、わざわざ出迎えご苦労なことだ！」

下士官の混乱は頂点に達した。

男の特徴は手配書とはまるで違っているが、ふざけているだけとは思われない。考えがまとまるより先に、軍人としての本能が肩にかけた小銃を構えさせた。

「セルゲイ・ザハロフ。両手を上げて投降せよ。抵抗するなら、この場での射殺を許可されている」

その声は、遠く離れたマヤの耳にも届いた。

「ザハロフですって？」

腰を上げかけると、スタルィに肩をぐっと押し戻された。

「動くな」

その張り詰めた声に、慌てて身を伏せた。

草の中に隠れながらも、思考が頭を駆け巡る。馬車の男は、どう見ても彼女の知るザハロフではない。同姓同名の別人だったということだろうか。だとすれば、自分に手紙を寄越したのは誰になる。

刻々と移り変わる状況が、彼女の思考を妨げる。

硬質な金属音がひとつ鳴り、立て続けに森じゅうからこだました。兵たちが、小銃のボルトハンドルを引いた音だった。その威嚇するような響きのためか、ザハロフは素直に馬車から降りてきた。

だが、自らに向けられた銃口を気に留める様子もなく、しきりと辺りを見回している。

「両手を上げろ！」

「こんなところで、足止めを食っている暇はないんだけれど……仕方ない」

ザハロフは獣が獲物を捕らえようとするような、感情のない眼差しを下士官に向ける。

「押し通ることも、やむ無しか」

タン、と咳払いのような乾いた音がした。

ザハロフは自らの胸元に目を落とす。上衣が綻《ほころ》び、そこから血液が滲み出ていた。

馬車を止めていた兵卒が構える銃口から、薄く白煙が立ち上っていた。

「馬鹿者っ！」

下士官は怒鳴り声を出した。

参謀本部からは、ザハロフを生きたまま捕らえよとの命令が下されていた。殺してしまえば交渉の材料とならず、情報を聞き出すこともできない。

「なぜ叱るのかな？」

すぐ傍から声が聞こえた。

下士官がゆっくり首を巡らせると、ザハロフが先程と変わらぬ様子でこちらを見つめていた。

「きみを救おうとしたんだ。かけるなら、感謝の言葉の方が適切だね」

唇をわななかせる下士官に、さらに続けて言う。

「ただ、無抵抗の僕を銃撃したことは明らかに戦時国際法違反だ。その報いは受けてもらわねばならない」

ザハロフは馬車へと身を翻した。

「忠実なる下僕《しもべ》よ、ザハロフの名をもって命じる。ぼくを攻撃しようとする兵たちを、今すぐに排除せよ」

御者は手綱を離し、バネのような直線的な動きで御者台から跳ね飛んだ。

直後、下士官の眼前に着地する。その瞬間、下士官の脳裏をよぎったのは場違いな感想だった。

――これでは御者は務まらぬではないか。

先程までと異なり、御者の指はひとつに融合し、先端は犀《さい》の角のように尖っていた。

その手が、下士官の胸の中央を滑らかに刺し貫く。

完全な静寂が街道を包む。草むらに潜む兵たちは、悪夢に迷い込んだかのようなその光景を見守るだけだった。

ただ一人、指揮官だけは自らの職務を忘れていなかった。

「小隊構え」

ツァンダーの金切り声がしじまを破る。

「撃て！」

兵たちは我に返った。

数多《あまた》の炸裂音が、緑の森を埋め尽くしていった。

茂みの中で膝をつきながら様子を窺っていたスタルィは、即座に銃弾の向から先から目を逸した。

「逃げるぞ」

「え」

マヤが聞きそこねると、切羽詰まった表情で繰り返す。

「逃げると言っている。泥徒二体が相手では、お前を護りきれない」

「泥徒が、二体？」

「当然であろう。銃弾を身に受けて、平気な顔をしている人間があるか」

銃弾が飛び交う中、ザハロフは平然と立ち尽くしている。生身の人間でないことは間違いなかった。彼が泥徒だとすれば、創造したのはいったい誰なのか――

「おい！」

マヤの肩を、スタルィが揺さぶった。

街道の上では、御者姿の泥徒も全身に受ける銃弾を意に介すことなく、ゆっくりとあたりを見回している。

すると、弾着の勢いでザハロフのシルクハットが地に弾かれた。

御者は主《あるじ》を狙ったその弾丸が飛来してきた方向に顔を向け、深々と腰を折る。そのまま両腕を地面に突き刺すと、獣のように四肢を使って駆け出した。凄まじい勢いで、草むらに突っ込んでゆく。

直後、引き絞るような叫び声が立ちのぼった。

「見たか。墺洪軍では、あの泥徒に傷ひとつ負わせられない」

不穏な静けさが辺りを包む。

再び街道に姿を現した泥徒は、両腕を天に突き上げていた。そこには、モズのはやにえのように人体が串刺しにされていた。

全身から血を滴らせながら歩く泥徒を、マヤは表情なく見つめる。カロニムス家の技術によって創られた泥徒が、人々に死を振り撒いているのだ。

「……スタルィなら、あれを止められる？」

「馬鹿を言うな。少なくとも二体同時にはできない。最悪、お前は死ぬことになる」

「たとえそうなっても、見過ごすことは出来ない」

マヤの言葉には一切の躊躇《ちゅうちょ》もなかった。

二人は正面から見つめ合う。揺るぎないマヤの視線に、スタルィは目をそばめた。

「お前は愚かだ。救いようのないほどに」と自らの頭髪を掻きむしり、「せめて目立たぬよう隠れていろ」

言い終わらぬうち、街道に飛び出していった。

スタルィは極端な前傾姿勢になり、猛然と地面を蹴りつける。影が長く尾を引いた。

泥徒の方も、自らを脅《おびや》かす存在が接近してくることに気付いた。スタルィへと身体を向け、力任せに右腕を振り抜く。その勢いで、腕に串刺しにされていた人体が砲弾のごとく放たれた。

スタルィは、迎え撃つように足を速める。走りながら上体をひねり、飛来してきた人体をやり過ごす。

続けざまに放たれた人体が、眼前に迫る。

地を滑りながらそれを潜り抜けると、さらに矢のごとく駆ける。スタルィは拳を握りしめ、的を穿《うが》つように泥徒の顔面へと叩きつける。

泥徒の身体が宙を舞った。

地に落ちても勢い止まらず、十数メートルに渡って土の道に太い線が引かれる。

泥徒は腕を地面に突き刺して立ち上がろうとしたが、再び土の上に転げる。その顔面には、深い亀裂が走っていた。

人の身では及びもつかない泥徒同士の戦いを、兵士たちは呆然と眺めている。

するとその時――

「なにをぼうっとしているの。今すぐ逃げて！」

街道に躍り出たマヤが、声の限りに叫んだ。

兵たちは我に返ったように顔を見合わせたが、与えられた使命が持ち場を離れることを躊躇わせた。

その背中を押すように、ツァンダー少佐が喚《わめ》き立てる。

「撤退、撤退だ。各個、所定の地点まで退がれっ！」

上官からの命令を受け、ようやく兵たちは蜘蛛の子を散らすように逃げていった。

路上に現れたマヤの姿に、驚いたのはスタルィだ。

「馬鹿な。隠れていろ！」

すると、背後から呟き声がした。

「マヤじゃないか」

振り返れば、ザハロフが薄く笑っていた。

「良かった。待ち合わせに遅れるのではないかと気を揉んでいたんだ」

ザハロフは胸を撫でおろすと、マヤに向かって走り出した。友人に駆け寄るような、軽快な足取りだった。

スタルィは一瞬の虚を突かれた。

慌てて追いかけたが、その背中は見る間に遠ざかってゆく。泥徒としての能力がまるで違っていた。その事実に、スタルィは恐怖にも似た感情を覚えた。

「久しぶりだね、マヤ。変わりないみたいで安心したよ」

マヤのもとまで辿り着いたザハロフは、息を切らすこともなく呼びかけた。

「あなたの方は、ずいぶんな変わりようね」

「ああ、言われてみれば確かにそうだね」

ザハロフは自らの身体に目を遣った。

そこで遅れて、スタルィが二人の間に滑り込んだ。背中にマヤを隠しながら、ザハロフを鋭く睨みつける。

「すばらしい。これほど優れた泥徒を創れるようになるなんて。原初の礎版を利用したとしても、決して簡単なことではない」

「あなたに褒められて嬉しいと思う？」

突き放すようなその言葉を気に留めることもなく、ザハロフはしみじみと言った。

「ぼくには理解できる。きみがたゆまず歩いてきた、原初の創造を凌駕《りょうが》するための孤独な道のりをね」

「やめて！」

マヤは思わず叫んでいた。

強烈な既視感に襲われた。ザハロフの口調が、話す言葉が、記憶の底に留めていた亡き父と重なった。

「その口を閉ざしなさい。あなたが父の言葉を騙《かた》るのは、許しがたい冒瀆《ぼうとく》です」

ザハロフは目を見開き、きょとんとした表情になった。それから身体を折り曲げて激しく笑い出す。

「何がおかしいの！」

「済まない。怒らせるつもりはなかったんだ。そうか、きみにとってザハロフは憎っくき父の敵《かたき》ということになるのか」

収まりやらぬ笑いに、ザハロフは目尻に浮かんだ涙を指先で拭《ぬぐ》った。

「ちょっと待ってくれ。これなら良いだろう」

ザハロフは自らの顔を、掌《てのひら》で繰り返しこすった。そうするうち、シルクハットからこぼれる薄い金色の髪の毛は、ゆるやかに波打つ黒髪に変わってゆく。

それを目にした瞬間、マヤの脳裏に過去の記憶が呼び起こされた。有り得ない。胸の内で否定しても、目の前の光景が否応なく現実を突きつけてくる。

ザハロフが手を下ろすと——亡き父、イグナツ・カロニムスが十三年前とまるで変わらぬ顔で笑っていた。

※

ザハロフという名の泥徒は、自らの形象を操ることが出来る。ならば亡き父の姿を騙ることも可能なはずだ。しかし、理屈は合わなくてもマヤは確信していた。目の前の泥徒こそ、イグナツ・カロニムス本人に間違いないと。

視線を交わし合う三人のもとに、ふらつく足取りで御者姿の泥徒が近付いてくる。

「手ひどくやられたものだ。これは自信作のひとつだったのだけれど」

その無様《ぶざま》な姿を目にして、イグナツは愉快そうに笑った。

「いくつか尋ねたいことがあります」

尋ねるマヤの声は、幾分落ち着きを取り戻していた。

「好きなだけどうぞ」

「あなたは、父が創り出した泥徒ということですか？」

「そうだとも、そうでないとも言える。自分の認識としては、人間だったイグナツと連続した存在ということになるけどね」

そこで、怪訝そうに首を傾《かし》げた。

「きちんと伝えておいたはずだけどな。ぼくの全てを渡すのは、ザハロフにだって」

「それは家長の座を継ぐという意味かと……」

「それなら、ぼくの全てなんて言い方はしないさ。ザハロフに引き継いだのは、存在そのものだ。人間も、泥徒も、文字によって記述されている。それなら、転記することだって可能だろう」

「自分自身を、泥徒に写し取ったということですか？」

「そうだよ」

イグナツはこともなげに返した。

「ただ、自慢したいわけではないけれど、ぼく以外に可能な者はないだろうね。人間という存在そのものを秘律文に落とし込むためには、当然ながら十種類の数枝を記述できることが前提となる」

「全ての数枝を？」

マヤは、口を薄く開いたまま硬直する。

驚くのも無理はない。今彼は、全ての尖筆師が目指していた究極の頂きを、とうに踏破していたと告白したのだから。

その表情を見て、イグナツは愉快そうに笑い声をたてる。

「大げさだな。それほど難しいことではないさ。だからこそ理解できなかったんだよね。祖父や父が、やっきになって原初の礎版を読み解こうとしていたことが」

「ですが、人間を泥徒に……。そんなことが可能だなんて」

呆然と呟かれたその言葉に、

「試してみたいなら止めはしないけれど、お薦めはできない。自己というものを完全に写し取るためには、脊髄《せきずい》や臓器を躯体《くたい》に組み込む必要がある。失敗すれば取り返しがつかない」

マヤは空洞になった父の亡骸を思い出したと同時に、別の疑問に行き当たる。

「どうしてお父様は、自分自身を殺してまで泥徒の躯体を得ようと――」

息を飲む。

目の前の泥徒を、つい父と呼んでしまっていた。

「マヤが生物としての死にこだわる方が不思議だな。尖筆師にとって、最も重要なのは知恵の蓄積だろう。誰かに託すよりも、最も優れた尖筆師であるぼく自身がそれを深めてゆくのが最善の方法――」

そこまで口にしてから、イグナツは慌てたように手を振った。

「今のは、尖筆師としての理想を語ったまでだ。きみの才能を認めてない訳じゃないよ」

ようやくマヤは理解した。

最初から父の頭には、泥徒の創造のことしかなかったのだ。だからこそ、他を寄せ付けない高みへと至ることができた。人の道を外れ、怪物となることと引き換えに。

「ひとつ尋ねたい」

目を虚ろにしたマヤに替わり、スタルィが口を開いた。

「もちろん構わないよ。泥徒がどんなことに関心があるのか知りたい」

「尖筆師の道を説くのは良いのだが、お前自身がそこから逸れているように映るが。なぜ革命家の真似事なぞをする？」

「露国を滅ぼしたぼくを措《お》いて、真の革命家なんて存在するのかね」

イグナツはわざとらしくむくれてみせたが、「でも実際そのとおりだ。細胞主義なんて言うのは、目的を達成するための方便に過ぎない。きみの言うとおり、まさしく革命家を演じている」

「問うているのはその理由だ」

「弟子たちによって序曲は奏《そう》された。そろそろ、主役がアリアを歌う番だろう」

「何が言いたい？」

イグナツは眉を下げ、鼻から息をつく。

「なるほど、理解力はその程度なのか。分からないなら黙って眺めているんだね。ぼくの創る、新しい世界の幕開けを」

興味を失ったようにスタルィから目を逸すと、おもむろに懐を探りだす。

「いけない。忘れるところだった」

マヤに向かって、ずいと手を差し出す。そこには小さな石が載せられていた。真珠にも似た、歪みひとつない球体だ。

「何だか分かるかい？」

思いつくものは一つしかなかった。

「王国《マルクト》……」

「そのとおり。きみが求め続けていた原初の礎版だ。これは、ぼくの計画にとっても鍵となるものだ。誰かに悪用されないよう、手元に置いていたんだ」

イグナツは、さらに手を突き出してくる。

「遠慮することはない。今更、原初の礎版を参照する必要などないからね。きみが使うと良い」

確かに、スタルィを完全な被造物とするには、どうしてもマルクトが必要だった。そう理解していても、手が動こうとしなかった。

マヤは問いかける。

「かつて、あなたは泥徒を世界に届けたいと言いましたね」

「ああ、そのとおり。だからこそ、ロッサムと有馬を徒弟として迎え入れたんだ。泥徒という智の体系に与《あず》からぬ、遅れた国の者たちを」

「では、二人に泥徒創造の技術を伝えたのは、人々を幸福にするためですか？」

イグナツは微笑んだ。

それは、当惑の笑みだった。

「もちろん、そんな不純な動機なわけがない。彼らは、尖筆師としての目的を達成するための駒だ」

決別の言葉に聞こえた。

マヤは、眼前にある泥徒を鋭く睨みつけた。触れるほどの距離にあるはずのその姿は、今やどこまでも遠くに映った。

「いらないのか？」

横から、スタルィの声がした。

「どうしたのだ。せっかく目的とする物が眼前にあるというのに」

あまりに場違いなその発言に、マヤは咎《とが》めるような目を送る。

スタルィは肩をすくめて返した。

「まあ良い。原初の礎版は、おれが貰うという約束だったな？」

そう言うと、イグナツの手からひょいと原初の礎版を摘《つま》み上げた。

「スタルィ」

マヤは声を荒らげたが、なおもスタルィは取り合おうとしない。指の先で球形の礎版を転がす。

「変わった形だな」

「形だけではない。これはきみの裡に収められている王冠《ケセル》と対になり、存在の起点と終点を結ぶ中心線を成《な》す。原初の礎版の中でも、特に重要なものだ」

「それほど大切なものなら、しっかり持っておかねばな」

スタルィは、礎版を拳の中に握り込む。みしりと音がした次の瞬間、指の間から細かな欠片《かけら》が零《こぼ》れ落ちた。

「何をする！」

イグナツは叫んだ。

その僅かな隙をスタルィは見逃さなかった。凄まじい勢いで腕を払う。

刹那《せつな》、イグナツの首が飛ぶ。血しぶきをあげながら宙を舞う父の生首に、マヤは口元を押さえた。

「この程度で死ぬなら、苦労はない」

スタルィは、すかさずマヤの身体を抱え上げた。

地に落ちたイグナツの頭は、陸に打ち上げられた魚のように口を蠢《うごめ》かせる。

スタルィはそれに一瞥《いちべつ》をくれると、猛然と駆け出した。

「マヤ！」

遅れて、後ろから声が追いかけてきた。

マヤは身を乗り出し、スタルィの肩越しに視線を送る。

イグナツが自らの頭を両手で持ち上げ、輪切りとなった首に押し付けていた。断面から赤い泡が湧き出していた。それでも、笑顔で語りかけてくる。

「気に病む必要はない。自らの道の妨げとなるなら、父をも殺せ。それが、尖筆師たるべき者の在《あ》り方だ」

マヤの背中に悪寒が走る。

路上に立ち尽くすイグナツの姿は徐々に小さくなり、やがて見えなくなった。

※

父との望まぬ邂逅《かいこう》を果たしてから、二週間後。

ウィーン一区アム・ホーフにある墺洪国陸軍省の前で、マヤは青銅の騎馬像を見上げていた。羽飾りのある二角帽を被って馬にまたがる勇ましいその姿は、ヨーゼフ・ラデツキー将軍を象《かたど》ったものだ。墺国軍の父とも呼ばれる英雄は、西西北の方角を指差したまま永遠に静止していた。

「行こう。遅れるわけにはいかない」

後ろから、墺洪国の高等弁務官フランチシェク・ローレンツが急かすように言った。

今、傍らにスタルィはいない。先の戦いで見せた人を遥かに凌駕した力のため、ウィーンへの帯同を禁じられていた。自らの体の一部を、どこかに置き忘れたような気分だった。

マヤは促されるまま、双頭鷲のレリーフを掲げた建物の中へと踏み入った。

参謀科の将校たちは、ザハロフをみすみす国外へと逃れさせた狙撃兵大隊から厳しく状況を問いただした。だが、その場に居合わせた兵たちが口にするのは、耳を疑う世迷い言ばかり。

豪奢な馬車で登場したザハロフは、銃弾をその身に受けても物ともしない。

彼が操る異形の怪物は、武装した兵たちを素手で串刺しにした。

言い訳をするなら、もっとましな嘘があるはずだった。集団的パニックの可能性も疑われたが、それにしては証言は奇妙なほど一致している。そこで参謀科の将校は、証言に共通して現れる人物に注目した。マヤ・カロニムスという尖筆師である。

マヤが通されたのは、窓が小さく薄暗い部屋だった。長方形のテーブルの長辺に、ワインボトルのような深緑色の上衣を着た高級将校が並んでいる。彼らの中に、金ボタンで飾られた鮮やかな青色の制服に身を包む老人の姿を見付け、マヤは思わず背筋を正した。

その姿は、新聞報道を通じて繰り返し目にしていた。墺国《オーストリア》皇帝にして洪国《ハンガリー》王、墺洪軍大元《だいげん》帥《すい》のフランツ・ヨーゼフ一世だ。

フランツ・ヨーゼフは七十歳を越えた今においても、国家のため休みなく働き続けているという。特に軍事に関してはことさら熱心で、作戦立案の現場にも顔を出す。それが大衆向けのプロパガンダではなかったことを、今マヤは知った。

室内を重苦しい沈黙が占めていた。

挨拶でもすべきかとマヤが口を開きかけたところ、

「マヤ・カロニムス殿。ゴロドク郊外での出来事について、知ることを報告して頂きたい」

右端に座る年若の将校が促してきた。

マヤは頷き、淡々と自らの経験を語ってゆく。

セルゲイ・ザハロフは、カロニムス家で徒弟修行をしていた。戦場で使役していた怪物は、自らの手で創り出した泥徒であろう。その性能から判断すれば、今でも尖筆師として高い技術を有していることは間違いない。

ただ、ザハロフが自身の父であるとは言わなかった。人間の存在そのものを泥徒の軀体に移し替える。それは尖筆師の常識と照らし合わせても、あまりに荒唐無稽に過ぎる。理解が得られるとは、とうてい思えなかった。

彼女の報告を耳にした将校の半分は困惑するように眉を顰《ひそ》め、残りの半分は嫌悪に顔を歪めた。

墺洪共通軍の頂点に位置する彼らにとって、アム・ホーフの机上に泥徒という怪しげな呪術を載せるのは、誇りを傷つけられるものだったのだろう。

マヤもその雰囲気から、自分が歓迎されていないことは痛いほど分かった。戸口で控えていた高等弁務官に視線を送り、その場から辞しようとすると、

「ひとつ尋ねたい」

轟くような声がした。

「ザハロフが操っていた泥徒を、君の従者が生身で退けたそうだな。ならば、その従者もまた泥徒ということか」

問いかけてきたのは、中央に陣取るフランツ・ヨーゼフ一世その人である。

「はい、そのとおりです。皇帝陛下」

マヤは型どおりの返事をしてから、一言ずつ選ぶようにその先を続けた。

「ただ、彼はわたしにとって自らの一部のようなものです。いかなる方からの要請であろうと、譲り渡すことはできません」

大元帥は僅かに頬を緩め、「心配せずとも良い。その大切な従者を取り上げようという訳ではないのだ。彼の働きによって、我が兵たちが救われたと聞いている。そのことに謝意を示したい」

そこで眉根に皺を寄せ、

「だが従者が泥徒であるなら、勲章はいずれに授けるべきであろう。本人か、それとも主人である君か……」

考え込んだ大元帥に、慌ててマヤは手を振った。

「勲章など要りません」

「なんと」

「その替わりという訳ではありませんが、ひとつお願いがあります」

すかさずマヤは言った。背後からローレンツの激しい咳払いが聞こえたが、気付かぬふりをした。

「ブダペストにおいて、ザハロフは泥徒を用いたはずです。鹵獲《ろかく》したものがあれば、ぜひとも拝見させていただけないでしょうか」

空気が張り詰める。

最先端の兵器は重要な軍事機密である。鹵獲したものであっても、他国の民間人に披露できるわけもなかった。

「よろしい」

重苦しい雰囲気をよそに、大元帥はさらりと言った。

「泥徒が保管されているのはウィーン市内の兵器収蔵庫だ。そう遠くはない。今から案内してやろう」


フランツ・ヨーゼフ一世の街乗り用の馬車は、質実剛健な箱馬車《クーペ》だった。余計な装飾は施されておらず、車輪の上の泥除けすらついていなかった。マヤはその馬車の所有者と共に、兵器収蔵庫へと向かった。

二頭の馬に牽かれ、馬車は石畳の上を進んでゆく。大元帥は、じっと前方を見据えたままでいる。護衛の馬列から響いてくる蹄鉄の音だけが、マヤの耳に運ばれてきた。その規則正しい音に導かれるように、彼女の脳裏に過去の記憶が訪れては消えてゆく。

初等学校の教師ブラウは言った。泥徒とは人間に成りきれぬものという意味だと。

ミリクは、故障した泥徒の礎版から数枝の一部を削り取るという修理法を教えてくれた。

そして先日、イグナツは自らの計画に王国《マルクト》が重要な役割を握ると口にした。

その数枝に宿されているものが何か、マヤには察しがついていた。

王国という二つ名が意味することは、自己の統治。それを身に宿した泥徒は自らの決定権を手にし、創造主の命令に従う必要はなくなるのだろう。

薔薇窓のついた煉瓦造りの建物の前で、馬車は速度を落とした。

そこが目的とする兵器収蔵庫だった。単なる倉庫ではなく、工術本局の研究所というのが実態だろう。馬車の扉が開かれると、先に下車した大元帥がマヤの手を取って降車を助けてくれた。

雷に打たれたように硬直する兵たちの間を抜け、建物内に進む。

「あれは増床した地階に保管している」

大元帥は、老人らしからぬ足取りで奥へと進んだ。

昇降機が下ってゆくと、壁を殴りつけられているような激しい音がした。それが止むと、操作盤の前に立つ士官がドアを手で押し開いた。地下だというのに天井は高い。電球の光が、弱々しくフロアを照らしていた。

「こちらだ」

大元帥は、迷うことなく狭い廊下を進んでゆく。

突き当りは二重の鉄格子で仕切られていた。前を護る兵士が、硬い面持ちで敬礼を寄越してくる。

「この奥に用がある」

兵士は直立不動の姿勢で応えた。

「恐れながら申し上げます！　この先に保管されている兵器は、いかなる危険を秘めているか解明されておりません——」

「知らぬとでも」

割って入った声に、兵士は即座に反転した。差し込んだ鍵が鉄格子の鍵穴に当たり、カチカチと音を立てた。

二重の鉄格子で護られた部屋は、四方をコンクリート壁に囲まれていた。牢獄のようにも見えたが、便器が置かれていない分それより簡素だった。室の中心に置かれた金属製のベッドには人の形をしたものが横たえられ、その四肢は鉄枷《てつかせ》で固定されていた。

足を踏み出しかけた大元帥に、付き添いの将校が耳打ちする。

「これ以上はなりません。無闇に近付いて、指を噛み千切られた者もあります」

「では、女性の背中に隠れていろということか」

大元帥は悠然と返し、ベッドの側へとマヤを導いた。

横たえられている泥徒は、ぐるりと眼球だけを向けて寄越した。衣服を剝ぎ取られた身体は、人間と変わるところはない。しいて言えば、表情に泥徒特有の平板化が見られるくらいだった。

「先の暴動では、異常とも取れる行動をする者が散見された。素手で窓ガラスを叩き割ったり、銃口の前に生身で突っ込んできたりとな。捕らえてみたところ、人間とは異なる特徴を持つ者が混じっていることが判明した」

大元帥は、苦々しげな表情をベッドの上に向ける。

「これは、我が国の尖筆師にも確認させている。奇妙なほど精巧に出来た泥徒であり、どうやって創られたか見当がつかぬとのことだ。ブダペストの市民たちはハーメルンの笛吹き男よろしく、泥徒の導くがままに踊らされ祖国をザハロフの手に差し出してしまったというわけだ」

「わたしも確かめて宜しいでしょうか？」

「構わぬが、注意するように。指を失いたくはないだろう」

マヤは上衣の内側へと手を差し込み、尖筆《リシク》を取り出した。

それを泥徒の胸に突き刺し、目を閉じる。躯体の内部に渦巻く霊息《ネシャーマ》の流れは、これまで触れてきたいかなる泥徒とも異なっていた。

「お言葉を返すようですが」

懐に尖筆を戻す。

「これは泥徒ではありません。人間です」


泥徒とは、人間に至らぬ存在のことを指す。

泥の躯体に数枝を記述することで人間に近付けることも可能ならば、その反対に、人間から数枝を削り取って泥徒へと変えることもまた可能なのだろう。

とはいえ、理論と実践の間には大きな乖離《かいり》がある。人間が主《しゅ》によって記述された存在だとしても、その原初の創造の言語に干渉し、存在そのものを変えることができた尖筆師はこれまでになかった。イグナツ・カロニムスが、最初の一人となるまでは。

「君の口にしたことが事実であるなら……いや、事実なのだろう」

マヤの解釈を聞いた大元帥の顔には、年齢相応の疲れが滲んでいた。

「ザハロフという者がにわかに頭角を現し、露国の革命政党を一つに纏め上げたということも頷ける。対立する者を、自らの意のままに動く泥徒に変えてしまえるなら、これほど楽なことはあるまい」

「ザハロフは相手が誰であろうが、自らの技術を振るうことを躊躇いはしないでしょう」

彼はなんら痛痒《つうよう》を感じることもなく、自分自身を泥徒に変えたのだ。

「なんと恐ろしい……、忌《い》まわしい技術だ……」

大元帥は呻くように言い、落ち窪んだ目をマヤへと向ける。

「君が善良なる者であることを、余は信じる。だが、尖筆師の持つ技術が我が民たちの、いや全ての人類の尊厳を貶《おとし》めるものであるなら――」

フランツ・ヨーゼフ一世は墺《オーストリア》国皇帝としての表情に戻り、決然と言い放った。

「そのようなものは、滅びねばならない」

※

マヤが自らの屋敷に戻ったのは、墺洪軍総司令部での聴取を終えてから二日後のことだった。

「なにか収穫はあったか？」

応接室のソファに寝そべったまま、スタルィは問いを向けてきた。

マヤは無言のまま肘掛け椅子に崩れ落ちると、両手で顔を覆う。うなだれる彼女を、スタルィは無言で見つめた。静寂に包まれる部屋を時間だけが行き過ぎた。

「黙っていては何も分からぬ。何があったのか教えてくれ」

スタルィはそっと声を掛けた。

顔を上げたマヤの目は、赤く染まっていた。

「いいかげん、目を背《そむ》けたくもなるわ……」

深く息をつき、ぽつりぽつりとウィーンでの出来事を語って聞かせた。

「そうか」

スタルィに驚きの色はなかった。

「フランツ・ヨーゼフが示した反応は、為政者《いせいしゃ》として真っ当だとも言える。イグナツはあまりに危険だ。やつが自らの手で作り変えようとするのは国家ばかりでなく、人間の存在そのものだからな」

「危険なのは尖筆師ではなく、イグナツという個人なのよ」

「その違いを皇帝は分かるまい。レンカフには、何らかの制限が課されることになるやも知れんな。少なくとも、今までのように自由には泥徒を創れなくなるだろう」

「わたしたちはずっと枷《かせ》をはめられ続けてきた。これ以上なにを……」

マヤは自嘲めいた笑いを零す。

「わたしが怒るというのも見当違いね。これは、カロニムス家が招いたことなんだから。いいえ。そもそも、カロニムス家を我がもの顔で語ることが間違いだった。真の家長であるイグナツは、今でも存在しているのに」

自らの言葉に打ちのめされるように、その表情は絶望に沈んでゆく。

「わたしの行動は、まるで見当違いのことばかりだった。父の遺志を継いで原初の礎版を取り戻そうとしてきたけど、それは当の本人が持ち出したものだったなんて――」

「くだらぬ」

スタルィは吐き捨てるように言った。

「生まれてからこの方、おれはそんな愚にもつかぬことに付き合っていたというのか」

マヤは顔をこわばらせ、戸惑うようにスタルィを見つめる。その目に、涙が溜まってゆく。

だがスタルィは気にすることなく、激したように続ける。

「イグナツという者の幻影を追おうというのなら、おれはここで降りる。着いてこいと命令されれば、己が身を砕いても拒否する」

「なぜそこまで……」

そこで口を閉ざした。

スタルィは怖いほどの眼差しを突きつけてくる。命を賭して何事かを伝えようとしているのだ。

ゆっくりと息を吸う。心を鎮めてから、再びスタルィに向き直る。

すると、彼は穏やかな口調で、だがはっきりと言った。

「おれが共に歩くのは、お前の選んだ道だけだ」

その意味を噛み締める。胸の奥で、微かな熱が帯びたように感じた。

「わかった」

マヤの声は、まだ惑うように震えていた。

「どこに進むべきかは……これから、きっと見つける」

すると、スタルィはようやく得心《とくしん》がいったように頷いた。短い沈黙の後、どこか気恥ずかしそうに鼻を鳴らしてから、

「それに、忘れてはいないだろうな」

鋭く指先を突きつけてきた。

「おれに、全ての数枝を与えてみせると豪語したのだ。それが果たされぬというのに、足を留めている暇はないだろう」

「でも、原初の礎版は……」

言いかけたところで、気付いた。

スタルィが原初の礎版を破壊したのは、わたしを信頼しているからだ。自らの力で、その記述方法を見つけ出せるに違いないと。

いつの日か、必ずやその期待に応えねばならない。その誓いを、マヤは己の心に深く刻みつけ

た。

「ようやく、まともな顔つきになってきたようだな」

スタルィは口の端を持ち上げた。

マヤは、まだ上手く笑い返すことができなかった。

つい窓外に目を逸らす。夕闇がすぐそこまで迫り、景色は閉ざされていた。明日さえも見通すことができない、自らの将来を映すように。イグナツの思惑も、尖筆師を取り巻く未来も、全ては闇の帳《とばり》の奥にあった。

唯一確かに思えたのは、これから自分たちが歩んでゆくのが決して平坦な道ではないということだけだった。

第三部　一九一二年——王国《マルクト》の消失と再生

歓喜のパレード

針葉樹の深い森の中。道は点在する湿地を避けて右に左にと曲がりくねり、樹々によって視線は遮られていた。人々の往来によって地面はぬかるみ、一歩踏み出すたびに足首まで飲み込まれた。

マヤたちがその道を進むこと、丸五日。足元から伝わってくる感触は、ようやく硬い草地のそれに変わった。視界を塞ぎ続けていた針葉樹の森が霽《は》れると、水面が散らす細かな光が目の奥を差した。

大きな湖だった。遮るもののない湖面を吹き抜けてきた一陣の風が、マヤの頰をひやりと撫ぜた。顔にかかった前髪を手で押さえる。彼女の薄茶色の髪には、白いものが混じるようになっていた。

一九一二年。三十四歳となったマヤは湖のほとりにいた。

その一帯は、マズリア湖沼と呼ばれる場所だった。独国《ドイツ》と露国《ロシア》——現在の正式な国号は露国・細胞主義共和国——の境界に広がる寒帯林地帯だ。ビスワ川、ネマン川、ナレフ川という三つの河川に囲われた土地に、大小二千五百を越える湖と沼がひしめいていた。

湖の清涼な風に乗り、対岸から遠く歌声が運ばれてくる。

同志の腕よ　固く結び

同志の誓よ　高く胸打ち
屈辱の歴史　今日閉ずる
圧政のとりで　よし固くとも
暴圧の嵐　よしすさぶとも
流れる血潮は　敵を砕く鎚
搾取の鉄鎖を　打ち砕かん
時は来ぬ　ゆけ戦いに
時は来ぬ　ゆけ戦いに

「よくもまあ、こんな気の滅入る歌を作れたものね」

力強くもどこか憂いを帯びたその旋律に、マヤは顔をしかめる。

湖の対岸で声を揃えているのは露国の兵士たちだ。歌声の途切れるその時が、開戦を告げる合図となる。マズリア湖沼は、露国を盟主とする細胞主義国側と、独国と墺国《オーストリア》との同盟を核とする同盟国側とがせめぎ合う、戦線のひとつだ。

「歌が聞けただけましと思うことだな。もう少し遅ければ、無駄足となっていた」

スタルィが宥《なだ》めるように言った。

マヤは歌の聞こえる方から目を逸らし、前方を見据える。

湖のほとりから森の中へと線を引くように、切り倒された丸太が人の背丈より高く積まれていた。敵兵を食い止めるための防柵とするためだ。細胞主義国に対抗するには、即興めいた戦術が必要とされる。

「少しくらいは、休憩を取りたいところだけど」

マヤは後方に身を翻《ひるがえ》し、鋭く声を上げた。

「各個、配置について！」

背後には、飾り気のない黒い服に身を包んだ尖筆師《リサシュ》たちが列を成《な》していた。その両肩に掛けられていたのはベイカーライフル。半世紀も前に現役から退いた前装式の小銃である。

マヤは、「レンカフ自由都市義勇輜重隊《しちょうたい》」という部隊を率いていた。

彼女たちが担う役割は、前線までその時代遅れの小銃を運ぶこと。とはいえ、単に物を運んで終わりというわけでもない。

不意に、対岸の歌声が途切れる。

「来るわね」

マヤは後ろ手に合図を送り、自らも駆け出す。尖筆師たちは防柵のすぐ後方まで走り、敷板のない素掘りの塹壕《ざんごう》に身体を滑らせた。

その時、丸太の上で機銃を構える独国兵の目には、敵兵の姿が捉えられていた。シダの葉をかき分けながら迫ってきたのは、四足歩行の獣の群れだ。むろん野生の獣ではない。身体はみっしりと硬毛《こうもう》で覆われ、頭部は鋼の兜によって護られていた。兜の下で、大きく裂けた口蓋《こうがい》に並ぶ切歯《せっし》が光った。

細胞主義国の兵たちは泥徒《ゴーレム》と化し、戦いに適した姿へと変貌を遂げていた。己の意思を持たぬ獣と成り果てる替わりに、生身でも兵器に伍する力を得ているのだ。

森の至るところから姿を現した獣たちは低い唸り声を上げると、いっせいに疾走してきた。

丸太の上の独国兵たちは、敵兵に向かって機銃の引き金を絞る。ミシンを踏むような規則的な機械音が、針葉樹の森に吸い込まれていった。

露国で世界初の細胞主義革命が成就《じょうじゅ》して以来、細胞主義国は世界のおよそ四分の一を占めるまでに版図《はんと》を広げていた。

細胞主義が広げた傘に真っ先に駆け込んだのは、列強によって頭を押さえつけられていた、従属国や植民地である。

ザハロフによって確立された人間の泥徒化は、人的資源をそのまま軍事力に変換することを可能とした。技術力を育むことを阻害されていた国々にとって、細胞主義は暗闇に差し込んだ一条の光に映った。

銃器を作れずとも、泥徒となれば列強に抗うだけの力を得られる。愛国心に駆られた若者たちは、独立のため我先に泥徒化を志願した——と細胞主義各国の宣伝官は美談のように謳《うた》っている。

露国、洪国《ハンガリー》に始まった細胞主義は、隣接する瑞国《スウェーデン》、芬国《フィンランド》ら北欧諸国に手を伸ばした。そこから飛び火するように、清蒙《しんもう》共和国、羅国《ルーマニア》、北東印度《インド》、アフリカ南部連合が、相次いで細胞主義を国是《こくぜ》とした。

むろん、列強諸国がそれを見過ごすわけもなかった。細胞主義が広がることは、自らの富を失うことと同義である。すぐさま武力による干渉が始まった。

細胞主義国は、人々を帝国支配から解放するために。

同盟国は、非道な細胞主義から人民を護るために。

互いが掲げる美名のもと、世界は両陣営の闘いに否応なく巻き込まれていった。

泥徒化した兵たちを前に、独国軍は機械のごとく統率の取れた行動を見せた。

積まれた丸太の上から、次々と兵たちが身を乗り出す。その手に携えられていたのは大口径の散弾銃だ。悠長に照準を合わせている暇はない。機銃の水平射撃を掻《か》い潜《くぐ》ってきた敵兵に銃口を向けるなり、引き金を絞る。

疾駆する泥徒兵の首元が、熟しきった柘榴《ザクロ》のように弾けた。

時を追うごとに、防柵の前には破壊された泥徒の軀体《くたい》が積み上がってゆく。

それでも、敵は尽きることなく押し寄せてくる。

泥徒の一体が、山と積まれた軀体を駆け上がり、高々と跳躍した。空中で口蓋を大きく開くと、独国兵の首元に食らいついた。

泥徒と兵士はもつれ合いながら、防柵から転げ落ちる。

揉み合う両者に対し、他の独国兵たちは躊躇《ためら》いなく銃口を向ける。判断が遅れれば、さらなる犠牲が生じると知っていた。

襲った銃弾の群れが、二人を細かな肉片に変えていった。


戦いを見つめるマヤの表情は冷静そのものだった。もはやその光景は、彼女にとって日常の一部となっていた。

状況は悪くない。防柵を越えてくる敵兵はまばらで、この分なら突破される可能性は少ないだろう。だが、このまま終わるとも思えなかった。細胞主義国が切るべき手札はまだ残されている。

「そろそろだな」

スタルィが呟いた。

その言葉を待ち構えていたように——

「尖筆師、出番だ！」

防柵から声が飛んできた。

既に、スタルィの姿は塹壕から消えている。防柵を駆け上りその向こう側を確認してから、再びマヤの元に戻ってきた。

「それほど大きくはない。分隊級だ」

マヤは声を張り上げる。

「目標、分隊級の団結泥徒《ソユーズ・ゴーレム》。銃の用意を！」

その声に、尖筆師たちは肩からライフルを下ろした。慣れた手付きで腰に帯びた火薬入れを掴み、銃口から注ぎ入れた。続けて、ポーチから球状の弾丸を取り出す。

尖筆師たちは目を瞑《つぶ》り、冷たい鉄の球を握りしめる。

その弾丸は、マヤを中心とする尖筆師によって開発された兵器だった。表面に刻まれた細かい秘律文に霊息《ネシャーマ》を吹き込んでから、砲身に取り付けられたロッドを使い、銃口の奥へと押し込む。

そこまで終えると、尖筆師たちは小銃を抱えて防柵に走った。

積まれた丸太の上から独国兵が手を伸ばし、差し出された小銃を「おう」と掴み取った。レンカフ自由都市は、いまだ軍隊を持つことが許されていない。戦場で尖筆師ができることはここまでだった。

銃を託された独国兵は、にじり寄ってくる団結泥徒を見据える。

鉄兜が地を這っているような姿は、日本軍が開発した陸上雷艇「玄武《げんぶ》」に似ているが、それよりなお生き物じみていた。装甲の下から隙間なく突き出された人の足を、ムカデのように細かく蠢《うごめ》かし迫ってくる。

団結泥徒とは、複数の泥徒を組み合わせて創られた兵器を指す。素材とされた人間の数により、師団級から分隊級まで分かれる。足場の悪いここマズリア湖沼には、小回りの利く分隊級が投入されていた。

接近してきた団結泥徒は、装甲に空いた小さな穴から銃弾を放ってくる。防柵に取り付く兵たちが、次々と転がり落ちていった。機銃を打ちかけても、ことごとく装甲によって阻《はば》まれる。足に狙いを移しても、一本や二本破壊したところで止まる気配もない。

その時、ベイカーライフルの軽い発砲音がした。

乾咳《からせき》のようなその音が続くと、目前にまで迫っていた団結泥徒は、途端ぎくしゃくした動きになった。蹴躓《けつまず》くように大きく傾き、装甲がごろりと仰向《あおむ》けになる。反動で、内側から泥徒たちが投げ出される。その四肢は繊維状に解《ほつ》れ、互いに繋がっていた。

マヤたちが開発した弾丸は、団結泥徒に対して唯一有効な兵器といえた。

ただ、それは兵器とはいえ泥徒を損じるためのものではない。泥徒化の過程で削り取られた数枝《セフィラ》を補い、あるべき姿に引き戻す働きをする。完全に回復させるまでには至らないが、それにより泥徒たちの結合を解くことが可能だった。

泥徒と人間との戦いは続く。

ある所では団結泥徒によって防柵が突き崩され、またある所では地雷で泥徒たちの軀体が四散した。その間も、尖筆師たちはベイカーライフルに幾度となく弾丸を籠め直す。ややあって、一進一退の攻防は独国軍の優勢に傾いてゆく。時とともに押し寄せる泥徒はまばらになり、やがて完全に途絶えた。

森の見渡す限りを、動きを止めた泥徒が埋め尽くしていた。勝利を収めたはずの同盟国側の陣地からは、歓声が上がることもない。兵士たちは疲れ果て、悄然《しょうぜん》とした顔で天を仰ぐばかりだった。

砕けた泥徒たちの軀体を、マヤは暗い面持ちで見つめた。かつて人間だった彼らには、人間らしい最期すら与えられなかった。

「気にすることはない」

スタルィは感情を交えぬ声で言う。

「そのうち土に還る。そうなれば、人間も泥徒も変わりない」

マヤは憂いを払うように、首を振った。

「では、始めましょう。わたしたちの本当の仕事を」

※

マヤたち義勇輜重隊は、舎営地としている村に引き返した。今にも森に飲まれそうなその村は、束の間の活況を呈している。

役場前の広場には、荷車を牽く馬たちが二十頭ほど繫がれていた。馬たちの嘶《いなな》きに、貨物自動車の低いエンジン音が混じる。その前を、肩に担いだ銃を鳴らしながら、兵たちの列が横切っていった。

役場の前に差し掛かったところで、マヤは歩《ほ》を留めた。宿舎に向かう尖筆師たちに「また後で」と声を掛ける。役場の建物から、二人の男が走り寄ってくるところだった。汚れのないツイードの上着が、彼らが兵士でないことを教えていた。

「マヤさん、お時間よろしいですか？」

反射的に、二人の首にぶら下げられた従軍許可証に目を遣る。そこには、顔写真と採血証明とに併せて、ニューヨーク・ワールド社の記者という肩書が記されていた。

「問題ありません。少しでしたら」

マヤはそう返すと、よそゆきの笑顔を記者たちに向けた。無下《むげ》に断るわけにはいかない。細胞主義との戦いは、情報の戦いでもあるからだ。

同盟国側は、西ヨーロッパに本拠地を置くヴォルフやアヴァスなどの通信社を通じ、自陣営の正当性を訴え続けている。細胞主義も、丁国《デンマーク》に本社を置く大北通信社《グレートノーザンテレグラフ》により対抗していた。情報によって憎しみを煽《あお》り、人々を戦いに駆り立てようとすることは、両者ともに変わらない。

米国《アメリカ》は最大の中立国。その動向が趨勢《すうせい》を左右しかねない以上、米国の報道機関には協力的にならざるを得なかった。ピューリツァーが社主を務めていた新聞社は、マヤを好意的に取り上げてくれているだけになおさらである。

記者は胸ポケットから万年筆を取り出す。

「社主の最大の関心事の一つが、カロニムスさんの活動でした。身体が満足に動けば前線に飛んでいったのに、と悔しがっていたと聞いています」

マヤは顔を綻《ほころ》ばせた。一抹《いちまつ》の寂しさが宿る笑みだった。

「わたしの背中を押してくれたのは、ピューリツァーさんの言葉です。もう一度お会いしたいと願っていました」

ピューリツァーが亡くなったのは、昨年のことだった。晩年は体調が悪化し、視力も失われたが、それでも彼の情熱は消えることはなかった。リバティ号と名付けた自らの船で世界を旅し、寄港のたび秘書たちを上陸させ、取材活動に余念がなかったという。

「まだ、社主がどこかで見ているという気がしてなりません。気の抜けた取材をすれば、怒鳴られてしまいそうです」

記者は万年筆のキャップを開いた。

「同盟国側は、細胞主義を採用する国々への非難を強めています。ですが、細胞主義国の多くは経済的に成長し、人々の生活水準も上向いているようです。このことについて、どう思われますか？」

マヤが表情を引き締めると、すかさずシャッター音が響いた。

「わたしが語ることができるのは、この目で捉えたことだけです。泥徒とは、人々の幸福に寄与するためのもの。尖筆師の技術を悪用し、人々を戦いの道具とするザハロフを、決して許してはなりません」

記者はそこで手を止め、質問を挟んだ。

「ザハロフ氏によれば、兵たちを泥徒化するのは犠牲者を減らすためとのことです。生身の兵士を砲火に晒《さら》す方が、むしろ非人道的な行為であると。死亡率を比較すれば、細胞主義国側の方が低いのは事実です」

マヤは眉をぴくりと動かす。

ピューリッツァーの新聞社であろうと、記者は記者である。相手の感情を刺激して発言を引き出すことも仕事のうちだ。一呼吸置き、感情が鎮《しず》まるのを待つ。これまでの経験が、適切な対処方法を教えてくれていた。

「確かに、数字を把握することは重要です。この戦いによっていかに多数の死者を生み出しているか、同盟国側も省《かえり》みる必要があるでしょう。ですが、死亡率だけを引き合いに出して、泥徒化を正当化することもまたできません」

マヤは、村役場のある方へと顔を向けた。

「人が泥徒とされることがいかなる結果を生むか、ご覧になったのでしょう？」

その言葉に、記者は重々しく頷いた。

村役場に足を踏み入れた瞬間、マヤは強い既視感に襲われた。

辺りには、つんとした石炭酸《せきたんさん》と甘ったるい膿汁《のうじゅう》の臭気が立ち込めていた。低い唸り声が至るところから聞こえる。村役場は仮設の救護所として使われていた。前線の病院は世界中どこでも同じようなものだ。板敷きの床には、番号札のつけられた金属製の寝台が、ところ狭しと並べられていた。横たわる兵たちは凍《こご》えたように震え、汚れたシーツを身体に巻きつけていた。

戸口から様子を眺めていると、くすんだ白衣を纏《まと》った体格の良い男が近付いてくる。

「カロニムスさんですね。お噂はかねがね」

軍医部に所属する医師だった。

「ひどいものですね」

「ええ、ご覧のとおりの状況です。我々に出来るのはモルヒネを打つくらいですが、それすらまるで足りていない」

軍医は首を振り、それから思い出したように「こちらへ」とマヤを促した。

薄暗い廊下には、バケツを持った看護卒たちが小走りで行き交っている。渡り廊下を抜けると倉庫に突き当たった。医師はポケットから鍵束を取り出し、鋼製の扉を開いた。

剝き出しの土間に並べられていたのは、三十体ほどの泥徒兵たちだ。肉食獣のように口蓋が大きく裂けた泥徒。四肢の先端が繊維状にほどけた泥徒。いずれも両手足に鉄枷をはめられていた。

「たった、これだけですか？」

「ご理解ください。壊れた泥徒の山からまだ動けるものを選別するのは、極めて危険な仕事です。仲間の命を奪った凶暴な泥徒に命を捧げたいと思う者がいるでしょうか」

「ですが、それでも――」

「十分だろう。これ以上なら、お前の身が持たない」

横からスタルィが諫《いさ》めるように言った。

マヤは無言で頷き返すと、横たえられた一体の泥徒の傍らに膝を折った。

目を眇《すが》めて状態を確かめる。顔にまだあどけなさが残る若い兵士だが、その四肢は古びたロープのように解《ほつ》れている。こめかみには、皮膚が円形に引き攣った深い傷跡があった。

人間を泥徒とする方法は簡単だ。まず、穿顱器《せんろき》を使って頭蓋骨に小さな孔を開ける。そこにペテルブルクから支給された、親指の先程の小さな礎版《ポドスタベク》を押し込む。あとは霊息を吹き込むだけで、人間の身体は泥徒の軀体へと変化していった。単なる屍体に変わる例もあったが、それは尊い犠牲として処理された。

泥徒の眼球がマヤに向けられる。奥行きのない、平板な眼差しだった。

マヤは左右の手のひらで、泥徒の頭部を両側から押さえた。それから固く目を閉じ、霊息を吹き込んでゆく。

脳内深くに埋め込まれた礎版を取り出すことは不可能である。そこでマヤが考えついたのは、大量の霊息を一度に吹き込むという方法だった。小川を堰き止める土砂を鉄砲水が押し流すように、寸断された経路を取り戻す。それは強引であると同時に、極度の繊細さが求められる作業でもあった。全身に張り巡らされた毛細血管のうち、ただの一本を洗い流すようなものだ。

泥徒に流れ込んだマヤの意識は、泥の道を歩いていた。

道の両脇には点々と丸太小屋《イズバ》が並んでいた。そのうちの一軒の、煤《すす》で汚れた小さな窓の奥に、こちらを見つめる若者の姿があった。

「マーマ……」

声がした。

目を開き、横たわる泥徒に語りかける。

「あなたを助けたい。ここがどこだか分かりますか？」

人間に戻るためには、自らの意思が必要となる。思考を巡らし、言葉を発することで、泥徒という存在から遠ざからねばならない。

「ここはどこだろう……。ああ、分からない!」

「あなたは、どこから来たのでしょう。丸太小屋が並ぶ長閑な町並みに、覚えはありません
か?」

すると、宙に向けられた若者の瞳に薄っすら光が灯った。

「思い出してきた……。ブロヒノ。そうだ、おれはブロヒノという町にいた。何も無い町だった。
あるのは、ぬかるんだ道と丸太小屋だけ」

「静かな町だったんですね」

「そうじゃない。たんに田舎ってだけさ」若い男は歯をこぼしかけ、「でも、分からない。おれ
はどこにいる」と不安げな目になった。

「ここはマズリア湖沼という場所。露国との国境です」

マヤは、若者の頬にそっと触れた。

「マズリア……聞いたこともない。なぜ、こんな場所に来てしまった。おれはただ守りたかった
だけなんだ。町を、母さんを……」

指先から伝わる感触が変わってゆく。頬は硬さを増し、煉瓦を触るようになった。それでも、
マヤは語りかけるのをやめなかった。

「町も、お母様も大丈夫。あなたは守ることができた」

「それなら良かった」

安堵するように大きく息をつくと、マヤの目を覗き込んだ。

「あんた、きれいな目をしている。おれの母さんとおんなじ目だ」

若者の顔の中央に一本の亀裂が走る。

次の瞬間、ガラスが割れたように全身が細かい罅《ひび》で覆われた。彼の身体は、自重に耐えかねるように崩れ去り、塵《ちり》となって床を汚した。

マヤは指先で塵に触れる。

「この結果は変えられなかった。最後に救いがあっただけ、彼は幸運だったろう」

慰撫《いぶ》するようなスタルィの声に、マヤは振り返る。

その目は涙に濡れることもなかった。隣に横たわる泥徒に顔を向けると、すぐさま腰を上げる。

「次に取り掛かりましょう。遅くなれば、それだけ難しくなる」

マヤが半日ほどをかけて恢復《かいふく》させることができたのは、七体の泥徒だけだった。床に点々と積み上がった塵の山を見つめ、苦しげに言葉を絞る。

「湖から水を汲み出すようなものね」

「続けていれば、いつか湖も干上がるかも知れぬ」

「残念ながら、雨が降り続けている限り、水嵩《みずかさ》は増すばかりよ」

呟くように言うマヤの髪には、いっそう白いものが目立つようになっていた。

※

敵襲を気にすることもなく、ゆっくり食事を取るのはいつぶりのことだろう。テーブルに敷かれた清浄なクロスを眺めながら、マヤは漫然と思いを巡らせる。戦いから戦いを渡り継ぎ、世界を転々としてきた。自らの屋敷に帰るのは、実に二年ぶりのことだった。

「マヤたちの無事に」

タデウシュが、小さくワイングラスを掲げた。その隣でアベルも同じ姿勢を取る。

マヤの帰還を祝う、ささやかな祝宴が開かれていた。

「ありがとう」

マヤの笑顔には、僅かな翳《かげ》りがあった。大きな怪我もなく帰れたのは幸いだが、それを無事と呼べるかは分からない。戦場に身を置くうち、なにかが損なわれてしまった気がしていた。

ふと窓に目を向ける。芝が刈られているのは正門に続く道の周りだけで、あとは伸び放題になっていた。草に埋もれて、霊息を吹き込まれなくなって久しい泥徒たちが立ち尽くしていた。

この数年来、カロニムス家の財政事情は悪化の一途を辿っている。使用人の数も減り、トマシュの他には、料理人とハウスメイドが一人ずつ残るだけだった。

「ささやかですが、どうぞごゆるりとお召し上がりください」

そう言って、トマシュはワインを注ぐ。その手元はどこかおぼつかない。年齢は七十代半ばに差し掛かり、衰えは隠しきれなかった。

食堂の扉から、奇術師のごとく両腕に皿を載せたスタルィが現れた。

「冷める前に食べろ」

差し出されたのはピエロギだ。ペストリー生地に肉、チーズ、茸やリンゴなどの具材を包んで焼いたもので、庶民的な料理といえた。

「いや、これは美味そうですな」

「お口に合うと良いのですが……」

気後れするようにマヤが言うと、アベルは目を細めた。

「私たちも、贅沢な生活を送っているわけではありませんよ。数年前でしたら物足りなく思ったかも知れませんが」

ＫＳＦＧは五年前に清算されていた。アベルは新たに軍需品の下請け工場を立ち上げ、糊口を凌いでいる。

レンカフ自由都市では、保護国の意向により泥徒の製造が禁じられることとなった。泥徒は細胞主義の象徴だ。泥徒は尽く叩き壊され、その販売店も廃業に追い込まれた。尖筆師たちは、襟のない漆黒の術衣に袖を通すことはなくなった。

マヤは自らに注がれる視線に気付き、ふと前髪に触れた。

「真っ白でしょ」

タデウシュはばつが悪そうに首をすくめた。

「不躾《ぶしつけ》な真似をして申し訳ない。髪が気になったわけじゃないんだ。マヤばかりに苦労を押し付けていると思ってね。本当なら、ぼくも戦場に行くべきなんだろうけど……」

「あなたには他にやるべきことがあるでしょう。子供たちも小さいことだし」

タデウシュは四年前に結婚し、今では二人の子供を得ていた。

「ぼくたちが事業を続けていられるのも、マヤたちのおかげだ。義勇輜重隊がなければ、レンカフ自体がどうなっていたか分からない」

泥徒製造で知られるレンカフ自由都市に対しては、周辺国から厳しい視線が注がれている。マヤたちの働きは、それを払拭するという意味でも大きかった。

「大げさね」

「これでも言い足りないくらいだ。本当にありがとう」

タデウシュは曇りなく笑った。

いまだ若々しさが残るその笑顔を目にし、胸の奥に僅かな疼《うず》きを感じた。自らの選択を悔いるわけではないが、これから伴侶を持つことも、子供を得ることもないという、拭い難い現実を突きつけられたようだった。

「この戦いはいつまで続くのでしょう……」

アベルは暗い面持ちで、マヤに水を向けた。

「見当もつきません。ただザハロフとしては、この状況を引き延ばしたいことでしょう。戦いが続く限り、泥徒は求められ続けます。それが細胞主義の求心力ですから」

「ザハロフね」

タデウシュは、憎々しげにその名を口にした。

「やつは、すっかり英雄気取りだ。信じられないことに、同盟国陣営の中でも密かな支持者が少なくないと聞く」

今や、セルゲイ・ザハロフの名を知らぬ者はない。彼の姿は、連日のように新聞紙上を賑わせていた。

露国・細胞主義共和国の首都は、ペテルブルク郊外に位置するツァールスコエ・セローに移されていた。かつてエカテリーナ宮殿、あるいは夏宮殿と呼ばれていた瀟洒《しょうしゃ》な王宮が、そのまま中央庁舎として利用されている。

ザハロフは、その夏宮殿の中にある琥珀《こはく》の間を自らの執務室とした。

エカテリーナ二世によって完成されたその部屋は、六トンにも及ぶ大量の琥珀で壁全体が埋め尽くされている。旧国の遺産を我が物顔で使用することには批判の声もあったが、創り物のように整ったザハロフの姿がその部屋によく栄《は》えることは、誰しもが認めるところであった。

「この窮状の打開策でも出てきたか？」

銀のトレイを片手に、スタルィが部屋に入ってきた。マヤたちの前にコーヒーカップを置くと、自らも席に腰を落とす。

「簡単にそんなものが思いつくなら苦労はないわね。繰り返し出てくるのは、ため息ばかり」

イグナツの演出により、世界は書き換えられつつあった。彼が有馬に渡した小さな原初の礎版《ピェルボトニ・ポドスタベク》が、泥徒をめぐる戦争の火種となった。それをザハロフが焚き付け、世界じゅうに炎が広がっている。

もしロッサムの試みが成功していれば、米国もこの戦いに巻き込まれ、さらなる惨状が待っていたに違いない。それを阻《はば》むことができたのは不幸中の幸いだが、とはいえイグナツの計画自体は支障なく進んでいる。

このまま世界が彼の独壇場と化すのを、指を咥《くわ》えて眺めているしかないのか。押し寄せる無力感に、マヤの口から再びため息が零《こぼ》れた。

「やめてくれ。こちらまで気が滅入る」

「残念ながら、止めようがないわね。この戦争が続く限りは」

「ならば戦争を止めてみせよ」

スタルィはコーヒーを口に運びかけたところで、その手を留める。階下から電話のベルの音が響いていた。

「どうせ、ろくな話ではあるまい」

肩をすくめながら席を立った。

しばらくして戻ってきたスタルィは、そのまま席に着いて悠然とコーヒーを口にした。途端、顔をしかめる。

「すっかり冷めてしまったな」

「それで何だったの？」

マヤが焦《じ》れたように訊ねた。

「悪い話だったとは言えない。素直に喜ぶべきかは、判断が分かれる」

「もったいぶらないで早く教えてよ」

「電話は、墺国の高等弁務官フランチシェク・ローレンツからだった。フランツ・ヨーゼフ一世が、マヤに勲章をくれてやると言ったとのことだ。エリーザベト勲章大十字章というものらしい」

どう受け止めてよいか分からず、マヤが眉を顰《ひそ》めると、

「おめでとうございます。実に素晴らしい！」

横からアベルが歓声を上げた。

「どれほどのものなのですか、そのエリーザベト勲章大十字章というものは？」

「それはもう大変な名誉です」

アベルは、興奮したように鼻から息をついた。

エリーザベト勲章大十字章は、ハプスブルク家の類縁のみを対象とする星十字勲章を除けば、女性が得られる最高位のものだ。戦時中である今は、勲章の授与数が飛躍的に増えているとはいえ、墺国国民でもないマヤがそれを得るのは異例中の異例といえた。

マヤは頬に手を当て、しばし黙り込む。

「ということは、フランツ・ヨーゼフ皇帝閣下にお会いできるのでしょうか？」

「勲章自体は、ローレンツ殿から渡されることになると思います。ですがその後に、受勲の感謝をお伝えする機会があるかもしれません」

「そうなのですね」

そこで初めてマヤは顔を綻《ほころ》ばせ、

「でしたら、このすばらしい機会を喜びたいと思います」

手にしたコーヒーカップを掲げてみせた。

※

マヤに対するエリーザベト勲章大十字章の授与の決定が下されたのは、一九一二年九月十二日付けの布告でのことだった。レンカフ自由都市義勇輜重隊の歴年の貢献を鑑《かんが》み、墺国皇帝フランツ・ヨーゼフが直々に裁可したという。アベルの予想どおり、受勲決定の発令通知および勲章の受け渡しは、ローレンツの手からおこなわれた。

翌年の春、マヤは皇帝に受勲の感謝を伝えるべく、王宮《ホーフブルク》の帝国官房棟に向かった。ウィーン行きの列車の中、向かいに座る付添役のローレンツが、吸口のついた細い葉巻に火をつけた。煙を口に含んでから、ぽつりと呟くように切り出す。

「マヤ殿も、我が国の尖筆師に対する扱いを快くは思っていないだろう」

「そんなことは……」

否定の言葉が口をついて出たが、本心でないことは互いに分かっていた。レンカフ自由都市に泥徒の製造を禁じたのは墺国だ。尖筆師の間では、そのことへの不満が未だにくすぶっている。

「レンカフ自由都市に対する措置は、皇帝陛下の強いご意向があってのことだ。しかし矛盾するようだが、陛下はそのことに強く心を痛められてもいる」

ローレンツが吐いた煙は、行き場を探すように個室《コンパートメント》の中を漂う。

「いまや泥徒は細胞主義の代名詞。保護下に置く国において、その製造を禁じるのはやむをえぬ判断だった。とはいえ、レンカフ自由都市が経済的に行き詰まっていることも、謂《いわ》れのない批判に晒《さら》されていることも、陛下の本意ではない」

探るようなローレンツの視線に、マヤは神妙な面持ちで頷いた。

「今回の受勲の背景には、レンカフ自由都市の名誉を回復させたいという陛下の思いがあった。内情を明かせば、帝国臣民ではないマヤ殿に勲章を、それもエリーザベト勲章大十字章を与えることには、反対意見の方が多かった。それを皇帝陛下は退け、御自《おんみずか》ら御裁可なされたのだ」

「皇帝陛下の仁慈《じんじ》に深く感謝いたします」

その言葉は、形ばかりのものではなかった。

「感謝してほしかったわけではない。ただ、マヤ殿にも知って貰いたかった」

いつもしかつめらしい表情を顔に貼り付けたローレンツは、僅かに顔を綻ばせた。

王宮《ホーフブルク》の帝国官房棟に到着したマヤたちは「皇帝の階段」を上った。

四方を囲む壁も、天井も、そして欄干に至るまでの全てが白大理石で造られていた。その名のとおり皇帝が使用するための階段だが、週に二度だけ、身分を問わず様々な人間がここを通過する。フランツ・ヨーゼフへの拝謁を許された者たちは、みな控室へと向かうためこの階段を上るのだ。

歴代皇帝とは異なり、フランツ・ヨーゼフは拝謁を求める者を地位や民族によって区別しなかった。当然の帰結として、面会する人数は膨大なものとなる。皇帝は週に二度、それぞれ百人を超える国民と顔を合わせていた。その習慣は、八十歳を越えた今に至るまで変わることがない。

階段を上りきった先に、拝謁までの時間を待つ控えの間があった。

そこはさながら墺国の縮図である。前裾が大きく切り取られた黒のモーニングコートを着た紳士。細かな刺繍で縁取りされた赤の民族衣装を纏った女性。肋骨《ろっこつ》状の飾り紐のついた軍服姿の老人。年齢も性別も服装も様々な人々が室内にひしめいていた。

彼らがここにいる理由は等しく、フランツ・ヨーゼフに会うため。一人の老皇帝の存在が全てを繋ぎ合わせていた。

硬い面持ちの人々に混じり、マヤも自らの名が呼ばれるのをじっと待つ。

しばらく時が過ぎるに任せていると、

「レンカフ自由都市義勇輜重隊、マヤ・カロニムス殿」

謁見を取り仕切る官房業務秘書官が声を響かせた。

「行こう」

ローレンツに短く促され、マヤは席を立った。


マヤが足を踏み入れた謁見の間は、落ち着いた赤いダマスク柄の織物で壁が覆われていた。部屋の中央には書見台が置かれ、その背後に一人の老人が足に根が生えたように泰然と立っていた。

墺国皇帝フランツ・ヨーゼフ一世その人である。

以前会った時と異なり、彼が纏う金ボタンで飾られたダブルの軍服は、青色から儀典用の白に変わっていた。

「マヤ・カロニムス君」

老皇帝は書見台に目を遣ることなく、その名を呼んだ。

「いつぞやは勲章などいらぬと言っていたが、よく翻意してくれた」

物々しい口調に反し、その口元には笑みが宿っている。

「その節はたいへん失礼いたしました、皇帝陛下」

「君の戦場での活躍は余の耳にもしっかと届いている。軍隊を持たないレンカフ自由都市において、この上ない働きと言えよう」

「はい。光栄に存じます、皇帝陛下」とマヤは型通りに応えてから、「ですが、わたしは自身の活躍を嬉しくは思っておりません」

皇帝がぴくりと眉を動かす。

背後からローレンツの咳払いが聞こえたが、マヤは構わず続ける。

「わたしは一介の尖筆師です。泥徒によって傷つけられた人々を目にすることは、苦痛でしかありません。わたしたちが戦場で働かずとも済む日が、少しでも早く訪れることを望んでいます」

「そうであろう」

皇帝は重々しく頷いた。

「民を護るためには軍隊が必要だが、戦争そのものを望む者はない。細胞主義の根を絶やし、カロニムス君が本来の仕事に戻れる日を、一刻も早く取り戻したい」

「ですが、セルゲイ・ザハロフは違います。彼だけは、戦争を望んでいるはずです」

ザハロフの名を口にした瞬間、皇帝の目が険しくなる。だが、ここで止まるわけにはいかなかった。

意を決し、さらに踏み込む。

「ザハロフは、カロニムス家で徒弟修行を積んだ尖筆師です」

皇帝の顔に驚きの色はない。既に、ローレンツから報告があったのだろう。

「彼は、この世界を泥徒で満たすことが自らの望みだと口にしていました。細胞主義が泥徒を創り、同盟国陣営が破壊する。その循環が長く続くことを願っているはずです」

「だからといって兵を退けるわけにはゆかぬ。戦って、泥徒を破壊せねば、我が民たちを護ることはできない。たとえそれが、ザハロフの望むことだとしてもだ」

「皇帝陛下の仰せのとおりです。ですが、別の解決方法を考えることもできます」

「申してみよ」

すぐさま皇帝は促した。

「第二回万国平和会議が、延期されたままの状況です」

蘭国のハーグにて第一回の万国平和会議が開催されたのは、一八九九年五月のことであった。世界から二十六カ国が参加したその会議では、陸戦の法規慣例の整備、非人道的な兵器の禁止など、戦場において法の支配を推し進めるという点で大きな進展があった。だが当初課題とされていた軍縮については折り合いがつかず、棚上げされたままとなっていた。

しかしながら、次の機会は訪れなかった。提唱国である露国が、細胞主義革命により崩壊したからである。その後、米国《アメリカ》大統領セオドア・ルーズベルトから各国に打診があったものの色好《いろよ》い返事は得られず、開催は無期限に繰り延べられている。

「世界を二分する戦争に、人々は倦《う》んでいます。血を流す以外の解決方法があるとすれば、第二回万国平和会議だけ――」

マヤは、老皇帝の瞳の奥を見据えるようにして、

「その開催を提唱するにふさわしい御方は、世界を探しても皇帝陛下をおいて他にありません」

「マヤ殿っ！」

たまらずローレンツが会話に割って入った。

その叫び声を聞きつけ、謁見の間に護衛の兵たちがなだれ込んでくる。マヤと老皇帝との間に、人の壁が築かれた。兵たちは、手にした小銃をマヤに突きつける。

老皇帝が無言で手を掲げた。周囲の者は皆、時を奪われたようにぴたりと静止した。

人垣の向こうから、乾いた声が届く。

「言葉を交わすだけで、本当に戦いが止まると信じているのか？」

マヤは眼前に並ぶ銃口の数々を、挑むように睨《ね》めつけた。

これから自分が止めようとするのは、何百、何千万という人々の争いなのだ。この程度のことで怯んでいるわけにいかなかった。

「皇帝陛下、銃などでは人は変わりません。事実、私の口ひとつ噤《つぐ》ませることすらできないのですから」

そう言って、一歩、二歩と進み出た。

その足取りに気圧《けお》されるように、兵たちの列が乱れる。隙間から現れた老皇帝の姿に向かって、マヤは堂々と言ってのけた。

「わたしたち尖筆師は、文字を紡いで生命を生み出すことができます。それに比べれば、言葉で人のおこないを変えることくらい、できて当然でしょう」

皇帝は口を真一文字に引き結ぶ。そのまま身じろぎもせず、どこか遠くを見つめるような目つきになり、長いこと押し黙っていた。

しばらくして、マヤに視線を向ける。

その瞳の奥には、熾火《おきび》のような光が宿っていた。

「確かに言葉というものは、余の心を動かすことが可能なようだ」

続けて、決然と声を響かせた。

「第二回万国平和会議の開催を提唱することを約束しよう」

※

墺国皇帝フランツ・ヨーゼフの名で、国内に駐在する各国使臣に対して第二回万国平和会議の開催提案が回章《かいしょう》されたのは、一九一三年六月十日のことである。同日、その文書は中立国の蘭国《オランダ》を介して細胞主義諸国へも届けられた。

文書内には、以下のような議題素案が列記されていた。

一、陸海軍の逐次《ちくじ》の拡張に対し制限を附する方法を攻究《こうきゅう》すること
二、国際外交上使用し得るべき平和的手段を以《もっ》て兵力闘争を防止することを討究《とうきゅう》すること
三、人体に改造を施した兵の使用を制限すること可能なりや否やの問題を講究《こうきゅう》する途《みち》を準備すること

一番及び二番の議題は、前回の平和会議から引き継がれたもの。三番目の議題については、墺国の外務省と陸軍省の間で侃々《かんかん》諤々《がくがく》の議論があった末、盛り込まれた。

外務省は泥徒兵の使用制限を議題に挙げれば、はなから細胞主義国がテーブルに着かないだろうとの懸念を示した。一方の陸軍省は、これを省《はぶ》けば会議自体を開催する意味がなくなると主張した。

最終的に採用されたのは陸軍省の意見だった。その決定の裏には、会議を阻もうとする主戦派からの強い働きかけがあったとも見られている。文面上の煮え切らない表現は、外務省が見せたせめてもの抵抗だった。

だが結果として、事態は陸軍省の思惑どおりには進まなかった。続々と届いた参加表明の中には、細胞主義国の名が多数含まれていたのだ。

細胞主義を採用する国の多くは経済的に脆弱《ぜいじゃく》であり、莫大な戦費を垂れ流し続けることはとう

に限界を迎えていた。各国の首脳は、話し合いだけで自国の存続が保証されるなら、そう悪いことではないと考えたのであろう。

それに加えて、細胞主義国が相次いで参加の意志を示した背景には、マヤ・カロニムスの存在があったと見られている。

泥徒兵となることは愛国的行為とされ、人間の姿に戻ることができても表立って喜ぶことはできない。とはいえ、当の兵士やその近親者は、マヤへの感謝を失わなかった。彼女の進言により、万国平和会議の開催が検討されていることが知れ渡ると、細胞主義国内でも参加を後押しするような世論が醸成《じょうせい》されていった。

参加国の数が四十を超えたところで、墺国政府は開催に向けて具体的な準備を進め始めた。会期は翌一九一四年六月からと公表されており、既に準備期間は一年を切っている。

最初に着手せねばならないのは、開催地の選定だった。

本来なら、提唱国である墺国がホストを務めるべきところだが、それでは細胞主義各国が納得しない。開催地となるには、中立国で、交通の便がよく、多数の人々を迎え入れるだけの施設が整っている——という厳しい条件を満たしている必要があった。

幸いにも、その全てを備える都市が手を挙げた。

第一回万国平和会議の開催地、蘭国《オランダ》のデン・ハーグである。

ただ、開催地が決まっても課題は山積《やまづみ》されたままだった。

各国から派遣されてくる全権団は小国でも十名前後、大国となれば三十名を超える。数百名の要人を、二ヶ月に及ぶ会期に渡って世話し続けなくてはならないのだ。あらゆる問題に備えておかねばならなかった。

議場の問題ひとつ取っても、考慮すべきことは山ほどあった。全権団が勢揃いする総会用、議題ごとに討議するための分科委員会用など複数の会場を押さえねばならない。席次を決めるにも、各国の関係や影響力を踏まえる必要があった。

他にも、交通手段の整備、宿泊施設の確保、さらには無聊《ぶりょう》を慰めるための観劇の手配に至るまで。事務方は、昼夜を徹して準備を進めていった。

中でも、最重要にして最難関の仕事が警備だ。

蘭国内だけでは、警備に割《さ》くことができる人員には限りがある。とはいえ、国外の軍隊に応援を頼むことは安全保障上できない。十分とは言えなくとも、蘭国王立保安隊が単独で任務に当たる他なかった。

開催が迫るにつれ、警備計画が具体化してゆく。会期中は身元の知れない人物や武器の侵入を阻むため、ハーグ市街に通じる街道の全てに検問が設けられることとなった。市民たちが有していた銃火器の類も一時的に回収された。だが、それでも懸念は残る。

泥徒の存在である。

墺国がブダペストを失って以来、泥徒を利用したテロリズムは細胞主義国の常套手段となっていた。外見からでは人と見分けがつかない泥徒を締め出すことは、通常の警備では不可能に近い。

そこで駆り出されることになったのが——レンカフ自由都市義勇輜重隊だ。

同盟国陣営に協力しているとはいえ銃後での支援に留まっており、少なくとも彼らに殺《あや》められた細胞主義国の兵は一人として存在しない。そして何より、義勇輜重隊を率いるのは第二回万国平和会議の提唱者、マヤ・カロニムスなのだ。

その決定には、細胞主義国からも異論が挙がることはなかった。

※

万国平和会議の開催を十日後に控えた、一九一四年六月二十日。マヤとスタルィを始めとするレンカフ自由都市義勇輜重隊は、ハーグ入りを果たした。

彼女らを乗せた臨時列車は、ハーグから五キロメートルほど手前に設けられた仮設の検問所駅に差し掛かったところで速度を落とす。列車が止まると、濃紺の円筒状の帽子に同色の制服を合わせた男たちが車内に踏み入ってきた。蘭国王立保安隊である。若い隊員たちは、旧式のベイカーライフルに物珍しそうな視線を送りながら、荷物を検《あらた》めてゆく。

遅れて、ダブルの上衣に銀の飾帯《かざりおび》をつけた男が車内に入ってきた。隊員たちの間を縫うようにして、マヤの席へと近付いてくる。

「蘭国王立保安隊のレオ・スミットと申します」

敬礼とともに自らの名を述べると、顔をしかめて車内を見回した。

「お気を悪くされないでください。皆様のことを疑うわけではないのですが、所定の手続きですので」

「レンカフ自由都市義勇輜重隊のマヤ・カロニムスです。こちらは従者のスタルィ」とマヤは名乗り返してから、「何もせず通過を許されたのなら、むしろ不安に思うところでした」

「ご理解に感謝いたします。ここからは、私も同行させていただきます。検問が済み次第ハーグ市内に入りますが、本日は予定を入れておりません。警備計画の詳細については、明朝ご説明いたします」

「今日でも構いませんが」

「いえ、客人に無理をさせるわけにもいきません」

「客という認識はありません。万国平和会議を成功させるためには、いかなる苦労も厭《いと》わないつもりです」

そこで列車が身を揺すった。いつの間にか、保安隊員たちの姿は消えていた。列車はハーグ市内に向かって速度を早めてゆく。

「お詫《わ》びいたします。軽率な発言でした」

スミットは渋い表情を浮かべた。

「いえ。ハーグの安全を護るためでしたら、苦労を惜しまないと伝えたかったのです」

「皆様には多大なるご苦労をおかけすることは間違いないでしょう。正直なところ、対策は万全ではありません。ハーグの人口は三十万人を数えます。その中に潜んでいるかもしれない泥徒を探すことは、藁束《わらたば》の中から一本の針を探り当てるようなものですから」

スミットは、苦り切った表情のままで言う。その肩には、どれほどの重圧が掛かっていることだろう。

「全てを抱え込もうとする必要はありません。警備については素人同然ですが、泥徒のことなら多少知っています」

マヤは、くだけた口調でそう応えた。

臨時列車は、街の中央に位置するデン・ハーグＨＳ駅に滑り込んだ。

スミットの先導のもと、マヤは石畳で敷かれたプラットフォームに足を踏み出した。ぐるりと辺りを見渡す。天井を支える鋼製のアーチから、色とりどりの花を球形に束ねたブーケが幾つも吊り下げられていた。

背後から、スタルィが訝《いぶか》るような声を出した。

「祭りでもあるのか？」

駅舎の出入口には小銃を肩に掛けた保安隊員が立っていたが、それ以外に警備らしきものは見当たらない。

「すっかり祝賀ムードですね」

「あれは市民有志が飾り付けたものです。浮かれているように映るかもしれませんが、ご容赦ください」

スミットに促され、尖筆師たちはプラットフォーム上を移動し始めた。

駅の外に出ると、そこも花で溢れていた。駅前の広場には、風車を象《かたど》った花山車《はなだし》が並び、花で車体を縁取られた路面電車が横切ってゆく。

「蘭国は、細胞主義を採る北欧諸国とそれを退けようとする西欧諸国の中間に位置しています。市民は、自分たちもいつ血みどろの戦いに巻き込まれるか気が気でありませんでした」

スミットは、規則正しい足取りで大通りを進んでゆく。

「それだけに万国平和会議開催の報は、何よりの福音《ふくいん》として響きました。自分たちも何かできることはないかと考え、こうして懸命に街を飾っているのです。平和を願う気持ちを花に託して」

「花は心を豊かにします。全権団の皆様も、穏やかに議論を進められるでしょう」

マヤは目を細めて街を見遣った。スミットの言葉に、花の鮮やかさがいっそう増したようにも感じられた。

「会議の提唱者であるカロニムスさんをお迎えすることは、私にとっても誇らしいことです。本当なら、会場警備でお手を煩《わずら》わせたくはないのですが……」

「会議の提唱者はフランツ・ヨーゼフ皇帝陛下です」マヤは真剣な表情で訂正してから、「それに、じっとしているのは性に合いません。わたしも義勇輜重隊の一員として、会議の成功に尽力します。市民の皆さんがそうしているように」

スミットは深く頷き返すと、そこで足を止めた。

目の前に、三階建てのホテルが聳《そび》えていた。外壁は白の漆喰《しっくい》で塗られ、窓を覆う布製の赤い庇《ひさし》が目を引いた。小ぢんまりとしているが、しゃれた当世風のホテルである。

「カロニムスさんに滞在していただくのは、こちらのホテルになります。他の皆さんは、後ほど近くにある大学の宿舎にご案内します。特別扱いする訳ではありません。大学の宿舎は男性用というだけですので」

「分かりました」

あからさまな気配りだったが、素直に受け入れることにした。

「本日はこちらで失礼します。会議の成功のためなら、私も骨身を惜しまぬつもりです」

スミットはそう言い残すと、尖筆師たちと共に通りを下っていった。

※

翌日、マヤの目覚めは悪かった。カーテンを透かす朝日の弱々しさが、まだ夜が明けきらぬことを教えていた。老いが進んだせいで、ときおり眠りが浅くなることがある。ただ、昨晩は移動の疲れもあり久しぶりにぐっすり眠れたと思っていた。

重い頭を枕から持ち上げる。意識が覚醒されてゆくにつれ、早起きの理由が明らかになってきた。人の声が作るさざめきが、三階にあるマヤの部屋に届いているのだ。

寝室から出ると、スタルィが窓際に椅子を置き外の様子を窺っていた。

「何があったの？」

スタルィは窓外を顎でしゃくる。

その真意を確かめるため窓に近付くと、エントランス前を覆う人垣が目に入った。すると、周囲を包む喧騒がどっと大きくなった。

「なるほど。目当てはお前のようだな」

マヤを歓迎するつもりで、市民たちが集まっている様子だった。とはいえ、いかなる理由であろうと建物を取り囲まれているという状況は、あまりぞっとしない。

「放っておけ」

スタルィは興味を失ったように椅子から立つ。

「反応しなければ、いずれ諦める」

しかし、その予想は当たらなかった。日が昇るにつれて人垣はいっそう厚さを増し、通りの往来を妨げるほどになった。

「随分、わたしも人気者になったものね」

マヤはため息交じりに呟きながら、廊下に通じるドアへと近付いてゆく。

「どうするつもりだ」

「他の客には迷惑をかけられない」

街の一等地にあるホテルであり、格式もそれなりだろう。万国平和会議の参加者が滞在している可能性もあった。手伝いに来た自分が、不興の原因を作るわけにもいかない。

「危険だぞ」

「じゃあ一緒について来て。わたしの安全を護るのがあなたの仕事でしょ」

眉を顰めたスタルィを尻目に、マヤはドアノブを引いた。

二人がホテルから足を踏み出した瞬間、耳をつんざくような叫び声が沸き起こった。数人の保安隊員が横に手を広げ、必死の形相で群衆を押し止めている。

「皆さん。ここに集まられては通行の妨げになります。今すぐ解散してください！」

その声は、周囲を包む歓声にかき消された。呼びかけとは裏腹に、どっと群衆が迫ってくる。保安隊員たちの隙間から、幾本もの腕がぬっと突き出てくる。その手には、ペンと帳面が握りしめられていた。

マヤは戸惑うように目を瞬《しばたた》き、スタルィの耳元に口を寄せて尋ねる。

「どういうこと？」

「見て分からぬか。彼らはサインを求めているのだ」

近頃では、著名人のオートグラフを収集することが一種の流行となり、専門雑誌が刊行されるほどだった。そうと聞いたことはあっても、自分のサインが求められるなど思いもしなかった。

スタルィは鋭い目つきで群衆をさっと一瞥《いちべつ》する。

「さしあたり怪しい動きを見せる者はない。名前くらい書いてやれ。そうでもせねば収まらんぞ」

マヤは肩をすくめてから、人垣に歩み寄る。差し出されたペンを手に、片っ端からサインを書いてゆく。それでも、群衆が解散するまでには三十分以上を要した。

手を振り、凝り固まった指先をほぐす。

「確かに、どんな苦労も厭わないとは言ったけれどね……」

「打ち合わせの時間が迫っている。急いで戻らねば、朝食を食べそこなうぞ」

マヤは重たげな足取りで、ホテルの中へと引き返していった。

警備計画の説明は、蘭国王立保安隊の本部庁舎にて行われた。会議室にはマヤとスタルィの他、義勇輜重隊から選りすぐられた十二人の班長たちが集まっていた。

壁に貼り出された大きな地図の前で、スミットは背筋を正す。

「各国の全権団は、開催の一週間前から順次ハーグ入りする予定です。最も早い国の到着は明後日の六月二十三日。明日からは武器類の持ち込みだけでなく、来街者の全数確認を開始します」

明日からは、ハーグ市内に入るための経路を五本の街道と鉄道だけに絞り、他の道は全て封鎖する。街道と鉄道には検問を設け、市内に入る人間と荷物の全てを検める予定となっていた。

「既に、泥徒が市内に入り込んでいる可能性がありますが」

マヤの指摘に、スミットの眉間に深く皺が寄る。

「それは否定できません。ただし、全数確認はハーグの物流、人流を大幅に制限します。それを二ヶ月も続けるわけですから、市民生活に大きな支障が出るのは避けられません。ハーグ市長および王国閣僚会議が最大限認めたのが、この期間だったのです」

尖筆師たちが頷くのを見て、先を続ける。

「義勇輜重隊の皆様は、六ヶ所の検問所に分かれていただきます。カロニムスさんは、連絡調整と突発的な事態に備えて本部に詰めてください」

「了解しました」

応えたマヤに、スミットが問いを向ける。

「人間と泥徒を見分けるためには、どれほどの時間を要しますか？」

「この場にいるのは技術に優れた尖筆師ばかりですので、手を握ればものの数秒で分かります。身体の中を流れる霊息を読み取るのです」

「身体の中を……」

スミットは不思議そうに繰り返し、自らの手のひらを眺めた。

「それほど短時間で済むなら、非常に助かります。血液採取を併用せねばならないと覚悟していました」

人間と泥徒とを見分ける最も早く確実な方法は、血液の採取だ。泥徒化されると血管は減り、軀体内を満たす体液がそれを補う。だが、それを確かめるには肌を傷つけねばならず、不興を買うことは間違いなかった。

そこで、スミットは居合わせる者一人ずつと目を合わせるように、室内をゆっくり見渡した。

「万国平和会議は二ヶ月間に及ぶ長丁場です。精神的にも、肉体的にも厳しい仕事となりますが、力を合わせて会議を成功に導きましょう」

来街者の全数確認は、のっけから困難を極めた。

ハーグは三十万人を越える大都市である。その全てを確認しようというのは、想像以上の大仕事となった。検問所の前には時間とともに荷馬車、背嚢《はいのう》を背負った旅行者、自動車、乗合馬車が長蛇の列を成してゆく。道脇には馬糞がうずたかく積まれ、留め置かれた人々から不満の声が上がった。

往来するのは罪のない市民であり、高圧的な態度で押さえつけることもできない。保安隊員と尖筆師たちは容赦なく浴びせかけられる罵声に耐え、淡々と自らの職務をこなすしかなかった。

当然ながら、ハーグに入ろうとする者は日中だけに留まらない。検問は二十四時間絶え間なく続く。尖筆師たちは交代で休みを取りながら、昼夜を徹して市内に侵入しようとする泥徒がないか目を光らせていった。

問題は、本部に詰めるマヤだった。

仕事が始まってみれば、彼女には腰を下ろす暇すらなかった。大小を問わずハーグの至るところでいざこざが発生し、西に東に飛び回ることを余儀なくされる。現場に立つ尖筆師たちは交代できても、マヤは一人しかいない。

連日、ホテルに戻ることができるのは夜半過ぎになった。倒れるようにして眠るのも束の間、夜が明けきらぬうちから喧騒が運ばれてくる。押し寄せてくる人の数は、日を追うごとに増す一方だった。

手早く身支度を済ませ、閉じようとする瞼をこじ開けながら階下に降りる。正面扉を出ると、目の前におびただしい数の腕が突き出された。脇目も振らずにペンを走らせ、帳面に自らの名を書いてゆく。

「だから、最初に放っておけと言っただろうに」

傍から見守るスタルィは、他人事のように言うばかり。

「いまさら、やめるわけにもいかないでしょう」

言い返す暇すら惜しかった。

マヤに疲労が溜まってゆく一方、万国平和会議開催までの時間は刻々と減ってゆく。尖筆師と保安隊員の献身が実り、騒動は多々あれど開催を脅かす出来事は何ひとつとして起こらなかった。

ただそれは、開催の三日前までのことだった。

※

その日、起き抜けに聞こえた人々の声は、どこか無遠慮なものに聞こえた。ホテルに行けばサインを貰えるという噂が広まるにつれ、さしてマヤに興味もない野次馬が混じるようになった様子だ。

「いつになったら飽きてくれるのかしら」

マヤは気怠《けだる》げに言う。スタルィは窓外に目を遣ったまま、小さく首を傾げた。

「お前の体力が尽きるほうが先だろう。スミットに相談して、ホテルを変えて貰うのも手だが」

「それで騒ぎが収まるなら良いけれどね」

マヤは胸の底から息を吐き出した。


ホテルの正面から出ると、保安隊員たちが雪崩《なだれ》打つ群衆を全身で押し留めているところだった。至るところから突き出された人々の手が、イソギンチャクの触手のようにゆらめいている。

その手のひとつからペンを受け取ろうとしたところで、ふと気付く。

人垣の一段と低くから、細い腕が伸びていた。サインをねだるというより、救いを求めているようにも映る。幼い少年が、必死に手を差し出していた。周囲の大人は気にするそぶりもなく、その細い体は今にも押し潰されてしまいそうだ。

マヤが慌ててしゃがみこもうとすると、

「待て」

スタルィが肩を摑み止めた。

振り向くと、彼の視線はマヤを素通りし、じっと少年に向けられている。

人垣の隙間から顔を出す少年は、にこりと微笑んだ。

「勘が良いじゃないか」

幼気《いたいけ》な口元から零れたのは、まるで似つかわしくない大人の声色。マヤにとっては忘れるべくもない——父、イグナツの声だった。

「ずいぶん悪趣味な真似をするのね」

マヤは、無邪気な笑みを湛える少年の顔を睨みつけた。

「驚かせようと思ったわけじゃない。きみと語らうには、こうするのが一番手っ取り早いと思ったまでだ」

「今更、何の用かしら？」

すると、イグナツは目を細めて娘を見据えた。家畜を値付けするような目つきだった。

「正直言って、失望したよ。きみは、尖筆師として歩むべき道を見失ったようだね」

「革命ごっこに興じるあなたに言われるなんて」

「物事の表層しか捉えられていないから、そう映る。ぼくが尖筆師として何を成し遂げようとしているか、これっぽっちも見えていない」

イグナツは首を振った。

「少しは、期待していたんだけれどね。きみが原初の礎版を集めているのは、原初の創造をこの手で凌駕しようという目標のためだと思っていた。だからこそ、わざわざ王国《マルクト》を手渡しもしたんだ」

「そんなものを貰った覚えはないわ。スタルィが粉々にしたところなら見たけれど」

混ぜっ返すようなマヤの言葉を無視し、続ける。

「だが、実際はどうだ。きみの泥徒にはまるで進歩がないし、かといって新しい泥徒を創ろうともしない。そのくせ、ぼくの邪魔ばかりに汲々としている。原初の創造に至ることなど到底不可能だ」

マヤは目が、ふっと遠くなる。今もイグナツの頭の中にあるのは、泥徒のことばかりなのだ。

愚直なまでに秘律文の探究を続けていた、かつての父の姿を思い出した。

「今からでも遅くはない。泥徒を争いに使うのはやめて。万国平和会議は、あなたにとって最後の機会となる」

「まだそんな世迷い言を口にしているのか」

イグナツは一笑に付した。

「今さら街道を見張ったところで、なんの意味もない。すでにこの街には泥徒を潜ませているのだから。ぼくの泥徒なら、数体もあれば会議の参加者全員を八つ裂きにできると分かっているだろう。それどころか、この街そのものを滅ぼしてやることだって――」

そこで、良いことを思いついたとばかりに手を打った。

「そうだ、そうしてやろう。ハーグに暮らす者たちにも、万国平和会議という愚にもつかぬ茶番に手を貸したつけを払って貰わなければ」

「あなたは教えてくれた。泥徒たちに生命を与えることができる言語は、主《しゅ》が与えてくれた最大の恩寵だと。どうしてそれを、人々の幸せのために使おうとしないの！」

その縋《すが》るような娘の言葉に、イグナツは不思議そうに首を傾げた。

「なぜそう理解が悪いんだろう。母親譲りかな？」

「何を言いたいの……」

「そういえば、イザベラもきみと似たことを言っていたと思い出してね。ぼくが人間を泥徒に変える方法を探究していると知って、人が変わったように喚《わけ》き出したんだ。今すぐに止めて、目を覚まして、とか言っていたけど」

イグナツは、くすくすと笑い声を漏らした。

「でも、目を覚まさなくなったのは彼女の方だった。自分の死をもって、ぼくを諫めようとした

んだって。そんなことをしても、研究を止めるわけがないのに。合理的思考能力を欠いていると
しか思えない」

突如告げられた事実に、マヤは息もできなくなった。それでも、絞り出すように尋ねる。

「あなたには、心というものがないの……」

「心だって？」

イグナツは奇矯《ききょう》な声を上げた。

「それは、どの数枝が司る機能を指しているんだい？」

マヤは愕然《がくぜん》とした。

「そんな情緒的で曖昧な言葉を操っているということ自体が、きみの限界を示している。秘律文の何たるかをまったく分かっていないんだ。お別れだ、マヤ。残念ながらきみは出来損ないだった」

「待て」

人混みに紛れようとするイグナツを、スタルィが呼び止めた。

「同じ泥徒として、ひとつだけ指摘してやろう。マヤとイザベラの言葉を理解できなかったのは、その能力を欠いているからだ。真の出来損ないはお前の方だ、イグナツ」

イグナツはその言葉を笑い飛ばそうとしたが、うまく笑顔を作れず頬を引き攣らせただけだった。

「興味深い意見として記憶に留めておこう」

押し殺した声を残し、人混みの奥に吸い込まれていった。

変わり果てた父が消えたその場所へと、マヤはじっと目を遣《や》り続けていた。

その足で、すぐさまマヤとスタルィは王立保安隊の本部庁舎に向かった。

マヤには塞ぎ込んでいる暇もなかった。イグナツは泥徒を使って会議を妨害するのみならず、この街に暮らす人々を襲うことを仄《ほの》めかしたのだ。一刻も早く、スミットと共有しておかねばならなかった。

ただ、それがザハロフ本人の口から伝えられたとまでは言えなかった。すべて包みなく語れば、あまりに荒唐無稽な話に聞こえてしまったことだろう。父であるイグナツは泥徒に生まれ変わり、ザハロフという革命家と同一人物であり、さらに今度は少年の姿を取って現れたのだから。

「信じられません……潜入させた泥徒を使って、万国平和会議を控えたこの街を襲えば、世界じゅうを敵に回すことになります。露国にとっても割が合わない」

スミットは首を振り、「ですが」と続ける。「カロニムスさんが耳にしたとなれば、事実なのでしょう。対策を考えねばなりません」

「ありがとうございます。ザハロフが会議開催を妨げたいと思っていることは、間違いありません」

「犯行予告めいたことを告げたのは、牽制の意図からかもしれませんね。強引な手段を取ることなく、会議を中止に持ち込めればと」

そこで、スタルィが口を挟む。

「いや、ただのこけ威《おど》しを使うような相手でもあるまい。何らかの用意があると覚悟しておくべきだろう」

その言葉に、スミットは苦悶の表情を浮かべた。

「もし相手が泥徒を使ってくるとなれば、非常に苦しい状況に追い込まれます。保安隊の持つ武器だけで対抗することは難しいでしょうし、かといって軍隊が動くような事態になれば、市民にどれほどの犠牲が出るか……」

「手段は無いこともないのですが」

マヤは渋るように言った。

「わたしたちが携えている小銃は、泥徒の自由を奪う弾丸を放ちます。いかなる泥徒が相手でも、当たれば一定の効果を発揮するはずです」

「それは頼もしい」

顔を明るくしたスミットに、マヤは慌てて手を振る。

「ただ銃の扱い方は知っていても、実戦で使った経験は無いのです。どこまでお役に立てるか」

「ご事情は理解しています。泥徒が市中に現れたとしても、それを防ぐのは我々の役割。ですが、義勇輜重隊の皆さんが支援をして頂けるのなら、これほど心強いことはありません」

「……分かりました」

マヤは頷く。泥徒との戦いを、王立保安隊だけに押し付けるわけにはいかなかった。

その時、会議室のドアを鋭く叩く音がした。

「失礼します。スミット大佐、至急お耳に入れたいことが」

戸口から顔を出した若い保安隊員の声に、スミットは小走りで部屋を後にした。

しばらくして戻ってきた彼の顔には、緊張が貼り付いていた。

「露国のハーグ入りの日時と、詳しい経路が判明しました。彼らは海路でこちらに向かっています。明日の早朝ロッテルダム港に入り、そこからは陸路を使うとのことです。正午には市内に到着するでしょう」

そこで口を閉じ、音を立てて唾《つばき》を飲み込んだ。

「全権団の一行には、セルゲイ・ザハロフの名も含まれています」

※

マンハイム条約の中に、ライン川を通過しようとする船舶は船籍を問わずそれを妨げてはならない、という一文がある。沿岸国である蘭国は、ライン川の港湾管理権は保持するものの、船の往来までを制限することはできなかった。

その条約を盾に取り、露国は入港届を出すことなくライン川を遡上《そじょう》してロッテルダム港に入り、そこから陸路でハーグを目指すことにした。ロッテルダムからハーグは、二十キロメートルほどの距離だ。ものの半日もあれば市内に到着できる。

王立保安隊本部庁舎に、露国の高速船がロッテルダム港内に入ったという報が届いたのは、一九一四年六月二十八日の朝七時のことだった。その時既に、会議室内には警備の主要関係者が集っていた。

スミットは壁に貼り出された地図の前に立ち、ぐるりと室内を見渡した。

「露国の全権団が滞在先のホテルに入り終えるまで、各検問所に配置するのは最低限の人数とします。残りは全て、市内警備に回ってください」

露国全権団の滞在先は、海沿いに建てられたクールハウスホテルだった。

各国の滞在場所は、それぞれの関係性を考慮して配置が決められていた。細胞主義陣営には、ビーチリゾートとして名高いスヘフェニンゲン地区のホテルが宛《あて》がわれている。クールハウスホテルは市街の中心からは遠いが、ハーグの中でも一、二を争う格式の高さだった。

スミットは指で地図をなぞりながら説明を続ける。緊張のためか、押さえる先の紙がひしゃげた。

「露国全権団の移動は、護衛も兼ねて王立保安隊が先導します。中心市街を避け、海岸通りを経由してスヘフェニンゲンへと抜けるこのルートです。ハーグ市内に入ってからの沿道警備は、王立保安隊だけでなく義勇輜重隊にも加わっていただきます」

尖筆師たちは一斉に頷いた。泥徒が市中に紛れ込んでいる可能性が高いことは、皆に伝えられていた。

マヤはその場に立ち上がる。

「今度ばかりは、わたしたちも後方から支援するだけとはいきません。もし泥徒が現れたなら、銃で援護してください」

それから、室内に凜と声を響かせた。

「それでは仕事に取り掛かりましょう。世界の明日を創るために」


マヤはスタルィと共に、海岸通りの沿道に立っていた。

中心市街から離れたそこからは、海を望むことができる。高さを増してゆく太陽が、僅かに漣《さざなみ》の立つ海面に細かく光を散らしていた。吹き付けてくる潮風が初夏の暑さを拭い去った。マヤは今更ながらに、ハーグが海の街であるということを思い出した。

「この風景を見ていると、泥徒たちが血みどろの争いを繰り広げているなんて遠い世界の話に思えるわね」

「残念だが、今ここに迫る現実の話だ」

「知ってる」

彼女の肩には、旧式の小銃の重みが伸《の》し掛《か》かっていた。

海岸通りの中央には路面電車のレールが敷かれていたが、そこを行き交うものはない。車両の往来は全て止められていた。閑散とした道路の様子とは対照的に、沿道の人の数は増え続けている。露国の全権団が到着するという噂が広まっていたのだ。

情報が漏洩したわけでなく、状況を見れば容易に察しがつくことだった。これだけ物々しい警備態勢が敷かれ、格式の高いクールハウスホテルに滞在するとなれば、やってくるのは最重要国の一つ、露国しかない。

謎に包まれた超大国——露国・細胞主義共和国の全権団をひと目見ようと、ハーグの市民たちは、こぞって海岸通りに集まってきていた。

幾重にも沿道を取り巻く市民たちが飛び出さないよう、保安隊員たちが路上に点々と連なっていた。その中には、ベイカーライフルを肩から下げた尖筆師たちの姿も混じっている。露国の全権団を警護するためではない。市民たちを、不測の事態から護るためだ。

張り詰めた表情で、マヤがその光景を見つめていると、

「気になるか？」

スタルィが呟くように尋ねた。

「何のこと」

「昨日のイグナツの言葉をだ」

「そりゃそうよ。泥徒を使ってハーグの人たちを襲おうだなんて、正気の沙汰とは思えない」

「やつが告げたのは、それだけではなかったはずだ」

マヤは眉を顰めた。母の死因を初めて知ったのも、昨日のことだった。

口を結んだまま、沿道に目を向ける。露国の全権団を今か今かと待ちわびる、屈託のない笑顔がそこに並んでいた。

「気にならないといえば嘘になる。だけど……今考えるべきことじゃない」

二人の背後から、硬い靴音を響かせスミットが走り寄ってくる。

「露国の全権団がハーグ市内に差し掛かったという連絡が入りました。間もなくこちらを通過します」

マヤとスタルィは、おもむろに顔を見合わせた。

そのままスミットは駆け抜け、情報を伝えて回る。保安隊員と尖筆師たちの間に、目に映らぬ緊張の糸が張り詰めてゆくのが分かった。ハーグの市境からマヤの居る海岸通りまでは十キロメートルを切る。到着までは、少しの猶予もないはずだった。

だが——露国の全権団は現れない。

三十分、そして一時間が経っても、通りを行き過ぎるものはなかった。

保安隊員たちは、通りの先に視線を送りながら、焦れたように体を揺すり始めた。

さすがにマヤも不安にかられ、傍らに来たスミットに問いを向ける。

「何があったのでしょう？」

「分かりません。問題が発生すれば、ただちに報告が入るはず——」

言い終わらぬうち、叫び声が聞こえた。

それは露国の全権団が来るはずの方向からだった。マヤは弾かれたように首を振り、直後困惑するように顔をしかめる。

近付いてくるのは、歓声だった。

辺りは祝福の空気で満たされてゆく。人々があげる歓喜の声に、低く唸るようなエンジンの音が交じる。少し遅れて、通りを走る車両の姿がマヤの目にも捉えられた。

最前列に位置するのは、並走する二台のバイクだ。濃紺の制服に身を包んだ蘭国王立保安隊の隊員が、露国の全権団を導いていた。

先導するバイクはやけにゆっくり走っている。その理由はすぐに分かった。後方に、五台ほどの自動車が固まっている。露国の全権団は、無蓋の四人乗り自動車に分乗してやってきた。

どの車両にザハロフがいるかは、探すまでもなかった。

その姿はよく目立った。

露国の全権団を乗せる車両のなかに、花で飾られた車があった。

座席の上に、ザハロフは立っている。

彼を振り落とさぬよう、自動車は慎重に走っているのだ。

ザハロフは右に、左にと顔を巡らせ、沿道を埋め尽くす市民たちに大きく手を振っている。市民から浴びせかけられる歓声に、満面の笑みをもって応え続けている。まさに平和の使者そのものだった。花に囲まれた見目麗しい青年指導者の登場に、ハーグ市民たちは熱狂していた。

「違う！」

思わず、マヤは叫んだ。

目の前に広がっている光景の全てが、嘘を孕《はら》んでいた。胸の底から湧き上がってくる不快感が、そのことを教えていた。だが何が間違っているのか、マヤ自身も言葉には出来なかった。

顔を歪めるマヤの目の前を、保安隊のバイクが通過し、露国の全権団を乗せた車両が通過し、そしてザハロフを乗せた自動車がやって来る。

ザハロフは、ふと進行方向に顔を向けた。

街頭を埋める人々の頭越しに、彼の目がマヤを捉えた。視線が交錯した瞬間その口が蠢く。

待たせたね。

父の声が聞こえた気がした。

それと同時に、沿道から飛び出す人影があった。

他の尖筆師たちの反応も早かった。小銃を肩から下ろすと、流れるような動きで沿道に躍り出た男へと銃口を向ける。

それでも男は止まろうとすることなく、道を疾走する。

引き裂くようなブレーキ音が響いた。全権団を乗せた車両が急停止した。

マヤが車に目を遣ると――ザハロフがこちらを見つめていた。

得も言われぬ邪《よこしま》な笑みを浮かべながら。

その時、マヤは胸の不快感の正体に気付いた。父が自分の元を訪れ、挑発めいたことを口にした理由も。

だが全ては遅かった。

笑顔を浮かべたままザハロフの頭は、はじけた。

頭頂部が吹き飛び、薄桃色の飛沫《しぶき》を周囲に散らせた。己の頭の半分を失ったことに気付いていないように、しばらく両腕を左右にぶらつかせてから、ゆっくり後方に傾いでゆく。

ザハロフの身体は直立したまま、花で飾られた後部座席に倒れた。衝撃で、畳まれていた車の幌の中に、割れた頭蓋から灰色の脳漿《のうしょう》がずるりと零れた。

海岸通りが、しんと静まり返る。

短い静寂を挟んで、声の坩堝《るつぼ》が現れた。

悲鳴が、罵声《ばせい》が、絶叫が、怒号が、辺りに響き渡った。

沿道を埋め尽くしていた人々が、一斉に駆け出した。保安隊員たちは手を広げてそれを押し留めようとしたが、何の効果もなさない。至るところで人と人とがぶつかり、押し合い、路上に転がった。混乱が瞬《また》く間に広がってゆく。

錯綜《さくそう》する群衆の中で、マヤは石と化したようにその場に立ち尽くしていた。

「最悪の幕切れね」

イグナツはたった一体の泥徒だけで、全てを壊してみせたのだ。

身体を押し潰す無力感が、マヤの足を萎《な》えさせていた。

そうするうち、逃げまわるばかりだった市民たちの様子が変わり始める。希求してやまなかった平和を目の前で打ち砕かれた激しい怒りに、彼らは囚われていった。

ザハロフを銃撃した犯人は明らかだ。あの場で銃を構えていたのは、レンカフ自由都市義勇輜重隊しかなかった。同盟国を支援している彼らには、ザハロフを亡き者としたい動機もある。

群衆によって取り囲まれた尖筆師たちは、いちように戸惑いの表情を浮かべていた。護ろうとしていた者たちから、なぜ襲われねばならぬのか。理由も分からぬまま、市民たちが作る輪の中に引きずり込まれていった。

マヤは、ふらつく足取りでその輪へ向かってゆく。

「駄目だ」

スタルィが後ろから腕を取った。

「お前が行ったところでどうにもならぬ」

「仲間が危ないのよ！」

二人の間に、別の声が割って入る。

「逃げましょう」

スミットは青褪めた顔をしていた。

「スタルィさんの言うとおり、行っても巻き込まれるだけです。今のうちに安全な場所まで退避しましょう」

「でも……」

なおも躊躇うマヤの腕を、スタルィが力任せに引いた。

「この場に留まっていれば、スミットまで危険に晒すことになるぞ」

マヤは項垂《うなだ》れるように頷いた。

三人は、裏路地から裏路地を辿るようにして市街の中心まで戻った。若い母親が子供を胸に抱えて家路を急ぎ、トラムの停留所に立つ老人たちは不安げに視線を交わし合っている。ここまで混乱は届いていないが、街ゆく人々はどこか不穏な空気を感じ取っているようだった。

王立保安隊の庁舎の前まで辿り着くと、スミットは中に入ろうとせず駐車場に回り込んだ。

「どうしても取りに戻らねばならぬ物は？」

「問題ない。旅券と最低限の金は常に携帯している」

スタルィが答える。

「良い習慣です」

スミットは停まっていた自動車の後部座席に二人を乗せ、自らは運転席に滑り込む。

「ただちにハーグを離れます」

そう言うなり、鋭くアクセルを踏んだ。

自動車は路地を縫うように走り、大路に出るとさらに加速して、立ち並ぶ建物を置き去りにした。

市街を抜けたのを見計らい、マヤは運転席のスミットに尋ねる。

「わたしたちを疑っていないのですか？」

「皆さんが手にしていた旧式のライフルでは、あれほどの威力は出ません」

スミットは落ち着いた声でそう言ってから、薄く笑った。

「それに私も長く保安隊の職務に就いています。隣にいた犯人に気付かぬようなら、今すぐに職を辞するべきでしょう」

向かった先は、ハーグから北東に十キロメートルほど離れたライデンの街だった。

スミットはゆっくり車を走らせながら辺りを窺った。人々に異変は見られない。ハーグの事件はまだ伝わっていない様子だ。大きくハンドルを切り、街の中心に進路を取る。

ライデン中央駅に車を横付けし、そのまま駅構内に駆け込む。スミットは手を挙げ、駅長らしき人物を呼び止めた。短い会話の後、「こちらです」と入線している列車に向かって、再び駆け出す。

スミットは車室にマヤたちを押し込み、窓のカーテンを引いた。

「これに乗ってゆけば、独国を経由してレンカフ自由都市に帰れます。少なくとも、蘭国を抜けるまでは安全です」

「感謝の言葉もありません」とマヤは消え入りそうな声で、「ここまでしていただき、お立場は大丈夫なのでしょうか？」

「ええ。まったく問題ありません」

スミットは平然とした顔を作ってみせた。

ホームから警鈴《けいれい》が響いてきた。発車時刻が迫ることを告げる音だった。

「では私はこちらで失礼します。旅の安全をお祈りします」

スミットは素早く敬礼する。

「世話になった」

スタルィの短い挨拶に、

「カロニムスさんのことは任せましたよ」

スミットは口の端を持ち上げ、するりと車室のドアから出ていった。

※

列車の揺れが、マヤを眠りの淵へと引きずり込んでいった。

隣に座るスタルィに身体を預け、まどろみの中で時を過ごした。いちど手を引かれて列車を乗り換えた気もしたが、それもまた夢の中の出来事のようだった。ふと目を覚ますとカーテンの向こうは明るく、次に目を開くと暗くなっていた。ハーグでの出来事は、遥か昔のことのようだった。マヤは何も考えられなかった。考えたくなかった。

車室の窓にカーテンを引き、外の世界から隔絶された小さい空間の中に収まっていると、少しだけ心が落ち着いた。誰とも関わりたくなかった。自分とスタルィを永遠に放っておいてほしいと願った。

だが列車は淡々と軌道上を走り続け、二人をレンカフ自由都市に送り届けた。

レンカフ中央駅に到着すると、ホームにはアベル・スタルスキの姿があった。乗り換えの際にスタルィが連絡を入れ、到着時刻を伝えておいたのだ。

「マヤ・カロニムス殿」

アベルは、よそよそしくマヤに呼びかけた。

その眼差しは、他人に向けられたもののようだった。彼の背後に、数人の警備隊員が控えているのが映った。

「君には、セルゲイ・ザハロフの暗殺に関与したという嫌疑がかかっている」

「どういうことでしょう？」

問い返したマヤに、アベルはさっと新聞を差し出す。手渡された『チャス』紙には、大北通信社の特派員による事件の解説が掲載されていた。

――泥徒製造の停止を余儀なくされたレンカフ自由都市では、その遠因を作ったザハロフに強い恨みを抱いていた。尖筆師たちが万国平和会議の警備を買って出たのは、ザハロフを暗殺する機会を得るため。そもそも会議自体が、そのために仕組まれたものだった。

記事は、次のことにも触れていた。

――ザハロフは、レンカフ自由都市を代表する尖筆師イグナツ・カロニムスの元で修行していたことがあった。その修行期間中、不幸にも彼の師は変死を遂げてしまった。むろんザハロフとその事件との間には何ら関係がなかったが、娘のマヤ・カロニムスは彼に謂《いわ》れのない恨みを向け続けていたのだ。

「事実ではありません」

マヤは無表情で新聞を突き返した。

「そうでしょうね」

言葉とは裏腹に、アベルに納得する様子はない。

「ですが、疑いを払拭するような行動を取らなかったこともまた事実。最低でもハーグに留まり、事態の収拾に努めるべきでした。他の尖筆師たちは、蘭国王立保安隊に捕縛されてしまったというのに」

マヤはぐっと言葉を詰まらせた。仲間たちが置かれている状況を思えば、異を立てることはできなかった。

押し黙った彼女に、アベルは深いため息をつく。

「一連の行動が法によって裁かれるべきかは、これから判断が下されます。カロニムス家がこれまで国に果たしてきた貢献を鑑み、身柄の拘束まではしません。追って通達があるまで、自宅で謹慎していただく」

二人の会話を、スタルィは口を挟もうとせずじっと見つめていた。

アベルは納得するように小さく頷くと、

「連れてゆけ」

背後の警備隊員に鋭く命じた。

マヤとスタルィは、警備隊員に前後を挟まれながらホームを歩く。その場に居合わせた旅客たちは、なにか忌まわしいものを目にしてしまったように、慌てて顔を背《そむ》けた。

駅舎の外に出ると、四人乗りの自動車がドアを開いて二人を待ち構えていた。マヤたちは、警備隊員に背を押されるようにしてそれに乗り込む。外からドアが閉じられるや否や、自動車は路上に滑り出た。

しばらく走ったところで、運転席から声がした。

「謝罪の言葉も見つからない。どこに誰の目があるかも分からないから、こうするしかなかった。父も苦しい立場だったと分かってほしい」

目深に警備隊のケピ帽を被りながらハンドルを握るのは、タデウシュだ。

マヤは驚いたように目を見開いたが、すぐ元の無表情に戻る。

「いえ、謝ることじゃないわ。あなたのお父様が言ったことはすべて事実だから」

「そうじゃない！」

タデウシュはにわかに激した。

「マヤがどれほど自らを犠牲にして、皆のために尽くしてくれたか。ぼくたちが知らないわけないだろう。どうしてこんなことに……」

「わたしのせいよ」

マヤの声は落ち着いていた。

「相手がどんな手を使うか、考えれば分かっていたはずだった。わたしが至らなかったせいで、二つとない機会をふいにしてしまった……」

「自分を責めないでくれ。今回は、相手の方が上手《うわて》だったというだけだ。全てが終わったわけじゃない」

そこで、窓外に目を遣っていたスタルィが口を開く。

「どこに向かっている？」

自動車は見慣れぬ景色の中を走っていた。

「ここは、じきに騒がしくなる。機を待つに相応《ふさわ》しい場所じゃない」

「どういうこと？」

「日本に向かう船を取っている。移動続きで大変だろうけど我慢してくれ。ミリクさんに連絡を入れてあるから、向こうでのことは心配ない。ほとぼりが冷めるまでゆっくり過ごしてくると良い」

「あなたたち親子には迷惑をかけっぱなしね」

マヤは微かに口元を緩めたが、すぐさま首を横に振った。

「でも、ごめんなさい。わたしはレンカフに残る」

「どうして」

タデウシュは戸惑うような声を出した。

「意地になっても仕方あるまい。ここはタデウシュに従うべきだ」

スタルィの勧めにも、マヤは毅然とした口調で言った。

「わたしには、ここでやるべきことが残っている。今逃げ出してしまえば、その機会を永遠に失う気がする」

しばし沈黙が車内を占めたのち――

「分かった」

タデウシュは大きくハンドルを回した。車体を傾けながら自動車は弧を描き、もと来た道を引き返してゆく。

「いちど口にしたことは必ずやり遂げるのがマヤ・カロニムスという人だ。親友であるぼくが、そのことをいちばんよく分かっている」

いつかも聞いたような台詞に、マヤは小さく声を出して笑った。

「ありがとう」

「礼には及ばない。ぼくはいつまでも君の味方だ」

タデウシュは道路の先に目を向けたまま、少し気取った口調で返した。

※

自らの屋敷に戻ったマヤがまず着手せねばならなかったのは、使用人たちに暇を出すことだった。

カロニムス家の収入は、ＫＳＦＧが清算された時点で大きく減っていたが、マヤが義勇輜重隊の職を解《と》かれたことで完全に途絶えてしまった。しばらく暮らしていけるだけの蓄えはあるが、ある程度まとまった慰労金《いろうきん》を渡すとなれば、今をおいて他になかった。

使用人たちは給金が減ってでも残りたいと申し出たが、最終的には首を縦に振らざるを得なかった。マヤの身は遠からず拘束される可能性がある。主人のいない屋敷に留まっても仕方なかった。

だが、頑《がん》として受け入れない者がいた。

「マヤ様がしばし屋敷を離れることになろうとも、ご心配なく。このトマシュめがいつまでも帰りをお待ちしております」

「でもわたしは、トマシュに払うお金も満足に用意できない……」

「懐事情でお困りでしたら、むしろ私の方で用立てましょう。これまで頂戴した給金の多くは、手を付けずに残しておりますので」

今のマヤには、その優しさが何より心に沁みた。しかし、一時的な感情に任せてしまってはならないことも、また分かっていた。

「わたしは世界じゅうから狙われる立場になりました。トマシュのことを巻き込むわけにはいかない」

「ご心配なく。もし何者かがカロニムス家を踏み荒らそうとするなら、私めが追い払って差し上げましょう。こう見えてこのトマシュ、猟銃の扱いには多少の自信がありまして。共に戦わせてください」

「それは駄目だ」

静かな声が割って入った。

マヤとトマシュは、驚いた表情でスタルィを見る。

「やめてくれ。トマシュが戦うことだけは、何があっても駄目だ」

「どうしたのですか、あなたらしくもない……」

「確かにおれらしくもない言葉だな」

スタルィは苦笑した。

「泥徒であるおれも、家族とはどういうものかと想像することがある。思い浮かぶのはいつも同じ顔だった――」

か細い声で言うと、瞳をトマシュに向けた。

「スタルィ……」

深い皺《しわ》が刻まれたトマシュの目元に、涙の筋が引かれる。

「おれが知る平穏な暮らしとは、トマシュの存在そのものだ。どうかこれからも砲火の音とは無縁でいてほしい。それがおれの願いだ」

「しかし……それはできません。私はかつて、悲しみに沈むイザベラ様に何をして差し上げることもできませんでした。二度と、同じ過《あやま》ちはせぬと誓ったのです。マヤ様が苦しみの中にあるのなら、せめて同じものをこの身に引き受けましょう。どうか、私をここに居させてください」

「ありがとう。トマシュには、何度お礼を言っても言い足りない」

穏やかな笑みを浮かべながらマヤが言う。

「だけど、わたしは我儘《わがまま》だから。もうひとつだけお願いを聞いてほしいの。年の離れた弟が、独国の田舎で暮らしているでしょう。彼を訪ねてみて。今後の生活を助けてくれると、快《こころよ》く引き受けてくれたわ」

「マヤ様たちを置いてはいけません……」

なおも食い下がろうとするトマシュに、スタルィが言い切った。

「後のことは任せてくれ。マヤに降りかかろうとする苦しみは、全ておれが払ってみせる」

その声は冬の朝の空気のように張り詰め、そして澄んでいた。

トマシュは、ぷつりと糸が切れたように頽《くずお》れた。

「マヤ様の優しさは、私がいちばん存じ上げております。手ひどい裏切りをしたイグナツ様のことさえ、心の底では憎みきれていないことも。そんなマヤ様を、どんな愚か者が悪く言うのです。どれほど目が曇れば憎むことができるのです。なぜ、なぜ、マヤ様がこのような目に……」

慟哭《どうこく》するトマシュの背中に、マヤはそっと手を添えた。

「ありがとうトマシュ。きっとまた、みんなで暮らせる日が来る。それまでどうか元気でいて」

泣き止まない我が子を宥めるような、柔らかな口調だった。

それが、二人の交わした最後の言葉となった。

旅の終わり

カロニムス家の屋敷には、マヤとスタルィの二人だけが残された。

マヤは所在なさげに、サロンの片隅に置かれたソファに腰掛けていた。あまりの静けさに、時が止まってしまったのではないかと疑いたくなった。壁際に置かれたホールクロックに目を遣《や》ると、実際に針は動いていなかった。毎日欠かさずゼンマイを巻き上げてくれていたトマシュが去ってから、既に一ヶ月が経過していた。

静寂が我が物顔で占めるサロンに、足音が近付いてきた。力なくソファに身を凭《もた》れさせているマヤに、スタルィが短く声を掛ける。

「準備ができた。夕食にしよう」

使用人たちが去った家を支えたのは、スタルィだった。ご用聞きの商売人の対応、玄関から正門までの草刈り、掃除に洗濯に料理に至るまでの全てを独りでこなしていた。まさに、泥徒《ゴーレム》の面目躍如と言ったところ。いつの間にそんな技術を身につけていたのか、マヤですら気付いていなかった。

テーブルに並べられた皿の数は少ない。茹でた鱈《たら》と、馬《ば》鈴《れい》薯《しょ》にホワイトソースを添えたもの、それと細かい野菜の入ったスープとパンだけだった。

スタルィは席に着き、自ら拵《こしら》えた料理を口に運ぶ。

そして首を傾《かし》げる。

「料理人から教わったレシピどおりに作っているのだがな。どうしてか、同じ味とはならない」

「十分に美味しいわよ」

お世辞ではなかった。深みのあるソースの味は、淡白なタラの身によく合っていた。

「その評価は受け入れかねる。まだ改善する余地がある」

「たいした向上心ね。わたしなんて、卵ひとつ茹でられないというのに」

「それは看過できぬ問題だな」

ぎろりと向けられた目に、マヤは首を縮《すく》める。

「仕方ないでしょう。厨房に入ったのなんて、幼い頃トマシュのお説教から逃げるために隠れ込んだのが最後ね」

「なるほど根が深い」

スタルィはふと食事の手を休めたが、すぐ意味ありげに口の端を持ち上げた。

「だが、何事も始めるに遅すぎることはないだろう」

そうして、マヤが三十六歳にして初めて覚えることになった料理はコンポートだった。果実を水と砂糖で煮ただけの料理で、レンカフ自由都市ではパンに添えるより、水で薄めて飲むことが多い。

作り方は簡単だ。最初に、ナイフで剝いた林檎と桃の実をくし形に切り分ける。続いて鍋に水を張り、切った果物と大量の砂糖を入れて煮詰めてゆく。あとは焦げ付かないよう鍋をかきまぜるだけで完成だ。だが、その工程はマヤにとって複雑な秘律文を刻むより遥かに難しく感じられた。

横では、スタルィが休みなく手を動かし続けている。鯉の下処理を済ませてパン粉をまぶし、オーブンの中にあるニシンのパイの焼け具合を確認し、スープに使う根菜《こんさい》を細かく刻む。それらを同時に進めているのだ。

「手先は器用な方だと思っていたのだけど」

天と地ほども離れた自分との手際の差に、マヤは嘆くように言った。

「泥徒だから上達が早いというわけではない。料理と真摯《しんし》に向き合った時間が、この差を生み出している」

「何事にも早道はないということね」

「ああ。一つの石では、石垣は積まれぬのだ」

スタルィはそう言い換えてから、眉間に皺《しわ》を寄せて鼻をうごめかせた。

「なにか焦げてないか」

「いけない」

マヤは慌てて、手元の鍋を激しくゆすった。

※

マヤが厨房に足を運ぶごとに、物にしたレシピの数は着々と増えていった。任される料理も、簡単なデザートから、スープ、そしてメイン料理へと変わる。

穏やかに日々は過ぎていった。季節は夏から秋へと移り、雪がちらつく頃になった。その間、レンカフ自由都市に大きな事件らしきものが起こることはなく、マヤの元に何ら報せは届かなかった。

日の出とともに目覚め、手早く朝食を取り、暑くなる前に庭の草刈りを済ませる。それからは市場に足を運ぶか、館の中の掃除をする。時間をかけて夕食を作り、ゆっくりと味わう。夜は自らの工房に籠もり、就寝まで秘律文の研究に勤《いそ》しんだ。

傍には、片時も離れずスタルィの姿があった。

誰一人として、二人の生活を邪魔しようとする者はなかった。レンカフ警備隊が彼女を捕らえにくることも、細胞主義国《クリエートカ》が放った刺客がやってくることもなかった。世界は、マヤを忘れたかのようにも思えた。

だが、そうではない。マヤはサロンに置かれたソファに腰掛け、郵便配達人が運んできた新聞に目を落とす。そこに並ぶ文字の連なりは、刻々と変わりゆく世界の情勢を伝えていた。

ザハロフの死は、世界に大きな波紋を広げている。

露国《ロシア》・細胞主義共和国は、精神的支柱であるザハロフを失ったことにより、複数の派閥による権力闘争が勃発した。他の細胞主義国でも反政府組織の活動が活発化し、支配体制は揺らぎつつあった。

一方の同盟国陣営でも、万国平和会議の失敗により世界を混乱に陥らせた責任を問う声が沸き起こり、その矛先は提唱国である墺国《オーストリア》に突きつけられていた。同盟国の紐帯《ちゅうたい》には綻《ほころ》びが生じていた。

両陣営に共通しているのは、レンカフ自由都市への憎しみである。ザハロフを射殺した犯人がレンカフ自由都市義勇輜重隊《しちょうたい》だということは、もはや動かぬ事実とされていた。それを企てたマヤ・カロニムスという悪名は、世界の端々にまで轟くばかりとなっている。

「ずいぶんと暇をしているようだな」

その言葉とともに、新聞が取り上げられた。行方を目で追うと、背後でスタルィがくしゃりと握りつぶすところだった。

「くだらない新聞記事によって齎《もたら》されるものは、視力と体力の低下ばかりだ」

「違いないわ」

ため息をひとつ零《こぼ》してから、腰を上げる。窓外に目を向けると、先日まで庭に積もっていた雪は溶け、緑が広がり始めていた。

「散歩でもしましょう」

屋敷の外に出ると、吹き付ける風には湿った泥の香りが混じっていた。レンカフ自由都市に春の訪れを告げる香りだ。

雪の重みで押し潰された枯れ草の間から、新しい草の芽が伸びていた。庭の隅では、霊息《ネシャーマ》を吹き込まれなくなって数年が経った泥徒たちが、静かに肩を並べていた。風雨に晒《さら》されたその軀《く》体《たい》は所々が欠け落ちていた。

マヤとスタルィは、雪の重さで横倒しになった草を踏みながら、敷地の奥へと足を進める。じきに、この辺りは背よりも高い雑草で埋め尽くされることになる。手入れをしている前庭を除いて、カロニムス家の領地は自然に還りつつあった。

遠くで、ブナの細かな葉がさらさらと鳴るのが聞こえた。

「静かね」

マヤが呟いた声は、やけに大きく響いた。

「ああ。どれだけ世界が騒がしかろうとも、ここには届かない」

「そうね」

ぽつりと返した。

だが実際は、世界のレンカフ自由都市に対する憎しみは——マヤに対する憎悪は、募ってゆくばかりだった。積もりに積もった負の感情は、いずれ自分を飲み込むことになるだろう。そんな確信めいた予感があった。

ふとマヤは足を止める。

いつの間にか、傍らを歩いていたはずのスタルィの姿が見えない。振り向くと、彼は伸び始めた若草の中に立ち尽くしていた。

「どうしたの？」

マヤは戸惑い混じりに問いかけた。

「もう少し、ゆっくり歩いてはくれないか」

スタルィの声は、何かに怯えるように震えていた。

「マヤの歩みは時折早すぎる。どうして、おれを置いていこうとするのだ？」

その顔は驚くほど幼く見えた。事実、若かった。スタルィの外貌《がいぼう》は二十歳の頃で止まり、延々と少年と青年のあわいを漂い続けていた。

見つめ返すマヤの目は、無数の皺で覆われていた。髪の殆どは白に染まってもいた。生命力そのものである霊息を酷使した結果だった。

「スタルィ」

軽く呼びかけ、枯れ草を踏んでスタルィに近付いてゆく。

「少しくらい歩く早さが違っても、わたしたちは同じ道の上にある。これからもずっと」

そう言って、スタルィの手を取った。

「だから、必ず同じ場所に辿り着く」

※

久しく沈黙を続けていたカロニムス家の電話のベルが鳴り響いたのは、一九一五年三月二十日のことだった。マヤの耳には、どこか癇《かん》に障《さわ》る音に聞こえた。受話器を取らずとも、良い知らせではないと分かっていた。

執事室の扉を開くと、既にそこにはスタルィがいた。

「タデウシュからだ」

差し出された受話器を耳に当てると、慌てふためいた声が飛び込んできた。

「今すぐ避難してくれ。旧市街の中なら、最悪でも数日は耐えられる！」

「落ち着いて」マヤは鋭く言ってから、「まずは何があったのか教えて貰えない？」

「そんな悠長に構えていられる状況じゃないんだ！」

タデウシュは早口でまくし立てる。

数日前から、周辺国で大規模なデモが発生していた。人々が口々に訴えるのは、レンカフ自由都市に対する政府の生ぬるい対応についてだ。諸悪の根源はあの国だ。我々の窮状を尻目に、のうのうと楽な生活を続けている。奴らに相応の報いを受けさせるべきだ。奴らに罰を与えねばならない。

やがて、その遣り場のない怒りが溢れ出した。デモ行進の道すがらに家々の窓を叩き割り、商店から物品を奪い、年若い女性を見れば襲いかかった。その暴徒たちが、今レンカフ自由都市に雪崩込もうとしている。既に、少なからずの人数が国境を越えたという情報も入っていた。

「その暴動は、どの国で発生しているの？」

「どこの国だって？」

電話の向こうで、タデウシュは虚ろな笑い声を立てた。

「全てさ」

暴動は連鎖するように、国境を接する全ての国で発生していた。たった五十キロメートル四方の国境線しか持たないレンカフ自由都市は、怒りに我を忘れた人々によって完全に取り囲まれているのだ。

「レンカフ警備隊が国境を護っているが、いかんせん数が違いすぎる。暴徒を食い止められるのはもって数日、悪くすれば一両日中には突破されてしまうだろう」

「保護国は何をしているの？」

「彼らは動かない」

独国《ドイツ》、墺国双方の見解は一致していた。レンカフ自由都市の領内に許可なく入り込もうとする者の存在は、確認できていない。仮にそのような者があったとしても、国境を侵したのが民間人なら自国の保安能力で対処すべきだ。

つまり、何があっても軍は動かさないという意向だった。

「保護国という名が聞いて呆れるわ」

「知っていただろう。彼らが護りたいのは我々でなく、自国の利益だ」

それから、タデウシュは再びまくし立てた。

「とにかく旧市街に来てくれ。国境を突破されてしまえば、できるのはここに閉じ籠もることだけだ」

旧市街は、十五世紀末に建造された堅牢な壁によって護られている。城門を閉ざせば、しばらく侵入者たちを防ぐことが出来るはずだ。軍隊を持たないこの国では、それ以外に打てる手はなかった。

　しかし、マヤは黙したままでいる。

「望みを捨てる必要はない。暴徒は怒りに任せて行動しているだけだ。しばらく耐えていれば、きっと状況は好転する」

「ありがとう」

　その時、マヤは自分がすべきことを心に決めていた。

「あなたの変わらぬ友情に感謝している」

「マヤ！」

　タデウシュは叫んだ。

「必ず旧市街に来てくれ。約束だ！」

「分かった。約束する」

　それを最後に、マヤは電話を切った。


「厳しい状況だな」

　二人の会話に耳を澄ませていたスタルィは、深刻な面持ちで言った。

「暴徒がここに辿り着くまでにまだ幾分の余裕があるだろうが、一刻も早く避難したほうが良い。すぐに荷物をまとめてくる」

「待って」

　踏み出しかけたスタルィの足を、マヤの声が留めた。

「その前にしなければならないことがある」

「後にしてくれ。そんな暇などあるわけが――」

振り向いたスタルィは、息を詰まらせた。

自らに向けられた瞳は、どこまでも澄み切っていた。

「何を考えている……？」

「わたしたちが初めて交わした約束を果たしましょう」

スタルィは目を瞬《しばた》いた。僅かに遅れてその意味を理解すると、動揺を取り繕うように笑みを浮かべる。

「律儀な一面もあるのだな。だが、今は他にすべきことがあるだろう」

「今しかないの」

マヤの表情は小揺るぎもしない。

「そんなことをすればどうなるか、言われずとも分かっていよう。途切れた秘律文を繋ぎ合わせるだけでも、あれほど霊息を消耗するのだ。自暴自棄になるな。相応しい機会がきっとある」

「それが今なの」

いかなる言葉を以ってしても、その決心を翻《ひるがえ》すことはできないとスタルィは悟った。それでも懇願せずにはいられなかった。

「お願いだ。どうか、おれと一緒に逃げてくれ」

「それは出来ない」

スタルィは目を鋭くし、

「ならば、無理にでも連れてゆく」

彼が腕を摑んだと同時に、マヤは口を開いた。

「わたしが選んだ、わが下僕《しもべ》よ。わたしの掟をあなたは守りなさい」

スタルィの表情がすっと平板になった。

その場に直立した泥徒に向かって、マヤは僅かに憂いのこもった声で告げる。

「これからわたしは、あなたに王国《マルクト》を刻みます。あなたは、それを受け入れなさい」

それが、マヤがスタルィに与えた最初で最後となる命令だった。

人の絶えたカロニムス家の屋敷に、二人の足音だけが響いた。マヤたちは階段を軋《きし》ませながらゆっくりと上り、いまや子供部屋だった面影すらない、書物で埋もれた工房の中へと入ってゆく。

マヤが指差すと、スタルィは室の中央に置かれた記術台に横たわった。

「こうしていると、まるで昨日のことのように思えるわね」

漆黒の術衣に袖を通しながら、マヤはそっと語りかけた。

返事はないが、それでも言葉を紡《つむ》ぐ。

「あなたがここで目を覚まし、ぎこちなくわたしを見つめてくれた。その後すぐ、小言が始まったのには驚いちゃったけど――」

くすりと笑い、スタルィのシャツのボタンを一つずつ外してゆく。

あらわになった胸に、右手を添える。

「あの瞬間から、わたしは尖筆師《リサシュ》となった。いいえ、それだけじゃない。本当の人生が始まった気がしたの」

左手でスタルィの額に優しく触れる。

一呼吸おいて、指先から霊息を通わせ始めた。

これまでに王国《マルクト》を削り取られ泥徒とされた兵士たちを、何百、何千人と回復させてきた。その数枝《セフィラ》がいかに記述されるものかは、身体が記憶していた。

「ありがとう。わたしの人生の全てには、いつもスタルィがいてくれた」

マヤは照れたようにはにかんでから――固く目を瞑《つむ》った。

スタルィの軀体に経路が交わされた瞬間、マヤの意識は海の奥底へと吸い込まれた。

水は澄み渡り、視界の限りを深い藍色が包んでいた。遥か遠くから、幾千幾万の波音が響いてきた。若き日のマヤが目にしたその雄大な景色は、今や見慣れたものに映った。波間から差し込む光の煌《きら》めきにも、肌を撫ぜる潮のうねりにも、全てにスタルィの存在を感じられた。

マヤは自身そのものを絞り尽くすように、霊息を吹き込んでゆく。彼女の生命の息吹が果てなき海へと注がれ、うねりを成しながら混ざり合ってゆく。その奔流によって、スタルィは新たなものへと書き換えられていった。

そして夜が明ける頃、スタルィは十全なる数枝を備えた初めての泥徒となった。


「もう動いて良いわ」

マヤの呼びかけに、スタルィの目に光が戻る。

弾かれたように記術台から上体を起し、首を振ってマヤの姿を探す。

そして、一点を見つめて身を強張《こわば》らせた。

「ああ……、何ということだ。どうして、おれのために……」

スタルィは呻《うめ》いた。

滲《にじ》んだ視界の奥に、背中を丸めた老婆が座っていた。

顔いちめんに深い皺が刻まれ、目は深く落ち窪んでいた。頭を覆う白髪は疎《まば》らになり、頭皮が透けて見えていた。スタルィに添えられた手は枯れ木のように痩せ細り、血管だけが生々しく浮き出ていた。

生命力そのものである霊息の全てを、スタルィに吹き込んだ結果だった。

「あなたの主《あるじ》は、あなたになった。あなたを縛る言葉は存在せず、自らの意のままどこまでも行ける」

王国《マルクト》とは、自己の統治を司る数枝。すなわち、スタルィが自らの決定権を手にしたことを意味する。

マヤは、歯の欠け落ちた口元を綻ばせた。

「スタルィ、あなたは自由よ」

※

「そろそろ行かなくちゃ」

マヤは軽い口調で言った。

腰を上げかけた彼女に、スタルィは憔悴《しょうすい》しきった顔を向ける。

「どこに行こうというのだ……」

「旧市街よ。タデウシュとの約束だからね」

スタルィは記術台から降り、マヤの肩を揺さぶった。

「今から行けば、暴徒たちと鉢合わせることになる。ここで身を隠していよう」

「逃げ込みたいわけじゃないの。彼らを駆り立てているのは、わたしへの怒りでしょう。だったら、わたしの言う事なら聞いてみようと思うかも知れない」

「どういう意味だ？」

スタルィは視線を震わせる。

「伝えたいの。わたしたちを憎む理由なんてないのだって」

「暴徒を説き伏せようというのか。その程度で考えを改める連中なら、このような事態になりはしない」

「そうでしょうね」

マヤは肩をすくめた。

「でも、彼らはレンカフを悪と呼ぶ声に唆《そそのか》されて、ここまでやってきた。だったら反対に、言葉によって憎しみを解くことだって出来るかもしれない」

「そんな都合よく事が進むわけあるまい。なんと愚かな……」

「今さら気付いたの？」

マヤは笑みを零した。

釣られたように、スタルィも微かに表情を綻ばせた。

「知っていたが、ここまでだとは思わなかった。愚かさもここまで突き抜ければ、正しく見えてくるから不思議だ」

戸惑いも、悲しみも既にスタルィの胸から去っていた。ただ温かな感情だけが、彼の身体を満たしていた。

「そんな愚か者を一人でゆかせる訳にはいかない。おれが伴しよう」

「あなたまで危険を負う必要はない」

「止めたいなら、命令でもしてみるのだな」

スタルィは、おどけるように片眉を上げて見せた。

「そうしたら聞いてくれる？」

「どうだろうな？　自らのおこないを顧《かえり》みると良い」

「だったら、聞いてくれるということね。あなたの忠言は、真摯に受け止めてきたはずだから」

「どの口が言う」

目を丸くしたスタルィに、マヤは頬を緩ませた。

「一緒に行きましょう」

そう言って立ち上がろうとしたが、自重に耐えられず前のめりによろめく。

「気をつけろ」

咄嗟に、スタルィは腕を差し出した。

二人は手を取り合ったまま、ゆっくりと歩《ほ》を踏み出す。

マヤの身体は、まるで自由がきかなくなっていた。ぎぃぎぃと床板の鳴る音が、関節の軋む音のようにも聞こえた。ぎくしゃくとした自らの足の動きを、他人事のように見つめる。

「素人が創った泥徒みたい」

「ああ。嘗《かつ》てのおれのようにな」

生を受けたばかりのスタルィの手を引いた、硬い感触を思い出す。

「随分と、遠くまで来たものね」

玄関を抜けると、正門に繋がる道の両脇に広がる芝生は不揃いで、敷石の間からは野草が顔を覗かせていた。不格好だが、二人で手入れした前庭だった。

「少し目を離した隙に、もう雑草が伸び始めているな」

スタルィは渋い声で言った。

「でも良いじゃない、若草の色」

何気なく返したマヤは、前だけを見据えていた。

そうして二人は、最後の旅路へと向かった。

カロニムス家の屋敷から旧市街までは、およそ七キロメートル離れている。今のマヤにとっては千里をゆくのにも等しかった。

一歩ずつ確かめるように歩を進めてゆく。足首が鉛で繋がれているかのようだった。支えきれぬはずの身体の重さを、スタルィの手が軽くしてくれていた。

道はがらりとしていた。皆家の中に身を隠しているのか、辺りには人っ子ひとり見当たらなかった。道脇に並ぶカエデの木だけが、行き過ぎるマヤとスタルィを静かに見守っていた。

初めて人らしき姿に行き当たったのは、一時間ほど歩いた後のこと。

旧街道と交わっている大きな四ツ辻の中心に、ぽつりと少年が立っていた。どこへ行こうとするでもなく、マヤたちにじっとりとした目を向けている。

「ずいぶん遅かったじゃないか」

その口から零れたのは、幼気《いたいけ》な姿とはまるで不釣り合いな大人の声色。

「その様子だと、ようやくきみの泥徒に王国《マルクト》を与えたみたいだね。けれども、もう手遅れなんだ。もうじきレンカフ自由都市は破壊し尽くされる。泥徒ならぬ、紛《まが》うことなき人の手によってね」

少年姿のイグナツは、勝ち誇るように言い放った。

マヤはちらりと目を上げ、顔を歪める少年を見つめる。そこで気付いた。自らの胸にあったはずの怒りは消えていた。怒りばかりでなく、何の関心すら持っていなかった。

人々を扇動し、焚き付け、悪事に駆り立てる。彼の行いは、決して許してはならないものだ。だが同時に、歴史上に数多《あまた》ある悪のひとつに過ぎなかった。イグナツは、もはや尖筆師ですらないのだ。

ならば、言葉を交わす意味がどこにあろう。

マヤは僅かにも足を緩めず、イグナツの前を横切った。

「どこに行くつもりなのかな。逃げ道など無いというのに！」

背中から浴びせかけられる嘲りの声に取り合わず、旧市街へと続く道をただひたすらに進んでいった。

歩くにつれ、マヤの呼吸は荒くなってゆく。

鉛のような足は、距離を追うごとにさらに重さを増していった。呼吸をしても、肺は空気を取り込んでくれない。息をするたび、喉は笛の鳴るような音を立てた。自分でも悲しくなるほど、こっけいな音色だった。

それでもマヤは止まることがなかった。意のままにならない足を、自らの意志で前へと進める。

すると、道の真ん中に立ちはだかる男がいた。

マヤは凍てついた目を向ける。

「なんだ。もっと驚いてくれるかと思っていたのだけれど」

セルゲイ・ザハロフが、最後に目にしたままの姿で佇んでいた。頭蓋は割れた西瓜《すいか》のようになり、内側に赤黒い脳膜を晒していた。

「いえ、驚いたわ。これほどしつこい質《たち》だとは知らなかった」

「心外だな。せっかく教えてあげようと思ったのに」

イグナツは鼻で笑った。

「以前、ぼくがなぜ革命家の真似事をしているのか訊いただろう。それを知らずに死んでゆくのはあまりに不憫《ふびん》だと思ってね」

「結構よ」

そのまま通り過ぎようとしたところで、マヤは足を止めた。

「つれないことを言わないでくれ。ぼくたち親子が言葉を交わすのは、これで最後となるのだから」

道脇から現れたのは、嘗《かつ》てと変わらぬ姿の父、イグナツ・カロニムスだった。

「今更、何を言いたいの？」

「きみはもう用済みになった。きみばかりでなく、全ての尖筆師がね。ぼくは至高者の手になる原初の創造に辿り着き、それを凌駕《りょうが》した。尖筆師にとっての目標は、既に果たされたんだ」

「原初の創造を凌駕したですって」

「そうだよ」

イグナツは憚《はばか》ることなく言った。

「シェキーナーに辿り着いたとでも言いたいのかしら？」

マヤが口にしたのは、全ての尖筆師が夢見る創造の極致。全ての数枝を得た泥徒は、彼我を越えた神的自我を得て、シェキーナーと呼ばれる境地に達するという。

その言葉を耳にするなり、イグナツは不快げに顔を歪めた。

「この期《ご》に及んで、そんな愚にもつかない虚妄を口にしようとは」

「じゃあ何をもって越えたと言うの？」

「この状況を見ても理解できないのが、きみの限界だ。人間は文字によって記述された存在であり、秘律文を極めればそれを書き換えることもできる。ぼくが実際にやってみせたことだ」

イグナツは、熱に浮かされたように言葉を吐き続ける。

「それを突き詰めれば、秘律文すら要らなくなる。人の欲望に従って、世界は文字で覆われるようになった。巷《ちまた》にあふれる情報を操るだけで、人間は自らすすんで泥徒になろうとするんだ。人格は怒りに、恨みに、嫉《ねた》みによって、簡単に上書きされる。闘争がそれに拍車をかける。本当に簡単なんだ。人間を意思の無い、想像を捨てた、自らが操られていることにさえ気付かない、不出来な泥徒とするのはね」

　そこで、芝居掛かった仕草で両腕を広げた。

「この手が、人間という存在を新たなものに創り変えた。世界は、ぼくの被造物によって満たされたんだ。これを原初の創造を凌駕したと言わずして、なんと言えば良い！」

　マヤは無言で父を見つめる。

　それから、深いため息とともに零した。

「哀れな人」

　途端、イグナツの表情が強張る。

「あなたは、悪意と、偽りとで、人々を怒りに駆り立てているだけ。そんなくだらないもので、人間は変えられない」

　イグナツは笑い飛ばそうとしたが、その顔は硬直したままだった。唇を赤い舌でひと舐めしてから、吐き捨てるように言う。

「それなら、ぼくの言葉が間違いだと証明してみせてくれ。もうじき旧市街に人々が押し寄せる。全てを破壊し尽くすまで止まりはしない。そうなるように、ぼくが操っているからだ」

　怒気を孕《はら》んだ彼の声に、笑いが混じる。

「けれど、きみの言うことが正しいのなら、ぼくの命令になんて従わないはずだ。説いて聞かせれば、涙を流して自らの行いを悔いるかもしれない。人間らしい心に目覚めてね」

　マヤは、深い皺が刻まれた目を父に向ける。

　その視線は、おこりのような哄笑《こうしょう》に身を震わせるイグナツの姿を透かして、遠い日に向けられていた。食卓を挟んで言葉を交わしていた、あの頃へと。

「哀れな人」

再びマヤは呟いた。深い悲しみの宿る声だった。

「ごめんなさい。わたしは、あなたを救うことが出来なかった」

それから顔を背《そむ》け、傍らにいるスタルィに呼びかける。

「行きましょう」

二人はイグナツをその場に置き去りにし、一路旧市街を目指した。

※

マヤが父に決別を告げたその時、タデウシュは旧市街と新市街を隔てる城壁の上にいた。往来を妨げるこの壁を、タデウシュはただ不便なばかりだと思っていた。伝統と景観を護るため、城壁の撤去を禁じた過去の元老を恨みすらしていた。だが今、それは英断であったと認めざるを得なかった。

タデウシュの目は、迫りくる暴徒たちの姿を捉えていた。新市街を貫く目抜き通りの向こうに、ぽつり、ぽつり、ぽつりと人影が見えたと思えば、なだれ込む群衆に道は塗り潰されてゆく。

「なんという数だ……」

噛み締めた奥歯が、かちかちと音をたてた。

それが兵士たちではないことは、遠目からも分かった。押し寄せる者たちは、めいめい異なった格好をしていた。おそらく来歴も様々であろう。つい先日までは実直な役人であり、厳格な教師であり、家族思いの父親であり、つまり普通の市井《しせい》の人々だったはずだ。

しかし、近付いてきた暴徒たちは、皆驚くほど似通った顔をしていた。怒りの表情の奥に、浮ついた高揚感が透けて見えた。尖筆師に対する漠然とした憎しみと、新たに知った暴力の興奮が、仮面のように貼り付いていた。

国境から長い道のりを歩いてきた彼らの足取りは、それでもなお軽やかだった。

途上、暴力は振るわれていた。

国境近くに点在する集落は、逃げるための時間すら与えられなかった。スタルスキ家に電話を寄越してきた郡長は、庁舎内に暴徒が押し入ってくる瞬間まで、その状況を伝え続けた。あらゆる暴力が街を訪れた。商店は略奪され、女性は辱められ、男たちは殴り殺された。

その暴力が、この街を包もうとしている。

打てる手は打っていた。避難する人々を受け入れた後、城門に通じる陸橋は落とされた。旧市街に入るためには、聳《そび》える城壁をよじ登るしかない。胸壁に沿って、岩石が積まれてもいた。壁に貼り付いた敵に投げ落とすための、古代から変わらぬ籠城兵器だ。

だが、それで幾ばくかの時間を稼いだところでどうなるというのだろう。

タデウシュの胸が絶望で占められてゆく。

保護国は軍隊の派遣を拒否していた。破滅までの時間を先延ばしにするだけだ。

そうする間に、新市街の至るところから細い煙が立ちのぼり始めた。

タデウシュは拳を握りしめる。

暴徒たちが、街を踏みにじってゆく。

大半の市民たちは城壁の内側に逃れていたが、全てではない。病に伏せる夫を抱えた老婦人が、泣き喚く幼子を宥《なだ》めていた母親が、足の自由が利かない男が、戸を閉ざした家の奥で息を殺していた。

しかし、暴徒たちは逃げ遅れた者の事情を汲むことなどない。目に映った全てに、別け隔てなく暴力が与えられてゆく。家々から金品を奪い、その対価とばかりに火を放った。室内に残るものは、路上に引きずり出され――

城壁から市街の様子を窺っていたタデウシュは、思わず目を覆った。それでも耳に飛び込んでくるのは、引き絞るような叫び声と、そこに重なる下卑た笑い声。悪意を煮詰めたような音が、足元にまで迫ってくる。

眼下に視線を送ると、暴徒の一人と目が合った。ツイードの狩猟服を着た男は、気安く手を振ってきた。

「待っていてくれ。すぐそこに行くからな」

これから始まる暴力の期待に、男の目は爛々《らんらん》と輝いていた。

彼ばかりではない。それと同じ目が、何百、何千とこちらに注がれていた。

逃げ場はない。タデウシュの身体を絶望が貫いた。

いや、この状況から逃れるための道がたった一つだけ残されている。

群衆から目を逸らすように顔を上向けると、視界の限りに空が映った。レンカフ特有の薄い青は、地平線と交わる場所で仄《ほの》かな茜色に変わりつつあった。その空の広さに惹き寄せられるように、タデウシュは一歩、また一歩と足を進めてゆく。

そして、城壁の際《きわ》のさらにその先にある、虚空へと足を踏み出そうとしたところで――

「なんだ、あれは？」

タデウシュは目を見張った。

視界の端に捉えられた光景が、彼の足を留めさせた。

群衆が割れ、一本の道が城壁へと向かって切り開かれてきている。道の突端では、サーカスの人間大砲さながら、暴徒たちを次々と宙に投げ出してゆく者があった。到底、人の身で為せる業ではなかった。

「スタルィ、なのか……」

彼が手で軽く払いのけるだけで、暴徒は軽々と吹き飛ばされていった。犇《ひし》めく群衆を両断するようにして現れた道の中を、二つの影が寄り添いながら進んでくる。実に、ゆったりとした足取りで。

スタルィの傍を歩むのは、一人の老婆だ。

タデウシュは目を凝らす。すると、その姿にかつての想い人の面影を見つけた。

「マヤっ！」

思わず叫んでいた。

なぜ彼女がそのような姿になってしまったのか分からない。だが、まなじりを決して群衆の中を歩むその様子に、何をするつもりなのかは不思議と理解できた。

マヤは暴徒たちを止めるため、ここまで歩いてきたのだ。

※

「ずいぶん長い道のりだったわ」

マヤは曲がった腰を伸ばし、聳える城壁を見上げた。

「わたしの足では、これを乗り越えるのは少し難しそうね」と傍らに目を送る。

「容易《たやす》いことだ」

スタルィは腕の中にマヤを抱き上げた。

すっかり軽くなったその身体に、スタルィの目が揺らぐ。崩れそうになる感情を振り切るように、地を蹴った。重力を逃れて城壁の中腹まで飛ぶ。そこでもう一度壁面を蹴り上げ、さらに高く跳躍した。

瞬《また》く間に、二人は城壁の上に辿り着いた。

煉瓦で敷かれた床に、そっとマヤを下ろす。「ありがとう」と小さく声がした。

二人が振り向くと、城壁を幾重にも取り巻く群衆たちの姿が捉えられた。彼らは顎をのけぞらせ、城壁の上に忽然《こつぜん》と現れたマヤたちへと奇異の目を向けている。

「どうするつもりだ？」

群衆を見下ろしながら、スタルィは尋ねる。

「言って聞かせるだけよ。大人しく、あなたたちの家に帰りなさいって」

「耳を貸すと思うか？」

「どうでしょうね。でも、語りかけてみなければ何も始まらないでしょう」

マヤは群衆から視線を外し、スタルィを見つめた。その目には不安も、恐れの色もなかった。

「何があっても手出ししないで」

「だが……」

「お願い。わたしは証明したいの、イグナツの言葉が間違いだったと」

スタルィは頷いた。

マヤは柔らかく微笑み返すと、城壁の際まで進み出ていった。

辺りは静寂に包まれていた。群衆たちは薄《う》っすらと口を開け、城壁の上に現れた老婆を訝《いぶか》るように見つめている。

マヤは、胸の奥に大きく息を吸い込む。

「わたしはマヤ・カロニムスです」

凜とした声が、レンカフの夕空に吸い込まれてゆく。

「レンカフ自由都市の尖筆師がザハロフを撃ったというのは、事実ではありません。わたしたちは、武力以外の方法によって世界に平和を齎したいと願っていました。万国平和会議の警備を買って出たのもそのためです」

群衆がざわめく。

今、マヤ・カロニムスと名乗ったように聞こえたぞ。

新聞で見た姿とはだいぶ異なるようだが。

「どうか聞いてください！」

広がり始めたざわめきを鎮めるように、マヤは声を張った。

「信じがたい話に聞こえるかもしれませんが、万国平和会議で撃たれたのはザハロフ本人ではなく、彼の姿を精巧に象《かたど》った泥徒。彼は自分が暗殺されたと見せかけ、世界を混乱に陥《おとしい》れようとしたのです」

しかし、マヤの言葉は虚しく響くばかりだった。

暴徒たちは口々に言い立てる。

どう見てもあれは別人だ。

頭のいかれた老婆が訳の分からないことを喚《わめ》いているだけだろう。

周囲は喧騒に包まれていった。

マヤは城壁から身を乗り出し、大声で叫ぶ。

「信じてください！　わたしはマヤ・カロニムスです。老いた姿となったのは、尖筆師としての技術を用いるために生命の源である霊息を使ったから――」

その途端、暴徒たちがどよめく。

聞いたか。

あの老婆は泥徒を創るために命を使ったと言ったぞ。

尖筆師が人間の命を吸い取るというのは本当だったのか。

やはりあいつらは悪魔だ。

レンカフ自由都市は悪魔の棲む街なんだ。

喧騒は、怒号に変わってゆく。

マヤが言葉を放つ端から、暴徒の喚き声で塗り潰されていった。

もはやマヤの声は届かない。反対に、群衆の叫ぶ言葉が一方的に彼女へと突きつけられる。

「あの老婆を見てみろ。あれこそが悪魔の姿だ」

「なんて醜い」

「もしかすると、あいつがマヤ・カロニムスだと言ったのは本当かもしれない」

「マヤ・カロニムスが、汚らわしい悪魔の正体を晒したんだ」

それでも彼女は語りかけ続ける。城壁の際に立ち、全身を使って訴え続けていると——突然、上体を大きく揺らがせた。

よろめきながら二、三歩と後退《あとずさ》り、そこでどうにか踏み留まった。

マヤは額を手で押さえている。指の間から血が零れ落ちた。

暴徒が放った石つぶてが、彼女の額を捉えたのだ。

「マヤっ！」

たまらずスタルィが駆け寄ろうとするが、マヤは手を揚《あ》げて制した。

だいじょうぶ。

その唇が弱々しく動いた。

マヤは顔を血で濡らしながら、怯むことなく城壁の際まで進み、暴徒の前に己の姿を晒した。

「ご覧なさい、わたしがマヤ・カロニムスです。こんな老婆に何を怖れるのです。偽りの言葉によって、怒りを焚き付けられてはなりません。その憎悪は巡り巡って、あなたたち自身を傷つけることになるのですよ」

しかし、マヤが我が身を顧みずに放った言葉を、暴徒たちは完全に黙殺した。

それればかりか、先ほど彼女が見せた反応に気を良くしたように、こぞって石つぶてを投げつけ始めたのである。

石が掠《かす》めようと、マヤはぴくりともせず語り続ける。

そのうち、ひとつの石が彼女の身体を捉えた。マヤはよろめくも、足を踏ん張ってその場に立ち続ける。

いくら叫べども、マヤの言葉は届かない。石が当たるたび、ぐらりと身体を揺らがせる。

その様子は、暴徒の目にひどくこっけいに映った。城壁という舞台の上で、老婆が何やら喚きながら、顔中を血だらけにし、手足をばたつかせている。

暴徒は薄ら笑いを顔に貼り付け、マヤに石を投げつける。

薄ら笑いは、やがて下卑た高笑いになる。破れんばかりの嘲笑が、周囲を埋め尽くす。

己が身を捨てて語りかけるマヤを、暴徒たちは笑いものにした。

するとその時――

「聞け！」

激しい声が、空気を揺るがせた。

老婆を背で蔽《おお》うように、一人の若い男が立ち塞がっていた。

身に当たる石つぶてを意にも介さず、城壁の上から群衆を睥睨《へいげい》する。

スタルィが、暴徒を見下していた。

「お前らを呼ぶに相応《ふさわ》しい言葉をおれは知らない。人間でなければ、泥徒にも及ばす、道端の土塊《つちくれ》にも値しないお前らのことを」

暴徒たちは侮辱の言葉を口にした若い男を睨みつけた。

その幾千の目に、スタルィは凍てつくような視線をもって応じた。

「怒るより、その自覚がないことを恥じよ。お前らが、土塊にも劣る存在だということは紛うことなき事実なのだ――」

そう口にしながらスタルィはシャツを脱ぎ、上半身を露わにした。

右腕を掲げると、自らの胸に鋭く振り下ろす。指先を深くめりこませ、力任せに肋骨《ろっこつ》をこじ開ける。全ての数枝を宿している彼の身体は、人間のそれと酷似していた。胸から血液が滴り、肋骨には薄桃色の肉がこびり付いていた。

だが、唯一異なるものがあった。スタルィの胸の奥には心臓が備わらず、替わりに漆黒の礎版《ポドスタベク》が覗いていた。

「土塊から創られた、泥徒のおれが言うのだからな」

息を吞んだ群衆に向けて、続ける。

「人間と泥徒は心を通わすことができる。泥徒と獣とですらそうだ。ではなぜ、お前たちにはできない？　それは人間より、動物より、土塊よりも劣った存在だからだ。お前らは、完全に壊れてしまっている」

スタルィは事実を並べるように淡々と言い連ねる。

「お前らの目は壊れている。だからマヤの姿が醜いと映る。お前らの耳は壊れている。だからマヤの言葉が届かない。お前らの心は壊れている。違うなら、どうしてそう簡単に人を傷つけることができよう」

群衆は一様に押し黙り、城壁の上にあるスタルィを見つめていた。

「誰か答えてみよ、マヤを憎む理由を。おれにはまるで理解できない。マヤは自らの生命を削り、泥徒となったお前らの同胞を救ったのだ。マヤは自らが盾となり、襲い来る泥徒からお前らの家族を守ったのだぞ。マヤは誰ひとり殺《あや》めなかった。誰ひとりとして傷つけなかった。たった一人、自分自身を除いて。マヤは己《おの》が身を捨て、お前らのような者ですら救おうとしたのだ。マヤの命は、掛け替えのないマヤは、そんなことのために……、そんな下らないことのために——」

そこでスタルィの頰を、そっと指先がなぞった。

はっと振り向く。

「ありがとう。スタルィの言葉はわたしに届いた」

すぐ傍でマヤが柔らかく微笑んでいた。

「だから、もう泣かないで」

慰撫するような声だった。

そのとき初めて、スタルィは自分が涙を流していることに気付いた。驚いたように自らの頰に触れ、それから顔をくしゃりと歪ませる。

「すまない。マヤは約束を果たしてくれたというのに……おれは駄目だった。たった一つの誓いすら、破ってしまったんだ」

スタルィの目から、とめどなく涙が零れ落ちる。

「マヤを護ると誓ったのに」

マヤの血はとうに止まっていた。全てが乾き、身体全体が枯れていた。マヤの霊息は完全に尽きた。失われた霊息の残滓《ざんし》だけが、彼女の生命をかろうじて繫ぎ止めていた。

赤黒く乾いた血で顔全体を染めたまま、マヤは小さく首を振った。

「あなたは、しっかり約束を護ってくれたのよ。わたしが世界で最も偉大な尖筆師となるまで、ずっと傍にいてくれた」

「違う。お前は、完全なる被造物をこの手で創り出すと言っていたじゃないか。おれはそうじゃない。まるで不完全で、まるで無力で……お前がいなければ、何もできない」

「そんなことない」

その声には一片の迷いもなかった。

「わたしが創り出したものは、どんな尖筆師でも及びもつかない、この世界で最も素晴らしいもの」

マヤの眼差しが、真っすぐにスタルィを捉える。

その薄く濁った目から光が消えてゆく。

「あぁ。マヤ」

スタルィは悲痛な声を漏らし、彼女の手を握りしめた。

「駄目だ、駄目なんだ。おれを置いてはいかないでくれ」

枯れた手が、スタルィの胸に添えられた。

「どこにもいかない。ずっと、ここに刻まれている」

そして、マヤは少女のようにはにかんだ。

「わたしが愛する、わたしだけの泥徒。スタルィの心のなかに」

それが最期の言葉となった。

崩れ落ちるマヤの身体を、スタルィは両腕できつく抱きしめた。

彼の耳には、何も届いていなかった。周囲を包む暴徒たちの声も、城壁を吹き抜ける風の音も、全てが失われた。

薄れつつある腕の中の温もりだけが、彼にとっての全てだった。

「もう行こう」

スタルィは、ふと遠くを見つめて呟いた。

「この世界は、マヤに相応しくない」

マヤを抱いたまま城壁のへりに足をかけ、ひらりと舞い降りた。

それを見た群衆は、畏《おそ》れるように後退った。

スタルィはもはや周囲に目をくれることもなく、足をただ前に進めた。二つに切り裂かれてゆく人ごみの中を、安らかに眠るマヤを起こさぬよう静かに歩き、何処かへと去っていった。

その後ろ姿を、人々はいつまでも呆けたように眺め続けていた。

余録

一九一五年三月二十一日。こうして、マヤは三十六年と十一ヶ月に渡る生涯に幕を下ろした。よって、ここから記すことは単なる余録に過ぎない。

マヤが亡くなってから、はや六年の歳月が流れた。

今においても、レンカフ自由都市は独立国としての体裁を保っている。依然としてこの国のもとに自由はなく、独立しているとすら言い難いが、少なくとも列強の一部に組み込まれてはいなかった。

世界は幾分落ち着きを取り戻している。それが束の間の平穏となるかは別として、細胞主義《クリエートカ》をめぐる世界を二分した争いに、かつての激しさは見られない。とはいえ、いまだ火種は燻り続けている。

レンカフ自由都市に向けられていた批判の声は、既に聞こえない。

六年前のあの日、マヤとスタルィが城壁から立ち去ってから程なくして、その場を埋め尽くしていた群衆は霧消した。それがマヤたちの言葉によるものだったのか、それとも単に城壁を突破するのを困難と見たためかは分からない。

レンカフ自由都市に侵入した者たちの大半は、自国において法の裁きを受けることにはならなかった。だが、それで罪が消えたわけでもない。彼らの暴挙に対しては、国内外から大きな批判が寄せられることになった。

身勝手な正義感からレンカフ自由都市を踏み荒らした者たちは、また別の正義を掲げる者たちから批判を向けられる側に回ったのだ。彼らは「祖国の恥」と名指しされ、公職を追われるなど様々なかたちで報いを受け続けている。


万国平和会議開催の直前にザハロフを狙撃した犯人を義勇輜重隊《しちょうたい》だと捉える者は、もういない。尖筆師《リサシュ》への疑いの声が消えたのは、蘭国《オランダ》王立保安隊によるところが大きい。現場の責任者であったレオ・スミットは、尖筆師たちを犯人と決めつける空気に流されることなく、公正な態度を保ち続けた。

その場に居合わせた市民からの目撃情報の収集、尖筆師が所持していたベイカーライフルの弾痕の検証など、客観的な証拠を積み上げていった。その地道な調査の結果、狙撃した犯人を突き止めることまではできなかったが、義勇輜重隊に対する嫌疑は払拭されていった。

蘭国王立保安隊の調査結果を含め、ハーグでの事件を冷静に発信していたのは『ニューヨーク・ワールド』紙である。世界がレンカフ自由都市憎しに傾く中でも、同紙は事実に基づいた報道を守り続けた。

世間から批判が寄せられる中でも、『ニューヨーク・ワールド』紙が中立的な姿勢を保てたのは、社員の耳の奥に亡き社主の言葉が染み付いていたせいかもしれない。

「誰かから文句をつけられたからといって、そのニュースを出すのを押さえつけるような社員がいたのなら、私はそれが誰であろうと即座に首にする」

レンカフ自由都市に向けられる批判的な眼差しが薄まったとはいえ、尖筆師たちは廃業に追い込まれることを免《まぬが》れなかった。

細胞主義をめぐる激しい戦争が続いたことにより、人々の泥徒《ゴーレム》に対する忌避感は決定的なものとなった。高い金を払ってまで、泥徒を自らの傍に置いておきたいと考える者はいなくなったのだ。

そのような状況の中、職を失ったかつての尖筆師たちをまとめ上げ新しい事業を興したのは、タデウシュ・スタルスキだ。

スタルスキ家の家長となったタデウシュは「Kalonymus, Starski & Cie」という、新しい会社を立ち上げた。なお、彼がどのような思いでカロニムスの名を社名に残したのかは、語られていない。

タデウシュが手掛けることにしたのは、時計だ。

スタルスキ家が蓄積していた金属加工の技術と、尖筆師たちの指先の繊細さは、時計の製造と極めて相性が良かった。泥徒はもとより富裕層向けの商品であり、その顧客リストを保有していたことも、商売を始める上で大きな助けとなった。

今のところ業績は順調なようだ。タデウシュの会社で製造された時計の品質は群を抜いており、各国の天文台が実施する時計精度コンクールを総なめにした。数々の新機構を搭載した腕時計には予約注文が相次ぎ、納品まで数年待ちの状況だという。

歴史の浅い「Kalonymus, Starski & Cie」が、なぜ品質の高い時計を製造できたのか。理由を問われたタデウシュは薄く笑み、次のように返した。

「かつて我々が製造していた泥徒は、何百種類という主人からの命令を理解しその全てに正しい反応を示さねば、欠陥商品と呼ばれました。それに比べれば、時計というのはひとつの仕事をするだけで良い。求めに従って正確な時間を伝えさえすれば、みな褒めてくれるわけです」

タデウシュは、尖筆師としての誇りを忘れることはなかった。

世界から尖筆師という職業が消えた後でも、ミリクはその技術を保ち続けている。

日本は、細胞主義をめぐる戦いに直接巻き込まれることはなかった。長く続いた戦争によって欧州が疲弊する間に、国力を蓄えることができたのだ。今やこの国を極東の小国と見るものはなく、列強の一角としての位置付けを確かなものとしている。

細胞主義の実態に触れることがなかった日本では、泥徒に対する忌避感が育まれることはなかった。むしろ、露国《ロシア》との戦争において決定的な役割を果たした泥徒に対して、軍部をはじめ世間からの期待は高い。日本において泥徒創造の技術は、声高に喧伝されることこそないが、秘密裏に独自の発展を続けている。

ミリクの「美陸泥徒整備工場」は、日本に滞在する外国人たちが泥徒を使用しなくなったことにより、開店休業状態に追い込まれた。だがその損失を補って余りあるほどに、軍部や企業からの引き合いが増えている。

ただ、ミリクの内心は複雑だった。

日本の大国化への道を切り開いた泥徒の姿は、日本人たちの心の奥底に焼き付いている。成功の記憶とともにある泥徒という存在が、いずれ彼らを新たな戦いに誘ってしまうのではないか。そんな不安が、胸から離れなかった。

ミリクの予感が正しいものか、今はまだ確かめるすべはない。

そしてスタルィは――花の中に佇んでいた。

カロニムス家の敷地を覆う森の奥深くに、ヒナゲシの花が咲いていた。赤と白と黄色をちりばめたその花園の中で、じっと地を見つめている。

「安心してくれ。トマシュは、今も元気に暮らしている」

スタルィは穏やかに語りかける。

花が咲く大地の下で、マヤは永い眠りについていた。

墓標は必要なかった。彼女が最後に与えてくれた霊息《ネシャーマ》は、いまだ身体の中を巡っている。

「マヤが亡くなってしばらく、トマシュは食事も取ることもできず、一時は生死の境を彷徨《さまよ》うほどになった。本人は冥府まで、マヤの供をするつもりだったらしいが……」

そこで、スタルィは愉快げに喉を鳴らした。

「夢の中で、マヤに叱られてしまったらしい。『弱りきったトマシュなんて、こっちに来られても何の役にも立たない。またわたしに仕えたいのなら、しっかり生きた後にして』とな。向こうでもこき使うつもりだったとは、お前もなかなかに人使いが荒い」

そのとき風が吹き抜けた。スタルィの言葉に抗議するように、ヒナゲシの花々が激しく揺れた。

その揺れが収まるのを待つように、花を見つめる。

「後の者たちについても、先に伝えたとおりだ。皆が自らの人生を歩んでいる。だから安心して眠りについてくれ」

遠くから、さらさらとブナの葉が鳴る音が運ばれてきた。その僅かなさざめきが去るまで、スタルィは無言で立ち尽くしていた。

「おれはこれから、最後の仕事に取り掛かることにする」

静かに、だが確たる口調で言った。

「このようなこと、マヤが望んではいないのは分かっている。どんな手を使ってでも、止めようとしたかもな。たとえそうであれ、この仕事はやり遂げねばならない。それがおれの歩むべき道だからだ」

その言葉に、足元を埋め尽くす花々が首を傾《かし》がせた。

「おれの意思が、自由がそうさせた。どちらもお前が与えてくれたものなのだから、仕方ないと思ってくれ」

スタルィは、ヒナゲシを踏まないようその場から去ってゆく。

びゅうと音を立て、風が吹き抜けた。

振り返り、揺れる花々に向かって告げる。

「では、行ってくる」

※

露国語で「皇帝の村」を意味するツァールスコエ・セローは、支配階級の存在を否定する露国・細胞主義共和国の首都となった今においても、以前と変わらぬ名で呼ばれていた。公には死亡したことになっている細胞主義の皇帝――ザハロフの気配が、いまだこの街には漂っているようだった。

ツァールスコエ・セローはもはや村ではなく、露国・細胞主義共和国の首都として発展を遂げていた。かつて女帝たちが愛した長閑《のど》けき田園風景は既になく、見渡す限りを無機質なコンクリートが占めていた。円形の中央広場の外周上を高層の庁舎群が取り巻き、そこから放射状に延びる大通りに沿って、企業やホテルなど民間の建物がずらりと立ち並んでいた。

林立する灰色のビルの足元を行き交う人々は、奇妙な静けさを纏《まと》っている。ザハロフ亡き後に起こった権力闘争によりこの街も内乱状態になったが、それは一時的なものに留まった。最高指導者を持たない細胞主義幹部による合議制に移行してからは、以前より厳しい統制が敷かれるようになっていた。

その時、大通りを歩いていた人々は立ち竦むように動きを止めた。

彼方から、人々が列を成して近付いてくる。

長い行列だった。デモ行進のように大声を出すこともなく、兵士のように肩を怒らせて歩くでもない。皆俯《うつむ》き加減に言葉なく足を進めている。凍りついたような表情と、機械的なまでに揃った歩調から、泥徒であると見て取れた。

俯く泥徒たちとは対照的に、その先頭にある者だけは顔を上げ、正面を見据えていた。

白い立ち襟のシャツの上に、長年着古したように色あせた、寸足らずの尖筆師の術衣を引っ掛けていた。泥徒たちを従えながらツァールスコエ・セローを闊歩《かっぽ》するのは、スタルィだ。

すると、人ごみの中から行列に平板な表情を向けていた一人の男が、さっと大路に躍り出た。住人に紛れていた泥徒が、腕の先を動物の角のように尖らせながら突進してくる。

スタルィは疎ましげに目を遣り、短く命じる。

「止まれ」

泥徒は、凍りついたように動きを止めた。

完全なる被造物となったスタルィにとって、それは犬を躾《しつ》けるよりも容易《たやす》いことだった。親指で後方を示すと、泥徒はそのまま列の最後尾に加わる。行く手を妨げようとする泥徒に出くわすたび、行列は長さを増していた。

スタルィは、さらに歩を進める。

彼が目指すのは、中央広場のさらにその中心。近代都市へと変貌を遂げたツァールスコエ・セローにおいて、その名と共に変わらぬもの。街の中心に鎮座する、夏宮殿だった。

その壮麗な宮殿は、十八世紀初頭にエカテリーナ一世が夏を過ごすための離宮として建てたものだ。エカテリーナ一世の亡き後、娘のエリザベータによって大規模な改築が行われ、バロック様式の華やかな姿を得た。

夏宮殿はロマノフ王朝時代から変わらぬ外観のまま、露国・細胞主義共和国の中央庁舎として利用されている。青と白とで塗り分けられた外壁の上には、五本の黄金の礼拝堂屋根《クーポラ》が突き出ていた。

その砂糖菓子のように繊細に設えられた宮殿を取り巻くのは、まるで不釣り合いな飾り気のない鋼製の柵。

鉄柵に設けられた巨大な正門の前に、十人ほどの衛兵が並んで立っている。行列の訪れを目に留めるや否や自動小銃を構えた。乾いた発砲音が辺りを占める。銃弾の群れは空気を切り裂き、列を成す泥徒たちに襲いかかった。

銃声が止む。

一見して、泥徒たちの様子に変化はない。だが次の瞬間、体表を泡立てながら凄まじい勢いで膨張すると、ばちん、ばちんと、連鎖するように弾けていった。

スタルィには掠り傷ひとつなかった。背後に目を遣り、奥歯を鳴らす。

「マヤの技術を、人を殺《あや》めるために使うとはな」

衛兵に向き直ると、地を滑る影となった。

その勢いに、衛兵たちはたまらず銃を乱射するが、敷かれた石畳をいたずらに削るだけだった。スタルィは、苦もなく兵たちの傍らに辿り着く。既にその手には、折れ曲がった自動小銃が幾本も抱えられていた。

唖然として手元に目を落とす衛兵たちに、声を掛ける。

「そう喧嘩ごしになることはない。おれはただ、お前たちの主人に会いに来ただけだ」

四散した泥徒たちの残骸をその場に残し、再びスタルィは短かくなった行列を率いながら、城門の奥へと進んでいった。

前庭からは、ロマノフ王朝時代にあった池や噴水は取り去られ、現在の城主の好みに造り替えられていた。城の正面まで続く土の道の両側には、色とりどりの花々が幾何学模様を描いていた。

その道の途中で、一人の少年が花に見とれるように佇んでいた。庭から目を逸すと、ふと気付いたようにスタルィを見つめる。その口元には、苦々しげな笑みが浮かんでいた。

「これほど図々しい客を迎えるのは初めてだよ」

少年姿のイグナツはそう言うと、スタルィの背後に目を遣った。

「まるで泥徒の王の行進じゃないか」

「我がもの顔でこの宮殿に居座るお前の方が、ずっと王様気取りだと思うが」

「聞き飽きた皮肉だね」

イグナツは目を細め、

「だがきみも王などではなく、主人を失った一介の泥徒に過ぎない」

ぱちりと指を鳴らした。

途端、スタルィの背後に列を成していた泥徒は一斉に崩れ、土の道で細長く連なる塵《ちり》の山を成した。

「泥徒にとって、理想的な主人だな」

スタルィは刺すような眼差しを送った。

「何を言っているんだい。泥徒が理想などを持つわけがないだろう」

イグナツは呆れたように首を振った。

「じゃあ用件を聞こうか。今日はどうしたんだい？」

「イグナツに会いに来た」

「ここにいる」

「お前ではない」

スタルィの視線は、少年の背後にある宮殿へと向かう。

「きみを招待した覚えはないのだけれど」

「もとより都合は聞いていない」

スタルィはそこで口を閉ざし、宮殿を目指して歩を進め始めた。

「図々しいばかりでなく、これほど聞き分けがないとは。もしかして、かつての主人に似たのかな？」

少年は膝を折ると、腕を伸ばして地面をコンコンと叩いた。

「出ておいで」

その呼び声に、土の道はうねるように大きく波打った。地の底から、二本の手が突き出してくる。その手は道のへりに鋭い指先をかけると、底なしの淵《ふち》から這い出るように、ずるずると全身を覗かせてゆく。

「きみのような不躾者《ぶしつけもの》のために用意しておいた門番だ」

スタルィは現れた巨軀《きょく》を見上げる。

その泥徒は、もはや人の形を留めていない。青光りする鱗《うろこ》に覆われた巨大な躰《からだ》を、猛禽の爪を備えた太い四肢が支えていた。根本から七つに枝分かれした長い首の先には、人の顔がついていた。その顔も大きく手を加えられ、それぞれの額から十本の角が生え、鋸《のこぎり》のような歯をカチカチと嚙み鳴らしていた。

「悪趣味だな」

「泥徒なぞに、美への理解を求めるつもりはないよ」

イグナツは声を張り上げる。

「忠実なる獣よ、イグナツ・カロニムスの名をもって命じる。宮殿を荒らす不躾者を、今すぐに破壊せよ」

獣は僅かに身を屈めると、その巨軀に似合わず疾風のごとく躍りかかってきた。

スタルィは迫りくる獣を見据え、短く発する。

「止まれ」

だが獣は勢いを減じることなく、枝分かれした首の一本でスタルィを横薙《よこな》ぎに打った。

その身体は道脇に吹き飛ばされ、地を彩る花々を盛大に散らした。

「獣が言葉を解するとでも思ったのかい？」

周囲にイグナツの笑い声が響く。

スタルィには、応えるだけの余裕はなかった。一心に襲いくる獣を見据えている。

七本の首から次々と突き出される獣の角を、すんでのところで躱《かわ》してゆく。角はその勢いのまま地を刳《えぐ》り、赤の、黄色の、紫の花びらを撒き散らした。花びらの紗幕の向こうで、二体の泥徒の影が帯を引くように交差した。

スタルィは防戦一方だった。しばらくして体力が尽きたように、動きが緩慢になってゆく。諦めたように両の腕をだらりと垂らし、その場に棒立ちとなった。

獣はその隙を見逃さなかった。二本の首を振り上げると、スタルィの両肩に深々と牙を突き立てた。

「なんだ、口ほどにもない」

喜色を浮かべかけたイグナツの口元が、困惑するように歪んだ。

動かなくなったのは獣の方だった。その牙でスタルィを引き裂くことなく、彫像と化したようにじっと身を固まらせている。

「何をした？」

「甚《はなは》だ気が進まない方法だが、他に思いつかなかったのでな」

スタルィは苦《にが》るような声で答えた。

「マヤから貰った霊息だ。このようなものに注ぐのは、出来るなら避けたかった」

突如として、獣は七つの頭をぐるりと巡らせる。

嚙みつかれた肩を介して、二体の泥徒は経路で繫《つな》っていた。そこから吹き込まれた霊息に獣の秘律文は上書きされ、イグナツの下僕《しもべ》から解き放たれたのだ。

獣に宿った七対の瞳は、少年姿のイグナツを捉えていた。

「だれが主人かも分からないのか！」

叫び声を気に留めず、獣は身を躍らせた。

「獣が、お前の言葉を聞くとでも思ったのか？」

その問いかけに、返事はなかった。

嚙み砕かれてゆくイグナツの軀体《くたい》を尻目に、スタルィは宮殿に続く道を歩んでいった。

夏宮殿の扉を押し開くと、玄関ホールの中央から延びる正面階段の中腹に、一人の男が直立していた。スタルィを迎えるように、大きく腕を広げる。

「ようこそ、我が宮殿へ」

朗々と声を轟かせたのは、セルゲイ・ザハロフだった。

彼の割れた頭蓋は元どおりになっていた。

「お前の宮殿だと？」

「ぼくでなければ、他に誰のものだと？」

ザハロフは辺りを見渡した。視線の届く限りに人の姿はなかった。人気《ひとけ》の絶えた宮殿に、声の余韻だけが残っている。

「確かに、お前のものと認めよう。臣下の一人からも慕われずして玉座に座り続けられる面の皮の厚さを持つものは、他にないだろうからな」

ザハロフはくすりと笑った。

「ひどいことを言うじゃないか。きみが来るというから、せっかく人払いをしておいてあげたのに」

眉根を寄せたスタルィを見て、付け加える。

「城を案内してやろうと言っている。空《す》いていた方が、落ち着いて見物できるだろう」

ザハロフは靴音を立てながら階段を降り、スタルィを導くように一階の廊下を進んでゆく。

夏宮殿の内部は、ロマノフ王朝時代から大きく手を入れられていない様子だった。白を基調に統一された廊下は、ところどころがロカイユ模様の彫刻で飾り付けられていた。

ザハロフは、前を向いたまま語りかけてくる。

「それにしても泣かせてくれるね。泥徒が亡き主人の仇討ちを果たそうとは、じつに感動的な復讐劇じゃないか」

嘲《あざけ》りの籠る声だった。

「復讐劇だと？」

スタルィは意外そうに繰り返した。

「とんだ誤解だな。マヤはそのようなことを望んでいなかった」

「だったら何をしに来たんだい？」

「くだらぬ用事だが、立ち話で済ませる訳にもいかない」

「そうかい」

ザハロフはため息をついた。

「ぼくも暇なわけではないのだけれど」

建物の端まで来て、二人は大理石造りの階段をのぼった。

二階に辿り着くと、回廊を右に折れ、部屋から部屋を抜けるようにして進んでゆく。新しい部屋に入るたび、そこには異なった風景が広がった。四方が緑に塗られた、古代ローマ調のレリーフが飾られた食堂。黄金の額縁に収められた幾つもの肖像画を掲げている居室。壁いちめんがタペストリーのように様々な絵画で埋め尽くされている客間。

豪奢な部屋に、二人は虚しく足音を響かせていった。

ふとスタルィは口を開く。

「マヤはお前を憎んでいなかった。それどころか、救いたいと願っていたのだ」

前をゆくザハロフは、顔を横向かせる。

「ぼくも、マヤを嫌っていたわけじゃないよ。気に掛けていたからこそ、わざわざ時間を割いていたんだ」

再び前を向くと、うんざりするように吐き捨てた。

「ただ好悪とは別に、邪魔になったんだよね。尖筆師として歩むべき道を極めようとするなら、妨げとなるものは排除せねばならない。以前にも言ったことだ」

ザハロフは、閉ざされた扉の前で足を止めた。周囲から悲劇的なまでに浮いた、分厚い鋼製の扉だった。

「どうぞ。ここが、ぼくの部屋だ」

扉を押し開き、芝居がかった仕草で手を差し出す。

スタルィは躊躇《ためら》うことなく足を進めた。

見渡せば、四方の壁全てが琥《こ》珀《はく》の装飾板によって埋め尽くされていた。燭架《しょっか》に模された電灯の光を受け、琥珀は内側に太陽を閉じ込めたように煌々《こうこう》と輝いていた。その贅《ぜい》を凝らした装飾とは対照的に、室内に調度品の類は見当たらない。

ただひとつ、室の中央に置かれた簡素な机を除いて。

その机に肘をついている男が呼びかけてくる。

「ようこそ、ぼくの執務室へ」

マヤの父が、かつてと変わらぬ姿で座っていた。

「ずいぶんと手の込んだ部屋だな」

「ああ。以前は、琥珀の間なんて呼ばれていたようだけれど」

イグナツ・カロニムスは机上で手を組み直す。

「久しぶりだね。醜く老いさらばえたマヤの手をきみが引いていた、あの時以来かな」

スタルィは、ぴくりと眉を動かした。

「ちょうど良い機会だ。きみとは一度じっくり話してみたいと思っていた」

「長居するつもりはない。やむを得ず会いに来たまでだ」

「原初の礎版《ピエルボトニ・ポドスタベク》に刻まれていた秘律文は、とうに解き明かしていた。あれは、原人間《アントロポス》アダム・カドモンの創造に用いられた言語の翻刻だ」

イグナツは気にせず語り始めた。

「原初の礎版を用いて泥徒を創れば、夾雑物《きょうざつぶつ》を孕《はら》んだ人間よりも優れたものとなるのは分かっていた。ただそれでも、きみほどの能力とはならないはずなんだ。その理由を突き止めたいと思ってね」

「そんな自明のことも分からないのだな」

スタルィは呆れたように言う。

「泥徒とは、創造主の思いに応えるために行動する。性能として現れるのは、その結果に過ぎない」

「なにを言いたいのかな？」

「おまえは尖筆師として、遠くマヤに及ばない。それだけのことだ」

イグナツの指先は、苛立たしげにカツカツと机を打っていた。

「まあ良いだろう」と小さく首を振ってから、手を組み直す。「それで、ぼくに何か用があるらしいけど？」

「お前に贈りたいものがある」

その言葉に、イグナツは訝《いぶか》しげに眉をひそめた。どう見ても、手ぶらだった。

「まさか、その贈り物とやらを忘れたわけじゃないだろうね？」

薄ら笑いを黙殺し、スタルィは足を踏み出す。

途端、イグナツの胸に本能的な畏《おそ》れがよぎった。

「近寄るな」

だが、足を留めようとする様子はない。

イグナツは舌打ちし、顔の前で蠅を払うような仕草を見せた。それを合図に、扉の前に立っていたザハロフが床を蹴る。

瞬く間の出来事だった。

スタルィは振り向きざまに、襲い来るザハロフの側頭部を拳で殴りつけた。

僅かにも手心を加えなかった。

修復されていたザハロフの頭蓋は再び砕け、床に細かい破片を散らした。一瞬戸惑うように目を揺らし、それから前のめりに倒れた。零《こぼ》れ落ちた脳漿《のうしょう》が、床を汚した。

その様子を、イグナツは薄く口を開きながら見つめていた。

二体の泥徒の差はあまりに歴然としていた。備えた数枝《セフィラ》が——すなわち存在の位階が——異なっているとしか考えられなかった。

「馬鹿な。なぜ、ここまでの違いが……」

「まだ認められないのか。おれとお前では根底から異なっている」

それから、スタルィは突きつけるように言い放つ。

「お前はシェキーナーに至っていない」

「そんなものは存在しない！」

発作的に叫び返した。

「ならばなぜ、お前はおれに劣っている？」

イグナツは言葉を詰まらせた。しばしの沈黙の後、乾ききった笑い声が室内に響く。

「くだらぬお喋りは、もうやめだ」

琥珀の間全体が、どくりと脈動した。

壁を覆っている琥珀は表面をたゆたわせると、高炉の中の溶けた金属のごとくゆっくり流れ始める。スタルィが首を巡らせると、鋼製の扉は蜜で厚く塗り込められたように塞がっていた。琥珀は木細工の床にも流れ込み、倒れ伏すザハロフの軀体を飲み込んでゆく。

足元に目を落とすと、既にふくらはぎまでが琥珀に埋もれていた。

「この程度で得意になられては困る。きみが壊したものは、所詮使い捨ての駒に過ぎないのだから」

机に向かうイグナツの身体が、琥珀に溶けてゆく。

声は部屋全体から響いてきていた。

「この部屋に踏み入れた時点で、既にきみは囚われていたんだ」

「ああ、最初から分かっていたことだ」

スタルィはつまらなそうに返した。

「この部屋がお前だと」

六トンにも及ぶ琥珀の全てには、秘律文が刻み込まれていた。それこそ、イグナツを規定する礎版《ポドスタベク》であり、彼の存在そのものだった。

「いくら気丈に振る舞っても無駄なんだよ。既に勝負は決している」

「勝負だと？」

イグナツの勝ち誇る声に、スタルィは首を振った。

「はなから戦うつもりはない」

「今更、命乞いかい？」

「伝えたはずだが。お前に贈るものがあるのだと」

「せっかくの申し出だけれど、ぼくにはもう欲しい物なんてないんだよね。尖筆師としての叡智の極限に達し、世界最大の国家を意のままにできる」

「自らの欠けたるところに気付いてもいないのか」

「何だと？」

「お前はそんな紛い物を手にするがために、価値あるものを全て捨ててしまったのだ。家族を捨て、人間であることを捨て、終《しま》いには人の形すらも手放した。そうまでして辿り着こうとした原初の創造は、遥か遠くにあるままだった。結果として、お前が選んだのは自分を欺くことだ。原初の創造を凌駕《りょうが》したのだと己に言い聞かせるうち、自分でもそれを信じるようになった」

そう言って、スタルィは胸の底から息を吐いた。

「イグナツ、お前はあまりに哀れだ」

黄金に輝く琥珀に埋め尽くされた室内を、静寂が支配する。

しじまを破ったのは絞り出すような笑い声だ。

「人の姿を捨てたから、どうだというのだ。そういえばマヤも、ぼくが生物としての死を顧《かえり》みず泥徒の身体を得たことに驚いていたね。種としての結びつきだとか、人の形象だとか、無駄なものばかりに拘っている。それは尖筆師としての資質の欠如と同義なんだよ。そんな馬鹿げたものに縋《すが》っているきみたちの方こそ、自覚すると良い。自分が不出来な欠陥品だとね！」

スタルィは無言で耳を傾けていた。

それから、部屋をたゆたう琥珀を悲しげに見つめた。

「そんなお前でも、マヤは救おうと願ったのだ」

「ぼくを救うだって？」

せせら笑うようなイグナツの声に、

「その遺志を引き継いだのでなければ、お前に贈るものなどあろうか」

「不要だと言ったはずだが」

「案ずるな。それは、お前自身が切望するものだ」

スタルィは告げる。

「イグナツという泥徒を、シェキーナーに至らせてやろう」

再び静寂が包んだ。

イグナツは、うまく声を出すことができなかった。琥珀となった軀体の奥底から湧き出してきたものは、底知れぬ畏れだった。

「きみの与太話には飽き飽きしたよ！」

その畏れを振り払うように絶叫した。

「死ねっ！」

途端、壁面を満たす琥珀の至るところに小さな渦が生じた。その渦は激しさを増しながら水面からせり上がり、先端を錐《きり》状に尖らせた。回転する琥珀の槍は、数十、数百と空間を埋め尽くしてゆくと――一斉に、穂先を突き出した。

逃れる場所はどこにもなかった。

スタルィは微動だにせず、全身を刺し貫かれた。

「主人に劣らず、無様な死に際だったな」

イグナツの嬉々とした声に、深いため息が重なる。

「マヤの最期がそう映ったのか。心底救えない男だ」

そう言うと、スタルィは己が身を貫く琥珀の槍の一本に手をかけた。

イグナツは沈黙している。

部屋の至るところから伸びた琥珀の槍は、スタルィの身体と繋がった状態で硬直し、動かすことができなかった。それは、自らの存在そのものが支配されていることを意味していた。

スタルィとイグナツの間に、強固な経路が交わされているのだ。

「いったい何を……」

その声は無様なほどに震えていた。

「シェキーナーに至るためには、十全なる数枝を備えるだけでは足りない。お前に欠けたるそれを、つまりは人として最も重要なそれを、与えてやろうというのだ」

「そんなものは無い――」

「そもそも、シェキーナーを『彼我を越えた神的自我を得た状態』などと小難しく言うから紛らわしい。人間たちは、もっと簡単な表現を手にしているというのに」

そこでスタルィは、答えを待つようにしばし口を閉ざした。

室内は静まり返ったままだった。

諦めたように小さく首を振る。

「自己を顧みず、他者を思うこと。人間の心の核となる感情だ」

スタルィは琥珀に添えた手から、ゆるやかに霊息を吹き込み始めた。

「今から、それを贈ろう」

自らの裡に流れ込んできた異質な存在に、イグナツは普段の余裕をかなぐり捨てて喚いた。

「霊息を止めろ、今すぐに！」

「それはできない。おれの霊息をもって、新たなる秘律文を刻んでやろうというのだ」

「なんだと……」

「ただし、お前の側に理解する気がないのなら、それは全く無意味な文字列ということになる」

一瞬の沈黙の後、イグナツはその意味を理解した。

「やめてくれ。頼むから、やめてくれ！」

「無によって上書きされたお前は、完全なる白紙の石板へと還ることになろう」

声にならない絶叫をあげ続けるイグナッツに、スタルィは優しく諭すように言った。

「勘違いするな。お前を消し去ろうというのではなく、救いたいだけだ。それこそマヤが残した願いだ。おれも今、同じことを願っている」

その時、スタルィは微笑んでいた。

「愛よ、刻まれろ」

それを最後に、スタルィは自らを解《ほど》いていった。

琥珀の槍によってイグナッツと繋がっている軀体が、宙に溶けゆくように次第に薄れてゆく。

スタルィの胸には、僅かにも怖れる心はなかった。軀体が失われてゆくにつれ、自らの身体を巡っていた霊息の流れが、色濃く感じられるようになっていた。

スタルィはそっと瞼を閉じる。すると——

「そこにいたのか」

固く閉ざされたはずの目は、皺だらけのマヤの顔を確かに捉えていた。

彼女が今際《いまわ》に与えてくれた霊息は、いまだスタルィの中に留まっている。軀体を失い、織り成される文様として己の存在を留めるばかりとなったスタルィは、マヤの霊息と深く混ざり合っていった。

「どこにもいかない、って言ったでしょう」

「そうだったな」

「忘れてたわけじゃないわよね」

「まさか、記憶力は良い方だと自覚している」

それから、誇るように付け加えた。

「泥徒だからな」

二人はどちらともなく手を取り合い、共に歩き始める。

視界の縁を、様々な景色が行き過ぎていった。

茜色の空を背景にした、レンカフの城壁の上にも。旅順の山に掘られた塹壕《ざんごう》の暗がりにも。かしましい横浜港の雑踏の中にも。潮の香りあふれるナンタケット島にも。

全ての光景の中にはマヤがいた。

彼女と共にあった時間の全てが、スタルィを形作っていた。

そして、どれほど歩いたか分からぬ旅路の向こうに、おぼろげながら一つの景色が浮かび上がってきた。

窓から柔らかく差し込む日の光が、板張りの床に格子状の影を淡く描いていた。そこに広げられたシーツの上に、人の形をした泥の塊が横たえられていた。その不格好な軀体の胸部を、一人の少女が覗き込んでいる。

そこが始まりだった。

今、存在の起点と終点は結ばれた。

スタルィは人の形象を失い、真の姿に還元されてゆく。泥徒を規定するものは秘律文——つまりは文字の連なりである。彼の軀《か》体は、ひと繋がりの文字と化し、霊息の奔流に溶けていった。

言葉となったスタルィは経路を辿りながら、そこに刻んでゆく。

二人で過ごした日々を。

マヤと共に育んだ感情を与えようとするなら、それ以外の方法などありはしなかった。

砂浜に足跡を残してゆくように、一文字、また一文字と。自らを解きながら、さらに遠くへと刻みつけてゆく。

そうするうち、視界が霽《は》れた。

海だ。

たゆたう霊息が織りなす水面の上、言葉が煌めくようにちりばめられていた。経路の流れは遥か深みで繋がり合い、大海原へと注ぎ込まれていた。

果ては見えない。

だが迷うより先に、足を踏み出していた。

意思の赴くまま、自由に、どこまでも行ってみよう。

マヤの言葉を証明するために。

泥徒とは、人々の幸福のためにあるのだと。


そうして、スタルィは完全に消え去り、一条の秘律文となった。

その文章の始まりには、こう綴られている。


――これから語るのは、マヤ・カロニムスという尖筆師《リサシュ》の生涯についてである。

主要参考文献

『アメリカ新聞界の巨人　ピュリツァー』W・A・スウォンバーグ著　木下秀夫訳／早川書房
『大阪砲兵工廠物語　創立１５０年新聞記事を中心に』久保在久／耕文社
『お雇い外国人　明治日本の脇役たち』梅溪昇／講談社（講談社学術文庫）
『カバラとその象徴的表現』ゲルショム・ショーレム著　小岸昭・岡部仁訳／法政大学出版局
『カバラ　ユダヤ神秘思想の系譜』箱崎総一／青土社
『客船の世界史』野間恒／潮書房光人新社
『近代日本の海外留学史』石附実／中央公論社（中公文庫）
『軍備縮小問題研究資料の一　海牙平和会議』杉村陽太郎／国際連盟協会
『現場と結ぶ教職シリーズ３　西洋の教育の歴史を知る　子どもと教師と学校をみつめて』勝山吉章編著　江頭智宏・中村勝美・乙須翼著／あいり出版
『高等魔術の教理と祭儀』エリファス・レヴィ著　生田耕作訳／人文書院
『コサック従軍記』フランシス・マカラー著　平川弘志訳／新時代社
『十九世紀ロシア農村司祭の生活』I・S・ベーリュスチン著　白石治朗訳／中央大学出版部
『新聞・雑誌の歴史』ピエール・アルベール著　斎藤かぐみ訳／白水社（文庫クセジュ）
『ゾーハル　カバラーの聖典』エルンスト・ミュラー編訳　石丸昭二訳／法政大学出版局
『ソ連から見た日露戦争』I・I・ロストーノフ編　大江志乃夫監修　及川朝雄訳／原書房
『第７回企画展　テーマ展示　日露戦争と明治のジャーナリズム４　ハーグ万国平和会議』坂の上の雲ミュージアム編集・発行
『図説からくり人形の世界』千田靖子／法政大学出版局
『ロシア建築案内』リシャット・ムラギルディン著・写真　高橋純平訳／ＴＯＴＯ出版
『ロシア農民生活誌　１９１７〜１９３９』N・ワース著　荒田洋訳／平凡社
『ロシアの秘宝「琥珀の間」伝説』重延浩／日本放送出版協会
『ユダヤ神秘主義』ゲルショム・ショーレム著　山下肇・石丸昭二・井ノ川清・西脇征嘉訳／法政大学出版局
『An adventure with a genius; recollections of Joseph Pulitzer』Alleyne Ireland/ HardPress
『Nantucket, A History』Douglas-Lithgow, Robert Alexander/ Wentworth Press

謝辞

マヤたちが暮らした「レンカフ自由都市」は、十九世紀末から二十世紀初頭にかけてのポーランドが置かれていた状況を踏まえて想像した、架空の都市国家です。クラクフ公認ガイドのカスプシュイック綾香様にまとめていただいた資料が、想像を支える基礎となりました。心からお礼申し上げます。

本書は書き下ろしです

高丘哲次（たかおか・てつじ）

北海道函館市生まれ。

国際基督教大学教養学部人文科学科卒業。同大学院博士前期課程比較文化研究科修了。

2019年『約束の果て　黒と紫の国』で日本ファンタジーノベル大賞2019を受賞。本作はデビュー２作目。

最果《さいは》ての泥徒《ゴーレム》

発行　二〇二三年九月三〇日

著者　高丘哲次《たかおかてつじ》

発行者　佐藤隆信

発行所　株式会社新潮社
東京都新宿区矢来町七一
〒一六二－八七一一
電話　編集部〇三（三二六六）五四一一
　　　読者係〇三（三二六六）五一一一
https://www.shinchosha.co.jp

装幀　新潮社装幀室

組版　新潮社デジタル編集支援室

印刷所　株式会社三秀舎

製本所　大口製本印刷株式会社

ISBN978-4-10-353212-5 C0093

ＴＲＹ48　中森明夫

もしも寺山修司が生きていたら――85歳、アイドルをプロデュース!?　寺山と少女たちが停滞した世の中を塗り替える、スキャンダラスで知的興奮に満ちた痛快長編。

出版禁止　いやしの村滞在記　長江俊和

裏切られ、傷つけられた者が集う「いやしの村」。しかしそこには、「呪いで人を殺すカルト」という噂があった。真相を探るべく、ルポライターが潜入取材を試みる。

いつまで　畠中恵

長崎屋から妖の噺家・場久と火幻医師が消えた。彼らを探すため影内に入った病弱若だんなは、全ては哀しい妖の仕業だと知る。「しゃばけ」シリーズ第22弾は長篇。

狭間の者たちへ　中西智佐乃

痴漢加害者の心理を容赦なく晒す表題作と、介護現場の暴力を克明に描いた新潮新人賞受賞作を収録。目を背けたいのに一文字ごとに飲み込まれる、弩級の小説体験！

灼熱　葉真中顕

「日本は戦争に勝った！」――戦後ブラジルの日本移民を二分した「勝ち負け抗争」。親友を引き裂き、人々を駆り立てた熱の正体とは。分断が進む現代に問う傑作巨篇！

擬傷の鳥はつかまらない　荻堂顕

「門」の向こう側へ人々を〝逃がす〟サチのもとに、二人の少女が訪ねてきて……。現代の「祈り」と「贖罪」を描破した、第7回「新潮ミステリー大賞」受賞作。

邯鄲の島遥かなり（上）　貫井徳郎

神生島――それは百五十年の時を映す不思議な鏡。明治維新から「あの日」の先までを、多彩な十七の物語がプリズムのように映し出す。渾身の大河小説、全三巻。

縁切り上等！　離婚弁護士　松岡紬の事件ファイル　新川帆立

幸せな縁切りの極意、お教えします。読めば元気をもらえる、温かなヒューマンドラマにして、個性豊かなキャラクターたちが織りなすリーガル・エンタメ！

墨のゆらめき　三浦しをん

実直なホテルマンは奔放な書家の副業である手紙の代筆を手伝わされるうち、人の思いを載せた「文字」のきらめきと書家に魅せられていく。待望の書下ろし長篇小説。

息　小池水音

息をひとつ吸い、またひとつ吐く。生のほうへ向かって――。喪失を抱えた家族の再生を、一息一息を繋ぐようにして描き出す、各紙文芸時評絶賛の胸を打つ長篇小説。

エレクトリック　千葉雅也

性のおののき、家族の軋み、世界との接続。1995年宇都宮。高2の達也は東京に憧れ、広告業の父はアンプの完成に奮闘する。気鋭の哲学者が新境地を拓く渾身作！

ある犬の飼い主の一日　サンダー・コラールト　長山さき訳

☆新潮クレスト・ブックス☆

離婚した中年男ヘンクはICUのベテラン看護師。散歩中、へばった老犬を介抱してくれた女性に心惹かれる……。リブリス文学賞受賞のオランダのベストセラー長篇。